W0312801

Lettres à l'Amant

**

Du même auteur
aux éditions Albin Michel

L'AMANT

LETTRES À L'AMANT
Tome I

Mireille Sorgue

Lettres à l'Amant

* *

Préface de
HENRY BONNIER

Albin Michel

© Éditions Albin Michel, S.A., 1985
22, rue Huyghens, 75014 Paris

ISBN 2-226-02518-9

PRÉFACE

« Cet amour démesuré... »

A Olympia Alberti

« Me voici à nouveau devant toi, autour de toi, mon amant que je caresse d'une parole fervente comme fut ma main... »

L'espace conquis (ce corps de l'être aimé), le temps maîtrisé (ce passé au présent associé), tout ici dit, en quelques mots, la maturité d'un amour. Mireille Sorgue a dix-neuf ans. Cette première lettre est datée du 6 septembre 1963. Elle ouvre ce second volume des Lettres à l'amant *qui s'étendra jusqu'au 9 juillet 1964, c'est-à-dire tout au long de cette année universitaire pendant laquelle Mireille Sorgue prépare propédeutique à Toulouse.*

Pour l'heure, elle se trouve à Agde, dans un camp de nudistes, où elle est accoutumée d'aller, et elle traverse à mi-voix des journées de soleil et d'eau. Ce qu'elle confie à l'Amant, ce sont en quelque sorte les métamorphoses de l'été. « Mon corps s'affirme, se développe, ne se laisse plus oublier... » A qui d'autre exprimer sa gratitude? De cet être nouveau qu'elle devient, n'est-il pas le seul maître d'œuvre?

Dans ce camp, Mireille a beau se tenir à l'écart, tout la proclame heureuse, de l'éclat de sa peau ou de la légèreté de sa démarche. Même masqué, le bonheur ne sait pas se dissimuler. « Je m'habite exactement », écrit-elle à l'Amant. Une fois de plus, elle a trouvé le compas et l'équerre pour dire l'indicible, cette parfaite architecte du sentiment et de la phrase.

Parole ou caresse de l'aimée, présence et absence de l'Amant, c'est tout un, puisque le temps du désir et de l'attente s'inscrit désormais dans une durée le long de laquelle les amants se fondent si bien qu'ils finissent par former un être nouveau, ce « Nous » qu'elle va chanter à perdre haleine, à trouver cœur.

Le 14 septembre, coup de tonnerre! Mireille, « vivante de chair et de sang fiévreux », est entreprise par un garçon de son âge, à qui, du plus profond de son désir, elle dit non, « et j'ai vu devant moi ce garçon que mon refus amenuisait, réduisait à lui-même ».

Dès lors que l'appel lui fait défaut, un homme se ramène à peu de chose au regard d'une femme. Une forme, peut-être... Et il aurait suffi d'un signe pour l'émerveiller! Mais voilà : ce signe, c'est le miracle de l'amour. Signe non pas selon la chair, ni même le désir; mais marquant, tout simplement, un consentement, cet accord donné au corps par le cœur, lequel l'a reçu de l'esprit – accord dès longtemps préparé en d'autres lieux, en d'autres temps, et qui, promesse autant que connaissance, pousse les êtres, les uns après les autres, à le rechercher, preuve qu'ils savent de toute éternité ce qu'il est, à ne pas se laisser abuser, preuve qu'ils n'ignorent rien de son extrême exigence, et à repartir sur le chemin de toutes les vies jusqu'à ce qu'ils l'aient enfin rencontré...

Ce qu'il y a d'exemplaire dans ces Lettres à l'amant, c'est qu'elles décrivent, dans une écriture qui paraît parfois venue d'un autre monde, l'exact accomplissement de cet accord, de ce consentement à l'amour. Et comment ne pas tressaillir, comme on le ferait à l'approche d'un grand mystère, lorsque Mireille note : « Je ne me méprends pas à la signification de ce non : il ne s'agit pas de refus opposé à tel précisément à telle heure – mais d'un choix définitif – non, acte arbitraire par lequel je nous affirme; je dis non parce que je nous veux au monde, parce que je nous préfère. »

Les choses ne sont pas allées d'elles-mêmes. Il y eut débat, conflit, déchirement. Moins dans l'esprit de Mireille que dans celui de l'Amant. Par lucidité extrême, elle ne veut rien cacher ni taire, quitte à effrayer l'Amant : « ...ce n'est pas de ma faute, ni mal ni bien mais naturel, si mon corps a besoin d'être rejoint. » Le rassure-t-elle, quand elle ajoute : « Je t'aime – davantage encore, nous ayant accrus par ce refus »?

Il faut lire, et relire, et apprendre par cœur la lettre datée du 16 septembre, écrite dans la soirée, et qui, chaque phrase commençant par un « S'il te plaît », ressemble à une prière. Tour *à tour petite fille et amante consommée, Mireille supplie l'Amant de la laisser s'approcher de lui, lui sourire, « S'il te plaît », le regarder sourire, puis le bercer, jusqu'à ce qu'ils se perdent « ensemble au plus vaste dédale où nous nous rencontrons comme un cri son écho... » Se peut-il concevoir plus douce supplique d'amour? Mais l'Amant se trouve encore sous le choc : le non de Mireille à ce garçon s'assortissait de considérations qui élargissaient le champ clos de leur amour. Est-il convaincu par ces mots : « Je t'aime et cela seul est vrai, par quoi je m'éprouve vivante, et je souffre vivante et vis heureusement et me déchire et pleure de bonheur, et pleure simplement d'être au monde où tu es, et me confonds de solennelle gratitude... »?*

Cette crise, que l'Amant considère comme « de croissance », occupe tout ce mois de septembre. Crise majeure, crise de majorité, elle conduit Mireille à retrouver et à approfondir ses rapports avec le monde : « Grand mauvais temps – et tempête de mon amour. Tempête se brisant en un poudroiement de soleil, en un scintillement d'étoiles. » Et c'est bonheur que de la voir « allongée dans un creux de dune tiède – invisible et quiète – et d'où je me lève, brusque comme un oiseau – pour courir d'un seul élan à la rencontre de l'eau... » Et c'est joie que de découvrir avec elle « la merveille baroque d'un paysage où, comme dans certains bijoux espagnols, s'assemblent curieusement toutes les nuances de l'or – patine douce d'une dune éloignée, feuilles plaquées, minceur froissée sur l'eau, et vert dissous de la mer... » Plus tard, elle confiera : « Petites filles, comme les simples, nous observions les changements saisonniers. »

Tel est le langage vrai – Joë Bousquet eût parlé de « langage entier » – grâce auquel, de façon démonique, se relient entre eux l'Amant et le soleil, les choses et les êtres, jusqu'à ce que s'abolissent tous les ferments de rupture. Ainsi reprend le chant unique d'un amour unique. Ainsi reprenons-nous le vert chemin des certitudes oubliées. Par une de ces grâces dont les dieux sont avares, Mireille dit ce par quoi l'amour se révèle divin : « ... Je m'éveille à toi, je te reconnais, je ne cesse de m'éveiller et de te reconnaître et de te saluer, à perte de voix, à perte de langage, je t'invoque jusqu'au vertige, jusqu'au bord du sommeil harassé, de l'inconscience... »

Je le demande : de qui est-elle amoureuse? de l'Amant ou de l'amour? Possédée – ah, comme ce mot la définit bien! –, elle donne à croire parfois que l'Amour, ce démiurge, la possède plus que ne le fait l'Amant. Au vrai, elle est habitée par un être si parfait que tout ce qu'elle approche doit tendre vers l'absolu de la perfection. Telle est son exigence. Telle est sa raison d'être.

Dans ce temps où l'amour s'affirme en Mireille par métamorphoses successives, elle ne peut pas ne pas s'interroger sur ce qui le fonde en légitimité et sur ce qui l'établit dans sa durée.

Amour démonique, disais-je il y a un instant... Nous savons que les anciens Grecs tenaient le « daïmon » (le génie, et non le « démon » des chrétiens) pour un intermédiaire entre les dieux et les hommes. Rien d'étonnant, dès lors, si Mireille est intriguée par la foi de l'Amant, puisqu'elle se dit athée, et si, consciente de vivre quelque chose de sur-naturel, elle déclare choisir l'Amant pour dieu. Au plus profond d'elle-même se fait désormais entendre l'appel du divin. Ce n'est point par hasard que la grande crise se clôt par une lettre du 30 septembre, par laquelle Mireille laisse comprendre qu'elle pressent à quelles merveilleuses révélations l'amour va la conduire : « Et je peux bien être toute petite, il n'empêche que je te mets au monde, puissante comme la terre-mère, et parce que tu es beau, mon enfant, mon amant, je m'éprouve infinie. Je t'aime religieusement, hérétiquement. » Cinq jours plus tard, elle admet que cet amour la rapproche de Dieu, jugeant que ce « Nous » est un grand mystère. Enfin, le 19 octobre, nouvelle découverte, de loin la plus importante, que la femme est le secret de l'homme : « Car je suis un autre toi-même, ton double visible où tu t'apprends, où tu te reconnais. »

***

« Tout se fait par discorde », disait Héraclite. Il est excellent que ce second volume des Lettres à l'amant *s'ouvre sur un « non » fracassant, car toute vraie affirmation ne peut découler que d'une négation. L'amour qui porte Mireille vers l'Amant s'est rempli d'étoiles, dès lors qu'elle s'est refusée à ce garçon. Tout nous est à épreuve, du bonheur comme du malheur; et l'amour, le tout premier, s'inscrit dans la dialectique du non et du oui. De lui, je voudrais proposer cette définition : il n'est pas ce qui est, et il est ce qui n'est pas.*

Il n'est pas ce qui est : *le seul désir physique, qui est tout entier de l'humain, est incapable de le faire naître, à fortiori de lui donner vie, même si, dans le temps où il s'affirme, ce désir peut créer le leurre de l'amour;*

Il n'est pas ce qui est : *consommé, le plaisir achève de chasser ce leurre, alors que, dans l'instant de sa culmination, il pouvait donner à croire qu'il se confondait avec l'amour.*

Si donc ni le désir ni le plaisir, par quoi s'exprime physiquement l'amour, n'ont la possibilité de le susciter durablement, c'est que le véritable amour ne procède pas de l'humain.

Ce qui permet de poser, de manière dialectique, qu'il est ce qui n'est pas.

Il est ce qui n'est pas : *tout homme est capable de parler de lui, d'éprouver nostalgie ou mélancolie à son sujet, sans l'avoir jamais rencontré. « Soupirer après l'amour » n'est pas une vaine expression. Sa survenue n'est pas le fait du hasard. Platon parle de sphères supérieures où se décide la rencontre amoureuse. C'est de ce côté-là qu'il faut se tourner, si nous voulons comprendre, en termes sensibles et intelligibles, cet immense mystère. Car l'amour, étant ce qui n'est pas, fait naître – c'est le cas de le dire – ce qui n'était pas, attirant dans le réel de ce monde ce qui se trouvait à l'état irréel, je veux dire : à l'état de non-réel, de non-réalité.*

Et, quand l'amour parle en maître, ce qu'il proclame est si fort, si enrichissant, si différent de ce que le monde proposait avant son irruption dans notre vie, que, par un nouveau basculement dialectique, nous découvrons que la seule réalité qui vaille et qui tienne est la sienne, faite de douceur, de fraîcheur, d'accomplissement, et non celle du monde qui nous devient insupportable, cruelle, desséchante.

Voilà ce que Mireille Sorgue nous autorise à soutenir dans une fin de siècle encore vouée à la célébration des corps, à l'exaltation démesurée du plaisir pour le plaisir et, par là même, à la condamnation de l'amour.

Loin d'être rétrograde, cette grande fille moderne anticipe sur les mensonges de son époque et porte en elle les germes d'une renaissance.

***

Tout lui est fruit. Tout lui est miel. Cette année universitaire, « année de travaux libres, guidés presque par mon seul choix, par mes élans, une année de répit, de " culture générale " véritablement », la trouve attentive aux signes que lui font les autres. Est-ce un hasard, si elle doit rendre le 9 décembre une dissertation dont le sujet semble choisi pour elle : « L'œuvre de l'artiste, écrit Gide, ne m'intéresse que si, tout à la fois, je la sens en relation sincère avec le monde extérieur et en relation intime et secrète avec son auteur »? Et, comme elle est un véritable écrivain, est-ce encore un hasard si elle note dans son Agenda : « Les dissertations sont toujours faites par approche extérieure... Extrêmement décevant. Je ne conçois de valable que l'expérience, *l'approche par l'intérieur, en matière d'art. » Ce que confirme cette remarque apparemment négative en date du 9 janvier 1964 : « Je ne peux me servir des pensées des autres, il me faut donc sécréter la mienne, au prix de quels efforts puisque décidément non, " je ne suis pas intelligente ". »*

Ce qui gronde en elle, et remue, et fouaille, et piétine, est en permanence dérangé par les autres, par le système des autres. Un professeur appose-t-il sur une de ses copies l'appréciation flatteuse : « pensée très ferme », et la voilà qui se met en colère, « car je n'ai pas de pensée du tout, je n'ai que des facultés de m'émouvoir ». Peut-on mieux révéler au-dedans de soi le « génie », le « daïmon »?

Quel âge a-t-elle désormais? Vingt ans, en cette année 1964, ainsi que l'établit l'état civil? ou mille ans? « Ancienne, oui, comme l'amour qui fut sans commencement, comme l'amour même... » Est-elle tenaillée, comme dans les premières Lettres à l'amant, *par la crainte d'une mort prochaine? Ou l'amour, qui la fait ancienne, lui donne-t-il chaque jour la chance d'une résurrection? « ... Passé l'avènement à l'âge adulte, je veux dire dès lors que nous sommes en exil, nous sommes tous aussi vieux les uns que les autres; et dès lors que nous aimons, et réhabitons notre enfance, nous sommes tous aussi jeunes. »*

Se joue, ici, le destin, au sens antique du mot. Seul l'amour peut abolir le sentiment de l'exil. Et m'étonne, une fois de plus, qu'un être si jeune ait pu poser en termes de destin ce qui ressortirait d'une aventure amoureuse aux yeux de la plupart. La gravité de notre vie dépend du regard que nous portons sur elle.

Gravité que Mireille, orante et adorante, transforme sans cesse en gratitude : « Avant toi, je n'étais qu'un brouillon, une ébauche; je n'éprouvais pas mon appartenance à un sexe (ou bien c'était pour une révolte) et c'était pénible comme si j'avais dû vivre sans visage. Tu me réalises, je suis véritablement ta créature, je me sens croître et prendre forme, quel bonheur... »

Chez elle, l'apparent ne se sépare jamais du caché. Ce que dicte son cœur se prolonge dans ses actes; ce à quoi son âme aspire se retrouve dans la nature : « Le monde se simplifie, se stylise pour que je te perçoive mieux – se décante, se clarifie pour me révéler ton visage... » Et quel admirable haïku, *quand, parlant de l'hiver, elle ajoute : « Il n'y a plus entre nous que des branches d'arbres nues, presque abstraites – le squelette délicat d'une saison charnue... »*

Tout converge vers cet amour, y ramène ou y conduit.

Vers cet amour? ou vers cette œuvre qui naît sous nos yeux? Quand Mireille juge cet amour si impérieux qu'il la laisse « entre l'émerveillement et l'effroi », lequel, de celui-ci ou de celui-là, l'emporte en elle? Car enfin, cet effroi, nous le partageons lettre après lettre, jusqu'à en suffoquer, tant l'émerveillement qui illumine chaque page n'arrête pas de porter haut et loin sa flamme, embrasant le monde, les âmes, dans le fol incendie des cœurs en fête, des cœurs brûlés, de la cendre desquels, incomparable Phénix, il renaît, émerveillé, émerveillant, au point qu'elle en écrit : « Nous sommes ensemble un grand charivari de terres en chaos, éblouies d'étoiles. »

***

Ce qu'il y a de tout à fait extraordinaire dans ce second volume des Lettres à l'amant, *par-delà les somptuosités, les succulences et les « ruisselances » de cette prose, c'est que cet amour spiritualise peu à peu les chairs, les heures, les choses, dans le même temps qu'il les bouleverse.*

Mireille a-t-elle passé un moment sans être préoccupée de l'Amant, l'a-t-elle perdu un instant, aussitôt, s'écrie-t-elle, « quelle violence dans mon retour, quel soudain flux de fièvre! » Tout se passe comme si le temps humain dans lequel elle vit et se déplace ne lui appartenait plus en propre, soit qu'il fût occupé par l'Amant seul, soit qu'il fût rempli de ce « Nous »... Là encore, elle est possédée.

Possédée par « Nous », comble de l'amour – sa réussite exemplaire par laquelle chaque jour annonce une nouvelle naissance... « Nous, siège dans la paume de Dieu. Je ne sais comment te dire – impression que Nous, ce n'est pas seulement Toi, plus Moi... Présence, nécessité... » Cette lettre, datée du 5 octobre, appelle celle du 22 décembre : « Je suis ta femme devant le monde, et Dieu. Devant la Mort. Je suis ta vie, tu es ma vie, nous n'avons plus qu'un cours », et même celle du 29 janvier : « Je sais bien d'ailleurs depuis longtemps que je ne vaux rien que par cet amour démesuré, et que hors de lui je ne suis, ne serais, rien. »

C'est peu de dire, comme le fait Mireille le 29 juin, qu'elle ne peut plus aimer que l'Amant. Elle est arrivée à ce point où l'amour a tout envahi, tout embrasé, tout calciné. Il n'y a plus d'arrière-pays hors de l'Amant, ni même d'arrière-pensée. Et l'Amant lui-même, que devient-il? Mireille ne lui écrit-elle pas qu'elle voulait habiter sa mémoire, être sa mémoire même? Ne va-t-elle pas jusqu'à lui avouer : « J'ai voulu te posséder depuis toujours, depuis ton origine, j'ai voulu t'arracher au monde, et que tu croisses en moi seule, sans autre mère que moi, sans autre femme que moi, et n'ayant connu que mon ventre »?

Rêve impossible de tous les amants? ou voration sublime? « Cherchant qui dévorer... », dit l'Écriture. Se repaître de l'Autre, c'est s'accroître soi-même. De sorte que Mireille oscille en permanence entre le « rien » qu'elle est toute seule et le « Nous » qu'elle nourrit jour après jour de cette correspondance délectable et terrible.

***

L'œuvre qui naît de page en page est celle-là même de l'amour. Elle est de grande métamorphose. Deux êtres s'accouchent mutuellement. De la façon la plus humaine qui soit, Mireille Sorgue nous enseigne, ou nous rappelle, que l'amour est la clé de ce monde.

Sans amour, ce monde n'a aucun sens. Mais, de même que toute fleur qu'on coupe est une étoile qu'on dérange, de même l'amour qui unit et confond Mireille et l'Amant retentit jusqu'au fond de l'univers.

A lui seul, cet amour résume toute la vie, rassemble toutes les vies, selon le rire et les larmes, tragiques, ô combien, sous l'exacte lumière de Midi, et l'on ne peut que se taire, silence et rire, silence et larmes, après ces lignes sublimes : « Tremble, oui, mais de joie et d'épouvante, non de froid et de doute. Tremble puisque tout se descelle et chavire et jaillit – tremble jusqu'au fond de moi, dans mon âme même, jusqu'à l'étoile au centre de la cible... »

Henry BONNIER

Vendredi nuit
[6 septembre 1963]

MINOU MIEN, mon ami, mon amour,
je t'invoque premièrement par tes noms anciens, pour te rejoindre et pour te reconnaître, pour que tu me reconnaisses et m'accueilles, pour que tu m'entendes – silence que givre l'angoisse et clameur se déchirant sous ta bouche, au-delà de ce long temps où je fus sans t'écrire... Ce n'est pas que j'ai désappris de le faire : je n'ai pas cessé de te parler à voix secrète et parfois haute, mais que dirais-je alors que me voici à nouveau devant toi, autour de toi, mon amant que je caresse d'une parole fervente comme fut ma main, croulant de fièvre... Mon amant! Car tu l'es devenu durant ce mois qui fut bien nécessaire pour que je sache, que je comprenne enfin ce qui nous arrivait – durant ce mois où je fus seule et double, et où, m'ayant quittée tu ne cessas de m'habiter, de m'alourdir, comme la pesée douloureuse chaque jour accrue, d'une gestation, oui tu deviens mon amant, Mon amant! entends comme mon cri nous stupéfie!

Mon amour, mon amour, recueille-moi, comme une enfant toute petite que je veux être encore, tant il est doux que tu me berces, me consoles, mon amour, dénoue mes paroles, apprivoise mon cri, mon amour indulgent, chaleureux, – j'aurais voulu t'écrire une belle lettre mais je ne sais que cacher entre tes bras mon visage hésitant entre l'effroi et l'émerveillement...

Mimi, Mimi, qu'est-ce qui t'abasourdit?... Mon amour me déborde, éteint ma voix, m'entraîne, me noie, lacère les mots que j'aventure.

Mien, oh Mien, j'ai couru, couru à perdre haleine vers ton retour et je demeure sans souffle, sans force pour le fêter, pour le glorifier, – mon terrible amour qui me dépouille, me fouette et me ravive... J'aurais voulu oui t'écrire une très belle lettre, mais je me tais entre tes bras et peut-être que je pleure...

Peut-être que je pleure parfois, à proximité du bois de peupliers où nous désespérait la splendeur de l'après midi [1]. Je suis venue ici où nous étions ensemble. Hier. N'est-ce pas que c'était hier? Ou demain : sait-on jamais, en ce qui nous concerne...

Je suis venue pour gagner quelque argent avant la prochaine rentrée – pour ne pas voir pleurer Maman – pour quitter le village qui m'étouffait de tous ses yeux. Je suis venue parce que j'aime être ici. Nue. Parce que j'y suis avec toi.

Et certes, je travaille tout le matin et le soir, mais les heures passées au-dedans sont négligeables – annulées, effacées par le plaisir du petit jour et de l'après-midi... Demain, lorsqu'il sera six heures, je m'éveillerai, je quitterai ma chambre bleue si calme, et seule j'irai sur la plage... Par quelle grâce la mer est-elle belle, ces jours-ci, à ce point que parfois me reviennent pour la saluer les mots de tes cahiers?... Le jour de mon arrivée, sous l'orage, elle dévalait vers les dunes, comme d'un horizon surélevé, et je sus pourquoi tu parlais souvent de la tranche de la mer... J'aime y entrer au matin, dans le soleil liquide, et j'aime ce ciel plus vulnérable et mouvant, de l'automne proche... Vers une heure l'après-midi, je viens m'adosser aux dunes, dormir à même le sable, dormir au soleil – bénin ce mois-ci – dormir, rêver, et lire Proust. Harmonia, dont nous aimions le visage de madone, vient parfois m'y rejoindre. Harmonia, à la rentrée entre en faculté de médecine de Montpellier. Mais elle est plus belle que sage et son calme n'est qu'une manifestation d'ennui... Je préfère rester seule avec toi.

Tanagra n'est plus ici – dont j'ai su qu'au 15 août on l'avait élue demoiselle d'honneur de la reine du camp. Ni Tanagra, ni presque personne. Et ni les vieux crabes! Ni les vieux ni les jeunes, que Mimi prévenue, tient à distance respectueuse. Je glisse sous leurs sourires et me dérobe comme une anguille – et parce que mes paroles sont brèves, mon allure rapide, mes regards détournés – parce que le soir on ne me voit ni au bar, ni au bal, ni à prendre le frais dans les dunes

– nul n'ose s'avancer à découvert jusqu'à moi. Tu peux être tranquille.

Ce soir, cette nuit très longtemps, on dansera pour la dernière fois dans la salle de restaurant. Mais on me sait farouche, personne ne viendra me solliciter... Je vais éteindre la lampe à gaz qui m'assourdit et m'endormir très vite au fil de mon amour.

Samedi après-midi

Le vent m'a balancée jusqu'au petit matin clair et glacé dans la dune.

Puis il y eut ta lettre transmise par Maman.

Je t'envoie dès aujourd'hui ces feuillets [1] légers et rédigés très malhabilement. S'il te plaît, donne-moi le ton, l'accord pour que je poursuive d'une voix affermie, pour que je nous raconte...

J'ai peu écrit. Plus peut-être qu'en août dernier, mais pas assez. Je ne dis, je ne pourrai dire que bien peu, et bien mal... Je voudrais ne pas t'envoyer encore ces feuilles – inachevées bien sûr!

Une levée accidentelle et providentielle ce soir : je me hâte de remettre cette lettre à laquelle je n'ajoute rien, mon trésor, rien du tout, mon amour,
sinon que je t'aime et bien plus.

[7 septembre 1963]

BONSOIR MON AMOUR, Bonsoir comme chaque soir... Il est bientôt neuf heures. J'ai regagné ma chambre où je t'accueille : viens donc, Amour mien – la lampe veilleuse bruit; le vent cerne les murs bas sur trois côtés, soulève le rideau tiré sur la fenêtre ouverte, secoue ma porte, rôde... Viens donc, il fait bon ici – nous dormirons bien au chaud dans le lit étroit, sous une triple couverture. Une heureuse lassitude me défait après la douche tiède. Le jour fut clair et dur, soulevé d'un grand vent du Nord qui rebroussait la mer inquiétante comme une prunelle de chat cruel. Le jour fut salubre, et j'aime ici l'approche de l'automne que je hume par tous mes pores, savoureuse saison prodiguant la rudesse et la chaleur d'une caresse brutale. J'aime ici le mauvais temps qui fait déserte la plage... Au petit jour, je cours vers la mer et l'après-midi je m'enfouis dans le sable croulant de la pente d'une dune où je demeure immobile et quiète longtemps – songeant avec ravissement qu'à cette même époque, les années passées, je m'apprêtais à la rentrée, qui me semble à présent indéfiniment différée... Lorsque ton travail t'ennuiera, tu penseras que vraiment tu dors nu sur le sable tiède à côté de moi – qui renverse parfois ma tête à gauche en disant ton nom à voix haute... Puis, nous nous ébrouons et nous courons vers l'eau. Ah! comme elle brûle; jouons, rejoins-moi... Au retour, nous buvons du thé bouillant, ou bien un grog – et comme il est doux de se vêtir chaudement pour la soirée!

Proust parle de la saveur délectable de ces journées d'avant-saison qui procurent des plaisirs anciens et neufs à la fois, oubliés tout un an [1]... Oui, j'aime qu'il fasse froid, et j'aime te retrouver et me blottir dans tes bras tièdes plus que la dune. J'ai chaussé le collant noir du petit Prince, et passé un pull-over sur mon Tee-shirt; j'ai bu une tasse de citronnade chaude, et je t'ai attendu chez nous où tu entres sans peine encore que la porte soit fermée à clef. Chez nous, c'est la chambre bleue sommairement mais suffisamment meublée – située à l'entrée du camp, avant même le bureau, et dont un mur aveugle longe le chemin, où l'on m'a installée à mon arrivée, le 31 août... Une table pour t'y écrire, un grand lit inutilisé – et pour cause... – le petit où je nous retrouve, des étagères peu garnies car je n'ai presque rien apporté ici, et sur la plus haute ma valise fermée sur mes trésors – tes lettres, le livre des plaisirs [2] et certains feuillets –, le réchaud où je fais chauffer le café lorsque je m'éveille..., et c'est tout, et bien assez. Nous sommes bien, nous sommes seuls.

Je voudrais que tu n'aies aucune inquiétude en ce qui concerne le climat mental où je me trouve baignée. C'est merveille de voir comment j'ai assimilé les leçons de juillet. Je n'ai pas même à me priver de sourire ni d'être aimable. Il suffit que je n'autorise aucune privauté verbale; je ne sais par quel air j'y réussis, mais on me laisse en paix. Je ne côtoie vraiment que*** puisque c'est lui qui m'emploie et que je travaille et mange en sa compagnie. Tu peux être tranquille : c'est un « brave » garçon, capable de délicatesse bien plus que je ne l'aurais cru, et qui m'aime bien, je crois, avec une nuance de respect et d'étonnement – et lui si prompt à la plaisanterie grivoise me traite presque avec tendresse et déférence. Il sait qu'il faut, la tâche achevée, me laisser toute à mon amour, à ma fausse solitude, au rêve de toi. Je te rejoins sans que nul m'en empêche.

Je te rejoins silencieuse et grave. Les premiers soirs ici, j'ai voulu écrire. Je n'y suis pas parvenue; toute la mer ressasse dans ma tête et dans mes membres, m'assourdit. Je suis lasse et m'endors bientôt, d'un sommeil d'enfant à peine agité parfois d'une recherche inquiète à mon côté.

Mon amour... Mon amour! Il fut dur parfois d'être seule, ce mois dernier. Dans la maison vide où je m'appesantissais d'un désir triste, où je t'appelais et parfois me révoltais, non contre ton absence, mais contre l'obstacle que m'oppose ta présence au monde, l'écueil où je viens me rouvrir, me briser, l'interrogation insatisfaite, l'exaspération d'être et de n'y rien comprendre. Mais à chaque fois tu me consolais, et tu m'émerveillais d'un nouvel arc-en-ciel.

Mien, est-ce possible, tu es mon amant, tu es mon amour au monde, tout mon amour du monde – ma possibilité et mon être impossible. Dieu, que je t'aime! Jamais, jamais je ne le saurai dire, mais tu m'entends. Je peux t'écrire des phrases très banales – elles résonnent de la profondeur tendue et amplifiée de notre complicité – je peux me taire, tu sais cueillir mes paroles brutes informulées, à même ma bouche... N'est-ce pas, Amour mien, écoute voir un peu!

Mimi s'endort sur le papier bleu de rêve, bercée par le chuintement du gaz de la veilleuse; Mimi heureuse dort, endort son amour, nous endort tous deux heureux, nous imagine plus vrais que nature, nous rassemble,

Bonne nuit nous deux ensemble...

Mon trésor – mon trésor joli, comme on dit à son jeune enfant – il est dimanche soir, le soir d'un dimanche de soleil de velours et d'eau claire, de nonchalants vagabondages dans les dunes à l'heure où les oiseaux rêvent encore dans les touffes de vigne sauvage, et de sieste dorée. Mon corps ici est bien aise d'être. Mon corps s'affirme, se développe, ne se laisse plus oublier; je suis véritablement bien dans ma peau, je m'habite exactement, je me vais comme un gant. Je suis vivante, vivante de chair et de sang fiévreux, fougueux – et je te contiens dans cette succulence. Je suis sûre, je sais que tu y es bien – réchauffé, nourri, bercé, mon amour, oh mon amour! Les gens autour de moi ne savent pas ce que c'est que d'aimer – n'est-ce pas que nul ne le sait? et surtout pas qui s'étonne de me voir apparemment vivre seule, et qui le déplore. Je n'explique rien... qui pourrait ici comprendre? et je m'isole péremptoirement – définitivement. Il y a au monde mon amour. Et seulement mon amour. Et vous ne savez pas ce que c'est, messieurs mesdames – je ne dirai pas mon secret! Il y a Toi, il y a seulement Toi... Alors le beau Marcel le Chauve, oisif et superbe, peut bien ce soir entrer dans la boutique sans avoir rien à acheter et y demeurer une demi-heure – je me cache derrière mon sourire et l'apparente nudité. Je regarde à l'envers, au-dedans je nous raconte infiniment l'été... Alors on peut bien dire que je suis mignonne, je n'en croirai que toi... Sais-tu, il me semble que nous sommes dépositaires d'un grand secret su de bien peu – singulière grâce – le secret de Paul et Nusch peut-être – secret de vie, secret mortel – qui s'allume, fugitivement en quelques rares séjours privilégiés, séjours abstraits, y consumant le couple qui le reçoit. Nous partageons notre secret, nous partageons le monde, et nous ne partageons rien, nous réunissons, rassemblons et possédons le monde. Ah, je t'aime comme une folle se vouant au soleil, l'enfer, le paradis qu'importe, et la vie la mort, je ne sais ce que c'est, je te connais et ne connais que toi et si je ris, je pleure, et si j'ai mal et chante, et si je suis au premier jour des temps, et si je suis depuis l'éternité, c'est que mon amour m'aime et j'aime mon amour.

Il est dix heures. Dormons mon trésor, mon trésor joli. Dormons! ou bien non – viens, viens – mon perpétuel juillet!

Lundi nuit

Septembre est à l'été ce qu'est aux jours de beau temps sur la mer l'heure « adorable » de six heures, obliquement dorée, succulente comme un fruit à peine trop mûr, émouvante comme une fleur près de passer. La mer aujourd'hui avait sa robe de semaine, très ordinaire, mais j'ai très véritablement dormi au soleil jusque vers quatre heures. Au retour, je me suis attardée dans notre bosquet de peupliers. C'est toujours par là que, de ma chambre, traversant la vigne – prête à vendanger – je gagne la plage, me plaisant à marcher pieds nus dans l'herbe... Je n'y rencontre jamais que ton image et le désir de toi.

Minou. Minou mien... Je n'avais pas encore dit ton nom ce soir... Quand recevrai-je de tes nouvelles? Peut-être à cette heure m'écris-tu... As-tu reçu ma lettre? – pour t'accueillir dans ta maison, pour t'accueillir dans ton travail et l'hiver prochain... Tes vacances s'achèvent; pas tout à fait cependant puisqu'où je suis tu es, connaissant mon plaisir que je goûte d'autant mieux que je sais le partager avec toi; pas tout à fait puisque nous saurons secrètement préserver l'été vivace entre nos mains closes et le faire flamber d'un sourire, d'une parole... Notre bonheur est vacance – nous sommes en vacances.

Je dis ton nom, la clef des champs, et l'aventure recommence. Je dirai ton nom qui sera dans l'hiver comme un jour de l'été perdu sauvegardé; je dis, je dirai ton nom pour m'endormir, pour m'éveiller, ton nom et ce n'est pas ton nom – comment saurais-je te nommer? – mon tout, mon rien du tout, mon rire et ma souffrance, ma justification, mon accusation, les contraires réconciliés, la source des paroles, celle du silence. J'ai mal de tant t'aimer, et je voudrais le dire, et je l'écris dans chaque geste que je fais, dans chaque parole offerte à d'autres visages que le tien; je dis à tout le monde, au monde, et toute la journée, au jour, à la nuit, à personne, je dis je t'aime. Ce qui fait que j'ai l'air heureuse. Ce qui fait que je vis, que je vivrai, que je veux vivre, que je le voudrai – Et tout s'éclaire et tout se brouille.
Est-ce que je te rêve?

Dis, dis-moi toi, t'ai-je imaginé?
mais cela n'a pas d'importance, cela m'est égal, puisque je sais, puisque je saurai te faire vivre, te faire vrai et bien plus vrai. Puisque ce soir tu me prends entre tes bras, comme toujours et pour toujours, puisque ce soir, hier, demain, tu me prends, et puisque je te garde.

Puisqu'il fait soleil, puisque tu fais une étoile.

Mien, mon amant, que n'es-tu ici... Mon corps parle à voix haute, sollicité tout le jour par l'élément, flatté, réalisé. Je ne puis plus oublier que j'ai un corps que l'exercice, le bain, la douche n'apaisent pas tout à fait. Je voudrais bien faire l'amour... Mais je ne me consens pas à mes mains qui ne sauraient t'imiter. Et Dieu merci, les jeunes hommes autour de moi parlent et montrent assez de la sorte quels ils sont, et que je ne saurais les confondre avec toi. Ils parlent, m'adressent la parole, et j'ai la nausée. Ils parlent et je m'éveille et je les vois tels quels et je les fuis. Certains sont beaux. Je les regarde avec plaisir. Et puis c'est tout, ce sera tout. C'est de toi, de toi seul que j'ai besoin – de toi tout entier, et je saurai bien t'attendre... Mais je pense à toi privé de mon corps et dont le désir sans doute est plus exigeant. J'y pense avec inquiétude. Que vas-tu devenir? Dis?

Mercredi Grand mauvais temps – et tempête de mon amour. Tempête se brisant en un poudroiement de soleil, en un scintillement d'étoiles.

[14 septembre 1963]

BONJOUR TOI, retrouvé après un long silence las. Bonjour mon amour doublement sauf. – J'eus l'autre jour et ce matin tes lettres que le facteur vient m'apporter et me donne en particulier, par faveur unique, comme pour en souligner le prix – et pour le seul plaisir du sourire accordé... Et moi, depuis deux jours, je ne t'ai pas écrit. Je vais t'expliquer, mon amour... Minou mien... Ce nom, ton nom je l'ai crié – désespérément, farouchement – et sa puissance a barré l'eau brutale de ma soif, déchiré mon visible vertige, rompu ma fascination brève, éloignant infiniment l'épaule qui s'offrait, me cernant de vide à la ronde, me faisant inexpugnable, hors d'atteinte – mon amour! Qu'ai-je donc eu ces temps derniers? Après dix jours de vie si calme et seule et régulière, et sans que le rythme apparent de mes actes quotidiens ait changé, je percevais dans ma façon d'être une violence inaccoutumée, et comme un essoufflement – comme si quelque chose dangereusement s'amassait, à quoi j'opposais un barrage fragile... Je m'éprouvais inachevée comme lorsqu'on sent confusément qu'on oublie quelque chose, et ce manque vous talonne, vous harcèle... Accomplissant les tâches simples de la fin du jour : brève vaisselle, rangements – je me brisais, nerveuse, contre un meuble, un mur; je suffoquais. Ce n'était pas encore, non, désir du plaisir, mais seulement besoin d'être cajolée, câlinée, protégée, comme un tout petit enfant – réchauffée, puisque le soleil nous délaisse. Mais je sais maintenant qu'on ne demeure pas impunément seule près d'un garçon, même – surtout! s'il vous montre du respect, de la tendresse. Ah, je t'ai dit déjà que mon corps ici témoignait à voix haute, se portant constamment présent. Ici où tu es, mais où tu n'es pas... Je sais maintenant que je peux m'oublier, n'être plus individuelle mais genre; femme ayant besoin d'une main d'homme un peu plus large que la sienne, d'une bouche d'homme, un peu plus dure, incisive, que la sienne; et mon corps peut être aveuglément affamé, sans trop bien s'attarder à mesurer l'objet de son désir, objet quelconque, n'importe quel... Et l'ayant su, ayant reconnu ma soif, j'ai dû l'assumer et la vaincre. Le soir, dans ma chambre où je crois bien que je m'enfermais symboliquement, contre moi-même – je ne parvenais plus à retrouver ton visage, et je souffrais d'un désir imprécis... Dans les instants où j'ai mesuré – égale à moi-même – ma tentation, comme une minute distincte de vie devant laquelle j'aurais pris du recul, je me suis surprise à m'interroger si c'eût été mal que de céder à ce besoin spontané de tendresse et de chaleur. Dormir au chaud comme font les bêtes se serrant dans la paille. Si c'eût été mal de faire les gestes de l'amour, au nom de toi, mon amant absent, avec un autre dont je n'aurais su que l'essentiel de votre ressemblance et que j'aurais imaginé bien plus que connu. Si c'eût été mal que de nous prolonger – comme une flammèche échappée d'un feu l'étend. Je dis nous : il n'est, il ne fut jamais question que de nous. L'autre ne fut que prétexte, ne fut jamais concerné; d'autres jamais ne seront concernés, comprends-tu? Je ne cherche que ta ressemblance. (Te souviens-tu qu'en mars ou avril je t'ai dit qu'étrangement, depuis notre rencontre, je prenais plus d'intérêt aux garçons?) Mais la fatigue, le désarroi, seuls peuvent faire que je me méprenne à une grossière forme de toi... Et d'autres fois encore il me semblait qu'aucun geste, aucune parole, aucun événement ne pouvait entamer l'assise lisse de notre amour, et que le plaisir que j'aurais pu prendre n'avait aucun rapport avec l'acte d'amour et ne pouvait amoindrir ni ébranler notre certitude – deux ordres distincts de valeurs.

Je me demandais seulement si c'eût été mal; je ne pensais pas que c'eût été te tromper – car je ne songeais pas à te dissimuler quoi que ce fût.

L'autre soir, tremblante comme une bête lasse, j'ai dit non. Je me suis dit non; et je l'ai répété jusqu'à l'entendre et le comprendre, et me persuader et m'affermir, et je me suis éveillée comme lorsqu'on crie en dormant, et j'ai vu devant moi ce garçon que mon refus amenuisait, réduisait à lui-même. Et vraiment, ce n'est rien du tout qu'un homme s'il n'est pas aimé, accepté au monde, accueilli – rien du tout, si pauvre que, prise de pitié, de tendresse, j'ai regretté de ne pas me permettre d'émerveiller celui-là, fût-il digne ou non d'être reçu... Nuit d'insomnie dans ma chambre. Je m'étouffais. Mais je savais que je me serais également étouffée faute d'espace, de profondeur, entre les bras de tout autre que toi...

Au matin, je me suis enfin endormie. Et lorsque je me suis éveillée, je nous ai remis au monde. Je ne me méprends pas à la signification de ce non : il ne s'agit pas de refus opposé à tel précisément à telle heure – mais d'un choix définitif – non acte arbitraire par lequel je nous affirme; je dis non parce que je nous veux au monde, parce que je nous préfère.

Hier après-midi, j'ai pleuré. De honte, je crois, honte de ce malaise charnel qui m'avait un moment rendue vulnérable. Mais je ne l'aurais pas dû : ce n'est pas de ma faute, ni mal ni bien mais naturel si mon corps a besoin d'être rejoint. Il suffit que je sache parler plus haut que lui. Ce n'est que la première fois que je risquais d'être prise au dépourvu. A présent ce sera moins difficile. Il suffisait d'apprendre à savoir. Et quand cela demeurerait une épreuve, je m'affermirais chaque fois à la surmonter.

Tu m'as dit un jour que si, une fois, « au cours d'une surprise-partie... », et j'ai souri, très incrédule; il ne me semblait pas possible que je puisse me trouver en de telles circonstances; sollicitée et consentante. Mais je n'étais pas alors physiquement telle qu'aujourd'hui – et je ne savais pas que toute une part de moi-même, indifférente à mes sentiments, indépendante de mes jugements, pouvait être excitée par une atmosphère dense de sexualité où cependant je me trouve mal à l'aise. La bête en moi incline au plaisir, et ma conscience ne la tient en respect qu'à grand-peine. Mais je suis la plus forte (ce « je »!), je fais ce que je veux, ce que nous voulons... Je t'aime – davantage encore, nous ayant accrus par ce refus. Accueille-moi entre tes bras si petite et faible, et plus forte pour m'être connue telle. Plus forte : nous sommes, nous serons toujours plus forts.

Oui, oui, je sais ce que tu vas me dire. Tu m'as déjà donné toutes les permissions possibles, mon amour, mon amant; mais je n'en demande, n'en demandai aucune. C'était à moi toute seule de décider, comme une grande...

Maintenant seulement serre-moi très fort contre toi.

Mon amour doublement sauf.

Parce qu'hier, sais-tu, j'ai failli me noyer. La mer joue à l'océan, se prend au sérieux, charrie des troncs, s'avance au delà de la clôture de roseaux, creuse de petits golfes; devant cette fureur exceptionnelle je n'ai su dire que tout bêtement : – Hé bien, hé bien!...

J'ai d'abord joué dans la frange d'écume face à la révérence des vagues; puis, voulant nager, j'ai dépassé la zone de déferlement, et soudain je me suis retrouvée à distance alarmante du rivage, dans le creux des vagues qui me balançaient sur place, comme un bouchon, sans qu'une brasse vigoureuse me fasse progresser le moins du monde. Je m'essoufflais. J'ai compris que seule je n'aurais pas la force de franchir les quelques mètres à passer. C'était trop bête! Je n'ai pas eu le temps d'avoir peur, mais seulement de rager, me découvrant prise. Alors, j'ai appelé : – S'il vous plaît... Mais on ne m'entendait pas... Un jeune militaire anglais (ils sont trois mille à camper près d'ici, et vingt à venir sur la plage – d'une correction exemplaire) qui nageait m'a vue et m'a tirée par la main jusqu'à ce que je reprenne pied. Il s'appelle Rob. Je l'ai embrassé de tout mon cœur, et nous nous souviendrons de lui, n'est-ce pas? Il avait une figure de bon garçon et n'osait pas trop me regarder – fille nue... Cela n'a pas ressemblé à un sauvetage, parce que je n'avais pas été submergée, mais je me dis que sans lui... Je ne crois pas que j'aurais pu attendre longtemps. Amour mien, donne une fessée bien méritée à cette insupportable, très imprudente fille, une fessée, et un baiser de douce pénitence... et je t'entends me disant – comme lorsque tu m'as prise par la main certain jour où me retournant je te vis devant moi sur la plage – évident, inespéré : – Tu sais, je ne suis pas du tout content, pas du tout!... Et tu hochais la tête en mesurant les dégâts causés sur ma peau par le soleil... Et plus tard, parce que je dispensais trop de sourires à qui ne le méritait pas : – On ne peut pas être tranquille lorsqu'on te laisse... Je t'entends très véritablement, et peut-être que je devrais pleurer puisque tu me grondes – mais je ris, je ris de t'entendre si bien soudain mon amour! de te voir si bien devant moi, avec l'air ennuyé d'un père qui ne parvient pas à être aussi sévère qu'il le faudrait – et ce désappointement comme d'un petit garçon déçu... Mon amour, ne sois pas fâché, n'aie pas de peine puisque je t'aime, et que cela seul compte.

Dimanche

Je t'ai vraiment très peu écrit ces derniers jours, mon ami, mon amour. Il a fallu que se résolve la fatigue nerveuse accumulée, et j'ai dormi longtemps, peut-être aussi engourdie par le froid comme une marmotte à l'approche de l'hiver... Car il fait humide et froid. Humide, c'est bien peu dire : il pleut depuis cinq jours continuellement. Pluie qui partout ailleurs serait irritante, insupportable. Pour moi, je ne trouve pas si désagréable que cela de se promener nue sous l'averse et je n'ai pas pour autant renoncé aux deux bains quotidiens. Simplement, je ne m'attarde plus sur le sable... Il y a même un aspect pittoresque de la situation non négligeable : Monsieur tout nu se promenant très digne sous son parapluie – et tel autre se protège d'un chapeau à larges bords, tel autre ne vêt que ses bottes... La bonne humeur générale est remarquable...

Cependant, les départs se précipitent. Il n'y a plus aucun enfant d'âge scolaire au camp. Et je remarque aussi qu'il n'y reste guère de filles de mon âge, deux ou trois tout au plus. Non que je recherche leur compagnie ou déplore leur absence – mais c'est que... me voici à découvert, plus visible soudain, comme exposée – et comme tu l'écris justement, tous les regards ici ne sont pas purs...

Harmonia reste – plus vêtue que jamais : pull-over, pantalon... Harmonia dont je t'ai dit qu'elle était plus belle que sage, entendant par « sage » : d'une pensée profonde, mûre. Harmonia a le front de s'ennuyer ici! De s'ennuyer sur la plage, de s'ennuyer tout l'été au soleil. Elle attend tout le jour qu'il soit l'heure d'aller enfin danser. Et si elle ne se montre pas nue, c'est non par pudeur mais parce qu'à Agde où elle demeure et rentre chaque soir, – « On dirait que je suis une fille perdue! »... Quant à Tanagra dont *** n'a su me dire le nom, j'ai vu d'elle des photographies qui peut-être te seraient précieuses, mais sûrement aussi t'attristeraient : présentée sur le podium aux naturistes rassemblés, elle semble ma foi fort contente d'elle-même...

[Harmonia – deux jours après mon arrivée : – Quand je pense que je te croyais mariée! En voyage de noces!... – Je ne suis pas mariée mais j'étais en voyage de noces. – Ah... C'est ton fiancé? – Non.] [Mimi aucunement gênée, Harmonia déconcertée.]

Il est neuf heures. Je viens d'achever ma toilette, j'ai renouvelé ma provision d'eau, d'allumettes, de café – rangé mes vêtements épars, tiré le rideau sur le grillage de la fenêtre. Je n'ai pu fermer à clef ma porte gonflée par l'humidité ambiante – mais c'est sans importance, on n'entrera pas chez moi... Du reste, tu me gardes, n'est-ce pas? Je n'ai pas peur puisque tu veilles sur mon sommeil... A chaque heure du jour je mesure ma singulière chance – singulière et qu'il serait vain d'expliquer, que nul ne peut éprouver pour moi. Je passe sans doute ici pour une étrange fille aux mœurs originales. Pense donc : je ne fume, ni ne bois, ni ne flirte; debout à six heures, et très tôt retirée le soir, toujours nue et me baignant par tous les temps... Et de surcroît, je travaille autant qu'on peut le souhaiter. Je crois qu'on m'aime bien ici. (Il est vrai, pour certains, par trop visiblement!) Mais aussi on s'étonne... Et je ne danse pas, je ne regarde pas la télévision... – Mais, tu n'aimes rien! Tu entends, je n'aime rien!!! De cet isolement qui me fut parfois pénible, je ne ressens plus d'amertume. Autrefois, il m'arrivait de pleurer en pensant que ce qui divertissait tant autour de moi, jeunes et moins jeunes, m'ennuyait et m'irritait; et je me demandais pourquoi j'étais différente – désirant d'être une fois au moins semblable à mes camarades aux faciles plaisirs. A présent, je n'ai plus mal d'entendre à mon côté la rumeur de jeux auxquels je ne prends pas part; à présent je suis paisible; je sais que je n'étais à l'écart que pour que tu me reconnaisses, plus visible, que je n'y demeure que pour que tu me rejoignes instantanément; et tout ce vide autour de moi ne fut que pour te faire place, n'est que pour que tu le combles infiniment...

Il n'est pas encore dix heures, mais j'ai grand sommeil, ouvre tes bras, je te prie, pour que je m'y endorme, ou plutôt déroule à mon côté une grève tiède où ma vie appesantie, ralentie, vienne battre la nuit durant, au rythme même de ton souffle.

Six heures un quart. Le jour m'a réveillée et j'ai couru à ma porte. Merveille! Il fait presque beau! Le ciel est rose au-dessus de la mer... J'ai traversé entre les flaques la cour où s'ouvre ma chambre pour aller à la cuisine boire une tasse de café chaud.

A présent, c'est l'heure de la gymnastique matinale – Puis tu viendras avec moi saluer le soleil tant espéré et fêter sur la plage le début du jour. Ensuite, bien sûr, il faudra que je travaille.

[...]

Ne sois pas triste de me savoir astreinte à ces besognes très ordinaires. Dans l'accomplissement de toute tâche, si banale soit-elle, on peut mettre une application qui la fait valoir. Prends courage, mon ami, mon amour, puisque mes bras frais de l'aube salés sont autour de ton cou, puisque tu goûtes le jour sur ma bouche, puisque je t'aime vivant, puisque tu me salues vivante.

Ce matin, c'est la rentrée. Et je pense que bientôt nous nous retrouverons. Mais que faisons-nous d'autre à chaque instant?

[16 septembre 1963]
Lundi soir, neuf heures

JE T'AI DONNÉ DU SOUCI, je t'ai causé de la peine, ce soir tu es triste, inquiet encore, ma réponse évasive et brève tantôt n'ayant pu te rassurer, et ma lettre demain, ma lettre va te chagriner davantage... Mien, ô mon amour, mon amour sauf et de toujours, mon amour violent, je t'en prie, je t'en supplie, ne souffre pas, je ne le peux supporter, je ne le veux pas, je ne l'ai pas voulu, et je cache mon front dans mes mains, de honte et regret – secouée d'un sanglot silencieux, interdite devant ton angoisse comme un enfant devant le vase précieux fêlé, n'osant pas même te demander pardon, comme si je ne méritais pas de te consoler. S'il te plaît, laisse-moi venir près de toi, contre toi, y reprendre souffle et courage, et laisse reposer ma joue contre ta poitrine, pour que je nous entende nous rasséréner lentement, s'il te plaît laisse-moi te sourire et te regarder sourire malgré tout – et nos sourires se fondre ensemble dans une brume de larmes heureuses, comme la mer et le ciel à l'horizon brouillé, s'il te plaît berce-moi et laisse-moi te bercer, nous bercer, nous lier d'une chanson confuse et que nos bras se dissolvent dans la tiédeur nocturne, la confiance dorée, apaise-moi et laisse-moi nous apaiser, nous accorder, nous balancer d'une respiration sommeilleuse alentie, laisse que je nous perde ensemble au plus vaste dédale où nous nous rencontrons comme un cri son écho, je t'aime, oh je t'aime à n'en plus finir. Je t'aime et cela seul est vrai, par quoi je m'éprouve vivante, et je souffre vivante et vis heureusement et me déchire et pleure de bonheur, et pleure simplement d'être au monde où tu es, et me confonds de solennelle gratitude t'implorant très haut...

Minou! Mon cri m'ouvre profondément et la pression accrue du jour ravivé sur ta présence m'éveille, je m'éveille à toi, je te reconnais, je ne cesse de m'éveiller et de te reconnaître et de te saluer, à perte de voix, à perte de langage, je t'invoque jusqu'au vertige, jusqu'au bord du sommeil harassé, de l'inconscience...

Ah, folle, folle amoureuse de toi que je suis... Tout à l'heure lorsqu'on est venu me chercher à ta demande, j'ai défailli, puis couru aveuglément – renversant presque les gens sur mon passage et je crois que j'avais l'air égaré, car on me regardait curieusement. Je ne croyais pas que j'allais t'entendre vraiment et je tremblais si fort que j'ai dû m'asseoir avant de te parler – mais je n'ai presque rien pu te dire... Ensuite, il y a eu ce remords, tout le soir, d'avoir provoqué ton souci, bien justifié par ailleurs – et cette irritation contre moi-même, négligente et vulnérable, nerveuse et faible – cette irritation contre eux tous autour,
– et c'est vrai que les gens me gênent, m'étouffent quelque peu, en dépit de la distance que je m'applique à maintenir entre eux et moi; c'est si vrai que certaines fois je suis contrainte, pour me défaire de leur contact, de m'habiller – et ce soir j'ai décidé de vêtir toujours ma jupe et mon pull-over durant les heures de travail – et il est vrai aussi que ces jours derniers je fus malade d'une faim qui me fit pleurer de honte – tu sais, c'était un peu la faute du froid et de la pluie. Assurément, certains me considèrent comme denrée appétissante. Assurément, mon malaise à me sentir l'objet d'une constante sollicitation existe. Mais il n'y faut pas penser, je t'assure, et cela m'est compensé, égalé au centuple par un délicieux après-midi solitaire au soleil ressurgi – et c'est de cela seulement que je t'aurais parlé ce soir, si tu ne m'avais témoigné ton inquiétude. Songe qu'il n'y a plus qu'une cinquantaine de personnes (au plus) sur la plage dont je hante la limite, allongée dans un creux de dune tiède, – invisible et quiète – et d'où je me lève, brusque comme un oiseau – pour courir d'un seul élan à la rencontre de l'eau... A cinq heures ce soir une brume pulpeuse et dense, vapeur dorée de sable et bruine d'algues vertes et grises, diffusait une irréelle lueur de soleil passé, vieillissant.

J'habitais l'intérieur d'un fruit, me nourrissant de sucs épais condensés seulement en une frange d'écume à mon côté.

La mer s'évaporait, et la terre, et je marchais à la limite d'un rêve, sur une ligne réelle d'eau amenuisée, dans d'incertains parages. Je préfère septembre qui jonche le sable de débris de plantes marines – boucles sombres que soulève et peigne un doigt extrême de mer, septembre dépouillant de ses feuilles la vigne sauvage, dénudant la dune où les iris fanés laissent au ras du sol leurs lourds fruits trilobés, clairsemant le petit bois de peupliers – Septembre nu, riche de fumées savoureuses, de rêves engourdis, de sommeils terrés au profond des fourrures.

Septembre qui nous réunit, dans sa paume calleuse de travaux anciens, tendre d'un geste usé.

Je préfère Septembre qui m'éveille, rose et délicatement suranné, et m'offre la merveille baroque d'un paysage où, comme dans certains bijoux espagnols, s'assemblent curieusement toutes les nuances de l'or, – patine douce d'une dune éloignée, feuilles plaquées, minceur froissée sur l'eau, or vert dissous de la mer qu'assombrit une importation inattendue de fucus, Septembre, espace creusé et dense, succulent et goulu, qui aspire et nourrit, suscite l'appétit en marge de zones étrangères...

« Le soleil me suit [1] »: je pensais à ces mots d'Eluard tout à l'heure quand, marchant le long de l'eau, à chaque fois que je me retournais je me trouvais à l'extrémité d'un trait de soleil liquide. Et j'ai joué longtemps à tourner ainsi la roue du jour.

Mon amour, je t'offre ce matin dissous dans mon regard – n'aie plus de peine, n'aie plus jamais de peine pour moi.

Puisque je t'aime.

[17 septembre 1963]

« JE M'ÉVEILLE et je te reconnais... »
Et pas plus que je ne prends le temps d'ouvrir tes lettres posément, je n'aurai su te rejoindre à pas mesurés, mais seulement me précipiter, m'éblouir, me blesser... Hier, j'eus mal, et je connus ainsi que tu étais plus proche, imminent... Mon amour, je nous retrouve avec fracas – comme si depuis quelques jours je priais et sollicitais à la porte de Dieu, et que soudain la foi béante m'engloutisse. Je nous retrouve et retrouve notre particulier langage, cette limpidité du dialogue – et nos lettres ne sont jamais mieux nos lettres que lorsque nous n'avons apparemment rien à nous annoncer, que lorsque l'événement, – le signifiant – n'en obscurcit plus le ton... Fluidité pure lavant le visage lisse de notre amour, eau légère que n'entrave plus dans son écoulement le charroi des herbes et des feuilles... Je nous retrouve et je viens à toi ce soir souplement, belle enfance ravie chargée d'une offrande naïve – précieuse dans ma main comme un bouquet votif, fleur multiple insolite que composent dans ma paume des étoiles de mer [1]...

Beau temps vieil or vulnérable aux confins. Les heures alternées de sommeil et de jeu laissent dans l'âme, impondérable, un poudroiement d'ailes de papillons.

Je nous couche dans une confusion d'algues enrichies de nacres – tiédeur brune brodée d'éclairs, brassée du vent de l'orage prochain.
Mercredi. Et la mer, ce matin, minérale, opaque, gîte noir

chevelu de varechs, prolongeait notre nuit. J'y nageais sans effort comme on respire à fleur du sommeil.

Il est deux heures. Je reviens de la plage silencieuse que cerne l'orage. Dans un paysage à l'envers la mer claire, soufrée, irradie sous un ciel de laves mauves pétrifiées. – Ciel déséquilibré, basculé, sombrant à l'ouest, coque fendue d'un éclair vertical.

J'eus ce matin ta lettre, et j'en eus de la peine puisque tout au long s'y lit ton inquiétude, suscitée par mon silence. Accablée un peu, soudain, atone. Me supportant mal. Sotte et triste fille que je fus! Mais c'est cette faim continuelle qui m'éreinte – me fait vaciller imperceptiblement à certaines heures – et je dis faim, car bien plus que la vrille émouvante du désir, ce qui me tourmente est cette sensation de vide; manque d'air, absence irrespirable; je ne peux mieux la définir que par cet essoufflement, ce début de suffocation ressenti l'autre jour, alors que je m'efforçais vainement de regagner le rivage. Tes lettres, mon amour, et le soleil y remédient... Seule, je te rejoins. Mais, parfois, la masse qui me cerne, me happe, me retient, me noie...

Ces derniers jours, j'effectue un retrait sensible, dure dans mon mutisme... Mais ce ne sont pas les « petits jeunes gens » qui m'ennuient – ce sont les hommes de ton âge qui, très visiblement, m'évaluent du regard, me soupèsent. Le père de Jacqueline – 14 ans, Tournesol, à cause de sa coupe de cheveux rayonnante – à qui je me plaignais de cet état de choses : – Ah, cela, c'est l'ardente nostalgie des hommes d'un certain âge... Je l'en crois atteint lui aussi.

Laissons cela qui t'attriste et dont la moindre graine de soleil suffit à me consoler, tant je tiens pour méprisable et partant négligeable l'engeance mendiante et vorace côtoyée. Du moins puis-je t'assurer que dans ma chambre et sur la plage, nul ne vient me déranger. J'ai préservé mes heures de loisir où je reprends souffle, où je m'ébats, courant à ta rencontre, où je dors heureusement, profondément.

Mon amour tenace et fragile, ma vivante étoile de mer, mon lit perpétuel vertigineux et fauve – mon amour très puissant, mon amour près des larmes, je veux t'entendre rire et me dire que je ne peux aucunement te donner de la peine...

[20 septembre 1963]

Vendredi nuit

*

ET D'ABORD une étoile où confondre nos regards, où crucifier la nuit commune et que jaillisse le jour.

Et d'abord ce cri – de toutes les forces que me laisse la fièvre ce soir : Mon amour, mon amant, je t'aime glorieusement, au-dessus du mal et plus profond que le vertige, je t'aime davantage, comme si ce qui détruit les autres couples ne pouvait que nous affermir...

Minou est là. Et Mimi est là, aussi, haletante un peu, brûlante, exténuée, et qui laisse aller sa tête entre les mains de son ami, et qui serre obstinément ses paupières closes pour ne pas pleurer, pour ne plus pleurer, et qui s'efforce de sourire, encore, mieux, puisque Minou est là, retrouvé, enfin, puisque Minou son amour est là...

J'ai grand-peine à parler. Pardonne mon incohérence.

Hier, il y eut ta lettre. Et puis, oh, et puis ce jour brusque d'hiver, vertigineusement, ce jour et cette nuit, et ce jour encore, tels de l'hiver dernier, comme si m'éveillant d'un rêve je reconnaissais novembre résonnant lugubre jusque dans ma chair lasse, novembre et l'interminable sanglot et la suffocation du cauchemar, le spasme, la nausée – Seule, seule dans le noir... Jusqu'à midi, ne voulant pas que l'on me console, j'ai retenu mes larmes. Puis ma chambre, mon lit, la douleur, la perte de conscience, la stupeur terrible, le silence jusqu'à l'aigu. Le soir j'ai effectué ma tâche sans parler, vacillante. Et j'ai dormi d'un sommeil pesant, malsain, recroquevillée sur ma rare chaleur. Aujourd'hui, pour la première fois je ne suis pas allée à la plage. L'aube ni la mer ne me pouvaient secourir et peu m'importait qu'il fît clair et chaud, je ne me suis pas même mise nue, j'avais froid. Oh, Amour mien, pourquoi? Pourquoi m'avoir parlé ainsi quand il n'y avait dans ma lettre que tendresse aveugle, amour inébranlé, confiance sans détours, pourquoi m'avoir blessée comme si ma souffrance eût pu équilibrer la tienne, te soulager; comme si régnait entre nous la loi du talion; pourquoi cette lettre terrifiante, cette lettre de représailles, la rancœur, l'amertume, le mépris, presque la rage, pourquoi cette faiblesse?

Et je me dis que c'est parce que tu m'aimes. Même violence que celle de mon père giflant ma sœur, lorsqu'elle se blessa en cassant un carreau. Je le sens bien ainsi maintenant, avec un surcroît de tendresse, mais hier, hier oui, je ne pus empêcher qu'il y eût la révolte, l'effroi... Mon Dieu est faillible. Mon Dieu est injuste, ou plutôt d'une terrible justice qui n'est pas celle de l'amour. Qu'est-ce que je vais devenir, qu'est-ce que nous allons devenir si mon amour comme un enfant triste et cruel déchire mes ailes de papillon confiant? Aujourd'hui, oui, j'ai honte et mal, et je demande que tu me pardonnes – mais hier je répétais seulement, désespérément : – Il n'a pas compris. LUI n'a pas compris...

Et c'est vrai, que tu n'as pas compris. C'est vrai que tu te tourmentes inutilement à imaginer plus qu'il n'y eut réellement. Comment me suis-je donc exprimée? En lisant ta lettre un cri véhément de protestation, une prière me vient : – Non, ce n'est pas vrai... Non, pas ainsi... Tu es fou, Non, NON! Ce n'est pas vrai...

Alors, au risque de nous blesser encore, je vais parler, précisément, pour ramener l'alarme à ses justes proportions – cruellement, comme on extrait une écharde – et nous aurons mal, mais après nous guérirons définitivement.

• Nos souvenirs, dont tu écris amèrement qu'ils m'ont sauvée « de justesse », depuis un mois et demi modèlent ma façon d'être, mes gestes, mes paroles, mes sourires, mes silences; nos souvenirs m'isolent, me font recluse, ici plus encore qu'à la maison, en dépit de la promiscuité apparente. Et peut-être cet isolement n'a-t-il fait que me désigner, plus visible. A la fois dure et vulnérable... Recluse au désert terriblement infini et éprouvant de mon amour. Il arrive que je t'aime effroyablement. Alors, oui, j'aurais besoin que l'on me berce, que l'on endorme ce mal de toi, que l'on me rassemble, défaite d'amour... J'aurais besoin de dormir dans des bras fermés sur moi, comme le soir de mon premier chagrin d'amour je dormis pelotonnée contre ma grand-mère...

« Or voici des jours que la tentation s'insinue en toi... » Besoin chaque jour accru de tendresse et d'abandon, oui; besoin de chaleur humaine, ou plutôt animale – tiens, je ne peux mieux dire : peut-être si j'avais eu près de moi une bête familière, un chien, un cheval, tout cela qui nous tourmente ne serait pas... Quant à cette vague présence du ventre, le soir, si désir il y eut, c'est désir vague, non impérieux.

Alors Mimi, qu'est-ce qu'il y a eu au juste, qu'appelles-tu *tentation,* qu'est-ce qui s'est passé, jusqu'où es-tu allée, Mimi?

Seulement cela. Certain soir parce que j'étais visiblement lasse, au bord des larmes, *** avant de refermer sa porte derrière moi qui m'en allais après le dîner, m'a prise par le poignet. Oh, sans la moindre brutalité, au contraire – disant qu'il savait bien pourquoi j'étais si nerveuse – demandant pourquoi j'étais si têtue... Nul. Nul ce garçon! Je l'ai laissé dire. J'avais terriblement besoin de m'abîmer – Besoin, je l'ai dit, de tendresse : j'ai vacillé, avec mon gros chagrin d'enfant près d'éclater, de se rompre devant « l'épaule qui s'offrait ». Nul ce garçon, qui effectivement « n'est pas homme à dormir seul » et qui cependant ne m'avait quoi qu'il lui en coutât, montré jusque-là que respect; nul : comment – à quoi bon – lui expliquer que j'avais besoin de camaraderie, d'affection simplement? J'ai compris qu'il ne savait consoler filles et femmes que toujours de la même façon... J'ai compris qu'ici, si je voulais un bras autour de mes épaules, quel qu'il fût, je devrais donner, ou plutôt abandonner moi-même beaucoup plus que mes bras. Mais je l'ai compris tout abstraitement, sans rien imaginer – et il suffit que tu parles d'autres mains que les tiennes sur mon corps pour que j'aie envie de hurler – d'épouvante; ce que j'eusse fait sans doute si. Mais j'étais fatiguée, « tremblant, t'ai-je dit, comme une bête lasse » – et j'ai contemplé ce vide devant moi.

« Que tu aies pu balancer, toi... » Non. Il n'y eut pas hésitation, mais seulement un temps pendant lequel je considérai, morne, un acte. Un temps où je m'attardai à éprouver ma résistance – comme on mesure son sang-froid au bord d'une fenêtre ouverte très haut. Je n'ai pas plus réellement cru que j'allais m'abandonner que l'on ne se dispose à sauter dans le vide. Simplement on évalue la distance qui vous sépare du déclenchement d'un acte auquel on sait par avance qu'on ne se résoudra pas.

Alors, j'ai un instant contemplé un enchaînement de gestes où nulle démarcation n'apparaissait; un vide bien mesquin, bien étroit pour s'y abîmer...

Est-ce qu'il ne t'est jamais arrivé d'avoir ainsi, à des moments de fatigue, la pensée d'actes monstrueux – gratuits – « pour voir » – pour rien : sauter dans le vide, allumer un incendie – gifler, blesser quelqu'un?... Actes déments, oui. Est-ce que tu ne t'es jamais approché de cette limite entre raison et folie – incertaine et fascinante – de cet au-delà du possible qui mérite bien qu'on lui donne le nom de tentation? C'est cela qui m'est arrivé, comprends-tu? J'ai considéré un acte impossible, un acte de folle, fascinant parce que tel. Et on se demande : Jusqu'où peut-on aller? Qu'est-ce qui est permis, possible? Qu'est-ce que je peux? Où est la limite?

Bien sûr cette pensée ne me fût pas venue ailleurs qu'ici. Bien sûr il y a eu émoi charnel, plus ou moins précis. Mais je n'ai eu vraiment affaire qu'à moi-même. Qu'à ma limite. Non, j'ai dit non. J'ai dégagé mon poignet, et j'ai préféré poursuivre plus abstraitement ma réflexion que, j'ose le dire, favorisaient la nullité, l'insignifiance, la transparence de « l'autre ». Si tu veux, à la lumière de cette alarme, j'ai reconsidéré les notions de fidélité – mesuré l'importance, la signification, la résonance d'un acte jamais encore envisagé. J'avais conscience qu'il s'agissait de résoudre un problème définitivement. Je cherchais des raisons, un pourquoi, des justifications alternativement à la fidélité et à la non fidélité... Je t'ai écrit tout cela, et qu'enfin, j'avais dit non.

Matin. Samedi

Désespoir au réveil. Et ce mot qui me vient : Malentendu. Ah, comment saurais-je t'expliquer que tu ne dois pas avoir mal – que cela s'est passé très au large de moi-même, sur une de mes frontières, très en deçà de Nous, qui n'en fut pas plus affecté que ne l'est, au large, le fond de la mer par la vague en surface...

Je ne sais pas, je ne sais plus. Je voudrais seulement que tu ne souffres pas. Et je sais bien que tu es vulnérable sur certains points. Mais justement ce qui m'étonne, c'est que la comparaison se soit établie dans ton esprit. « Déjà »... « Elle aussi alors » – Minou, comment peux-tu? S'est-il agi de te tromper, d'aimer, d'attacher la moindre importance à un autre que toi? Non je n'ai pas *balancé* – Non, je n'ai pas reculé « de justesse ». Et de quels « beaux jeunes hommes » veux-tu parler? Oh, tu me fais mal. Tu vois bien que je t'ai écrit tout cela spontanément, naturellement, comme quelque chose dont tu ne devais pas avoir de la peine – quelque chose de l'ordre des troubles nerveux.

Et maintenant je demeure épouvantée devant ce que j'ai déclenché. Devant cette douleur que je n'avais pas imaginée. Je demeure stupide, désespérée. Mon amour, mon amour blessé, est-ce que tu ne me permets plus de t'aimer? Pourquoi t'ai-je fait si mal? Je t'aime, oh je t'aime, je sais seulement cela. Je t'en supplie, recueille-moi, pardonne-moi.

« Un amour ombrageux, non encore prêt aux concessions. »

J'aime qu'il soit tel et le demeure.

•

Bien sûr je vais partir. Maman m'a téléphoné jeudi me proposant de venir me chercher en voiture à Agde dimanche prochain. Prétextant le mauvais temps, j'ai demandé que l'on vienne demain. J'aurai une réponse aujourd'hui.

Samedi
[21 septembre 1963]

Je nous ai dévêtus de nos habits maussades, dépouillés de nos gangues étroites de peine craquelées, sous la poussée d'un printemps fou, et je nous ai pris par la main, surgis neufs de nos larmes, devancés du désir de la course effilant l'étrave de nos visages, multipliés par notre rire – mais rire grave, solennel, silencieuse étoile de rire, profonde comme un iris des sables – je nous ai dévêtus, remis nus entre les doigts de paille blême du soleil, et le soleil a pansé nos yeux mis à vif, a consolé le désarroi ancien.

Un regard clair suffit – et se dissolve l'ombre. Au bout de notre convoitise était l'eau d'angélique et réglisse, au bout de nos pas le jeu de l'eau qui nous accueille comme un chien familier, qui nous fait fête après l'absence... Je nous ai conduits au fil d'un jour limpide et sans réalité, au fil de nous-mêmes, rêveusement, heureusement, je nous ai aimés – oh, je nous aime, je nous aime, et ton visage rendu, ton visage accordé, ton sourire à nouveau, tes lèvres et ma faim... Notre lourde peine s'écoule comme sable de nos mains rouvertes, abandonnées, nos mains hier contractées sur la blessure, dures, tentées d'être cailloux et qui ne furent jamais telles, ni le seront, nos mains redevenues caresses, Toi ma merveille, mon incroyable merveille, et que j'avais perdue le temps interminable et bref d'un cri. Je te contemple avec ce sanglot nerveux de l'enfant à qui l'on rend son trésor, incrédule encore, tremblant qu'on ne l'abuse. Viens tout près mon amour, que je te reconnaisse tout à fait, semblable à toi-même, mon amour pareil – que l'orage n'a pas entamé – et c'est miracle... Toi qui m'embrasses, qui offres ta bouche – et est-ce que tu sais quelque chose de plus beau que tes lèvres, est-ce que tu préfères quoi que ce soit à ce baiser immérité, ce baiser comme une grâce?...

Et sais-tu encore quelque chose de plus déchirant que tes larmes? Viens encore, viens tout près mon amour, que je te berce, que j'ouvre sur tes paupières la pluie tiède de fleurs de toutes les couleurs, et sur ta bouche la plus large et profonde et rouge, tiens, je te fais des paupières somptueuses, ne pleure plus mon tout petit, ne pleure plus – comprends-tu, il faut que tu t'endormes, que tu oublies, que tu reprennes le rêve interrompu où nous l'avions laissé [le rêve plus vrai que vérité, plus vivant que vie, plus beau que nature], – où donc était-ce? Recommence à je t'aime, tu es sûr de ne pas te tromper – ou si tu veux à « Mon petit Prince » – que tu n'invoques jamais en vain et qui te conduira jusqu'à nous... Recommençons tout doucement, veux-tu, au rythme du sommeil, au rythme des éléments.

Il est dix heures du soir bientôt. Il est l'heure, donc. Mon amour s'appesantit sur mon épaule, dormant ou faisant semblant, son visage confié au creux, au noir, au chaud de mes bras. Es-tu bien? Es-tu un tout petit peu bien, es-tu confiant, un tout petit peu heureux ce soir?

Demain, notre amour se défroissera, s'étirera à l'aube, s'ouvrira lisse, souple, vivant, plus vivant que jamais, VIVANT!... Mon amour comme une fleur, tu es très beau, tu sais, vraiment très beau, je n'en finis pas de te regarder, de te garder, clos, rassemblé sous mon regard, mon amour remis, constellation entre mes paumes, la forme de ma prière, le secret de ma vie. ...Dis-moi qu'il faut aller dormir. Éveille-toi à peine, pour m'entraîner jusqu'au lit proche où nos lèvres attentives nous veilleront, viens... Mon trésor, et bien plus, et tout...

[25 septembre 1963]

Mercredi. Dix heures moins le quart

JE TREMBLE si fort encore que je ne peux parler – et je ne le pouvais non plus tout à l'heure – tu le comprends n'est-ce pas?

Mais, je vais m'éveiller, me réveiller tout doucement nous reconnaître, limpides, au travers des larmes de l'aube.

Je t'écrirai après déjeuner.

Dieu, que je t'aime.

Trois heures de l'après-midi

Quand je disais que ta voix conduit et révèle le soleil – tous les soleils se sont levés ensemble aujourd'hui, celui sous lequel la mer vole en éclats, et celui comme une bouche entrouverte offerte, à la rencontre duquel je m'étire, celui qui savoureusement m'endolorit, suscitant des larmes de gratitude. On n'eut pas besoin de me dire tout à l'heure qui demandait à me parler – moi, je ne pouvais le faire et n'avais osé t'en prier – je savais avant de t'entendre que tu étais venu, et je m'abandonnais, tremblant d'une faiblesse extrême, sans souffle, prononçant à voix basse des mots précipités – nos silences contenaient un sanglot, mais je t'avais rejoint, et je cachais mon visage entre tes bras...

Comment ai-je pu croire que... – Je n'ai pas cru vraiment, non... Mais cette folie, hier, cette angoisse. Ah, « les mots sont sources de malentendus [1]! » Partiels, ils nous réduisent, ne rendent pas compte complètement. Je devrai me méfier d'eux, apprendre à dissoudre leurs maléfices...

Mais c'est fini. Il fait très beau, beau temps d'après l'orage condensé, d'après la nuit qu'un rayon pulvérise, et je me repose au rêve de tes genoux. Je me suis mise nue en signe d'aise, et je suis allée prendre un bain, ce qu'hier, pour tenir ma promesse, je n'avais pas fait car la plage était déserte lorsque je m'y suis rendue. Je suis montée sur la terrasse pour t'écrire à ciel ouvert... D'ici, on voit très bien le square des chardonnerets, inhabité, méconnaissable. Sais-tu, juste après ton départ, notre voisin ayant quitté la place, s'y sont installés deux jeunes Allemands, la jeune femme apparemment de mon âge – et la nuit son chant insolite, extraordinaire, m'a réveillée. Je voudrais, infiniment, te donner la joie de m'entendre ainsi, mon amant...

Je suis ici à même le sol, immobile et quiète – ton petit lézard, qu'un mimétisme colore de terre, – tout entière couleur d'aréole rose brune – et, parce que tu me prends entre tes bras où tu me gardes, je ne sais plus que penchant ma tête rêver, rêve saupoudré d'écume, échevelé de rayons, rêver et somnoler comme un enfant rassasié. Sauve, et réconciliée. Dormir face au soleil – et ce n'est que dormir sous ton regard. Si j'aime tant le soleil, c'est qu'il a la couleur de ton baiser, le goût de tes paroles; si je l'aime tant sur mon corps nu, c'est qu'il me rassemble et me divise à ta façon, m'ouvre et me nourrit semblablement, me polit comme tu sais faire... Ce n'est pas le soleil qui masque la mort [2], mais ton visage, et c'est ta chaleur qui m'immunise, qui fait que je m'avance comme inconsciente, dans des parages étrangers dangereux – mais je ne risque rien, nous ne risquons rien, notre ange est invulnérable. Et je crois bien que tu es cet ange qui veille sur nous, l'ange lucide pour nous deux.

J'ai relu à nouveau ta lettre : et ce que tu dis de mes lettres est vrai, je le vois bien. Mais non les raisons par lesquelles tu expliques leur singularité, non que j'aie changé... Rassurée, j'entends mieux tes paroles, et je trouve que tu as eu raison de les écrire, elles m'éclairent – et tu as eu raison encore d'écrire cette dernière phrase qui me fit si mal, d'avoir le courage de l'écrire, de la penser... Il ne faudra jamais hésiter à me tourmenter lorsque cela sera pour le bien de Nous. Promets...

Tiens la brume se lève – et le vent. Tant mieux, je voudrais qu'il fît très mauvais temps, pour me serrer frileusement contre toi, et que nos bras mêlés protègent notre bonheur silencieux sonore et d'or obscur comme la chambre imaginée où joue Mozart, et nous éclaire un feu de bois...

[...]

Matin

Ah, j'en ai long, j'en ai long à dire, mais le jour gris m'éveille tard – je veux pourtant que tu reçoives dès demain cette lettre à voix fragile, à peine encore mal assurée, mais que la joie conforte, affermit peu à peu. Tu sais, tu sais... quel prodigieux présent je reçus! « et j'en dirai et j'en dirai... » J'en dis d'abord comment je t'aime.

[26 septembre 1963]

Minou, ce jour, l'heure immobile, la date d'une étoile. Une multitude d'étoiles. Une pluie tiède d'étoiles. Minou l'espace. Ici. Maintenant. Minou toujours. Ma raison d'écrire, ma façon de vivre, mon pouvoir d'aimer. Mon amour. Mon amant. Minou aujourd'hui de toutes parts présent, pressant, enveloppant, m'investit, me submerge et déborde, comme réel, charnel, m'enferme au cercle, me captive, et je l'écoute, secrète jalouse et lisse, attentive à l'envers de mon visage, à son exhortation... « Tu es là », et tu tiens en respect le monde, tu déséquilibres le monde et le dépasses de tout le poids d'une totale humanité.

Ce matin, je reçus tes deux lettres, celle que me renvoie ma mère, et celle que tu m'adressas hier. Il y eut TOI, somptueusement, il y eut à profusion Minou tout entier...

Il y eut un paquet dont je savais – ou plutôt j'espérais – avant de l'ouvrir ce qu'il contenait, et je l'ai su, désiré hier, lorsque tu m'en as parlé – j'ai désiré tout cet été entendre cette musique – aperçue à peine mais persistante, inoubliée, appelante comme le visage de femme dont se souvenait Meaulnes – cette musique dont nous ne percevions que des lambeaux, au gré du vent nocturne qui la faisait inégale et chancelante comme une flamme de bougie, mourante, exaltée, lointaine et soudain proche, mouvante étrangement comme le feu d'une hallucination, flux et reflux de musique, et le flux, le reflux de la chair au gré du sang, la chair comme une musique et la musique respirant comme la chair, vivante... J'écouterai l'*Adagio* [1] lorsque je serai seule dans la chambre bleue où nous sommes chez nous. Ici, je n'étais « chez nous » que lorsque de tes bras tu m'y faisais une maison et de ton corps un toit au-dessus du mien... Musique perdue, musique sauve, et merci de l'avoir reconnue, de l'avoir retrouvée, celle qui rouvre la blessure d'une suite de nuits confondues qu'elle résume et développe à l'infini... Je sais que déchirante elle arrache après elle un temps vivant, préservé, qu'elle ordonne et enfièvre...

Et merci encore, je ne le dirai pas assez, de m'éclairer de ta lucidité. Passée l'angoisse aveuglante, assourdissante, je m'applique gravement à considérer ce qui fut, et je m'étonne, j'admire ta compréhension, ta clairvoyance, ta sagesse. Il m'est même venu ce matin une pensée dont j'ai souri après l'avoir énoncée à part moi – On concevrait cette humanité infinie chez un homme très vieux. Mais lui! A son âge!... Tu vois, je te trouve précoce, d'une richesse précoce et rare – que je sais bien que tu n'as pu acquérir qu'à force de douleur, d'amertume amassées. Mon père aux grands genoux. Je ne veux pas jouer la femme enfant, je ne joue pas, c'est ce que je suis véritablement à présent comprends-tu? Bien sûr, Minou comprend. Oh, tu es étonnant, tu sais, émerveillant de perspicacité. Quel regard que le tien! Regard dont je me souvins fidèlement après notre rencontre de juillet 1962, te l'ai-je dit? N'en ayant pas connu de semblable, regard ouvert, à vif, et qui me mettait nue – non comme on dit que le regard d'un homme vous déshabille, mais âme nue, regard tranchant, ciselant, cernant, rassemblant, qui me dépouillait, me réduisait à moi-même, m'isolait, circulant librement autour de moi – autour vide – regard qui m'incitait, me provoquait, appelait, regard tendu, comme une main, alternative... Tu vois bien, tu vois loin, tu vois mieux que moi, par-dessus ma tête, parce que tu es juste assez grand, et tes paroles, parce qu'elles disent vrai, parce que tu en sais long et profond sur moi, flèches dans le mille me rouvrent, me blessent, vertigineuse. J'habite à nouveau l'épaisseur suffocante et savoureuse d'un amour intemporel, je m'insère dans la tranche d'une eau visible liant hier, demain, je respire à même notre espace; ESPACE, ce mot d'entre les tiens vient sur mes lèvres, espace, enfin, quand, il est vrai, je vivais ici à fleur de moi-même, au ras du sable, laminée de soleil, quand je n'étais que respiration de bouche endormie, de grande fleur gourmande de lumière, fleur happée vers le haut désert. Mais à présent, je suis debout, tu me grandis, nous résistons au jour et nous équilibrons le ciel, et c'est comme toujours par ta grâce et selon ton désir.

Je n'ai pas besoin de relire mes lettres de septembre pour savoir que tu dis juste. J'ai éprouvé à les écrire quelque difficulté. Lorsque je crie : – Ce n'est pas vrai! je veux dire : Il n'est pas vrai que je t'aime moins. Il n'est pas vrai que j'ai changé – ni que je m'attarde auprès d'autres hommes, auprès d'un autre homme, il n'est pas vrai que je cède aux sollicitations, ni même que je leur accorde quelque importance.

Mais il est vrai que ma voix semblait changée, amoindrie, ne régnant plus sur nos domaines et notre temps, ne procédant plus de nous. Tes notes de vendredi ont raison, me révèlent et m'expliquent à moi-même. Il est vrai qu'elle ne s'acheminait vers toi qu'au travers d'une brume dorée – et le mot même « s'acheminer » répond à celui de « distanciation ». Il est vrai que je fus retenue dans une toile de rayons, prise à la glu de lumière, amenuisée, noyée, chair saturée réduisant l'âme, me dissolvant dans l'élément. Et j'entendais mon amour pour toi, mais t'écrivant, je ne faisais que me le raconter à moi-même, isolée par le soleil, « île au soleil », soliloque s'inscrivant sur la pierre polie du ciel. C'était toujours le même amour, la même fille, inchangés, mais comme érodés, usés. Je devenais objet, et je crois bien que ces lettres ont quelque chose d'objectif, le contour lisse, uni, dense et glissant d'un galet (aucune prise pour tes lèvres), l'immobilité, la lourdeur de la pierre, un contenu minéral, pétré. Arabesques et non signes. Lignes insensées et non réponses accordées. Écorce. Absences de voix. Voix bue par le soleil, effilée par la fatigue, déconcertée, désajustée. Voix brouillée, proche du sommeil, se perdant, se renonçant. Voix aux racines tranchées, ne parvenant plus à nourrir son feuillage... De ce dessèchement, j'eus une sensation confuse; il me semblait que je n'écrivais jamais que des préludes de lettres, l'essoufflement venant avant que ne soit formulé, composé l'essentiel, avant que j'aie exprimé ce qui motivait précisément mes paroles, lettres auxquelles on se heurte, non comme on se confond avec un visage offert, mais comme on heurte le bois, la pierre, l'eau, le vent, où l'on ne rencontre jamais que soi-même.

Dures, mais poreuses; où tes paroles se perdaient.

Parce que le mal fut circonscrit, nous sommes saufs. Mais pour que je prenne distinctement conscience du danger, il aura fallu que tu me préviennes – pour me guérir qu'énergiquement tu interviennes, et tu eus raison de me rudoyer : peut-être fallait-il cette émotion brutale pour que se dissipe l'amnésie momentanée.

Nous dénoncerons les raisons, les causes – toutes, de ce qui fut.

Et premièrement le soleil, ou plus précisément l'alternance éprouvante du mauvais temps et du soleil, faisant ce dernier plus précieux, nécessaire, despotique. Le soleil inévitable, comme un vol de mouches assaillant toutes mes retraites. La nudité, me livrant davantage, facilitant la prise du présent sur moi. Il y eut aussi la fatigue, la conséquence de mes fonctions. Je ne croyais pas qu'une tâche manuelle fût appauvrissante, c'est pourtant vrai (excepté sans doute de celles que motive une préoccupation artistique). De cela j'eus le pressentiment en août de l'an passé, lorsque ma mère étant malade, je dus veiller aux soins du ménage; à mes heures de loisir je n'avais plus aucun goût pour les tâches de l'esprit. Je ne dis pas qu'il ne faille parfois exercer ses mains – n'est-ce pas Amour mien? – mais non y être astreint. L'esprit manque précisément d'espace, de loisir. Et peut-être aussi qu'il y eut le prolongement, la conséquence d'un mois d'août éprouvant, vécu au parage de l'anormal, de l'insensé, août hallucinant et morne, août irréel et comme une eau calme et glacée, eau pétrifiée, sur une cargaison merveilleuse perdue au fond... Ici, oui, mon regard s'est dépris de cette vision, forcé qu'il était de s'exercer sur d'autres objets. Ici, si tu veux, j'ai dû m'accorder à une vie normale, à des gens hélas normaux – ce que n'est pas un grand amour, ce que n'est pas notre amour, et peu à peu s'est englouti dans ma chair notre poème.

Je te demande simplement et de tout mon cœur pardon. J'aime que tu aies parlé d'une « crise de croissance » de notre amour; le mot dit assez ce qu'est notre présent, l'irrésistible levée d'un cri, la volubilité de la sève. Dépassement.

Mais cela ne put être que grâce à toi, notre ange – parce que tu vois clair. Regard du maître, regard maître – et c'est la toute-puissance de ce regard que je saluais, reconnaissais et louangeais hier soir tandis que je lisais, enfin, les précieux feuillets dont je vis s'élaborer le poème.

[Sur feuillet séparé :]

Je jure de ne jamais me baigner seule, ni par mer agitée.

Ce qui signifie encore, de ne jamais m'exposer inconsidérément sitôt l'imprudence reconnue.

Jeudi après-midi
[26 septembre 1963]

[...]

POUR MOI, j'ai beaucoup à faire encore... pour te plaire. Je ne crois pas avoir maigri ce mois-ci, mais la natation, l'exercice m'ont musclée, durcie; il s'est creusé en haut des cuisses, symétriquement, de part et d'autre du pubis, deux fossettes, sans doute au point d'attache des muscles de la cuisse tonifiés par la brasse – et cela m'amuse beaucoup; à Toulouse, non par plaisir car je déteste les piscines, mais par discipline, je continuerai à nager. Je continuerai également à effectuer la gymnastique matinale que je n'ai pas négligée ici sauf certain matin de tristesse et d'angoisse. Et puis, je persévérerai dans le bonheur, ce qui m'affermit, me modèle... Je tâcherai, t'ai-je dit avant de te quitter, de devenir belle; je tâcherai, je tâche. Belle, c'est beaucoup dire. Mais je peux m'efforcer vers l'harmonie, une certaine continuité des lignes et la plénitude des volumes, cela, oui, je le peux et je le ferai, je le fais. Il y a encore ici quelques jeunes femmes mélodieuses, mais curieusement, les plus déliées, minces, pèchent par l'absence de poitrine – garçonnières, aux lignes adolescentes. C'est dommage, et regrettable pour elles, qui ignorent le plaisir de s'avancer dans le jour comme une étrave vers le large, le plaisir de s'offrir au jour, les bras rejetés en arrière, à profusion, de s'évaser au jour, salutation multipliée – de provoquer le jour et de le tenir en respect... Isabelle pourrait parler de cette joie de s'éprouver développée, dilatée, exaltée – de cette invocation perpétuelle, offrande et louange, du bonheur de respirer le vent en proue de soi-même, de se précéder... Allégresse! Torsion, déploiement, ouverture, avec ce que ce mot évoque de musique. Élancement et visible croissance.

Il me semble, lorsque je suis étendue sur le sable, que s'il n'y avait mes seins, je serais écrasée, oppressée par le ciel. Il me semble, lorsque je suis debout, qu'ils sont l'amplitude de ma respiration nécessaire et que réduite, je m'étoufferais... Et sans doute chez les hommes la largeur du torse procure-t-elle la même sensation... C'est égal, je préfère être une femme, – moi qui, petite fille, pleurais d'humiliation à cette perspective... Je suis bien dans ma peau... Ma peau me va comme un gant!

[...]

Soudain, je viens d'avoir très faim de te revoir – et j'ai pris dans ma valise l'enveloppe contenant tes photographies, toutes...

Et celle de nos mains – le miracle de nos mains rencontrées, accordées, – que je n'en finis pas de contempler – L.! Au cœur, l'angoisse du premier jour, et le ravissement – la perte de conscience, la conscience exacerbée... L. – et soudain je ne suis plus d'ici « fille exclusivement marine et solaire » mais déjà la fille des bois et sapinières, de l'automne proche, que je hume, que je désire. Nous allons nous revoir...

Ah, ce soir je suis chez nous. Partout chez nous. A L., mais aussi à Gordes – et c'est vrai, j'ai accueilli silencieusement la nouvelle de ta certaine acquisition, mais c'est que déjà j'étais tourmentée par l'imminence de l'orage – « Gordes où nous serons », Gordes du Petit Prince, le royaume accordé – il faut me raconter Gordes ma terre lointaine, et la maison que tu veux y bâtir. Est-ce que ce sera notre maison? la maison de l'Ange? Est-ce qu'il y aura la cheminée profonde et le carrelage poli – la chambre blanche – obscure et fraîche à l'heure de la sieste?

La chambre dont rêve Isabelle? Dis, et notre lit? Je voudrais que nous ayons un lit bien à nous... Mais je sais bien qu'en attendant, il suffit de mes bras pour nous en creuser un...

Lundi
[30 septembre 1963]

JE SUIS chez Nous, heureuse de m'y retrouver, et je fus heureuse hier d'y rentrer, éblouie, suffoquée un peu de réhabiter la pulpe d'un univers discrètement coloré par l'automne en lequel s'accomplit l'été, un monde qu'ordonnent et fixent les regards graves de jeunes filles anciennes [1], qu'oppresse une musique lente à croître et se déchirer [2], et sur lequel règne une étoile de cristal – ma saison de tendresse, l'opulence rendue!

Je suis vivante, mon amour, vivante nue bien plus qu'hier où le soleil me revêtait, chrysalide; je n'en finis pas de nous rencontrer, de nous saluer, de déchiffrer les signes que sont ici le ciel et les objets. Où donc étais-je partie? Et quel long rêve j'ai fait, qui demeure en reflet insolite, brun sur mes joues, mes bras, mon corps?

Amour mien, je nous redis, et je m'étonne de nous savoir par cœur comme une chanson d'autrefois ressurgie intacte et fraîche. J'eus le vertige longuement. Je nous reviens – et tu savais que j'allais revenir, tu le savais, toi, tu sais toujours tout. Pourtant, aujourd'hui, je ne te parlerai pas de mon retour – visages retrouvés! – et la maison limpide, où les voix me parvenaient lointaines, comme elles résonnent à l'ouïe d'un malade isolé dans sa chambre – ni de l'accueil de la lampe et des livres, et ni de la musique reconnue dont je fus bouleversée, ni d'un pré au soleil où l'herbe s'égouttait à huit heures. Je suis vivante chaudement, souple, librement – mais j'ai de la peine aujourd'hui. Le monstrueux hiver dont tu m'as guérie, germe, se développe à mon côté, me dérobe Josette... [...]

Et nous saufs, préservés, nous savons notre chance, nous savons gravement notre bonheur, et qu'il est rare. Mon amour, mon amant, ces deux-là, je te l'assure valaient de vivre, autant que nous, qui n'avons pas mérité la joie si haute d'être ensemble, et qui en connaissons le prix, et qui nous aimons pour nier la solitude, toute la solitude du monde, nous qui ne sommes pas seuls.

Lundi nuit

Je sais mieux aujourd'hui notre chance, et quel privilège est notre amour, notre amour érigé dans un monde horizontalement fauché, miracle dans le champ d'une dévastation, seul arbre préservé, me semble-t-il... Épargnés, nous sommes épargnés, et nous nous sourions malgré l'angoisse, malgré la foudre qui vient d'abattre l'arbre le plus proche... Ce soir, je parle de choses quotidiennes, de la gestion de nos royaumes, et d'une voix chargée de peine je célèbre notre bonheur – comme on s'efforce, après le drame, de renouer avec l'ordre et l'ordinaire, de revivre le jour, de réhabiter ses gestes. Je ne dis rien de notre amie souffrante – en marge de ma lettre, je lui dédie le plus grave des silences, crispé de larmes contenues.

Mon amour, nous avons bien du chagrin, et cependant nous nous émerveillons en tremblant. Mon amour, ferme tes bras derrière moi, referme-les sur nous, abrite-nous, et nos paroles basses, comme une flamme effarouchée; protège-nous. Je te rends compte de ce jour, et de l'amour vécu, l'amour vivant, multiplié par son écho. Jour clair et de tendresse, à l'aube plus tardive qu'elle n'était près de la mer – mais plus ample, profond, sonore, plus ferme – jour net – non plus ce crissement imperceptible du ciel rayé, criblé de sable, mais la limpidité, la fluidité d'un air assaini par les feuilles. Jour construit, étages de jour, édifice... jusqu'à l'heure nocturne, calme, que gouvernent la lampe et la page. [...]

J'aimerai Gordes... Oh, mais cela fait longtemps que j'aime Gordes. Mais dis-moi, tu veux acheter tout le village? « Si je continue à acheter des terrains, je ne pourrai jamais me faire bâtir une maison », disais-tu dès ta seconde lettre, je crois... Cela ne fait rien. J'apporterai la mienne, de toile, toute petite mais vaste comme nos bras... Tiens, c'est une idée cela : est-ce que l'an prochain je pourrai installer notre maison sur tes terres? Et je voudrais être là lorsque tu planteras les oliviers... Oui?

J'apprécie comme toi l'intelligence lucide de Françoise [1]. Si tu ne l'as pas recueillie, je t'enverrai l'interview que je découvre aujourd'hui dans un numéro récent de *Elle* laissé chez nous par notre jeune voisine (Sagan : un jaloux dans votre vie?). Très sympathique oui, très vraie, naturelle. Et voyant, disant juste : – « L'amour sans amitié est épouvantable. » N'est-ce pas, Ami? mon amour... – « C'est cela le bonheur : on n'a pas besoin de nourriture, pas besoin de sommeil. On reste éveillé toute la nuit comme les oiseaux, c'est épatant... »

Oui, mais je suis un oiseau fatigué, et c'est de bonheur poignant me brisant que je m'endors entre tes bras, entre tes mains, mon nid – au plus tiède nid de genoux et de bras tressés.

Mardi

Je t'envoie l'interview de Françoise, que j'ai eu la permission de découper. Je m'avise maintenant seulement que tu pourrais croire à une allusion à nos tourments d'hier, si anciens déjà. Mais non : toute cette semaine où nous nous sommes fait du mal, le mot « jalousie » ne m'est pas venu aux lèvres. Tu n'étais « pas jaloux, mais blessé, amputé » – souffrant, défendant farouchement notre intégrité, possessif mais comme on défend, comme on protège... Est-ce pour me rassurer éventuellement que tu m'assures que [je m'appartiens aussi...]?

J'aime ces possessifs qui sont une façon de me prendre, de me rassembler sous ta bouche... Je ne suis pas si sûre que cela de m'appartenir – la vérité c'est que je *nous* appartiens; libre mais obligée; Nous, comme l'Ange de Prouhèze [1], me tient, plus ou moins sensiblement, plus ou moins impérieusement, Nous me garde – mais je ne Nous connais, et ses commandements, qu'au travers de toi, par ta voix, tes mains qui me ressaisissent et règnent, persuasives.

Je relis les réponses de Françoise... Je n'ai pas connu, dans mon entourage, de jaloux. (Mon entourage amoureux, ce sont tes bras, et je n'en ai guère connu d'autres.) Mais je sais qu'une de mes grand-tantes, alors jeune, vive et fort jolie, en épousa un, chez qui le soupçon obsessionnel s'étendait jusqu'à son beau-père; il voulut la séquestrer, elle dut fuir, se réfugier chez ses parents et divorcer quelques mois plus tard; parce qu'elle l'aimait, elle en fut brisée. Petite fille, j'ai longtemps ignoré ce drame deviné peu à peu et dont on parlait allusivement et très rarement; j'ai compris, le sachant, pourquoi ma tante semblait subir son sort, ce sentiment d'une vie submergée que l'on éprouve auprès d'elle...

Quant à moi, je ne me souviens d'avoir été jalouse qu'une fois – jalouse jusqu'à m'avilir; ce fut l'été dernier, lorsque Michel, ce jeune fou, échangea un soir ma main contre celle de F., à qui je fis une « scène » dont j'eus honte le lendemain, et dont je m'excusai. Il est vrai que la déception avait été brutale – et puis il y avait cette espèce de stupeur d'une dépossession rapide comme un rapt, cette inconscience de F. [...] J'ai bien failli la gifler, lui faire mal... Je sais que, plus tard, elle eut de la peine de m'avoir ainsi blessée; elle m'écrivit pour m'en demander pardon... Je me souviens aussi que les jours précédents, j'avais de toutes mes forces essayé de cacher ma jalousie croissante, de sauver les apparences...

Jalouse? Peut-être, un peu, de Dieu. Ou plutôt que jalousie, stupeur intriguée, interrogation devant votre alliance, inquiétude. Le sentiment – bref mais réel – d'être en dehors de; d'être refusée; éloignée, de n'être pas consultée, comme si j'étais trop petite, comme si je ne pouvais pas comprendre : – Ce n'est pas pour les petites filles... Je pensais beaucoup à cela au début d'août; j'essayais de cerner, d'isoler ta foi.

Je me disais que tu ne m'avais pas jusque-là semblé posséder quelque chose que j'ignore, que tu aimais la vie, le monde, à ma façon d'aimer; je me demandais si je devais prendre Dieu au sérieux et lorsque je le prenais au sérieux, j'étais presque effrayée de te voir me préférer à lui. Réponds-moi : suis-je ta faute? Tu ne le ressens pas, non, mais penses-tu que véritablement je le suis? Comprends-tu, Dieu m'intéresse en ce qu'il est ton Dieu, et que ne le connaissant pas je ne saurais complètement te connaître – J'ai rencontré un Sphinx, au sourire déconcertant, aux paroles énigmatiques, tellement, que, te souviens-tu? je t'ai demandé si tu parlais sérieusement... Il est vrai que parfois, en moi-même, profondément je perçois l'approche d'une surhumanité, d'une surréalité angoissantes. Et il est vrai que parfois je regrette de ne pas croire – et je pense que j'y parviendrais si seulement j'avais l'humilité de chercher Dieu, de l'appeler... Mais je suis retenue de le faire parce que je sais ne pouvoir éprouver deux passions simultanées – ce qui ne se conçoit pas, l'une devant exclure l'autre... Parce que je t'aime, je te préfère – si j'aimais Dieu, je le préférerais, et ce ne serait pas assez que de t'aimer en lui – et ce n'est pas m'aimer assez si tu m'aimes seulement comme partie de lui... Et, comme je ne puis douter de ton amour, et que tu m'aimes comme tout, je me demande de quelle sorte est ta foi...

Il est vrai que je me détache, que je me déprends de tout, comme le pécheur proche de la conversion dont parle Pascal en des termes qui m'ont bouleversée; c'est que notre amour est culte, célébration, communion véritable, incessant dépassement; c'est que je te ressens comme mon au-delà, que tu suscites ma soif immense... Au-delà, de toi, oui, est Dieu – et je ne souhaite pas de le reconnaître, parce que je cesserais de te voir, parce que j'aimerais également toutes ses créatures, rassemblées en Lui. Je refuse de « t'aimer également », de « t'aimer comme ». Je t'aime incomparablement – et il faut bien être femme pour montrer si peu d'humilité, pour persévérer, aussi obstinément insensée, être femme, pour oser choisir son Dieu! Mais, je t'ai choisi, décidément, naïvement, insolemment, et je te charge de toute ma puissance de défi, de provocation. Tu prolonges mes forces. Et je peux bien être toute petite, il n'empêche que je te mets au monde, puissante comme la terre-mère, et parce que tu es beau, mon enfant, mon amant, je m'éprouve infinie. Je t'aime religieusement, hérétiquement, et si je semble soumise, c'est que je t'ai moi-même donné tous tes pouvoirs qu'il m'est doux d'éprouver...

Mercredi nuit
[2 octobre 1963]

HUIT HEURES : il est donc très tôt encore.

Si je viens d'aussi bonne heure, sitôt achevé le dessert de pommes et de noix, sitôt la table desservie, c'est que de tout le jour je ne parvins à m'éveiller vraiment, fragile sur une assise vulnérable, soumise à la présence de la nuque, souffle brisé – Je dissimule autant que possible le malaise latent, mais Maman qui ne s'y trompe pas, s'inquiète... Se peut-il qu'il suffise de l'automne pour me restituer, avec le souci des livres, la fatigue de la veille des vacances? Désir du sommeil... Mais je ne veux pas t'importuner par ces tracasseries maussades, que chassera le soleil s'il nous fait la grâce de ressurgir.

Ce jour cependant, j'écoutai à nouveau l'*Adagio.* Ah, les larmes irrépressibles, tant cette musique figure le lent déroulement d'un calvaire, l'effort d'une marche meurtrie, plus douloureuse à chaque pas qui progresse en dépit du mal, cheminement aveugle poursuivi dans une nef de ténèbres, vers ce visage de Vierge au fond, vers cette lumière émouvante, frêle et puissante comme celle d'une simple bougie, dans un tableau de La Tour, lueur miséricordieuse, la grâce vers laquelle se hausse une âme miséreuse, Charité! Charité, oui, qui fut celle des lèvres accordées où l'ombre se dissout, des mains se rejoignant et des corps cernés de nuit, s'accueillant pour prolonger le soleil... Et visible, la silencieuse torsion d'un visage souffrant qui refuse de renoncer, où l'amour empreint nie le désespoir, visage qui s'impose de la *Pieta* d'Avignon...

Tu fus en moi comme cette musique même – et je te

voulais plus profond toujours, jusqu'à la culmination de l'angoisse.

Jeudi

Après-midi. Le parfum des pommes cuites tient le froid en respect. Maman, ce matin, a bordé dans son lit un petit Mimi comme convalescent, a ordonné la diète et le repos, bercé, embrassé un visage tout ensommeillé qui refusait le jour, avant de partir pour A., où l'on excusera mon absence chez les amis (véritables) qui nous avaient invités à déjeuner. Et Mimi, honteusement, a dormi jusque vers midi, se levant juste avant le retour de Manou, qu'une nonchalance trop manifeste inquiéterait... Mimi avoue qu'il n'est pas trop désagréable d'être juste assez malade pour que l'on vous câline, et que l'on puisse sans remords demeurer calfeutrée confortablement, à rêver, bien au chaud, cédant à peine à l'offensive de l'hiver, repassant tout à loisir les contes de l'été... Et puis comment Mimi pourrait-elle être triste, quand il y eut au courrier ce matin, une lettre étourdissante de son amour, son amour qui lui fait fête fougueusement, tellement que Mimi proteste se jugeant indigne de. Y penses-tu? Oh, ce n'est pas que tu risques de me rendre vaniteuse; seulement, je te l'ai déjà dit, lorsque je reçois de telles louanges, j'ai le sentiment d'un malentendu, d'une confusion de personnes, et que ce n'est pas à moi, de moi que l'on parle – tandis que lorsque tu me grondes, à chaque fois tu frappes juste, sensiblement, et je me reconnais dans ce que tu dénonces et dont j'avais confusément mauvaise conscience. Déjà, l'autre jour, alors que ta peine s'estompait seulement, tu me prétendais meilleure que toi, et j'en fus honteuse, confuse. Meilleure, que toi! Oh, tu ne vois donc pas comme continûment je m'appuie contre toi, te demandant des forces, et ta lumière, tu ne vois donc pas comme tu m'éclaires, et que tu éclaires le monde qui ne m'est visible que parce que tu me le donnes à voir; quant à ce que je dis, quant à ce que j'écrirai, il faut, il faudra toujours lire en marge ma constante insatisfaction de ne pas savoir rendre compte de ce qu'il m'est donné de vivre – et c'est la même impuissance à cerner le réel, la même désespérance d'en sauver l'essentiel, qui me fait devant toi demeurer silencieuse, douloureusement silencieuse... Je sais que je parlerais, que j'écrirais mieux si seulement je pouvais me défaire de ce complexe d'inefficacité – la tentation mallarméenne de l'azur! – mais cela ne se laisse pas oublier... Et peut-être un compliment que j'éprouve immérité, ne fait-il qu'accroître cette angoisse – comme si je craignais qu'un jour, entendant ma voix telle qu'en elle seule, et non plus recueillie, amplifiée par ton amour, tu n'éprouves une déception d'autant plus pénible que tu l'aurais mieux aimée. Décalage entre ce que je te donne, et ton appréciation, décalage que comble ton amour, mais qui, pour tout autre, apparaîtrait évident...

[...]

Ce soir, je décrète l'automne. Vois-tu, son avant-garde trop brutale m'avait assaillie, ébranlée et j'ai failli céder à la prise d'un vent du Nord déconcertant. Mais tapie dans ma maison, reprenant mes esprits, j'ai rassemblé mes forces, pour la confrontation, et demain parce que je suis prête, et que mon désir la suscite, une saison nouvelle s'instaure qui d'un seul coup flèche toutes les feuilles de vigne vierge, rouges à terre, comme des hirondelles mortes; demain l'automne submerge notre espace secret, et le comble de sa profusion savoureuse; nous reconnaissons l'odeur des sous-bois moisis que mesure le heurt feutré des bogues; demain entre nos mains qui l'accueillent, entre nos lèvres qui l'effleurent, le hument, pleut l'automne – en deçà de la lisière brillante de l'été...

Petites filles, comme les simples, nous observions les changements saisonniers, nous connaissions les fêtes du temps, les hommages à rendre, les rites à accomplir, attentives à la succession des floraisons, des migrations; il y avait le jeudi du petit houx, et celui des perce-neige, celui des premières violettes, et des chatons de noisetier, plus tard le temps des jacinthes sauvages – et même une fois, avec mon père, je découvris un champ de jonquilles. En juin, les fraises des bois aux gîtes depuis longtemps dénoncés par les fleurs, et repérés – et, nous avertissant de la fin des vacances, les mûres, qu'un jour prochain j'irai débusquer... Et nous n'étions pas seulement soumises aux inflexions du temps, mais encore respections scrupuleusement les fêtes du calendrier – et il nous importait peu que ce fussent fêtes religieuses, chrétiennes, pourvu que Maman ravisse notre gourmandise païenne, de milla frit, de crêpes, de clafoutis... Mais depuis tant d'années qu'aurai-je su de l'automne, du printemps, de leur croissance, de leur éclatement? Il y eut il est vrai, à Toulouse, il y a deux ans, un mémorable dimanche aux lilas que Natacha et moi évoquons avec une heureuse complicité – et puis, l'an dernier, un printemps vivace, qui n'en finit pas de se développer... – Mais ces journées sont privilèges et non plus richesse quotidiennement amassée. Je ne possède plus qu'une monnaie d'images à gaspiller – et c'est ma faute, je fus oublieuse. Alors, parce que j'ai vécu l'été, parce que je l'ai aimé, je ne veux plus me dessaisir du ciel ni de mes terres, ni permettre que le froid m'en exile. Je te parlerai de l'automne, c'est une façon de le posséder, tu le sais bien, de le capter, de l'égaler...

L'automne, ce soir, consume toutes les étoiles; ne demeure qu'une en cristal, et ton regard fleur double. Ami, bel ami, mon amour, je parle en rêve, et lorsque je m'éveille et te vois devant moi sourire d'indulgence, honteuse je me tais, et je me cache dans tes mains – Minou mien, ô Minou mien, Mimi est fou, fou de toi! et c'est irrémédiable, irrésistible autant que l'automne.

[5 octobre 1963]

SAMEDI. Bonjour Nous et bonjour en Nous, Amour mien.

A vrai dire il y a longtemps déjà que ce salut est prononcé, propagé, prolongé – puisque voici déjà l'après-midi, trois heures. Hier soir, ayant tenu compagnie auprès de son poste de télévision à cette demoiselle voisine dont je te parlai maintes fois, je ne pus t'écrire, et je fus seulement chez nous à l'heure du rendez-vous.

... Le fragment du film de Max Linder à la projection duquel j'assistai, me fit souvenir que je ne t'avais pas assuré que j'aimais, bien sûr, « Charlot » – la tendresse, l'humilité, la pureté de Charlot – qui, plus que le rire, suscite le sourire proche des larmes, « Charlot » que nous gardent les ciné-clubs, hélas si peu apprécié de la plupart de mes camarades. Mais Mimi Giroflée, Mimi Noisette, le Bonhomme, le Petit Prince, comment n'aimeraient-ils pas Charlot, en butte, toujours, aux grandes sérieuses très féroces personnes?

Minou fougueux, exubérant, dévale ce matin comme un petit garçon la pente ouverte de mes bras... C'est qu'il va me renverser! (préméditation? adorable...) Minou tel le vent... Et tu demandes si je l'aime? Oh, tu es par trop oublieux, je suis bien certaine de t'avoir dit de lui le plus grand bien toujours, de t'avoir par exemple raconté que Nat et moi (à peine nous connaissions-nous) les soirs de fastueux autan, au mépris des avertissements conjugués de nos compagnes prudentes, nous hantions longuement les quais, et les ponts sur la Garonne. Le vent souvent favorise Toulouse et toujours j'en suis comme revigorée, exaltée, incitée à courir, à le prendre de haut avec ce morne alentour... Je ne t'en ai rien dit parce que j'étais alors plus soucieuse de panser mon amour souffrant, mais ces derniers jours de septembre, là-bas, passés, projetés comme au travers d'un crible doré, extraordinairement lisses, limpides, glacés, comme pure avalanche, furent des plus beaux. (Et du haut du comptoir, sortant de ma réserve souriante habituelle, je pris à partie un client qui pestait contre ce « satané vent plus ennuyeux que la pluie »!) – Jubilation de Mimi sur une plage curieusement absolument nivelée, arasée, s'écoulant imperceptiblement vers la mer hérissée, rebroussée, figée à la pointe de piques innombrables... Mais nous préférerons le mistral, lorsque de longues nuits nous l'entendrons assiéger notre maison de Gordes et notre intimité plus douce d'être menacée, – lorsque nous l'entendrons cependant que nous contemplerons, comme son âme échevelée, le feu de bois qu'un appel du dehors effile, et nos mains feront, au cœur du vent, un cœur fragile et dur à la maison.

Ce soir accès prolongé de tendresse émerveillée muette, affleurement de souvenirs plus nets, et neufs. Oh, tu sais! tu sais, Mien, si tu savais, et tu sauras quelque jour – et se peut-il, oui, vraiment – quelle source que cet amour!

Dimanche

[...]

Je voudrais savoir te parler clairement de mon expérience de Dieu – le manque de Dieu ou son reniement, c'est une façon de l'éprouver, n'est-ce pas? et même passionnée! – et dans ma vie. Il a véritablement une « présence d'absence » (comme tu disais de l'amour chez Isabelle). Mais c'est chose difficile à tirer au clair, et peut-être vais-je m'embrouiller, me contredire... ces hésitations du reste sont en elles-mêmes révélatrices. Et il me semble assez important d'éclairer à tes yeux mes rapports avec une certaine notion de l'absolu... Je ne crois pas avoir jamais témoigné envers Dieu d'indifférence. Petite fille heureuse, rassasiée, je l'aurais pu si mes petites camarades ne m'avaient très tôt et parfois cruellement démontré que j'étais privée d'une part de leurs jouissances. Pense donc : une qui ne va pas au catéchisme, qui ne va pas à la messe! On me considérait avec curiosité, un brin d'inquiétude et quelque mépris. Cela ne fit que développer chez moi un anticléricalisme précoce, hautain, que mes parents déploraient, mais qu'avivait toute opposition. Et rejeter l'Église, à cet âge où l'Église m'avait semblé contenir Dieu, c'était encore rejeter, nier Dieu... Jean-Pierre vint, le premier me semble-t-il, ébranler cette belle assurance.

J'avais quinze ans, lui dix-huit, et je découvris que nous étions semblables par la foi – que les mots seuls nous divisaient. Suivirent de longs mois de trouble, de détresse, de dénuement, d'appel. Mais mon entourage décourageait toute tendance au mysticisme. Je repris pied, me révoltai, me mis au travail de façon superbe, comme si mon enthousiasme avait pu mortifier quelque obscure et languide puissance à l'étreinte de laquelle je venais d'échapper – et courant sur cette lancée, droit devant sans me retourner ni rien considérer, je me proclamai matérialiste (!), me montrai rebelle à toute métaphysique et fraternisai avec de jeunes marxistes parce qu'ils manifestaient un enthousiasme contagieux et que leur effort témoignait du même désir de dépassement qui m'animait. Oh, j'ai dit bien des sottises alors; puissent ceux qui m'ont entendue n'en avoir retenu que l'exaspération d'un amour que je ne pouvais exercer justement. Dépassement, oui, il y avait aspiration vers, élan, recherche et gratitude, et cela, je le crois, ressemble à la foi. L'amour, la reconnaissance que tu dédies à Dieu au travers du ciel, du soleil, du vent, de mon visage, je les voue simplement au ciel, au soleil, au vent, au visage de mon amour. Je vois moins loin que toi, mais nous regardons dans la même direction... Ta présence au monde, parce qu'elle me bouleverse, me fait accéder à l'ordre surnaturel des choses, m'angoisse, comme un signe, une preuve dont je reconnais qu'ils me provoquent, mais que je ne sais encore déchiffrer. Sentiment d'une subtile aliénation, et que si chacun de nous, seul, habite ses limites humaines, naturelles, Nous, siège dans la paume de Dieu. Je ne sais comment te dire – impression que Nous, ce n'est pas seulement Toi, plus Moi... Présence, nécessité... Il faudra m'aider à éclaircir tout cela. Ce que je voulais te dire, c'est que l'approche de Dieu me fut sensible cet août, comme celle du Mal à Pâques; et là-dessus encore, je sais mal m'expliquer. A Pâques, après t'avoir quitté, lorsque je dus subir les reproches et les larmes de Maman, je le fis avec une froideur qui me désespéra; il me sembla alors que j'avais cessé de vivre parmi ceux qui jusque là avaient été les miens, que j'étais possédée (et ce mot, je ne le prononçais pas sans honte) par un enchaînement inéluctable de situations, animée par une force irrésistible – et que je faisais, sans y pouvoir remédier, le vide autour de moi, le mal. Et, sans doute ce n'était que la nécessité de l'amour, mais parce que les effets sensibles sur mes proches me terrifiaient, je l'éprouvais comme une nécessité infernale. Maman se plaignait : « Tu es amorale, anormale, égoïste. » Et en effet, je me sentais privée d'une sensibilité ordinaire, comme dénervée, m'éloignant de, conduite par une force négative... Je voudrais aussi me souvenir mieux de ce que j'éprouvai au début d'août, où, seule dans la maison silencieuse, t'ayant quitté, je fus soumise à un climat quasi hallucinant. A ce point que, malgré les preuves tangibles, je me demandais parfois si je n'avais pas rêvé ces jours de juillet, si je ne nous avais pas, depuis le début, rêvés. Je lus alors des pages de Pascal [1] qui me bouleversèrent. J'y vis que je t'aimais comme on adore Dieu, se déprenant de toutes choses, pour ne les aimer, les retrouver qu'en Lui. J'y vis que mon amour me faisait ressembler chaque jour davantage au pécheur proche de la conversion...

Peut-être m'a-t-Il choisi pour te conduire à Lui? m'avais-tu dis. Je le pressentis au delà de toi, et je compris qu'en ce qui me concernait le seul pari valable et par lequel je pouvais m'approcher de Lui, c'était de Le choisir, de renoncer à toi. Et cela, non, Dieu ne me le demandera pas, parce qu'Il ne pourrait se faire entendre, peut-être, que si, jouant tout mon avoir au risque de tout perdre, j'allais vers Lui, je me mettais en marche vers Lui en t'écartant, que si je le désirais plus que je ne te désire. « Me mettre à genoux, prier [2] », en mon cas cela signifie me détourner de tout, me détourner de TOI... Ce que je te dis, je ne l'assure sur rien d'autre que sur le sentiment que j'en eus alors.

Seulement, la vérité c'est que je te préfère, Dieu mortel et faillible, vulnérable, et si semblable à moi; la vérité c'est que je t'investis, et que je crois en toi et que je t'aime à genoux, et que je me hausse vers toi. Et pourquoi Dieu t'aurait-il fait si ce n'était pour que l'on te préfère à Lui, pour que le regard qui Le cherche se prenne à ton visage, y demeure englué, mon beau soleil, mon amour, mon paradis tout petit et si profond, mon Ange (l'Ange-je n'en connais pas d'autre)? Ah, tu sais, tu me donnes le vertige, ciels s'ouvrant sous ma bouche, et quel musical royaume...

[8 octobre 1963]

MARDI MATIN, bientôt huit heures, jour clair après une semaine pluvieuse.

Et tout de suite, tant que j'ai mes bras autour de ton cou, mon visage contre ta poitrine, tant que tu me tiens toute lourde et bien réelle entre tes bras, tout de suite parce que je n'ai pas le courage, la patience, la sagesse, de lasser en paroles banales un sanglot contenu tenace, de dérouter ma peine latente par de naïves ruses, en racontant la pluie hier, le beau temps relatif aujourd'hui, et les gestes de chaque jour, parce qu'il faut toujours tout dire à son ami, et parce que toi seul sais infailliblement les remèdes, parce que de seulement te parler me guérit, parce que je me veux toujours ton Petit Prince, et que tu me consoles merveilleusement, – il y a quelque chose, quelque chose qui ne va pas. Dans ta lettre reçue hier, étrangement, ce sont ces lignes rayonnantes, précieuses, de la fin, qui me déconcertent, m'angoissent, me tourmentent. « Et moi, qui est-ce que j'aime? » Tu semblais t'avancer vers moi, venir à ma rencontre, et je t'attendais éblouie, et soudain j'ai découvert que ce n'était pas moi que tu regardais, mais, très au delà de moi, ton regard me traversant, me dépassant, une image choisie, projetée par ton désir sur l'écran de ton rêve, une forme de fille, qui existait bien avant moi, en dehors de moi, avant que tu ne me connaisses, élaborée secrètement, amoureusement, devenue visible en quelque sorte par un phénomène de convergence au travers de ma voix, de mon visage jouant le rôle d'une lentille, « révélée » (« Vérité révélée si l'on veut, car je pense bien que tu n'apparais pas telle à tout un chacun »).

« J'essaie, maladroitement, désespérément de te dire comment je t'aime » – et cela je l'ai très bien compris, très bien senti, mais ce qui m'effraie, c'est que je ne me reconnais pas dans ce « quelque chose » que tu aimes, qui est comme un modèle que tu me donnes. Et bien sûr ce modèle habite les limites de mon ombre, mais peut-être suffira-t-il une fois d'un écart brusque de ton regard pour nous désassembler, nous faire glisser l'une sur l'autre, pour que tu t'étonnes de me découvrir terriblement réelle, proche et importune, décevante, à mi-distance de l'illusion que tu contemplais.

Comment cela s'est-il fait? Tu aimais un tout Petit Prince qui tenait entre tes paumes, et voilà que tu imagines un rêve à peu près inaccessible, un éternel féminin, infiniment étendu sous tes doigts, ta bouche, radieux, souverain... Comme si tu oubliais ce que véritablement je suis, une petite fille incertaine de tout ce qui n'est pas son amour, vulnérable, inconsciente souvent, « l'imperfection même », qu'il faut toujours parfaire, conforter, protéger, retenir, conduire, éclairer, recueillir, gronder, une petite fille désobéissante parfois, dont tu ne fus pas toujours content, un Bonhomme paresseux au soleil... Tu sais, je crois que je ressemble davantage à Popoff [1], qu'à Yphi... et bien sûr, je m'efforce vers Elle – mais j'en suis si loin encore. Il ne faut pas m'attendre là-bas, mais me donner la main toujours, tout près. Je ne suis que Mimi, est-ce que tu ne veux pas aimer seulement Mimi, exactement Mimi, en la cernant précisément, en l'enveloppant au plus près? J'ai un peu froid lorsque tu aimes cette si grande chose que je désespère d'être un jour, un peu peur, lorsque tu me le dis, comme s'il y avait méprise, confusion de personnes...

S'il te plaît...

donne une fessée à cette petite sotte, petite folle – ah, cela, je suis bien tranquille, c'est à moi que cela s'adresse. Tu vois cela va mieux, peut-être parce que tu es un peu en colère contre moi, et que ton regard désabusé me reconnaît, peut-être aussi parce qu'à la fin, malgré tout, tu relèves vers toi mon visage, et tu vois qu'il n'est pas beau non, mais cela ne fait rien, tu m'embrasses et ce sont mes lèvres, – et non celles, froides, d'un rêve – que tu rejoins.

Oh, j'ai dit, comme toujours, bien des sottises. Est-ce

que je mérite encore d'être ton amour, ton amante? C'est drôle que tu m'aies choisie pour privilège; c'est drôle que tu aies bien voulu m'apprivoiser : il y avait des animaux tellement plus beaux et plus savants.

Minou, (est-ce que tu te souviens?)
écoute,
je ne l'ai jamais dit encore, je ne pouvais pas le dire,

Je t'aime.

AOÛT. Je ne m'attardai pas au Centre après ton départ qui me rendit à l'oppression de la multitude; non que j'eusse à subir, comme avant ta venue, des sollicitations exaspérantes, mais parce que je percevais l'environnement comme le regard d'une bête tapie cernant notre intimité que j'étais seule à défendre. Oppression du soleil aussi. Je souffrais du sein droit. Le dernier jour, il fit très mauvais temps et je ne revis pas Tanagra. Je dormis à Agde à l'hôtel, près de la gare où je pris, le dimanche au matin, l'autorail. Je me souviens distinctement de ce jour véritablement splendide, mais où déjà se percevait le déclin de l'été, de la maison fraîche derrière les volets comme l'air que retiennent les branches couvrant un ruisseau, et de ma mère dont je compris dès son baiser que quinze jours de séparation ne l'avaient pas apaisée. Des quelques jours qui suivirent, jusqu'à son départ, le jeudi je crois, pour Ax où se trouvait déjà mon père, je me souviens surtout de ces crises de larmes qui me laissaient ébranlée, puis très vite épuisée, parce que je ne pouvais y apporter aucun remède – je parle des larmes de Maman – mais à la fin je ne pouvais presque plus les supporter et m'enfermais dans ma chambre sanglotant d'impuissance. [...] ... Je lui conseillai de s'occuper davantage d'elle-même, de se soigner, de se protéger par un égoïsme auquel elle eût dû s'efforcer; et elle semble avoir essayé de le faire : je la retrouve plus mince, mieux coiffée et plus sereine.

Curieuse impression que celle que me donnèrent les premiers moments de solitude dans cette maison dont je n'avais jamais eu la garde, et où me retint presque toujours le mauvais temps. [...] Je voulus écrire, et je souffris. Car sitôt que je me trouvais confrontée à la nécessité de le faire, je me perdais à évoquer ce qui venait d'être, aussi captivant et insaisissable qu'une mosaïque de fleurs ou d'ailes de papillons prise dans la masse d'une boule de verre, sourire immobile, inaltérable, que l'impossibilité d'y joindre mes lèvres éloignait démesurément. Je rêvais, mon rêve me promenait autour de ce prodigieux jardin – et je n'avais plus de mains me semblait-il, pour en cueillir les fleurs; et m'étant assise à ma table sitôt le déjeuner achevé, je m'épouvantais de m'éveiller au crépuscule. Il faisait froid; je dînais à la hâte, et j'allais, après la toilette, me mettre au lit, avec un livre dont à peine avais-je lu trois pages, que je m'endormais. Peut-être tout de même serais-je parvenue à conserver mon équilibre si je n'avais eu affaire à ma famille maternelle nombreuse, laquelle s'émut de me savoir seule. A certains, je pus expliquer que c'était selon mon désir; d'autres à qui je le dis ne me crurent pas; j'acceptai une première invitation pour ne pas les froisser, et me trouvai aussitôt dans l'alternative de rompre avec eux – ce que je n'osai faire, à cause de la peine qu'en auraient eue Maman et Manou – ou de me rendre à leurs invites multiples. Au troisième jour où l'on vint me chercher – j'eus, je te l'avoue – une crise nerveuse à laquelle heureusement personne n'assista; c'est que m'était apparu comme un abîme entre eux tous et moi tel que je ne le pouvais soupçonner. Maman m'écrivit alors qu'elle aimerait que Marie-France et moi allions passer quelques jours à Ax lorsque ma sœur reviendrait de colonie. Ce fut du 17 au 21 août, avant le départ de Marie-France pour l'Italie. [...]

J'avais décidé de ne pas annoncer mon retour et de me cacher en quelque sorte. Du 22 au 30 août, je fus donc recluse à la maison – et sortis à peine à deux ou trois reprises pour des achats de fruits, de viande. Semaine, tu t'en doutes, on ne peut plus éprouvante. Il est bon de disposer d'un loisir étendu, de silence, il n'est pas bon d'être enfermée, et je commis là une sottise dont je me souviendrai. Les quelques pages [1] écrites alors, je le crains, portent davantage, par le ton, témoignage sur août que sur la merveille que je m'efforçais d'appréhender... (Pages que je te donnerai bientôt, telles que je les retrouve, me réservant de poursuivre ce qui ne saurait être qu'inachevé.)

Le 28 août, je reçus de *** une proposition de travail : je serais nourrie et gagnerais en outre 10 F par jour. Je devais gagner de l'argent. Surtout, je crus nous retrouver là-bas, et j'avais soif de soleil. Mes parents avertis par téléphone ayant donné leur consentement, je partis le lendemain, ne les ayant pas revus, ni Manou.

J'emportais dans ma valise, avec le premier tome de Proust, et maintes feuilles blanches, le *Traité* que j'avais ouvert et lu presque d'une traite d'abord, puis revu, à mon retour d'Ax. Lecture bénéfique en ce sens que le ton simple, franc, naturel, dissipe dès la première page toute gêne, incite le lecteur à une curiosité normale, le libère de tout complexe. J'y pris un grand intérêt et me promis d'en conseiller la lecture non seulement à Natacha mais aussi à la petite sœur. J'appréciai également la clarté du style, l'intelligence de l'étude. Cependant j'ose dire que ce *Traité du Plaisir,* qui n'est pas un traité de l'Amour, par la liberté d'esprit qu'il confère, ne fut pas sans quelque influence néfaste sur moi. J'ai essayé de t'expliquer qu'il n'y eut pas seulement, en septembre, crise charnelle – mais aussi fascination (oh, très brève!) exercée par le projet d'un acte limite. On se dit : Irai-je jusque là? Franchirai-je mes propres murs? Enfreindrai-je les interdits que je me suis moi-même donnés – et qui n'apparaissent comme interdits qu'à cet instant où j'envisage leur au delà? On se dit cela, mais on n'imagine rien. Crois-tu que si j'avais alors « imaginé », mieux considéré le contenu de ce projet, j'aurais pu ne pas m'épouvanter? ne pas crier d'effroi?

Mon amour, tu as très bien nommé ma faute « inconscience ». Tu m'as écrit avoir reçu quelque apaisement de l'humble offrande de quelques herbes et coquillages. Mais la vérité même des derniers jours que je passai là-bas devrait t'apaiser bien mieux. Alors que tu souffrais de me savoir, de me croire exposée, je ne courais plus aucun risque. Très vite autour de moi on s'est rendu compte que je ne me prêterais à aucun jeu, que je ne goûtais pas le badinage, on s'est rendu compte aussi que je travaillais bien, et que je conservais (apparemment) une inaltérable bonne humeur. Alors sais-tu ce qui est arrivé? On s'est mis à m'aimer. Je ne sais trop comment cela s'est fait, mais la chose est sûre. (Et que ce « on » indéfini ne te tourmente pas : « on » signifie tout le monde, les hommes de la même façon que les femmes.) Je ne te dis pas cela pour m'en glorifier – c'est tellement, tellement facile la gentillesse, et tellement une banale qualité – mais simplement pour te rassurer rétrospectivement. Ceux, peu nombreux, qui restaient encore au camp dans les dix derniers jours de septembre, me connaissant déjà, ne se méprenaient pas sur la nature de mon emploi; c'était un peu comme si les visages, lorsqu'ils se tournaient vers moi, me montraient leur vraie face; aucun garçon ne se permettait de m'importuner, quant à mon employeur, un peu honteux de lui-même, il s'excusait fréquemment du spectacle de mœurs... dissolues qui m'était donné au camp. Et ce, avec sincérité, je t'assure. Et comme il ne disposait pour s'exprimer que d'un nombre limité de locutions, il répétait à longueur de jour : – Sacrée Mireille! témoignant autour de lui : – C'est une sainte que cette fille, une sainte chez les bandits! Quant à Robert – celui qui approvisionnait l'épicerie – après un profond silence méditatif, il concluait que j'étais comme la marchandise d'avant-guerre, qu'on n'en faisait plus de pareilles! Marthe, chaque jour, m'étouffait à grands bras, à l'heure où, après l'avoir aidée à ranger la cuisine, je lui disais bonsoir. Antoine, le vieux veilleur de nuit, me donna des bibelots (oh, d'un goût déplorable, bien sûr!) qu'il confectionnait lui-même avec des coquillages. Et même l'insupportable Éric (tu sais, le petit garçon si turbulent) prit spontanément l'habitude de venir courtoisement me souhaiter le bonjour chaque matin. Si tu veux, pour la durée des heures que mon travail me contraignait à passer avec eux, j'ai feint de me mettre au diapason des gens. Je ne pense pas que cela m'ait diminuée. Seul était réduit mon temps de vie vraie.

Oh je saisis parfaitement ce que l'évocation de cette promiscuité constante, ces vies étrangères comme sangsues, peut avoir d'agaçant pour toi et comme il est déplorable que je sois demeurée aussi longtemps dans un entourage qui, pour être devenu affectueux, n'en était pas moins dissolvant. (Tout de même, à mes heures de loisir on a toujours respecté mon humeur indépendante.)

Non, je t'assure, je ne me complais pas à me souvenir d'eux. Sois sûr que leur sympathie, à laquelle je ne tiens pas, et qui me gêne même [comme on est gêné par les marques publiques d'affection d'un membre de la famille réprouvé et tenu à l'écart!], ne me fut acquise que par la vertu de mon travail – parce que, foi de Mimi, on avait rarement vu dans ce milieu aux habitudes nonchalantes quelqu'un travailler autant : – « Celle-là, oh celle-là, on ne se la mérite pas! » (Travailler était le plus sûr moyen d'obtenir le respect, l'indépendance.)

« Les adieux avec mon employeur »? J'ai dit au revoir à tous. Samedi soir, Marthe se lamentait : – Peuchère, la mignonne qui s'en va, on reste tout seuls, alors! Et lorsque je suis allée comme d'habitude à la cuisine pour l'aider, sais-tu ce que son gros mari Henri, et Antoine dissimulaient sur la table? Une glace aux amandes dont Mimi s'est régalée. Robert toute la soirée n'avait fait que pester parce que, disait-il, il fallait « me faire une fête »! Mais mon employeur confus ne savait quelle! Harmonia voulait que l'on m'emmène au restaurant à Montpellier – mais j'avais depuis longtemps refusé ces sortes d'invitations. Le dimanche, j'ai encore travaillé le matin, ne devant partir qu'après le déjeuner. Quand j'eus reçu mon dû, dont j'étais satisfaite, je vis que « mon... employeur » embarrassé, silencieux, ne refermait pas son tiroir. Cela le gênait, tout simplement, de me payer seulement ce qui avait été convenu, mais cela le gênait encore plus d'ajouter quelque chose, comme s'il avait pu estimer à une somme précise mon travail. – Qu'est-ce que je pourrais bien te donner? Harmonia, qui se trouvait là : – Donne-lui un collier! Il s'agit de colliers de coquillages, venus de Tahiti, apportés par un ami, montrés à la veillée, comme on montre des photographies de famille, prêtés (le jour de la fête du camp), jamais donnés, pieusement rangés dans leur boîte. Des coquillages comme il n'y en a pas ici. (De petites porcelaines.) Avant que j'aie pu protester, les colliers étaient sur la table, devant une Mimi un peu suffoquée. C'est vrai que je les trouvais beaux, et que cela me faisait plaisir d'en choisir un. J'ai pensé à toi, et je me suis demandé si tu comprendrais – si tu comprendrais qu'ayant affaire à des gens simples, et simple moi-même, je prenais ces coquillages, comme j'avais reçu ceux d'Antoine, les fleurs de Robert, les gâteaux de Marthe, parce que j'avais conscience d'avoir été pour eux un peu plus qu'une domestique, et que c'était leur façon de me le dire, sans phrases qu'ils n'auraient su composer. Je me suis dit que je t'expliquerais.

[« Les porcs et les chiens. » Oui, il y a des gens qui vivent selon les instincts des porcs et des chiens. Seulement, ils ne sont pas que cela à quoi les réduit ton terrible regard; ils vivent selon la loi commune qui est, je n'en doute plus, celle des porcs et des chiens, mais ce n'est qu'une longue habitude, une épaisse douillette crasse, dont il suffit pour les dépouiller, que le regard la néglige, pour atteindre, au dessous, un visage peut-être encore vivant, qu'en sais-tu? Je te l'assure.]

Maman m'ayant écrit que l'on me retrouverait à la terrasse de « La Galiote » (l'hôtel qui se trouve à l'entrée du pont) à Agde, j'y fus conduite en voiture par *** et Ernica (une jeune Russe). Mes parents (qui n'étaient pas venus jusqu'au camp parce que ma grand-mère était avec eux) arrivèrent vers trois heures; on me laissa avec eux. Papa, voyant s'éloigner ***, comme s'il avait obscurément pressenti ce qui avait été, comme s'il assouvissait une secrète jalousie, brutal, offensif : – Une tête de maquereau! (Oh! Quel langage, Monsieur!) Mais Maman à qui l'intéressé avait dédié un sourire qui m'étonna moi-même (je t'assure, un sourire presque tremblant!) déclara qu'il avait l'air d'un brave homme. Et ils avaient raison tous deux.

Moi je n'y songeais pas, je n'écoutais pas, et parce que je les retrouvais, si tendres et sûrs tous les quatre, venus me chercher, je m'en remettais à eux, je m'abandonnais dans la voiture contre l'épaule de Maman, je retournais chez Nous.

Mon bel ami, mon amour vivace qui nie l'hiver, mon amant « de Saint-Jean [1] » et de toujours, pourquoi aurais-tu de la peine puisque Mimi est devant toi, vivante, neuve chaque matin, résurgente, à hauteur de tes lèvres où elle s'épanche?

Puisque je t'aime. Puisque je te le dis comme le premier jour d'une voix qui s'étonne d'elle-même et qui s'épanouit en baiser.

Mercredi matin
[9 octobre 1963]

BIENTÔT NEUF HEURES trente... Et désormais je t'imagine mieux depuis ton réveil où tu humes le jour à ta fenêtre, jusqu'au moment où traversant la terrasse tu gagnes ton bureau... Vers huit heures, comme il faisait encore sombre, j'apercevais éclairé par la lampe ton profil à travers des rideaux, mais un peu plus tard, sous les sapins et les châtaigniers au bord de la route du Castel, je pensais que peut-être Minou (un Minou bien au chaud dans ce gros pull-over qui le fait ressembler à un lycéen) suivait une route pareille sous des arbres qu'oppresse la brume; – et parce que l'espace au goût de feuilles brûlées était sans cesse troué de coups de feu, je me souvins des paroles d'Isabelle qui n'aime pas plus que nous les chasseurs... Ce qu'a fait Mimi aujourd'hui? Après que Manou est venue l'éveiller (Mais à vrai dire Mimi s'éveille toujours quelques instants avant que s'ouvre doucement, silencieusement la porte, et Manou invariablement s'inquiète : – Tu ne dors pas...), Mimi se levant est allée boire son café au lait dans la cuisine chaude. Dehors, je retrouvai des arbres fanés, fripés – verts encore comme si l'été en dépit du ciel ne s'était pas résigné, et se recroquevillait, se moisissait au lieu de se consumer. Seule rouge, une feuille de cerisier que je crus être un oiseau mort... Au retour, conversation ménagère avec Maman qui donne quelques ordres, la liste des courses à faire. Voilà très prosaïquement mis en ordre le début du jour, et place faite au beau souci de t'écrire ou de lire – Lire Proust, ou Charles Du Bos, ou telle étude publiée par *Galerie des Arts*... Dans le dernier numéro de cette revue, je lis qu'en ce moment se tient à

Bruxelles une exposition où sont rassemblées des œuvres des peintres flamands du XVIe siècle – et cette petite phrase qui me fait rêver : « Une salle tout entière sera réservée aux Breughel... » J'ai très soif au seuil de ce monde de la peinture que tu m'ouvris à Pâques mais où je ne saurais encore progresser que soutenue, dirigée par ton regard, précédée, introduite auprès des merveilles par ta voix qui me les découvre. Nous retournerons ensemble au Louvre, n'est-ce pas, au musée des Impressionnistes aussi...

Cette couverture du numéro d'été de *Galerie des Arts* me fit un grand effet, m'incitant à la rêverie en même temps qu'elle me causait un malaise imprécis. Allusion au *Rivage des Syrtes*. Je viens à peine à cet instant de comprendre pourquoi j'établis spontanément une correspondance entre les deux œuvres : ce fond liquide en arrière de la tête du doge m'évoquait Maremma, « Venise des Syrtes » (et ce, avant que j'aie appris que Carpaccio était un peintre vénitien). Le profil incisif s'impose sur l'ombre comme chez Vanessa le portrait de Piero Aldobrandi – et c'est la même insistance du regard, le même cynisme empreint dans le sourire. Je crois aussi que la figure du doge Loredan [1], m'évoque celle du vieillard Danielo – Juge plutôt :

> « Une acuité brusque sembla traverser un instant le sourire de bienveillance... Il ne paraissait nullement pressé de s'asseoir, et, planté devant moi très immobile dans le contre-jour des fenêtres maintenant tout à fait pâlies, semblait jouer avec quelque complaisance, en homme qui ne néglige rien de ses avantages, de la silhouette étrange et haute qui me surplombait... la tension dans l'immobilité de la figure qui m'observait, flexible pourtant et presque élégante sous la longue robe du Conseil, avait quelque chose d'oppressant. »

Même lumière aquatique, éclat de trésors immergés...

[...]

Proust est à peu près désespérant pour qui se propose d'écrire, exactement comme l'est Charles Du Bos pour qui se propose de penser – on se sent après eux tout à fait inutile, injustifié sans cependant avoir l'humilité de s'y résoudre. Diderot a raison, il ne faut pas trop lire, si l'on veut écrire... Grâce à l'index des noms, j'ai pu choisir dans le *Journal* [1] de Du Bos les passages concernant Bach, Colette, Claudel, Rilke – dont je lui sais gré de parler avec tendresse, longuement, le lendemain d'une visite que lui fit le poète le jeudi 29 janvier 1925 :

> « Rainer-Maria Rilke – pour qui Gide m'avait donné une très chaleureuse lettre d'introduction est venu hier à 4 h 1/2 et est resté avec nous jusqu'à près de 7 heures. Il y a très longtemps – des années peut-être – que je n'avais rencontré un homme d'une qualité aussi rare, une âme aussi pure, aussi parfaitement préservée, aussi inatteinte par tous les projectiles qu'à chaque moment la vie dirige sur nous pour nous faire plus sûrement déchoir... »

Puisque je parle de l'emploi de mes loisirs, hier soir j'ai relu les fragments épars, grossiers, écrits en août. Aurai-je le courage de te donner ce que je reconnais si décevant, si rien du tout, où ne parvient à dominer ni la prose lucide, ni la poésie incertaine, qui s'achève dans la confusion, confidence rompue sans cesse, écrasée sous la masse de ce qu'elle voudrait évoquer, paroles mal assurées, brèves, inconsistantes? Il faudrait les réécrire, mais elles résistent, ne se laissent pas retoucher et se désagrègent lorsque je les modifie – d'autre part les rassembler, leur donner la force d'une seule coulée. Et puis j'ai honte même d'y trouver à redire, parce qu'il vaudrait mieux se taire à leur sujet tant elles sont négligeables. Tant elles ne livrent rien de ce temps fabuleux, tant elles sont inefficaces à faire saigner, à ouvrir ce soleil dans ma gorge comme un abcès...

Jeudi

Et tout de suite je te rassure – non, je n'ai pas été malade, et n'ai souffert distinctement d'aucune région du corps. Simplement, pendant quelques jours j'ai somnolé sans parvenir à m'arracher tout à fait à la fumée d'un demi-sommeil, sans pouvoir lire, donc, travailler. Sans doute s'agissait-il d'un manque de repos; je fais depuis quelque temps, la nuit, de désagréables cauchemars – moi qui ne savais rêver que tout éveillée – ainsi cette nuit, me trouvant dans une cité naturiste sur la côte provençale – Castiglione – (!) et me promenant dans une grotte ouverte sur la mer par quatre arches, je me retins de justesse au bord de la falaise et me retournant reçus un coup de couteau d'un individu débraillé dont je ne m'étais pas méfiée parce que je croyais qu'il était le pape. Là! Y reconnais-tu, y comprends-tu quelque chose? La nuit dernière, je vis ma sœur dormir dans son lit près d'un garçon; elle se leva, vint à mon chevet, me dit qu'elle se moquait de son amoureux, sur quoi je la battis, puis, pleurant de lui avoir fait mal, la consolai et l'embrassai... Mais le jour, je n'ai pas l'air du tout folle, tu sais... Bien qu'à n'en pas douter je le sois, aliénée, à lier – et tu sais pourquoi – et tu sais pour qui. Tout de suite aussi je te demande pardon de la lettre que tu reçus hier et qui est entre autres l'une des preuves manifestes d'une fièvre mentale constante. Il est vrai que je faillis pleurer en lisant ce que tu me disais de ton amour – pleurer comme certain après-midi trop bleu, trop plein, trop vif, près de toi sous les peupliers – peut-être parce que ta voix était celle d'alors, presque désespérée, et parce que cela fait mal d'aimer à ce point-là, et que nous avons mal semblablement. Peut-être encore parce que tout me blesse, et les plus douces choses, les plus belles paroles, ces temps-ci où je te languis – Langueur, oui, quête exaspérée – Ah, comme je t'aurai cherché, comme je t'aurai appelé lorsqu'enfin...

Une heure de l'après-midi
[10 octobre 1963]

JE REVIENS DE LA COUR tout étourdie encore par le soleil réverbéré sur les draps que j'aidais Maman à étendre, et je regagne notre chambre, ouverte comme en juin, tout imprégnée d'une lumière subtile qui néglige les murs, les meubles et se condense sur le voile du rideau, un rideau comme un crible qui ne laisse parvenir jusqu'à moi que la fine fleur du jour, qui lamine entre ses mailles les cris des enfants qui jouent dans la « cour de devant »... La cour de devant... tu l'as entrevue, je crois, – laide et négligeable – mais j'y aimais autrefois deux charmes et une vigne vierge. Il y avait alors toute une hiérarchie établie entre « la cour de derrière » ensoleillée, fermée, domaine des lézards, de la treille, des giroflées sur le mur mitoyen que dépassaient un lilas et le noisetier du jardin voisin où se perdaient nos balles, la « cour de devant » où nous nous balancions accrochées à l'un des volets du portail tournant sur ses gonds, dont nous dévalions la pente sur la trottinette de nos petits voisins, dont nous gaulions, à l'automne, le marronnier – Ah! Mimi jubile soudain se souvenant des fruits lisses amassés – à qui en aurait le plus – cachés jalousement, pour rien, pour le plaisir de les garder, de les caresser, et que Maman s'étonnait de retrouver dans toutes nos poches, nos tiroirs, les coins de notre chambre... Ah, que je t'en dirais de ce temps, ce temps de petites bêtes gourmandes, véhémentes, saines, éperdues! – Et comme nous sommes vite devenues grandes. Mais je ne regrette rien, non – Et ces mots, non prémédités, font que je m'interromps un instant, plus grave – je pense que tu viens d'apprendre comme moi la mort d'Edith Piaf – et tout maladroitement je ne trouve d'abord pour te dire mon émotion, que la pudique expression commune : – Cela me fait quelque chose... – oui, cela me peine, si peu que je la connaisse, peut-être parce que tu m'as parlé d'elle, parce que tu l'as vue, entendue, et que je sais que cette nouvelle t'aura bouleversé un moment – mais elle n'est pas tout à fait morte, il ne faut pas pleurer, seulement l'écouter et l'aimer; il faut vouloir la prolonger, la garder, la chérir, la conforter pour qu'elle souffre moins du noir et du froid. Il faut doublement goûter, chérir le jour, et profondément respirer, comme pour deux, – un jour si bleu aujourd'hui, si limpide que je ne m'étonne pas de reconnaître au fond les jours déposés – comme alluvions impondérables creusant à peine la coupe du ciel – Je parlais d'Edith, et je n'ai pas achevé – il y avait toute une hiérarchie établie entre la cour de derrière, la cour de devant, et la place, cette dernière inaccessible à nos jeux, dont la défense paternelle barrait l'accès et que pour cela nous aurions voulu coloniser, explorer, ordonner... et la principale attraction par laquelle s'expliquait cette séduction consistait en un kiosque vert et brun, glorieux aux soirs de Saint-Jean, où grimpaient tous les enfants du voisinage et qui fut rasé l'an passé...

[Lundi]

Il est lundi et cela fait deux jours que Mimi n'a pas écrit à Minou – Vous rendez-vous compte, est-ce que tu te rends compte, mon amour, mon rosier des sables, mon bel arpent de soleil, Minou mon trésor? Et pourtant si Mimi devait rédiger tout ce qu'elle dit plus ou moins confusément pendant ce temps à son amour, de son amour, nous n'en finirions jamais, n'est-ce pas? C'est long, c'est beau, un jour où je t'aime, c'est long, c'est beau un jour... Mais je n'ai guère eu le loisir de m'asseoir à ma table pour te raconter comment Nous allions. Samedi, m'étant levée à quatre heures, je fus à Toulouse bien avant l'heure prévue de mon inscription, et la première à faire le siège des guichets du secrétariat. J'y renouvelai mon inscription en propédeutique, allai payer les droits à la trésorerie de la faculté, revins faire établir ma carte d'étudiante, puis celle de l'U.N.E.F. – Au secrétariat, une jeune employée qui habitait l'an passé 32, rue des Paradoux, me reconnut et me proposa ce qui suit : travailler du 16 octobre au 10 novembre – la durée des inscriptions – dans ce même bureau. Je fus tentée : – j'avais l'intention de demander au service de placement de l'U.N.E.F. de menus travaux pour pouvoir payer moi-même un certain nombre de plaisirs ou d'objets de toilette, sans trop grever le budget familial. Demain, je serai donc à Toulouse.

[...]

Au retour, je pensais que j'aurais une lettre de toi sur mon bureau et je savais que même si j'y étais grondée – peu ou prou – ce serait toi tout près tout chaud, certain – mon amour à moi... Eh bien, il y avait deux lettres, oui! La longue très folle lettre de mardi et mercredi, et celle plus brève de jeudi. (Ah ces postiers!) Pour ce qui fut écrit dans la première, allez allez, tu mérites un châtiment (très doux) – parce que tu deviens, par mimétisme sans doute, aussi insensé que Mimi : Il se peut bien que je n'aie pas « fait le tour des garçons » (qu'en savez-vous, mais qu'en savez-vous, Monsieur? pourquoi, les côtoyant, n'aurais-je pu les juger, aussi bien que vous faites des filles? Y faut-il tant de temps, d'expérience, d'années? J'ai cru ce que vous m'en disiez, lorsque j'étais... petite fille, et cru ce que j'en ai vu). Mais je n'aurai pas trop de temps pour faire le tour de toi, pour t'explorer, te révéler, te reconnaître minutieusement – n'est-ce pas? Je ne me crois, ni te crois « rarissime » : mais Nous, oui, Nous est extraordinaire.

Mardi
[15 octobre 1963]

CE SIGNE par-dessus le toit de tuiles [1], si proche de l'autre côté de la rue étroite, qu'il me semble pouvoir l'atteindre en tendant mon bras, ce signe par-dessus le poirier qui s'épanche à gauche et figure un automne discret, ce signe réverbéré par la rosace de la cathédrale où le soleil se contemple couchant, ce signe malgré la ville, au travers du ciel qui s'y colore rose, signe à voix haute, plus haute que le bruit, et longue plus que ces murs autour, et ces rues autour
pour ne pas demeurer plus longtemps séparée de mon amour qui ce soir me tient lieu de chaleur, de mémoire, – ma douce coquille de chair, de sang où je me réfugie, apeurée un peu par la présence angoissante de tant de semblants de visages, comme autant de masques, oppressée un peu...

Mais l'étoile veille, près de mon lit. Et l'Ange me préserve – l'Ange couleur de ta parole, qui m'accompagne, de ton regard que je rallume comme une lampe sûre, l'Ange qui ressemble au feu de tes mains.

[...]

Hôtel de l'Université
Rue Emile-Cartailhac
Toulouse (Haute-Garonne)

Mercredi, une heure et demie...
[16 octobre 1963]

MIMI REVIENT du restaurant universitaire (ah, tous ces visages... Vertige!) et regagne pour une récréation brève la chambre où par la grâce d'une étoile, par le truchement d'un regard, tu règnes déjà souverainement. Accalmie de bruits; le soleil me flatte et maintes fois je me penche à la fenêtre grand ouverte pour humer l'automne citadin; ce jour est clair, clément, et Mimi baigne dans une lassitude heureuse... Allez, folle fille, avouez tout de suite ce que vous fîtes cette nuit dernière; dites comment ayant retrouvé Nat qui vint après le dîner vous rendre visite, et l'ayant raccompagnée chez elle sous le prétexte du beau temps... – Ah folles! Tu devines le bonheur que nous éprouvions à parler ensemble... A deux heures du matin, Mimi s'aperçut que depuis quatre heures, assise pittoresquement, inconfortablement sur le bidet de la salle de bains-salon, elle écoutait et s'épanchait... L'Ange s'était lassé et ne vint nous visiter que vers six heures, peu avant l'aube. C'est fou, il est vrai, mais l'amitié comme l'amour vaut bien que l'on déroge parfois à l'ordre ordinaire des choses. Blotties sous l'édredon, (Josette a toujours la chance d'avoir des meubles et objets anciens, et notamment de délicieux édredons hauts!) nous nous remémorions de telles soirées d'intimité, de veille et de bonheur, comme on évoque une enfance commune...

[...]

Jeudi
Huit heures du matin

Depuis hier au soir six heures, nous avons bien dormi. N'est-ce pas que le lit est bon, profond?

Hier, lorsque j'eus achevé la journée de travail, je n'eus pas la force de t'écrire; je bus pour me détendre une tasse de thé au lait et m'endormis presque aussitôt entre les draps frais. Ce matin, bien avant l'aube, offrande des cloches; ainsi m'éveilleront-elles chaque matin martelant, rythmant l'hiver, dorées comme tes lettres, comme une veilleuse rassurante, ainsi chaque matin me disposeront-elles à la joie... J'ai replié mes persiennes pour saluer un jour bel et froid, et je t'ai invoqué, au delà de la ville, en deçà de la ville, près de moi, à hauteur d'épaule, ô mon amour. Ma pensée surprise par la confusion de mon entourage se déroute, et je pressens qu'elle s'embrume, s'immobilise, stagne... Toi qui demeures dans la maison calme et claire de notre rêve, attire-moi, rejoins-moi, tends-moi la main par-dessus les vagues de bruit, par-dessus la ronde des pas au-dessous, dans la rue... Dans une heure je quitterai ma chambre pour me rendre à la faculté; je suis ici telle que tu me souhaitais cet été, si naturellement calme, grave, secrète, distante presque (par répulsion spontanée m'écartant du grouillement des êtres) que je m'étonne de la facilité avec laquelle je me préserve d'autrui. Mais Josette me retrouve telle qu'autrefois, semblable à moi-même, d'avant l'enfance neuve, – avec cependant dit-elle un affinement intérieur, et dans la voix à certaines paroles que je prononce, une limpidité grave que ne donne que l'expérience. Cela, c'est toi, ta présence en moi, ton visage sous l'eau du mien, mon profond visage, mon fond...

[...]

Jeudi soir
[17 octobre 1963]

MIMI, CE SOIR, n'a pas sommeil; c'est peut-être que son amour l'éblouit, son amour qui la veille, soleil le jour, lampe la nuit... Mimi ferme doucement ses paupières, ses cils décrivant une caresse; Mimi pose sa joue contre l'abat-jour proche et rêve, rêve de son amour absent, présent, mon amour qui me tient lieu d'arbre, d'automne, de refuge, ici loin des bois, ici où tout a goût de pierre et où m'assaillent les rumeurs. Mimi est bien et pleure presque de douceur... Ce midi je te reconnus, qui m'avais précédée dans ma chambre, qui me saisis aussitôt à la taille, me serrant à m'étouffer, me ployant, me dilatant – et soudain l'espace autour que je subissais jusque là, fut réorganisé, orienté, aimanté – soudain préhensible, respirable, et tu m'y déclaras souveraine. Je règne désormais sur le poirier qui finit de jaunir par-dessus le mur en face de ma fenêtre, sur les tuiles et le ciel, sur la rosace de la cathédrale, sur les pavés aigus; je règne sur les chemins que je choisis, que je préfère, sur la ville laide, sur la nuit belle, sur le chant du clocher qui m'éveillera, sur les visages que je rencontre, que j'efface ou retiens, sur la saveur matinale du café, sur mes pas, sur mes sourires; je règne sur moi-même et sur nous puisque ta voix et ton désir m'habitent. Ce soir, non, je n'ai pas sommeil, et je garde les yeux grand ouverts, ouverts à l'envers sur la double perspective de l'été d'hier et des saisons promises, et j'aime à m'y perdre comme, au-dessus de ton visage qui repose dans mes mains, j'aime à me suspendre, à couler imperceptiblement, à m'écouter infiniment couler vers toi. Je contemple le visage de mon amour, je suis très riche, oh, tu me donnes tout – je disais cela à Josette l'autre soir : – Il me donne tout le temps – je ne parle pas d'objets. Il se donne, Il m'offre le monde. Toujours, et je suis devant lui éperdue de gratitude... – Mais tu lui donnes, toi aussi. – Oh non, moi non, je n'ai rien... Et Mimi, la joue au creux de l'oreiller, songeuse et ravie, n'achevait pas...

« Que femme à présent, tu demeures cette enfant heureuse, éblouie de naguère. » Heureuse, éblouie, oui. Je vois au sourire embué de mon amie que je suis telle. Ce que cela fait d'être femme? Je comprends maintenant l'amour maternel, ai-je dit à mon amie – l'amour désespéré et merveilleux que l'on voue à cette chair séparée qui procède de la vôtre mais s'en sépare, à cette âme commune et distincte, à cette vie semblable qui s'écarte. Tu es mon enfant, tu viens de naître, je t'ai créé, dans mon ventre ouvert, couleur de nuit d'été et de mer au soleil. Tu es véritablement mien parce que je t'ai contenu, parce que je te reprendrai, – c'est pour cela que je dis que je suis la première, la seule à t'aimer, et que tu es mon enfant de chair et d'esprit à moi toute seule. Parce que je te donne raison, parce que je justifie ton amour du monde. C'est bien cela, n'est-ce pas, trésor? Je le sens ainsi parce que de la même façon je suis ta fille que tu mets au monde...

– et non seulement lorsque réellement tu t'évertues à me façonner – par tes mains, tes lèvres, ton sexe – mais encore à chaque fois que tu me parles. Tu souffles sur moi, tu m'attises, je grandis, je danse, je vis...

Que disait mon amour tout à l'heure? Il me parlait d'Édith Piaf, de Cocteau, que je connais tous deux très peu, mais assez cependant pour acquiescer à ton hommage distinct et nuancé. Je n'ai pas entendu les émissions qui leur furent consacrées; j'ai seulement vu de Piaf une bouleversante image – visage révulsé, forme de cri, de supplique, d'hymne, visage d'aveugle, de Piéta, visage comme la musique noire de l'*Adagio*...

Onze heures...

J'ai dîné chez Hélène, je suis rentrée chez moi assez tard (non, tout de même pas d'imprudence). Il faut sagement prendre du repos d'autant que les sept heures passées au guichet du secrétariat sont assez éprouvantes. A tout de suite, mon amour – le temps de me vêtir chastement de ma chemise bleue. Dormons bien, mon beau trésor. – Oh, tu n'es pas sage, mais pas du tout. Tu dors en moi.

Et tu es bien en moi, longuement, et je suis bien, lestée profondément. J'ai dormi sereinement, seulement frôlée de temps en temps par un vrombissement importun, ne daignant m'éveiller et sourire d'aise qu'à la présence d'un angélus couleur de métal clair accordé par un singulier mimétisme au brouillard de l'aube. Je reprends possession de l'espace et du jour encore parcimonieux avec une avidité d'enfant heureux. Je reprends possession de mon amour fabuleux. Il peut bien faire gris aujourd'hui, ta voix fait lever pour moi seule un soleil pur. Un hiver très long peut bien s'amasser : ta chaleur, mon gîte si doux, me le rend savoureux; je le contemple au delà de la vitre de tes paroles, comme on regarde tomber la neige. Et la neige est ce qui me fait mieux aimer l'été, comme la nuit rehausse le matin. Et ce matin, oui, je suis très doucement folle, jubilante, ne cessant de relire les longues pages reçues hier. Il y est clairement dit que nous allons nous retrouver, et je résiste délicieusement à cette perspective pour mieux, l'heure venue, m'y précipiter – et je t'avoue que je ne redoute pas la fessée promise... Du masochisme, ma parole! « J'ai faim et mal de toi » – mais j'aime avoir faim, j'aime bien devoir t'attendre – et je t'assure que je n'imagine rien, je ne me permets pas de NOUS imaginer, ce jour qui vient...

[...]

* Agde (étoile noire). Tu m'interroges sur l'attitude de mes parents : elle fut tout à fait naturelle; au début de septembre, je leur écrivis une longue lettre [1] (que ne lut pas Manou) où je disais franchement mes impressions – et que je ne voulais pas qu'ils se sentent exclus de ce monde inconnu d'eux où je vivais; j'y écrivis que Papa avait eu raison dans ses prévisions – comme le plus souvent – mais que mon amour devait être pour eux le garant de ma sagesse. Je m'avise maintenant que cette lettre où je me montrais tendre comme l'enfant de naguère, par le ton grave, assuré, était une lettre de jeune femme. Est-ce pour cela que mon père en fut bouleversé? car il en a pleuré, m'a dit Maman. Tu sais, mes parents sont extraordinaires. Au printemps, tu étais avec Josette tout mon univers. Maman désespérément s'est révoltée, s'est transformée, s'est adaptée à la situation; à présent elle semble complice; elle me parle souvent de toi, me demande de tes nouvelles. [...] Elle m'a derechef défendu de te « faire des misères ». Par quelle divination m'a-t-elle recommandé ceci juste à mon retour d'Agde? Mon amour, oh mon amour je te dévasterai, pour le plaisir! Pour NOTRE plaisir, notre JOIE...
Tu es faite pour la joie, dit Nat,
Oui.

Hier soir, j'ai lu la liste des noms de villages publiée par *Vie et Langage* [2]. Oh, de très beaux noms vraiment : Nieul-le-Dolent, Coulonges-sur-l'Autize, Laveline-du-Houx, Velaine-sous-Amance... Plus utilisables : Vergères, Noailles, Sougères, Volène, Florennes, Chevreuil, Ambleuse, Maguelonnes, Valmort, Milly, Charmes, Bailleul, Coulaine, Vézelay, Miliana, Verfeuil, Issambres, Lignères, Clerguemort, Géanges...

Mais je préfère Solesmes et Guermantes; il est dommage que ce dernier nom se rattache trop précisément au souvenir de Proust. Solesmes est couleur de tournesol, en forme de cadran solaire où l'ombre se lit Midi, doré comme un gâteau de miel.

Mérienne. Fougère.

Écoute! Où joue-t-on l'*Adagio*? J'ai bondi, couru à ma fenêtre – mais on n'entend plus rien – une porte sans doute ouverte, aussitôt refermée... et j'ai le cœur battant... Écoute, je te languis, je te languis – je ne parle pas de désir physique, seulement – mais surtout de ce besoin de t'affronter, d'être confrontée à toi, et puis fondue en toi. Mon bel amour, mon trésor – Il m'arrive, le jour, où que je sois, de pencher ma tête sur le côté comme à la rencontre de ton épaule, à ta rencontre, de poser mon front dans tes mains – silencieuse comme sous ton regard; je me chante tout le jour comment je t'aime – mais personne autour ne m'entend, personne, mais Toi sûrement...

Longue lettre touffue de Minou – suffocante presque, comme un très long baiser, étreinte resserrée... Oh non, mon amour, je ne risque pas de t'oublier; le manège des visages tourne à folle allure autour de moi, mais je demeure immobile, lourde de ta confiance et de mon espoir.

> Je t'aime. Je suis un peu fatiguée, en cette fin de semaine, pour te l'expliquer, mais je suis sûre que tu comprends tout à fait ce que cela signifie.

Samedi
[19 octobre 1963]

BONSOIR MON AMOUR. Ce salut quotidien m'est facile et doux comme une habitude mais je ne cesse de m'en étonner, d'en être ravie. J'ai dit naturellement : Bonsoir mon amour, mots coulant de source, mais la limpidité même de leur passage, comme l'intensité du silence parfois, me fait tressaillir et j'écoute émue l'écho qui s'exalte – mon amour! Je me penche grave sur l'eau de ton image qu'effleure ma bouche, tu me souris au fond, tu me captives – charme ta voix et charme ton silence, réciproque sortilège nos paroles. N'est-ce pas que nous nous envoûtons l'un l'autre sans répit, jeu de lianes qui se tressent, se lient, se nouent? Il suffit que je contemple ta lettre de ce matin pour éprouver sa valeur incantatoire. Lettre serrée, opaque au regard, dense et lourde comme un galet noir, uni – tout autre que moi ne la saurait lire, ne saurait se moduler selon sa courbe, s'ordonner selon son architecture, respirer finement par ses pores étroits une lumière aiguë, nul autre que moi ne saurait décomposer sa saveur de pierre, y reconnaître le sel, l'immortelle, la terre d'automne, le parfum des pommes, nul autre n'en peut déchiffrer les imperceptibles facettes – si proches et multiples qu'elles composent une apparence lisse – dont chacune m'ouvre une fenêtre sur l'espace profond, sur le temps intact que nos regards magiques retiennent et captent. Moi seule sais ce dont tu parles, moi seule c'est-à-dire Toi, car je suis un autre toi-même, ton double visible où tu t'apprends, où tu te reconnais. Quel étrange jeu de miroirs composent nos lettres, un dédale de reflets, d'échos, d'illusions plus vraies que nature, et comme il fait bon nous y perdre ensemble, comme il fait bon ne plus très bien savoir où commence l'autre, où l'on finit soi-même, et se mouvoir dans une perspective ainsi prolongée, se mouvoir dans l'épaisseur du temps, dans la pulpe du jour, comme j'aime habiter nos âmes confondues!... Mon amour, tu es aussi mon frère très semblable. Je me repose en toi qui continues ma vie, je peux dormir en toi, tu veilles, tu nous prolonges; même lorsque petite bête repue ou lasse, je refuse de vivre, je ne peux pas mourir si tu vis, tu ne peux mourir moi vivante; je t'aime – et cela veut dire que tu m'aimes, puisque les mots que je dis naissent d'abord sur tes lèvres auxquelles je les renvoie...

Tout ce qui fut entre nous demeure comme préservé par un sommeil magique, monde au bois dormant – et qui s'anime lorsque tu m'en parles. Je me souviens de l'an passé. Je me souviens du jour de notre naissance – de l'angoisse qui me faisait pleurer, seule au soleil inutile puisque tu n'étais pas là, puisque je te croyais reparti [1], perdu pour ce jour-là, et puis, oh! mon miraculeux amour... Je me souviens de ta voix me tutoyant – à quoi je te reconnus, de ma fièvre, et de ta main sur ma joue. Il me semble même que je la baisai de gratitude... Je te nommais encore mon ami, mais mon corps blotti près de toi, mon visage témoignaient à mon insu de mon amour – et toi, sans y songer peut-être, tu me regardais, et tu m'assurais que j'étais « mignonne », comme si ton... amitié avait attendu d'être rassurée. – Ne me regarde pas, conduis... Et tu nous conduisis dans l'herbe de printemps, dans l'herbe douce couche... Je ne m'étonnai ni de tes lèvres ni de tes mains, – Qu'est-ce qui t'abasourdit, petite Mimi? – C'est Toi... C'était Toi, mon vertigineux, mon noble très haut amour, c'était toi pour dorénavant mon domaine princier, dieu-ma-joie! Les jours qui suivirent, je vécus doucement folle, dormant, mangeant à peine, vivant à la limite de mon souffle tendu vers toi... Ah je n'en finirais pas de dire ce que tu fus, ce que tu es...

Je suis bien au monde, par la grâce de Toi – et j'aime ce que contient le monde parce que tu me le donnes résumé dans tes paumes, tes lèvres, ta langue, mon doux maître... Je me dis cela tout le jour aux moments où d'autres s'ennuieraient; je le dis lorsque je m'émerveille; je le dis secrètement, sempiternellement comme bat mon sang et sans m'en lasser. Ainsi cet après-midi, dans la longue salle silencieuse de la bibliothèque, je lisais des poèmes de Rimbaud, et ne les entendais que soutenue, exercée par toi qui te penchais sur mon épaule, complice; ainsi dans la rue nous sommes-nous arrêtés ensemble devant les boîtes de livres. Ainsi, devant la cathédrale évoquions-nous le marché aux puces dont chaque dimanche ici je retrouverai les fastes poussiéreux... Et si j'ai acquiescé à l'angélus, c'est que tu aimerais comme moi cette présence claire – musicale sollicitude au soir comme au matin... Demain, c'est dimanche, le branle du clocher pur le célébrera. A présent, allons dormir; notre mère la nuit nous garde, et nos mains nous bercent.

Lundi

Bonjour mon trésor endormi – car je n'en doute pas, mes cloches m'éveillent juste assez tôt pour contempler ton sommeil du matin. Elles s'ébranlent à six heures et demie et je leur fais bon visage parce qu'elles me rendent à la conscience de mon amour, parce qu'elles l'annoncent chaque jour...

Hier ce fut dimanche, heureusement; je lus dans mon lit avant de me lever, le début des *Chants de Maldoror* de Lautréamont – et s'il me faut formuler un jugement, je demeure perplexe. Folie pure, mais folie dont chacun de nous a plus ou moins ressenti l'approche; défoulement me semble-t-il; et dans la mesure où cette expression libère d'autres que l'auteur, le livre est valable; j'en aime assez la forme, le style, mais je suis encore trop surprise pour savoir clairement la portée de cette œuvre. Sans doute a-t-elle le mérite d'avoir fait place nette à toutes les fantaisies imaginatives – mais j'y soupçonne une outrance systématique, le désir de scandaliser par n'importe quel moyen. Peut-être aussi cri de révolte, de rage...

[...]

Je déjeunai avec Josette et Hélène, puis il fallut raccompagner chez elle notre Nat qui ne pouvait rester avec nous par la faute d'une dissertation. Il faisait doux et nous marchions très lentement pour prolonger le plaisir d'être ensemble. Ensuite, j'allai avec Hélène au cinéma voir *Muriel* de Resnais. C'est un beau film; réaliste : on y éprouve la durée vraie du temps, souvent l'incohérence vraie de la vie, on y reconnaît plus vrai que nature le kaléidoscope de gestes insignifiants, de paroles banales qui composent nos journées. Delphine Seyrig est émouvante – humaine infiniment plus que dans *Marienbad*. Paroles vivantes d'un amour mort. Critique âpre de notre monde – car Muriel qui n'apparaît jamais, est une jeune femme torturée en Algérie sous les yeux de Bernard qui en devient quasiment fou...

Muriel, c'est un beau nom.

Hélène au retour m'accompagne, goûte chez moi, s'épanche, se réchauffe puis regagne sa délicieuse chambre carrelée rouge...

Hier au soir j'ai commencé à recopier les pages [1] – légères – que je veux te donner. C'est pitié, je t'assure; cette discrimination dans la profusion du réel! Mince, très mince fil de voix avec des entrelacs qui ne me satisfont pas. Bref. Tu jugeras. Ou plutôt non : prends-les comme dans ma main une étoile de mer, une feuille de peuplier, un flocon de tamaris, comme une simple offrande...

J'oubliais – hier aux actualités du cinéma, hommage à Piaf et Cocteau; je faillis bien en pleurer. Mains de Piaf sur sa robe noire, mains oiseaux émouvants... Cocteau âgé ressemble à un chat cruel.

Mercredi
Une heure de l'après-midi
[23 octobre 1963]

MINOU... « Dis-moi la vérité : tu n'existes pas, n'est-ce pas, et c'est un mirage qui se tient devant mes yeux à ta place. »

Mais Minou existe, et Mimi existe, chacun ne cessant de s'en étonner, de s'en inquiéter, de s'exalter, de se confondre, de se perdre et de se retrouver. Mon beau vertige, mon ciel ouvert où je m'abîme – qu'est-ce qui nous arrive continuellement, qu'allons-nous devenir à force de tant et tant nous captiver et nous épanouir, jaillir encore – et jamais retomber, croître plus haut, ensemble, prière jointe, où allons-nous mon amour?

– Je ne sais, mais il me plaît que Nous y allions...

[...]

Et maintenant je veux bien faire amende honorable, je veux bien te donner Tout, je te donnerai Tout – mais mon humilité de l'autre jour n'était pas mensonge ni coquetterie (ni malice exprès pour me faire délicieusement gronder). Il est vrai, j'éprouve que je ne suis riche que de ce que tu me donnes, et que je ne te donne rien que tu n'aies d'abord mis en moi – c'était un tout petit Mimi qui disait cela tout bas, à soi-même, avec des larmes de reconnaissance, un petit Mimi bien au chaud qui jugeait combien il eût été démuni si...

Il fait bon chez Nous mon amour. Josette s'y rassérène...

– Je me demande lequel de nous deux change le plus l'Autre...

– Je crois que c'est toi, dit Josette...

– Peut-être; parfois il est plus jeune que moi, exubérant,

tout fou, il court, il m'entraîne, il chante, il bat des mains – ses lettres me submergent, il est heureux...

(j'ai failli dire : il recommence à vivre)

Sais-tu ce dont je me suis aperçu comme ça, ce matin : ta voix a changé. J'ai distinctement entendu ta voix de nos premières rencontres, et ta voix de cet été : eh bien, ta voix se fait velours, c'est de plus en plus ta vie secrète, intime, qui coule distincte – ta voix d'enfant dirait-on, plus limpide et mélodieuse, comme affinée. T'en étais-tu rendu compte?

[...]

Ce matin, à huit heures, j'aurais dû assister à un cours d'histoire ancienne, rue Lamarck, dans les locaux de l'ancienne faculté des sciences mais je n'aurais pas eu le temps de revenir au bureau avant neuf heures; je me suis donc abstenue; excellent prétexte pour rester avec toi...

Toi mon trésor. Parfois dans la journée, à la pensée que je vais te revoir, un vertige me saisit, ma respiration se suspend, je demeure immobile, angoissée, entravée. Je pleure presque. Se peut-il que tu sois vivant, pour ma joie continuelle?... Je sais bien qu'un jour, l'un de nous deux devra perdre l'autre. Ou plutôt non je ne sais plus. De cela aussi j'ai parlé avec Josette : – Je crois que s'Il venait à mourir, je pourrais continuer à nous assumer tous les deux, je pourrais continuer le couple, Nous faire vivre, sans rien changer, selon la même courbe... – Tu oublies la réalité physique avec laquelle tu devrais traiter. – Oui; d'autres fois, il me semble que Tout alors finirait. Ce que je veux dire c'est que l'on meurt ensemble, ou bien on continue à vivre ensemble; et sans doute le plus difficile est de continuer; un beau mensonge, un mensonge désespéré pour nier la mort; la fidélité, c'est une façon de faire vivre quelqu'un, de l'affirmer – non seulement la fidélité physique, mais le respect de ses désirs devinés, leur accomplissement. Josette, il me semble que c'est de la foi cela – mais aussi quelle présomption, quelle orgueilleuse volonté... Amour mien, mon amant, si tu me perdais, je me réfugierais en toi, et je te demanderais de me ranimer, de nous prolonger comme si rien n'était changé, de nous aimer pour deux, jusqu'à ce qu'enfin nous cessions ensemble de vivre : ensemble cela ne serait rien, dis? Moi, il faudrait me pardonner si je préférais que ce fût – ensemble tout de suite –, si je n'avais plus la force de saluer encore le jour, les fleurs et la musique, si je ne pouvais plus supporter le soleil...

Vendredi

Le petit Mimi disait hier de bien graves choses. T'ai-je attristé mon amour? – un peu – Il ne faut pas. La mort est belle de tout ce qu'elle nous fait aimer, et si nous n'étions pas éphémères, peut-être serions-nous plus indifférents. Piaf dit qu'il faut mériter sa mort; Nous, il nous faut mériter de mourir ensemble. Je crois que nous serons assez forts, assez persuasifs pour y parvenir...

Hier je reçus une lettre de Maman m'apprenant que nous passerions les vacances de Toussaint à Cannes – c'est un peu précipité mais ainsi à Noël pourrons-nous rester bien tranquilles à la maison. Je constate avec plaisir que je ne rechigne pas trop à cette nouvelle – tu me rends gracieuse, indulgente, tendre envers le monde. Je jubile de te savoir bien caché en moi, secret et que j'emporte partout. Je pourrais supporter la plus ennuyeuse compagnie tant tu me soutiens, m'apaises et m'exaltes... Au début de la semaine, je t'enverrai les pages d'août pour qu'elles te tiennent compagnie pendant mon absence.

Au restaurant hier soir j'ai retrouvé Nat, je l'ai accompagnée chez elle. Non, non, pas de longue conversation, mon amie était fatiguée; alors c'est Mimi qui a fait le café dans la vieille et drôle cafetière en émail bleu – et puis ensemble nous avons traduit une version fort savoureuse. Juge donc. L'auteur, comme exemple de la lutte universelle, donne les mœurs de la vipère qui tue le mâle au moment de l'accouplement : « La víbora, en el tiempo del concebir, la cabeza del macho metida en la boca de la hembra, ella, con el gran dulzor aprietale tanto que le mata » – ce qu'à la fin nous avons traduit par : « Ainsi la vipère, dans le temps de l'accouplement, la tête du mâle étant mise dans la bouche de la femelle, celle-ci au paroxysme du plaisir le serre tant qu'elle le tue » – « con el gran dulzor » signifie « avec la grande douceur ». Et Nat d'expliquer : – J'ai pensé que c'était non « avec douceur » mais « pendant la grande douceur » (Tiens, tiens, Nat!). Nous avons d'abord écrit « dans le moment de sa langueur » puis des doutes nous sont venus, et nous avons trouvé plus plausible que l'étreinte devienne mortelle au moment de la culmination. (Je crois que nous étions en train d'oublier qu'il s'agissait de serpents.) Que t'en semble? Puis Nat m'a parlé des mœurs érotiques des escargots qui disposent d'un « répertoire » fort varié.

... Sagement, je suis ensuite rentrée me coucher, mais longtemps longtemps je n'ai pu dormir, pensant à Toi, te souriant, te veillant.

[...]

Dimanche matin
[27 octobre 1963)

PARESSES-TU ENCORE au chaud des couvertures? La nouvelle de ce matin, c'est qu'il fait un brouillard bleu, rose doré, glacé; ce dont témoigne le bout du nez frileux de Mimi, laquelle, trompée par l'apparence claire du jour, vient de sortir en simple tricot... Mais je marche vite sur mes talons plats et me réchauffe. « Mimi patraque ». Sais pas pourquoi. Petit chat d'humeur pleureuse? Première dent de sagesse? (Il serait bien temps, Madame!) ou mal d'amour dolent? Je te languis, je nous languis. Je gravis à belle allure les degrés de nos lettres, et tout en haut, comme dans un rêve angoissant, je vais me trouver devant l'absence du monde que tu pulvérises et je vais m'abîmer en toi, comme dans le ciel, tête renversée – peut-être est-ce l'approche du vertige que je ressens. Tu es beau, mon amour, tu es beau... Un jour, comme je te disais cela, tu as doucement protesté : – Chut, il ne faut pas... Pourquoi? Je passe outre tes dénégations : Tu es splendide, mon amour. Et moi, hier, ce matin, je me trouve assez misérable et je ne t'écris rien qui vaille. Ne me gronde pas, ne t'inquiète pas, je sais ce que c'est et je te promets que dans trois jours d'ici il n'y paraîtra plus; je me suis seulement laissé entraîner par cette surenchère de vie que propose le spectacle de la ville. Tant pis pour moi si la tête me tourne – et je suis bien punie car ce matin je n'ai pas entendu les cloches – ou peut-être ne leur ai-je prêté qu'une oreille distraite et me suis-je aussitôt rendormie...

Hier, tout de même, j'ai bien travaillé; de trois heures jusqu'à six heures, à la bibliothèque, j'étudiai la première leçon du cours d'histoire sur l'Extrême-Orient après 1840... J'aime bien. Le paysage de ces leçons, et le paysage de mon travail. J'aime la densité du silence dans la très longue salle toute tapissée de livres – et tous, est-ce possible? à ma disposition. Je me réjouis à la pensée que j'y viendrai de longues heures studieuses – Sais-tu que je ne travaille jamais mieux que dans de tels lieux pourtant très fréquentés, dans des salles d'études? La qualité du silence n'y est pas la même que dans une chambre vide, mais plus lourde, plus onctueuse où s'insèrent le froissement d'une page tournée, le craquement du plancher, un chuchotis. Je crois aussi que ce que je retrouve ici, est cette lumière particulière du jour sur les meubles, les planchers cirés, qui me fut longuement familière, à A., dans la salle d'études et la bibliothèque. Je crois que si j'éprouve une sorte d'intimité avec ce décor, c'est que là-bas, tous les matins je cirais le plancher de la bibliothèque, jusqu'à y reconnaître mon image et le reflet de la cathédrale, et que j'aimais le bois poli, chaud au regard et fleurant bon... Josette travaillait assise en face de moi; les tables sont larges, une double lampe posée au milieu; nous ne voyions que nos mains, et nous n'avons pas parlé.

[...] Ce que je retrouve, à la bibliothèque, c'est ma sage et studieuse ferveur d'alors, mon assurance d'écolière appliquée, mes résolutions sûres, le calme d'une enfant heureuse – Mon enfance, Toi, vous faites bon ménage... C'est tout ce que je t'apportai en dot, mon amour (Maman un jour, je ne sais à qui, répondit que nous n'avions pas besoin de dot et qu'il lui semblait que c'était donner beaucoup que d'accorder l'une de ses filles!) et merci d'en prendre tant de soin...

[...]

Mercredi soir je serai à la maison. Ce début de semaine, je veux me reposer, me coucher très tôt le soir. Je n'achèverai donc pas certaines pages qui venaient après celles que je t'envoie, celles sans doute qui t'auraient été le plus précieuses – mais après tout, il se peut que je les écrive mieux lorsque je t'aurai revu... Ce que je te donne, cela pourrait prosaïquement s'appeler Chronique de la première nuit – mais « chronique »! – ou Première Nuit (comme de Tourguéniev « Premier amour »)

Tu me diras si tu la reconnais; mais ce n'est rien que ces pages. Il ne faut pas que je prémédite d'écrire.

Lundi. Midi et demi

La nouvelle de ce matin, c'est qu'il fait une brume froide, aile de l'hiver; la nouvelle de ce jourd'hui c'est qu'il luit un soleil profond pris entre nos lèvres comme un reflet sauf d'une autre saison; la nouvelle de ce matin c'est que tu m'aimes, que je t'aime, et que nous inventons la lumière pour réchauffer le vol givré du temps.

Repose-toi mon bel amour, vis paresseusement tout à loisir la chance d'être; je suis autour de toi comme un ventre reclos, et tu as bien le temps de naître une autre fois, ailleurs... Je veux être ton quartier d'hiver, ta fourrure d'hiver, ton orange de Noël en mille quartiers ouverte comme couronne de rayons...

Ta lettre, ce matin, me rend plus difficile encore l'envoi des pages promises (non leur totalité) Tant pis... Il faut bien que parfois je me connaisse dérisoire et quelle grâce très arbitrairement accordée est ton amour.

[Sur feuillet à part :]

Comme le printemps
L'été L'automne et l'hiver
Le jour et la nuit
Nous nous échangeons.

[29 octobre 1963]

MARDI MATIN * SEPT HEURES. * Entre étoile et soleil, entre brume et lumière, entre deux feuilles lisses, calmes, de ton sommeil, entre tes mains battues pour que surgisse la première étincelle, entre tes lèvres où j'insuffle ma force, entre tes jambes où je me retrouve et me perds, m'immobilise enfin. Mon Mimi, pourquoi m'éveilles-tu si tôt? Pour rien, pour le bonheur, pour avoir peur si tu tardes à m'entendre, et pour que nous entrions ensemble dans le jour... Creuse ma place profonde entre ta hanche et ton épaule, ma coquille douce, mon manteau de chair – Il fait bon être avec toi, il fait bon être tienne, et parfois il fait mal comme avant un orage – mais j'aime les orages qui magnifient nos saisons, les chamarrent, les exaltent durement pourprées... Et j'aime après l'orage être auprès de mon arbre, légèrement plane et couleur de feuille morte... Nous sommes à la lisière du jour. Sept heures au clocher. Les entends-tu mon dormeur semblant? et celles que je compte en écho sur ta bouche? et l'heure de mes doigts qui pleut multiple sur ta peau? Il est sept heures, il est le jour, il faut être sérieux, il nous faut travailler – mais au même moment peut-être, absents soudain du contexte banal, nos silences lumineusement se joindront comme nos bouches même non reconnues.

Je t'aime impunément.

Il est le jour, il faut que je travaille, mais je demeure avec toi.

Et demain matin vers huit heures ce sera comme si tu t'éveillais à peine, comme si je clarifiais tes paupières avec ma langue comme un oiseau bleu.

[...]

[30 octobre 1963]

L'ANGÉLUS, LE VRAI, c'est-à-dire six heures et demie... Il ne m'étonne presque jamais; je m'attends à lui comme à la maison je m'attends au baiser de Manou. Six heures et demie; ce n'est qu'un peu plus tard que Mimi entre discrètement dans ta chambre, avec des précautions de père Noël, et se penche sur ton sommeil ou sur son apparence car voici que tu ouvres une paupière à peine, puis tu me cueilles, mise au dessus de toi comme un fruit à portée de ta bouche – mon enfant goulu, sans ouvrir les yeux, tu m'accueilles et j'ouvre tes longues cuisses durement closes comme les valves d'un couteau de mer, j'ouvre longuement tes cuisses selon leur nervure, pour vivre de leur chaleur. Bonjour mon amour. Bonjour comme chaque jour que Dieu fait, chaque jour partagé entre nous comme le pain essentiel, l'eau claire et la flamme du feu. Bonjour ma vie. Au matin comme au soir nous ne savons que rendre grâces et louanges, et nos seules mains jointes élèvent une église, notre salutation fait jaillir une flèche et se multiplie en clocher, notre désir authentifie le monde. N'est-ce pas que ces deux sont crédules qui croient en leur réalité, en leur éternité? Mais riches de leur crédulité comme des enfants qui donnent cours entre eux à la monnaie de menus cailloux, aux marrons, aux fruits d'églantier. Nous nous inventons, nous inventons le temps de vivre, les horloges nous sont soumises; nous n'allons pas vers la mort mais vers nous-mêmes; nous débordons la mesure quotidienne, nous sommes vrais, nous sommes irréels – Oh, ma bouche se met à parler toute seule, comme en rêve, et me devance, m'étourdit, ma bouche au bord du vertige plane encore sur sa parole, sur sa soif même. Il faut que tu prennes mes lèvres pour calmer leur divagation, que tu me berces comme tu sais faire dans la coquille de tes mains – je pleurerais, de suffocation, comme un jour, sur la plage, près de toi, je suffoquais d'être.

Tu sais, je n'ai pas envie de te parler de mon travail très ordinaire, ni de la ville que je quitte ce soir à sept heures... [...]

J'aurai peu de liberté cette fin de semaine, pour t'écrire – mais je t'imaginerai * Une étoile sur chacune de tes paupières, chastement, et puis ici, et là encore, et là.

Une heure

Sur ma table, lorsque je rentre, une lettre et deux paquets! Tu me fais fête! Debout, sans prendre le temps de m'asseoir, affamée de toi, gloutonne, je défais tout à la fois. [...]

« Je veux te donner rendez-vous toute ma vie... » Chut! Pas maintenant, Mimi; maintenant il faut poser sur la joue de Minou le bref baiser pudique des départs, il faut rassembler tes affaires... Mais oui, tu le retrouveras tout à l'heure, tout à loisir...

[Sur une carte représentant un coin du port de Cannes]

Samedi matin [2 novembre 1963]

MINOU EST-IL AUSSI SAGE qu'un petit bateau dans le port? Mimi oui...

Neuf heures... Nous avons dormi à Cannes chez Mémé Maria; Papa s'est levé tôt en quête du poisson pour la bouillabaisse et puis parce qu'il est ici chez lui, en dépit de la pluie... Comme autrefois volubilis roses bleuissant sur la terrasse pavée rouge où nous nous amusions; comme toujours chez la boulangère odeur de la tourte au pissalat – et je ramène à la maison le traditionnel pain croissant des vacances. Dans le café-tabac où j'achète cette carte, j'écoute... César, Marius, je m'attarde à plaisir... et par mimétisme spontané je parle en chantant la fin des mots persuasivement.

Lorsque je rentre dans la maison, Maman me gronde :

– Si tu descends aussi vite les escaliers, tu te casseras une jambe.

J'ai sept ans. Mais je t'aime « très au-dessus de mon âge ».

Repose-toi mon bel amour jusqu'à demain soir. Je demeure malgré tout au plus près de toi.

[4 novembre 1963]

LUNDI MATIN * Bonjour TOI! J'aurais bien voulu prolonger la douceur du demi-sommeil dans la chambre tiède, dans le rêve d'un corps creusé comme une conque pour me recueillir... Mais il est lundi, il faut être raisonnable. [Debout le Mimi – et réveille aussi maternellement, précautionnement le Minou qui feint de ne rien entendre, le Minou paresseux qui prolonge sous ses paupières les vacances... Qu'as-tu fait, dis?] Es-tu au moins bien reposé, détendu, en verve, heureux de vivre? heureux de mon amour?

Je t'ai amené avec moi – et tout le long de ces jours et nuits, nous avons parlé à voix inaudible pour les grandes personnes – mais de la Provence et de la côte nous n'aurons rien vu qu'un déluge couleur de pierre – trois jours d'orages, d'averses torrentielles sans discontinuité qui nous ont fait craindre pour le retour. Mais samedi, à dix heures du soir, lorsque nous avons quitté Cannes, le ciel était clair, et nous avons la nuit durant voyagé sans encombre. Journées faciles, heureuses, chacun manifestant sa bonne humeur. Maman délicieuse. Papa conciliant. Et là-bas un accueil simple – une captivante petite cousine de deux ans, Isabelle – à défaut du soleil, des sourires sincères... Bien. Mais toi, mon cagnou (dirait Hélène – ce qui vient de « mon castagnou », ma petite châtaigne –) toi qu'as-tu fait? – Alors, raconte... Et que fais-tu ce matin, à bientôt huit heures? Mimi, tu peux le constater, n'est que modérément en verve, comme assourdie par les épaisseurs de sommeil... J'ai pourtant noté sur mon bel agenda les tâches prochaines, notamment l'énoncé de ce devoir de philosophie que je me promets de faire : « Y a-t-il selon vous une opposition entre le verset de l'Ecclésiaste : " Qui accroît sa science accroît sa douleur " et le mot de Léonard de Vinci : " Plus on connaît, plus on aime "? » Ce devoir me plaît. Je pense à la douleur d'aimer, au désespoir de vivre, à la miséricorde (Je pense à Toi).

... Tout à l'heure sans doute y aura-t-il une lettre de toi – alors je vais l'attendre et que tu me dévastes et me rajeunisses, comme un arbre remis nu, avant les feuilles...

• Midi et demi

Tu me parles des pages écrites l'été dernier. Je n'arrive pas à éclaircir si elles furent écrites pour Michel ou pour toi. Est-ce que je criais vers lui ou vers toi? Je vivais dans la confusion des sentiments. Je brûlais d'écrire à Michel, mais je rêvais de toi. (Parfaitement, Monsieur : en septembre, malade, couchée, je rêvais que nous étions ensemble à Agde, au soleil; je n'osais pas rêver que tu m'aimerais – je n'osais pas, c'est-à-dire que je me grondais lorsque je m'approchais de ce rêve...) Je rougissais déjà lorsqu'on me parlait de toi! et je répondais avec volubilité à mon père qui prétendait que. Je répondais que mon père était fou. que Michel. Je haussais les épaules! Mais je rêvais de toi, tes lettres seules m'importaient et je te confiais mon amour. « Cueille la fleur que je dessine [1]... » Bien sûr, c'était écrit pour toi, mais je n'avais pas osé te l'avouer lorsque tu me l'as demandé... « Jusqu'où est-elle allée? » Je te l'avais écrit : « le temps d'apprendre seulement ce que c'est qu'un baiser » – et c'est vrai que personne encore ne m'avait embrassée (Ni Jean-Pierre) et que j'avais très soif. Seulement, ce que j'ai découvert près de toi, c'est combien j'étais alors passive, inanimée – et que je ne donnais rien. Ce devait être très décourageant. Combien aussi je demeurais sur mes gardes, effarouchée – cela t'étonne, n'est-ce pas? Cela t'étonne puisque je me suis jetée contre toi, puisque lors de notre seconde rencontre seulement... Folle! N'est-ce pas? Rien d'une jeune fille rangée! Belle éducation! (Mais justement, je n'avais aucune éducation amoureuse!) (« Il ne faut pas se fier aux apparences », dit Marie-France à ma tante qui me croit seulement occupée de mes livres...)

Nat est venue, je n'ai pu continuer ma lettre que je veux poster à présent. Je te donne ma bouche que tu demandes et ce que tu ne demandes pas – Amoureuse à perte de vue, à perte du rire et des larmes, à perte du sens des heures, la tête renversée, les yeux cueillant les étoiles *

Mardi nuit
[5 novembre 1963]

BONSOIR MON AMOUR. Il y a me semble-t-il une éternité que je ne t'ai écrit, et je me sens toute gauche, malhabile, comme lorsqu'après les vacances il faut rédiger le premier devoir – mais il ne s'agit pas d'un devoir, c'est une lettre d'amour que promet cette page et ces paroles-là me désenglueront de toute lassitude. Le voyage à Cannes, le retour ici toujours pénible m'ont abasourdie; je suffoque un peu, cherchant l'air libre ou bien ta bouche, je me débats – d'autant qu'hier je dus écarter l'angine, et ce matin me lever tôt pour en finir avec un devoir d'espagnol.

Tentation de me laisser couler au creux de mon amour, de m'abandonner silencieusement, de t'écouter me bercer, m'endormir, de t'écouter vivre pour moi, à ma place – mais nous n'avons d'autre recours que la parole, le cri – et c'est bien ainsi, qu'il faille quotidiennement se dépasser, vouloir s'atteindre et devoir s'efforcer l'un vers l'autre et n'y parvenir qu'en surmontant la fatigue ou le découragement. Si nous vivions ensemble, peut-être parfois négligerions-nous de nous rejoindre au-delà de l'apparence du rapprochement – tandis qu'il faut que nous nous cherchions. Et parfois je vais à tâtons d'abord, mais très vite je me rétablis à hauteur de toi, de nous, de notre harmonie... Ce soir j'avais besoin d'être dorlotée, cajolée, confortée; ce soir le monde entier me faisait des misères et je me méprisais, je me trouvais de trop – mais il a suffi que je t'invoque, tu me justifies – Tu me fais du bien... Mon amour... Il arrive que je rencontre une preuve visible de ton existence. Il y a ici un étudiant qui te ressemble; il est entré un jour dans le bureau avec sa jeune femme et, comme il s'inscrivait obliquement dans mon champ visuel, un sursaut d'angoisse m'a fait me tourner vers lui; je l'ai reconnu; et Josette, à qui je le désignais hier soir sans explications, a aussitôt acquiescé. La même stature, l'autorité du profil, l'assurance du port de tête, les traits incisifs – ton nez. Je l'ai revu au restaurant, dans la rue; je ne puis détacher mon regard de lui. C'est un étranger (iranien? caucasien?), je ne comprends pas ce qu'il dit. Lorsqu'il caresse l'épaule de sa femme, j'ai mal secrètement, comme si je t'observais tendre auprès d'une autre, et ne pouvant intervenir, ne pouvant même te parler, protester, prier... Je ne me croyais pas jalouse... Comme tu pourrais me faire du mal, si, comme tu pourrais me déchirer très aisément, quel terrible pouvoir est le tien de me désespérer... A vrai dire je crois que, jalouse, je n'aurais pas l'agressivité, la combativité de certaines – mais que j'abandonnerais sans lutter, sans rien dire, trop bouleversée pour me révolter – sans colère, silencieusement, définitivement.

[...]

Cet amour dont j'habite si juste les limites, saurai-je le dire? Tu m'assures que oui, je doute encore. Étonnée, franchement, lorsque tu parles de l'impression future, parce que pas un instant ne m'a effleurée la pensée d'une éventuelle publication. Je n'écrivais que pour toi, d'où parfois des allusions, des appels comme détachés du poème, impuretés, corps étrangers. C'était si désespérant cette tâche que parfois je m'en écartais pour te faire signe, t'invoquer. J'ai très bien ressenti ces faiblesses, consenties parce que je ne parlais qu'à Minou pour qui je suis toute petite... Ainsi j'ai écrit un poème érotique. Ça c'est drôle, n'est-ce pas Petit Prince? Tu sais, il y a bien des pages qui ne furent qu'ébauchées et que je tâcherai de composer si tu dois en avoir du plaisir. Je me souviens d'une dont la fin m'était venue sans que j'y pense :

... le vent velours couleur de giroflée qui se suspend au-dessus de ta bouche immobile et fomente un rapt

Qui blâme si le vent t'embrasse?

– Oui, qui blâme? Il est dix heures.

Le vent se coule jusqu'à toi.

Une heure

[...]

Je ne sais si un jour ce que j'écrirai se reconnaîtra, mais je puis t'assurer que cela s'organise selon une nécessité interne et ne procède d'aucune imitation. S'il y a référence à tel ou tel style, c'est inconsciemment, et après assimilation. Je ne crois pas que se retrouvent dans les pages de cette année des fragments tels que *Péan* [1] qui semblent « à la manière de... » Si? En tout cas, ce que j'écris est pour moi insipide comme l'eau pure dès que formulé – et si tu ne le conservais, je sais quel serait à brève échéance son sort. Si ce n'est pour toi, je ne crois pas que j'écrirai. Autrefois, je désirais « écrire un livre »; je n'en ai plus le souci – ni l'ambition, ni le courage, ni la vanité; surtout me manque la foi; je ne crois pas en ce que j'écris; si l'on m'en persuadait ce serait un mal, car je croirais en une beauté que je n'aurais pas reconnue. Si je persévère, ce ne peut être que par amour de toi, par confiance aveugle, par humilité – ou, cela serait bien triste, par vanité. Pour être sûr que ce ne sera pas par vanité, mieux vaut ne rien publier. J'ai souri à tes mots : « l'impossibilité où je me trouve de priver les amants du monde entier de ces pages ». Comme tu es jeune mon amour – mon petit enfant. Moi je suis ancienne, sans espoir et sans illusions, comme est la terre mère qui continue d'être sans savoir pourquoi et tourne éternellement passive. Mimi, pourquoi as-tu écrit cette phrase stupide? Mimi, pourquoi pleures-tu? Mimi tu es vilaine, tu auras la fessée.

Oui Minou. Je t'aime, à m'exaspérer – tu comprends? Et je ne peux plus tout à fait croire pour me consoler que je suis une petite fille. – Pour te consoler de quoi, Mimi? – Oh tu sais, tu es aussi désespérant que le soleil. S'il te plaît, cajole-moi.

[7 novembre 1963]

IL EST JEUDI. J'ai dormi tard car hier soir je fus au cinéma. *Hiroshima mon amour*. Qu'en dirais-je? Non, je n'ai pas pleuré. Mais après dans mon lit je cherchais sous mes doigts la forme de ton visage. M'oublieras-tu mon amour, me perdras-tu? On meurt d'amour aussi. Et nous ne vivons que d'amour.

Aujourd'hui je pense à toi profondément, silencieusement. Je t'adresse seulement ce signe – cette page [1] que je n'ai pas jointe aux autres dont elle est comme la trame, la conscience. Écrite d'un trait, avant celles que tu as déjà lues, comme d'avance pour les désavouer ou les dépasser ou peut-être pour exorciser le sentiment de la vanité de l'effort; je n'ai pas l'intention de la corriger. Recueille-la comme les paroles perdues de mes rêves, paroles libres comme un vol solitaire. Comme rien du tout.

Vendredi
[8 novembre 1963]

IL EST SEPT HEURES. Je te visite – mais non taquine... J'ai très sommeil encore, et je n'ai quitté mon lit que pour venir dans le tien (si tu le veux), dans le lit à ma mesure de tes bras et de tes jambes. Et là, mi-assoupie, je parle sans effort, presque en rêve tout contre ton oreille...

D'Isabelle d'abord. Il ne faut pas lui faire violence; quelle que soit mon impatience de la connaître toute. Je sais que tu lui donneras toutes ses chances. Cela n'a pas d'importance que j'attende encore un peu, aucune; et puis les belles choses, il faut leur faire un accueil de désir, un désir à leur mesure...

De l'agenda aussi... Tu n'osais pas me le demander! Il y a donc des choses que tu n'oses pas me demander? Dis? Je serai donc très attentive, afin de deviner ce que tu tairas. Non, je ne m'y appliquerai pas – il reflétera la réalité ordinaire de ma vie, la médiocrité de mes pensées, et tu m'y verras vraie – tu m'y verras (mais est-ce possible) comme me voient ceux auprès de qui je travaille – une petite bonne femme entre d'autres... Sais-tu que je n'ai plus aucune ambition? Cela signifie-t-il que je suis vieille? Je m'en aperçois à ma façon d'expliquer aux camarades qui s'étonnent quel travail [1] je fais. Je ne ressentirais aucune blessure d'amour-propre à abandonner mes études et à devenir sur-le-champ une quelconque employée non spécialisée; en septembre, je n'étais pas encore assez humble... Il y avait au camp un professeur de géologie de la faculté de Paris dont la fillette – quatorze ans – aimait venir jouer à l'épicière. Un soir, devant moi, son père lui fit cette réflexion : – « Enfin, si tu ne travailles pas mieux, tu pourras toujours être épicière! » Quel vilain petit démon m'a poussée à faire remarquer que les livres, les chambres pour étudiants sont fort chers, et que Tournesol devrait peut-être un jour travailler pour les payer, ou tout au moins pour s'offrir des vacances... J'ai été ridicule, mais je crois que le professeur a compris la leçon... Aucune ambition, je t'assure. Tu me suffis, tu me dépasses. Les livres, même, ne me sont pas nécessaires. Hier soir, adossée à la fenêtre, assise sur le plancher, je lus *Mon Faust* [1] – mais je n'ai plus ma soif d'autrefois, depuis que je sais que je ne peux tout lire, et que je ne retiens rien. Depuis que je sais que tant d'ouvrages ne témoignent que du malheur de vivre, de notre impuissance, de nos limites. Nous habiterons les limites d'un livre. Cette perspective m'angoisse.

Il est vrai mon amour que je suis vieille. Je l'ai dit l'autre jour. Infiniment plus que toi. Je suis ta mère – je ne saurai faire autre chose que te donner mes forces, ma force de cri, ma force d'amour – et je n'en aurai plus pour les tâches qui les requièrent. Je te mets au monde, et c'est tout ce que je sais faire, tout ce que je peux faire, à présent. Je m'appliquerai à faire ce que tu désires que j'accomplisse. Si vaste que tu me formes, c'est toujours à ta mesure seule, et je n'ai de place que pour toi. C'était peut-être aussi cela, devenir une femme : être dévorée.

D'où me viennent cet étrange épuisement, cette atonie, ce découragement? Puisque tu es mon seul motif d'agir, d'être, d'aimer, dis-moi que tu as besoin de mon enthousiasme, de ma jeunesse, d'une verve heureuse, d'une profusion de vie...

Je crois comprendre ce que c'est – je t'expliquerai lorsque j'y verrai plus clair.

Mon amour, ce soir s'il y a du vent j'irai me promener sur les quais avec Josette. Tiens, j'aime encore le vent.

★

Midi et demie. Je dis bien des sottises. Forcément,

puisque je te parle comme à moi-même – et l'on n'est pas particulièrement brillant en ce cas.

Demain, dimanche, lundi, je t'écrirai une très longue lettre mon bel amour.

S'il te plaît, écris-moi une lettre folle, sois mon amour fou, fou à lier, mon très jeune amour incohérent, mon ouragan, bouleverse-moi, mets le monde sens dessus dessous – mon amour, mon prodige, je t'en prie –

renverse-moi, éreinte-moi – ouvre-moi, disperse-moi aux quatre vents – que je ne me reconnaisse plus, que je ne sache plus – que je sois seulement *

Vendredi
[8 novembre 1963]

TU M'AS ENTENDUE n'est-ce pas ce midi, comme je te priais de te faire très fou et de m'enlever scandaleusement, irrésistiblement... Tu m'avais entendue et ce soir à six heures il y eut une lettre à n'en pas croire mes oreilles chastes, à n'en pas croire mes yeux riant de plaisir. Oh, mon amour! mon amour qui m'investit, me suffoque, me submerge, me brise, me répand comme un collier défait ou comme un rire, mon amour qui me précipite et m'éternise! Je t'entends, tu es miraculeusement neuf et jeune, et j'aime aussi que tu aies des initiatives impétueuses. Tu es mon petit garçon (mon complice) et tu es mon amant et je suis neuve et jeune comme toi, je te ressemble évidemment comme le coquillage ressemble à la coquille, et le ciel à la terre, et le fleuve à son lit... Il est très tard (Nat me quitte à peine). J'ai voulu te dire merci, te le dire distinctement, avant de te rejoindre dans ton sommeil. Je vais me glisser à ta droite tout doucement, je te regarderai dormir un moment – tentée de saccager ce beau jardin calme – à peine si je te caresserai sans que tu le saches. Non, amour mien, ne te dresse pas, ne te raidis pas – repose, sois très sage. J'épouse ta chaleur, je suis ta chaleur même – je suis ronde et dure sous toi comme une châtaigne dans sa bogue – bien protégée, cernée, et te lestant. Nous ne sommes, ensemble, qu'un seul beau fruit d'automne. Et le sucre s'amasse.

Samedi

Hier soir, comme il était tard lorsque je pus être seule avec toi, je bredouillai – peut-être était-ce d'impatience à te rejoindre.

Je crois que depuis, tu m'as pardonné...

Amour, mon bel amour, il est samedi et je t'assure que je vais très bien, vraiment, vivante, chaudement comme un oiseau dans sa plume, vivante comme vif-argent – puisque tu m'aimes, puisque tu es là, puisque tu tiens bien en main ton petit bonhomme.

Il est vrai que le temps qui nous sépare me dure longuement, languissamment, mais il est vrai aussi que l'amour me sied, et la vie. Novembre n'est plus Novembre. Novembre est méconnaissable – gris idéal pour exaspérer les couleurs et soutenir leur cri, froid doublure délicieuse de ma chaleur, fumée de l'été, feu de joie, Novembre limpide sonore et dur – la pulpe de l'air écoulée laissant libre l'espace, vide où s'amplifient les mots d'amour que l'atmosphère onctueuse, opulente, des mois plus chauds étouffait... Le monde se simplifie, se stylise pour que je te perçoive mieux – se décante, se clarifie pour me révéler ton visage. Il n'y a plus entre nous que des branches d'arbres nues, presque abstraites – le squelette délicat d'une saison charnue...

Amour, mon bel amour, tu es Novembre aussi, comme tu es lundi, mardi, la semaine et le dimanche, les nuits et les jours dans leur succession et leur confusion – tu es ma vie – tu es Novembre, et tu me réussis. J'ai « sûrement moins de raisons que l'an passé d'être triste ». Je le fus à peine et sans raisons, déraisonnablement, mais ce n'était rien. J'ai plus sûrement des raisons d'être heureuse. Et si je ne savais pas que tu es la raison des raisons, je parlerais d'un marronnier très beau – square du Capitole –, des orgues à Saint-Sernin, du sourire de mon amie, du vent, des nuits longuement douillettes, d'une pomme croquée, du *Traité* rouvert... Mais tout cela je ne l'aurais pas même perçu si tu ne t'étais fait, toute cette semaine, présent constamment, pressant, irrésistible. J'aime que tu t'imposes, tu sais. J'aime que tu me revendiques à voix très haute. J'aime être possédée, sollicitée. J'aime simplement que tu sois là.

Amour, mon bel amour, comment te dirai-je merci? Mon beau Novembre sous ma bouche et mes doigts, mon beau Novembre lisse et clair – ma flambée savoureuse de toutes les feuilles mortes, ma tiède cendre des ciels de juillet consumés – sais-tu que je suis sauve, et pour toujours – comme une empreinte que tu gardes – ou sauve comme une aile d'éphémère recueillie...

Il ne faudra plus jamais craindre que je me perde – simplement lorsque je semblerai me troubler, ou m'égarer, vite, me faire un signe – allumer une étoile, ouvrir une fleur, dessiner un soleil, me raconter une histoire pas sérieuse, me dire que tu as besoin de moi

Et je te reconnais, je me précipite vers toi comme l'enfant vers sa mère, dont la foule un moment l'avait séparé.

[...]

– Que l'on soit amoureux de moi, dit Mimi, voilà qui me dépasse. Je peux comprendre que l'on m'aime d'amitié – mais l'amour, le désir, lorsqu'ils me sont dédiés, il me semble toujours que c'est par équivoque, qu'il y a confusion de personnes...

Tu es sûr, bien sûr que tu es AMOUREUX de moi? Il y a là quelque chose qui tient du scandale, de l'inceste, du prodige, de la folie... Mais si tu en es vraiment sûr (ou même si seulement tu le crois) rejoins-moi ce soir dans notre chambre bleue. Tu veux bien?

[10 novembre 1963]

BONJOUR NOVEMBRE le Beau, Novembre l'Immense, le Pur, qui résonne comme l'ombre d'une forêt gothique. Novembre : ce nom te va bien, grave étrangement et profond jusqu'à l'angoisse; ce nom va bien à mon amour intransigeant, à mon unique amant, ce nom va bien au vertige étroit que me font entrevoir tes lèvres, ce nom va bien à ton sexe simple et dur et à ma soif amère. Novembre : ce nom mesure l'épaisseur d'un cristal où nos visages face à face se contemplent...

Bonjour Toi. A cette heure il est vrai, le jour est passé – mais je puis te saluer comme sa lumière même que prolonge ton regard, sa lumière condensée sur tes lèvres. Tu es à perte de vue le jour – et tes gestes d'ombre, l'ombre de ton corps ne sont là que pour le révéler, pour le souligner. Amour mien, j'ai relu ce soir la lettre au crayon que tu m'écrivis à même époque l'an passé – elle est belle – elle est manifestement de qui m'aimait déjà :

> « Où allons-nous? demandez-vous (Faut-il chanter : " Dites la jeune belle, où voulez-vous aller [1]? ")
> Où allons-nous? Je n'en sais rien, mais il me plaît que nous y allions... »
>
> Allons nous aimer, « Ami qui ne me quittes pas »...

Et tu disais encore :

> « Continûment, même quand ce n'est pas clairement formulé, je pense : Que dirait Mireille de cela? Aime-

rait-elle cette œuvre? Si Mireille pouvait voir cela... Mireille à n'en plus finir, quoi! »

C'était clair. Je me souviens de la chaleur que ces mots dégageaient en moi; je les écoutais prodigieusement attentive, je retenais mon souffle pour ne pas les troubler... Ainsi chacun de nous s'enhardissait-il chaque jour à aimer davantage, osait-il le dire. Ta lettre toute était comme un art de vivre, et un acte de foi :

« Si misérable que soit le bonheur lié à la condition humaine, j'entends l'accueillir sans partage. » Tu savais me convaincre, tu m'induisais à te croire... Tu me persuadais parce que je t'aimais. Tu m'apprivoisais... Et encore : « Fidèle... Je vous sais fidèle et que vous ne vous détournerez jamais. » Tu me connaissais bien. Tu avais confiance. Et cette confiance toujours me bouleversa. Tu n'avais pas tant de raisons de me croire, ayant appris à connaître mes pareilles, mais nous avions l'amour. Tu sais, c'est l'étendue de ta confiance qui fait la force de ma fidélité – je ne parle pas seulement, tellement de fidélité charnelle – je ne puis croire en moi, et partant me gouverner, que si tu crois en moi.

« Il y a longtemps que je t'aime... »

[Lundi]

[...]

HIER, JE REÇUS la visite d'une camarade de promotion. Je la savais très fine et sensible, je la voyais suivre son chemin à l'écart des autres, secrète pour l'essentiel. Des médisances à son sujet avaient accru mon estime pour elle. (« Cette petite Françoise, si calme, qui l'eût cru! ») Hier, elle m'a parlé d'Albinoni avec une étonnante ferveur – j'étais ravie de la « reconnaître »... Une autre camarade, qui attend un enfant, malgré l'offre du père refuse de se marier... Marie-France change (décide qu'elle ne se mariera pas), devient grave, silencieuse et tendre...

Amour mien, je te fais vivre à l'ombre des jeunes filles femmes. Plus tard, chez nous, une fois – si tu le veux – je t'amènerai les meilleures, je te regarderai vivre au milieu d'elles, et je les regarderai vivre sous ton regard, je te regarderai les intriguer, les captiver, je les regarderai te plaire. Peut-être oublieras-tu que tu fus misogyne – mais tu ne l'es que par excès d'amour, et je t'aime tel, me voulant digne de toi. Qui condamne les femmes condamne les hommes qui firent ces femmes. Je suis telle que tu me fais...

(J'oubliais : Françoise est très jolie, brune, grande madone aux délicates attaches – tu l'aimerais. Hier, elle ressemblait parfois à Delphine Seyrig. Mais Josette se ressemble à soi seule. Miguel dit : – Elle est bruja, sorcière. C'est vrai.)

Et si tu le voulais, je te vouerais leurs âmes, tant je comprendrais que je ne te suffise pas... C'est drôle : notre monde est désert en jeunes hommes, mais ton regard y fait fleurir maintes filles...

Marie-France est entrée, s'est assise près de son lit pour travailler... Hier, elle m'a demandé aide pour un devoir de philosophie dont le sujet m'a tant plu que j'y ai pensé plusieurs heures (« Le mot de Montaigne – " La plus grande chose du monde est de savoir être à soi " est peut-être le mot d'un monde en train de disparaître. ») « Être à soi », le pouvons-nous encore? Il y faut une conscience claire, désenchantée de la condition humaine, mortelle – mais il faut se garder d'appartenir déjà à la mort. Être à soi dans l'amour, l'amour lucide; se faire du présent une éternité... Si j'avais dû rédiger ce devoir, c'est par la connaissance, la révélation de soi-même dans l'amour, la possession de soi-même, soi-même total, hors de la peur, de l'ennui, du désespoir, également distant de la révolte et de la résignation, que j'aurais terminé. Face à l'oppression du monde moderne, face au déferlement des foules, la paradoxale liberté de l'être engagé dans un au-delà de la passion, dans l'effort de l'amour, l'érection de l'amour...

Mardi

J'ai mérité cette fois encore d'être grondée. Et bien plus – j'ai mérité ta tristesse. J'ai mérité ta logique dure. J'ai mérité d'avoir de la peine parce que je t'en ai fait.

et de me taire maintenant.

De t'aimer humblement, silencieusement, jusqu'à ce que se résolve le chagrin que je contiens.

Épineuse Mimi. Je te jure pourtant mon amour que je n'ai rien de la rose féroce puérilement; rien qu'un petit Prince maladroit, un peu désemparé parfois, rien qu'un petit Prince qui t'aime, infiniment et que cela bouleverse.

Mardi soir

Ce que c'est que de trop dorloter les enfants! Ils deviennent ingrats, ils font les intéressants... Tu penses peut-être à cette heure que tu en usas trop tendrement, trop indulgemment avec Mimi, une Mimi qui joue, inconsciente, les giboulées, la pluie, le beau temps et de dérisoires orages, de ridicules et néfastes orages qui maltraitent sans raison le ciel et les fleurs. Il faudrait enfin comprendre, Mimi, que la maîtrise de soi est plus admirable et requiert plus de forces que le déchaînement, qu'il n'est pas du tout original de suivre son humeur, qu'il est peu généreux d'en attrister l'Autre; il faudrait comprendre, Mimi, que la politesse est l'une des règles de l'amour, et ne jamais affronter le miroir d'eau profonde de Sa compréhension qu'avec un visage digne du jour. Qui criait pour qu'on la sauve, Mimi, c'est veulerie si elle s'abandonne ensuite. Mimi, il faudrait peut-être apprendre à l'aimer...

Amour mien, je te demande pardon d'avoir manqué de sérénité. Oh, ce n'était pas caprice de petite fille, ni sollicitation pour que l'on me cajole. Simplement la mesure de peine égale à mon bonheur de vivre, le symétrique désespoir de mon amour, le sanglot qui soutient les mots émerveillés soudain perceptible. Une griffe un peu plus aiguë qu'à l'ordinaire. Mimi un peu plus vulnérable qu'à l'ordinaire. Mais il aurait fallu savoir ignorer, dédaigner l'ombre pressentie, fermer les yeux le temps qu'elle se dissipe – ne pas la dénoncer surtout, la mépriser.

Ma punition? Je ne sais pourquoi il me semble avoir compris par ta lettre d'aujourd'hui, que tu as commencé à me voir véritablement banale, semblable aux autres, que tu commences à savoir, avant même que j'en aie pris conscience, que je suis, telle mes pareilles, incohérente, illogique, encombrée de contradictions, peut-être lâche, me dérobant sans lutter; pour tout dire inconstante. Cela, je le découvre en même temps que toi, et cela m'affecte d'autant plus que je soupçonne ne pas connaître encore bien des défauts latents dont la révélation nous décevra tous deux. Si je m'étais connue, du moins aurais-je pu te prévenir, mais je ne fais que m'apprendre; et du reste tu ne m'aurais pas crue.

Un jour, épouvantée par la prescience du mal que je ferais à mes parents (c'était il y a deux ans), je leur écrivis pour leur demander pardon. Je te demande pardon du mal qui est en moi. Ou plutôt du mal que je te ferai – car comment savoir ce qui est mal ou bien en moi, comment savoir?

« Écrire, pour toi, est vain. » Ai-je écrit cela? Créer n'est pas vain lorsqu'on peut aimer ce que l'on crée; ou peut-être aime-t-on ce que l'on crée pour que ce ne soit pas vain. Une femme qui met au monde un enfant se met à l'aimer et le justifie ainsi, lui donne une raison d'être. Mais moi comment pourrais-je aimer ce que j'écris, et qui est pour moi sans vertu – compact, impénétrable, étranger? Si tu aimes mon poème, tu le justifies; je peux donc écrire pour toi, sans que cela soit vain, puisque tu en auras été réjoui. Et je n'ai pas besoin d'autre justification; mais la joie des autres? Je pourrais bien dire que la tienne seule véritablement m'importe; au vrai, je ne sais pas si ce que j'écris peut réjouir d'autres que toi. « Faire sans croire [1] » : je crois que ce que j'écris t'est richesse, je le crois puisque tu me le dis, et cela suffit pour que je le fasse. Mais richesse à d'autres que toi? Richesse universelle? Je ne me condamne pas : je me limite à toi, je m'illimite à toi.

« Dès lors que tu n'écris *que* pour l'amour de moi... » Est-ce peu de chose que l'amour de toi? Est-ce qu'il ne contient pas l'amour de vivre, le désir de vivre, est-ce que ce n'est pas ma raison d'être, de durer?

Ce que tu écris est déjà justifié par la joie qui m'en est donnée. Le sera demain par la joie de ceux qui sauront l'entendre. Tu es plus généreux que moi; tu es plus fort et courageux que moi.

Amour, douter de moi, n'est pas douter de toi : je doute surtout de te mériter, de mériter la vie, l'amour – du moins puis-je dire que je connaîtrai mes limites et mes forces.

Devoir de vacances? Non; devoir, simplement. Je suis tenue de. Ce que j'écris est parce qu'amour m'oblige.

Amour mien, je suis Quelqu'une, entre toutes les âmes

féminines (bien nées ou pas). M'aimes-tu tout à fait autant? Ancienne, oui, comme l'amour qui fut sans commencement, comme l'amour même.

★

Mercredi
[13 novembre 1963]

AMOUR MIEN, je voudrais te savoir rassuré et je voudrais savoir que tu me pardonnes d'avoir été faible un instant – mais un instant à peine, le temps d'une discordante plainte dont il ne faut pas s'inquiéter – fausse note, maladresse – après quoi règne à nouveau la musique. Et ce que je vois mieux, c'est combien je suis sauve, totale toujours, en dépit de l'apparence d'un vertige bref.

Amour, il ne faudra plus jamais me croire lorsque je te ferai de la peine, lorsque je t'aimerai mal, lorsque je semblerai m'abandonner. Il faudra penser : – Aujourd'hui, le jour était sans grâce, le travail monotone, les visages ingrats...

Je devrais depuis longtemps savoir, tu devrais savoir, que je ne puis me détourner de la lumière, et que tous les blasphèmes que je peux proférer sont bredouillements de fatigue dont il ne faut pas tenir compte sinon pour me conseiller le repos.

Amour mien... triste par ma faute, je voudrais écrire une réponse folle à ta lettre d'amant – je n'en ai pas le temps maintenant; je n'ai que le temps de mettre mes bras autour de ton cou et de te dire que j'aime vivre comme je t'aime, que je t'aime comme j'aime vivre; de te dire qu'il faudra bien que j'écrive – sinon serais-je moi-même? – de te dire qu'il ne faudra jamais prendre au sérieux mes paroles désabusées / peut-être masochisme puéril – ou défi à ma joie... Ma joie inébranlée.

Amour, justement il ne fallait pas me croire; il ne faut me croire que lorsque je crie que je t'aime.

Je n'ai eu le temps de rien dire! – J'ai tout mon temps, tout le temps pour te veiller, pour t'expliquer que je suis une petite sotte qui s'effarouche de se voir devenir femme. Crise de croissance veux-tu?

Oh, je suis amoureuse folle de TOI, du jour, du monde, de TOI le monde.

Mercredi soir
[13 novembre 1963]

ET TOUT DE SUITE : pardonne-moi. Et cela même, j'ose à peine le dire – car, à la fin, Minou ne se lassera-t-il pas de me pardonner? Ne sera-t-il pas excédé à la fin de l'humeur inconstante de sa femme enfant, agacé par ces perpétuels actes de contrition, découragé par tant de faiblesse, tant d'incohérence – déçu... Oh, cela; j'ai beau dire qu'il est bon que tu me connaisses semblable à toutes, je ne puis supporter la pensée de te décevoir, et je me déteste d'avoir ébranlé ta joie, ta confiance. Je me déteste de devoir te prier de m'absoudre, d'oublier... Ce soir j'ai honte, parce que je t'ai fait de la peine et parce que je fus lâche, me dérobant.

Mon ami, mon amour, je ne suis plus une petite fille et je sens bien que je ne peux plus usurper l'indulgence que l'on n'accorde qu'aux enfants; je sais bien qu'il faut que j'assume mes paroles, mes pensées, que tout ne peut être excusé, et qu'enfin je suis responsable de Nous – et je me blâme d'avoir puérilement, comme un enfant têtu, boudé dans mon coin, boudé comme pour me faire dorloter – ce qui déjà chez tel enfant paraîtrait détestable, et chez Mimi, parce qu'elle fut faite femme – et TA femme – apparaît méprisable. J'ai honte, oh j'ai honte simplement, de tant d'égoïsme, de tant d'ingratitude. La nausée un peu, cette barre d'angoisse à ma taille – mauvaise conscience. Je sais bien, je sais très bien que si je t'implore, ce ne sera jamais en vain; je sais que tu me recevras silencieusement, que tu refermeras tes bras sur mes épaules et que je pourrai cacher ma confusion contre ta joue; je sais que tu croiras ce que je te dirai à l'oreille, à grand-peine – que tu me berceras jusqu'au matin – comme si vraiment je n'avais pas moi-même causé mon chagrin, comme si je n'avais pas causé le tien... Je te sais généreux. Mais je demeure encore immobile, à quelque distance de toi, triste de mériter si mal ton immense amour, triste de paraître le justifier si peu.

Amour, oh, mon amour, je t'en supplie, reçois-moi, je ne veux que vivre et je renie la mort avec qui j'ai semblé pactiser; je ne veux que t'aimer, aimer à perte de cri, à perte de souffle, à perte de mort et de vie, le crier et nous perpétuer, perpétuer le monde, je t'en prie pardonne-moi d'avoir été si peu moi-même et nous-mêmes l'autre jour – et non seulement cela, mais pardonne-moi tout. Tout ce qui fut depuis septembre et tout ce que je dis par quoi je te fis souffrir, pardonne-moi de devoir toujours me pardonner.

Amour, Amour mien, j'allais dire : – Si tu savais comme il est difficile et déconcertant de devenir « grande » – ou plutôt de rester grande comme une enfant, égale toujours à soi-même malgré la mue essentielle, et de se reconnaître, semblable bien que nouvelle, de se conduire sans jamais se déconcerter tout en se voulant lucide... Mais tu sais. Tu sais tout cela, et comme la corde est raide et vertical autour l'abîme. Mais tu sais, justement. Comment ai-je pu sembler près de tomber – quand je te savais attentif, vigilant, auprès de moi? Auprès de moi, oui. Mais souvent comme le mirage de l'eau que fait surgir le désir – mais souvent, comme une hallucination – éprouvante, épuisante poursuite. Mon amant, tu me manques comme l'eau essentielle faute de quoi le corps souffrant se dévore lui-même, et non seulement le corps : l'âme, confrontée à ta présence indéfinie – évidente et intangible. Alors, comme une racine assoiffée se recroqueville, alors l'être obscurément se révolte, convulsé, rejetant des phrases réflexes qui ne signifient rien; l'être se maltraite et maltraite le monde, puis languit, se détend, lâche prise, lâche la terre qu'il agrippait. Mon amour, comme j'ai soif de te toucher, de toucher en toi le réel, comme si ton absence physique privait le monde de réalité – soif qu'enfin tu me garantisses le monde – et puis que tu me mettes au monde encore et toujours neuve! Toute neuve, première, au premier jour! neuve et toute puissante! consacrée, nommée, appelée. Descellée et jaillissante! J'ai faim, voilà tout... Oh je ne veux rien écrire qui ressemble à une excuse : je n'ai pas d'excuse de n'avoir pas mieux su attendre, comprendre – et de n'avoir pas pensé que tu pouvais être toi aussi exaspéré de ne pas me rencontrer – de n'avoir pas pensé qu'il fallait t'aider à attendre, qu'il fallait partager avec toi la responsabilité de nous veiller.

Amour mien, le plus absurde, le plus vain est d'avoir acquiescé à l'absurdité du monde. Le plus absurde est de se soumettre – mais je n'ai pas eu le temps de m'abandonner, tu m'as rudement retenue, au bord de la défaillance. A quoi pensais-tu, Mimi! folle, imprudente!

Je n'écris pas tout cela pour te faire plaisir : mais parce que je suis éveillée au monde, éveillée, attentive soudain, parce que mon amour souffre et m'appelle au monde... Mimi, tu traînes en chemin, Mimi, pourquoi me laisses-tu?

Mon amour, je ne te laisse pas, « je ne te laisserai pas », et ni la vie, et ni le jour, pas plus que je n'abdiquerai le cri – mon amour, je me penche sur ton visage, j'y suis du bout du doigt une ride obstinée, ma faute, et du bout du doigt, lentement, obstinément je l'efface, j'use ta peine, je lisse ton front comme un matin pur, je lave ton front, je ferme doucement tes paupières précautionneusement, de mes lèvres, – amour, amour, il ne faut pas que tu pleures, je ne veux pas que tu pleures, je caresse ton visage que protègent contre ma poitrine mes bras fermés, que protègent mes lèvres... Je t'ai fait mal comme les grandes personnes dérisoires font mal aux enfants – mais ma grande personne n'aura jamais le dernier mot, parce qu'un tout Petit Prince est ton amour unique, unique au monde.

Écoute, ce n'est pas vrai que je ressemble aux autres – ce n'est pas moi qui le disais mais le contraire qui me double comme une ombre et veut sans cesse me mortifier. Écoute, comment n'aimerais-je pas le monde puisque je le découvre par ton regard, puisque je le pénètre par ta parole? Ce n'est pas moi qui le méprisais, mais telle jalouse de la joie que tu me donnes... Écoute, comment me tairais-je? Comment pourrais-je me taire, stagner? Je ne suis pas humble! Et je ne suis pas pauvre! Amour, qui donc voulut me nuire, qui m'induisit en erreur? Oh, je brûlais de fièvre, mais qui ne pouvait s'extérioriser, se répandre, se formuler, dans ce monde opaque, oppressant, compact – et ma fièvre m'a dévorée, s'exerçant contre moi. – Moi plus vulnérable peut-être depuis septembre, depuis que je sais que je peux te faire du mal, démesurément, en dépit de moi, depuis qu'obscurément je tremble de te blesser au moindre mot... Et je tremble si fort, qu'il arrive que mes gestes mal assurés, mes mouvements mal contrôlés, effectivement te font mal.

Je t'entends, mon amour. Je te parle, mon amour. Je vis à voix haute. Je ne renoncerai à rien. Dix heures ont sonné; j'ai pensé à Nous; absurdement? résolument, heureusement. Bien sûr que notre amour est absurde. « Mais c'est notre amour à tous deux [1] » (Tu vois, je me réfère à la poésie – spontanément. Crois-moi, nous sommes saufs; ta lettre demeure, pour ma confusion).

Et maintenant, je demande si tu veux bien m'accueillir à ta droite très sage, toute petite et ne bougeant pas, heureuse aux larmes d'habiter ton souffle apaisé. Tu veux bien?

★

Demain matin, tu recevras les disques que j'ai pu trouver pour toi. Cela puisse-t-il te faire plaisir. Écoute la musique, écoute la toute-puissante; je crois en sa vertu, je lui délègue le pouvoir de t'émerveiller.

Vendredi
[15 novembre 1963]

IL FAIT UN SOLEIL de plume embroussaillée, mal éveillé, que le vent déconcerte.

Amour, mon amour, je n'ai besoin pour jaillir, m'épanouir, que de te savoir heureux; aujourd'hui est beau où tu m'assures de ta confiance, aujourd'hui est clair où tu me délivres de l'angoisse, du remords, aujourd'hui est immense, à cause d'une promesse, splendide secrètement – et je compte sur mes doigts les jours, les nuits, quatre jours, quatre nuits avant que je ne te rejoigne.

Je t'avais fait de la peine, et je me haïssais... Ce que j'avais à me décourager? J'ai dit à Josette – en souriant à cause de ces mots pédants : – « Je crois que j'ai un complexe de culpabilité – fait de remords ancien et prochain » – remords ancien de t'avoir bouleversé en septembre – remords prochain : parce que forcément, c'est moi toujours, par inexpérience ou irréflexion, qui me tromperai, qui nous éprouverai; et toi, très sage, aimant « l'imperfection incarnée », tu devras toujours corriger, redresser, gouverner – Monsieur mon tuteur. Jusqu'à ce que l'arbre enfin pousse droit. Tu es terriblement parfait, amour mien, limpide comme une eau pure – et je suis le caillou qui la trouble avant de reposer au fond. Hier soir, dans mon lit, je te parlais à mi-voix : – Amour, Amour mien, est-ce que tu ne pourrais pas une fois être désemparé, ou te tromper, divaguer, pour que je te sauve, que je te conduise vers la lumière, pour que je te guérisse, t'apaise? Tu es si lisse, si bellement lisse – et mon âme à côté si brouillonne! si compromise, proie si facile à toutes erreurs...

Mais tu sais si bien pardonner, que je suis neuve comme on doit l'être après la confession, la rédemption, sûre de moi puisque tu ne doutes de rien, sûre de tout, comme de Nous toujours.

Je n'ai pas le temps aujourd'hui de t'écrire plus longuement – j'ai dormi ce matin jusque vers huit heures, et la récréation de midi est brève, qui s'achève déjà. Demain à midi, j'en aurai fini avec le travail de bureau, libre! libre d'être à loisir à mon amour, et aux tâches que je me choisirai, libre de m'écouler vers toi, me disposant à te rejoindre... – Chut, Mimi, un peu de pudeur, retiens silencieusement ta jubilation, sois calme et patiente.

[...]

Bien sûr, que je ne te tairai rien. La politesse à laquelle je m'efforcerai consiste en préserver ma sérénité – et non à te mentir. Comment saurais-je te mentir?

Samedi

Amour, amour mien, je vais tellement bien, nous allons tellement bien n'est-ce-pas? Depuis hier je trouve des vertus même à la pluie qui dénude et rénove la ville, aucun soleil brouillé de flaque ou de pavé luisant n'échappe à ma curiosité, à mon enthousiasme, à mon désir multiplié. – Tu ne marches pas, tu sautilles, dit Nat. – C'est que j'ai plus d'élan qu'il n'en faut à chaque pas. Attentive et distraite, présente, absente, requise par le rêve et la réalité proches de se confondre – et m'éveillant dix fois la nuit (« trop heureuse pour dormir ») avec déjà, me cernant, me limitant, la tiédeur de ta poitrine, de ton ventre, de tes genoux auxquels je m'adosse solidement, arrimée comme un navire à quai, un navire alternativement indolent et nerveux, indolente chair câline d'enfant ensommeillé, nervosité qui tend l'amarre, indolente et nerveuse promesse de voyage... Ensemble toute une nuit! une nuit seule, toute une vie – Comme je t'aime! Je te retrouve, et je me tais, appliquée à recomposer ton visage, ta parole, la moue de tes lèvres, l'érection de ton corps; je te retrouve, tu me fascines, tu me fascines... Je te retrouve déjà, toute la journée, te saisissant dans ce qui te ressemble, le geste d'un passant, un certain regard, le goût de la pluie...

[...]

Il est samedi. Et lorsque tu reçois ce mot, il est lundi. Demain si le diable n'y est, demain... TU ES MINOU et TU ES MIMI. Nous sommes ensemble un grand charivari de terres en chaos, éblouies d'étoiles.

Dimanche
[17 novembre 1963]

JE SUIS UNE FILLE HEUREUSE (de nature peut-être, mais surtout par la grâce de ton amour). Et maintenant je vais devenir meilleure; je vais avoir le temps de devenir meilleure, pour ta plus grande joie et mon apaisement. D'aujourd'hui commence une année de travaux libres, guidés presque par mon seul choix, par mes élans, une année de répit, de « culture générale » véritablement. Il faut intercaler dans les études, dans la course aux diplômes, de ces paliers d'où l'on puisse faire le point, reprendre souffle, s'épandre, rassembler ses forces, réserver les nourritures. Je sais gré infiniment à mes parents de m'accorder ce loisir de chercher, choisir; cela j'aurais dû pouvoir le faire l'an passé, mais tu sais tout ce qui m'en empêcha... Bien sûr, il faut absolument que je réussisse à la fin de l'année; mais je suis assez peu inquiète de ce côté-là et le concours ne limite pas mon désir d'investigations et d'épanouissement. J'ai le sentiment que cet arrêt – apparent – dans la suite des années d'étude, me permettra ensuite de passer beaucoup plus aisément certificats et concours. Ne crois-tu pas? Mais il fallait avant tout ce désir de travailler, ce besoin de silencieuse et profonde activité qui ne paraît que lorsque je connais un certain équilibre, lorsque je suis forte d'une secrète joie; et tu es Celle-là, très haute, impérieuse, ma Joie, mon bel amour!

Amour... Il est dimanche – bleu dans le ciel et rose sur les toits, givré presque à huit heures du matin, silencieux alors (si douillettement que l'on eût pu croire qu'il avait neigé) mais à présent confus, presque tonitruant, ronflant, bavard (à cause du très proche marché aux Puces); cela a éclaté d'un coup vers dix heures; – sans doute la grand-messe à Saint-Sernin – mais cela ne me gêne pas et passe sans que je le retienne – tout occupée que je suis à te parler, ou seulement à nous écouter vivre. Amour... Quelle chance est la nôtre. Poignante. Amour... Il y en a qui jamais ne se rencontrent – Non que je pense que furent faits l'un pour l'autre un homme et une femme, lui seul pour elle seule; – je veux dire : Il y en a tant qui ne sauront pas se rencontrer au delà de l'apparente intimité des heures vécues côte à côte. Tant qui ne sauront pas, longuement, patiemment, se polir l'un l'autre jusqu'à pouvoir s'assembler, s'engrener, S'ÉPOUSER, et se contenteront d'une approche vague. Amour, j'avais tort l'autre jour : bien sûr, j'en suis à l'âge ingrat – où m'effarouche ma propre découverte; il faut encore que je m'apprivoise moi-même, mais plus tard quand je me connaîtrai mieux, me conduirai mieux, quand je te répondrai plus harmonieusement, plus égale à Nous-mêmes toujours – oui cela sera beau. Je te le promets.

Il est dimanche. Onze heures bientôt. Je me suis levée tard, m'accordant de dormir tout mon saoul – j'ai lavé des bas, ciré des chaussures, rangé des livres... Je vais, en attendant Josette et midi travailler. Mais sous ton regard présent.

Six heures : sais-tu à quoi je sais que je vais bien? à cette commotion heureuse, cette exaltation que me cause l'éclatement soudain du carillon très proche;

– et encore aux larmes douces proches parce que passent dans ma rue, chantant en chœur de vieilles chansons espagnoles, des « villancicos », ou disant des poèmes, les Tunos – les étudiants de Burgos, en longue cape noire, bottes et chausses noires, cordon rouge et rubans de toutes les couleurs flottant par-dessus leurs capes – bruns, absents, comme d'un autre âge et d'un autre pays, et qui traditionnellement chantent toute la nuit, pour eux-mêmes souvent, ou pour ceux qui les écoutent, sans que personne s'étonne.

[...]

Vendredi
[22 novembre 1963]

LE MONDE EST COMME UNE GORGE douce ronde, à combler de baisers; le monde te ressemble et je me prends pour lui de tendresse sauvage – Mimi, tu dis « n'importe quoi »... Oh, oui, je dis n'importe quoi pourvu que cela semble couleur d'arc-en-ciel et pourvu que ma voix puisse s'y balancer en volutes heureuses, selon le modèle de tes lèvres. Il n'est pas neuf heures du soir. Depuis ta lettre et la brève réponse que je lui donnai pour en finir avec la déraison d'angoisse, j'ai travaillé, plus calme peu à peu, bientôt guérie. Il n'est pas neuf heures du soir et déjà ma joie renouvelée me redonne à Nous-mêmes. Amour...

[...]

Je ne veux comme toi me souvenir que de nos fastes – Oh, ma convoitise tremblante! Tu étais offert et soudain je ne savais plus comment te prendre, tu étais beau de toutes parts – en dépit de tes dénégations – prodigieusement vivant – et je ne te désirais jamais tant que lorsque tu semblais un enfant aux membres doux et fermes, comme si le désir croissait au trouble rapprochement incestueux. Tu es debout en chaussettes et sous-vêtements, tu me tournes le dos et dans le lit je rêve, perverse! Je te déshabillerai moi-même et sans honte, et point trop vite, et me réjouirai de nos corps nus, et plus chastes peut-être d'être nus. Ce n'est point de ma main seule que je veux t'investir mais de mon corps versé sur toi comme tombereau de terre tiède et de feuilles... Pas encore... Il est doux que cela ne soit pas encore... Plus tard seulement, après maintes tendresses, tu me reconnaîtras précautionneusement : – Doucement, ne bouge pas... Oh, je voudrais savoir, alors, quel étais-tu, de feu durci près d'éclater? Comment t'éprouvais-tu? Puis je ne sais plus rien – sinon que je me cachais contre ton épaule et ta joue, de confusion, étonnée, prise par surprise; je t'assure que je ne sais plus rien et craindrais, si tu ne m'assurais du contraire, d'avoir rêvé. A la fin seulement – mais après quel pillage accueilli par mon émoi, mais après quelle saison de soleils me noyant, me suffoquant – je m'enrouais et suffoquais et ma protestation contre l'insupportable délice m'éveilla. Mais imagine qu'il n'y ait pas eu d'éveil, qu'un jour il n'y ait pas d'éveil? Je pressens l'arrachement d'une joie démente et mon éclatement en multiples fusées...

Douce, ma coquille, douce jusque dans tes aspérités singulières... Je me souviens au matin d'un bien-être auprès de toi, et d'un grand calme dans la chambre. J'en oublierai le décor, hors peut-être les rideaux épais interposés entre le monde et nous. J'y aimais tout ce qu'ailleurs j'eus détesté, et j'aimais sa banalité même. Chambre : quelconque, et lit quelconque, mais qui fut le nôtre. Tu me rendais familiers des objets inconnus. Au vrai, seul tu importais, et j'aimais n'avoir pas à prêter la moindre attention aux lieux, savoir que je les oublierais, et la couleur des murs. Je songeais qu'il est commode qu'une chambre d'hôtel soit ainsi un lieu abstrait, comme idéal, où nulle présence d'objet ne vous retient et ne vous importune. Tu dormais, et je savais que l'aube puis le matin devraient finir inéluctablement lorsque tu te serais éveillé – mais je les vivais indéfiniment... Te dirai-je combien j'aimai ton étreinte imprévue? et cette façon de nouer nos corps très étroitement insérés – Bras multiples, vigueur de bras inéprouvés. J'étais presque trop bien pour que me surprenne l'angoisse, mais plus tard, droite te chevauchant, je m'approchai du vertige à nouveau.

Plus tard, devant la fenêtre, tu parles – ou bien c'est moi, je nous confonds; j'ai ma tête sur tes genoux et simplement je nous adore, je m'écoute t'aimer... Il y eut encore d'humides marguerites et la fin du jour fut très douce.

Dans le train, heureuse, pour célébrer ma joie sauve, je lus ce qui concerne Saint-John Perse – Ici, je déroulai l'image de telle chère cathédrale [1] (la splendeur même, rose comme en mon souvenir, et haute comme un jour j'y montai...), je rangeai « mes » livres, je cherchai dans l'assemblée mon poète heureux... Mout qui ne pouvait dormir à cause de sa peine d'amour, étant passé chez moi, y resta jusque vers deux heures du matin. Après son départ je veillai encore. Ce n'est qu'hier vers midi que soudainement je me mis à pleurer. (On se demande bien pourquoi?)

Amour il faut aller dormir, ne veux-tu point?

Samedi. Midi

Ta lettre – comme un midi de soleil et de carillons dans ce jour très froid. Repose-toi longuement ce dimanche, mon très petit. J'aime, en marge du travail auquel je suis astreinte, savoir que tu rêves pour moi, que tu amasses pour moi le plus beau du jour et de l'art que je n'ai pas à présent le loisir de recueillir. Il faudra aussi, si le temps est doux, que tu sortes dans la campagne...

Oui je t'entends, en accord continu soutenant mes gestes et mes paroles, je t'entends dire comment tu m'aimes. J'entends que tu ES mon amant. Tu aurais tort de ne pas retenir les charmes de ce jour « maussade et humide » : c'est lorsque autour n'est que grisaille que je distingue le mieux notre soleil secret; c'est lorsqu'il fait froid et triste autour que j'aime me trouver au chaud de « Nous »...

[...]

Mardi
[26 novembre 1963]

AMOUR, IL Y A VÉRITABLEMENT une éternité que je ne t'ai écrit – deux jours entiers, où je fus empêchée de le faire, te rends-tu compte? Deux jours que j'omis de saluer rituellement, de célébrer, et qui, partant, furent dépourvus d'authenticité. Mais ce matin je te retrouve, mon assise stable, mon paysage attentif, et tu permets au monde d'être. Hier, j'eus, pour achever de me réconforter, ta lettre. Tu as raison; sauf, tu peux apprécier l'alarme de l'autre jour; elle exaspère ton désir de vivre et mon amour qui s'y déchire, ô ma merveille, TOI vivant! « Je t'ai vue déjà m'oubliant... » Je savais que tu pensais à Nous, désespérément, mais à la fin, la mort eût été l'oubli même. Seulement je suis douée de mémoire. Celui de nous qui vivra après l'autre, s'il en a le courage et la force, devra assumer double vie, Nous prolonger, Nous perpétuer, ne Nous rendre qu'ensemble – Et si c'est moi qu'il faut porter ainsi, recéler et nourrir comme un enfant avant de naître, tu le sauras n'est-ce pas?... Je serai la chaleur même de tes bras, la ferveur même de tes lèvres, et non froide, inanimée; secrète, je te consolerai de l'absence visible, tu m'entendras toujours, et tu me formeras de la substance et couleur de tes joies doublement éprouvées. Tu entends, il faudra m'empêcher d'être morte. C'est cela même que je m'efforcerais de faire pour toi – émerger de la douleur pour que nous respirions encore. Moi vivante, je te le jure, certaine : tu ne peux mourir. Mais je n'aurais rien pu pour Isabelle... Sans doute il est plus facile de s'abandonner soi-même dès lors que l'Autre n'est plus, plus facile et bref de se détruire, de s'oublier. Moi je crois que je voudrais, que je saurais, je crois que je pourrais nous faire vivre encore. Est-ce présomption, mon amour? folie? non, l'amour même, l'amour seul, prodigieusement tenace et nourri de lui-même. Parce que nous sommes amants. Oh, je sais bien que selon la chair je ne suis qu'à peine initiée, accomplie, en devenir; mais selon l'esprit je t'épouse – Nous sommes amants, déjà, toujours – à cet instant cela me suffoque et presque me fait pleurer, comme une révélation qui m'arracherait le cœur même, me dilaterait, m'accroîtrait, me disposant selon un ordre infini, mon amant.

[...]

Jeudi
[28 novembre 1963]

AMOUR, JE VAIS BIEN, tu sais, nous allons tous bien... Heureuse ce matin de recevoir ta lettre, et d'apprendre que tu avais eu la mienne – car je croyais que ces quelques jours, à cause des grèves de trains, le courrier ne serait pas acheminé. J'allais t'écrire, et peut-être avec plus d'élan encore que d'ordinaire, parce qu'à présent qu'il faut tout de bon travailler et que mes loisirs sont plus restreints, lorsqu'enfin je m'en accorde permission, je jaillis véritablement à ta rencontre, je cours, me précipite, comme cette première fois où je te vis. Le jour, lorsque je ne t'écris pas, comme ce fut le cas hier, se déroule sans repère, aucun jalon, et je dérive doucement, descellée, à des niveaux divers de pensée, d'activité, multiple, diffuse, indéfinie... Puis, à la longue, intense devient le désir de me rassembler, de me cerner, dure et certaine, lourde et ronde comme une pierre dans l'eau du jour, dense au fond du jour – unique; alors je te rejoins et j'habite l'ordre selon lequel tu me disposes. Alors je te rejoins, volubile et j'habite une parole très vaste, un bonheur en forme de cri, en forme de folie perpétuelle – folle et jamais plus qu'alors cohérente.

Heureuse! Oui nous allons bien, Nous toujours, et nous tous. Mardi soir j'ai « confessé » ma Josette; et j'ai parlé longtemps, longtemps – oh, j'en avais gros sur le cœur à dire! Joie de savoir que j'avais rejoint mon amie, que je l'avais cernée, comprise enfin. Sais-tu ce qu'a notre Nat, notre Nat qui, j'en suis certaine, aime Mout?... Panique de se savoir promise, déjà possédée, c'est-à-dire définie, apparemment limitée, déterminée. Panique d'entrevoir le début de la fin, de devoir se choisir et par là même de refuser de donner leur chance à tous les possibles que l'on rejette. En même temps, quelque chose d'une révolte instinctive, primitive, devant l'emprise d'un autre être dont la vie soudain est greffée à la vôtre – et on *sait* qu'on ne s'en défera pas (« irrémédiable »!), on se sait prise, définitivement, et l'angoisse de devoir se résoudre à un destin particulier.

Si je sais si bien cela, c'est que cette panique, résumée dans le mot qui t'avait alors tant peiné, m'effleura alors et plus tard, à Pâques, lorsque je fus confrontée à la douleur de mes parents. Leur peine cristallisait en moi cette vocation du malheur, ce masochisme que je crois latents chez toute femme (et c'est le fondement de cette apparence de malédiction éternelle dont tu parlais parfois)... Alors Mimi a parlé puisque Mimi « sait » – J'ai dit à ma Josette qu'elle semblait mon ombre, mon double de souffrance et de doute que j'avais ce printemps laissé loin en arrière, au seuil de vivre – oh, certes un être illimité en apparence, riche de toutes virtualités, mais illusoirement riche, ne possédant à vrai dire rien. J'ai dit à Josette que le choix, l'élection, loin de restreindre, constituaient le seul moyen de s'illimiter, la seule chance de s'établir dans l'éternel, dans le présent – et que la vie « ensemble » n'exigeait pas de simplification de chacun, mais au contraire accroissait, multipliait. Je vis à profusion et tu sembles une petite morte, pas tout à fait cependant puisque la vie te blesse intolérablement, puisque Mout vivant, exigeant, te tourmente... A la fin elle était plus calme. Peut-être un peu délivrée.

[...]

Avant que ces « petits » n'arrivent (il est midi, je ne les attends que vers une heure) je vais travailler (Du Bellay, *les Regrets*). Ce soir je chercherai le disque que tu désires.

Et Mimi? Mimi qui fut très chaste et tout occupée dans cette lettre de ses amis, se réserve à présent d'être toute à son amour. Cela commence par le silence – étourdissant, grisant, comme vierge étendue de neige – et neige floche mon corps qui se défait, s'étale, neige à fondre que délient tes doigts, tous tes doigts et ta bouche ensemble.

Samedi matin
[30 novembre 1963]

BONJOUR MON AMOUR mélancolique – car tu as reçu tout à l'heure ma lettre et tu sais donc ce qu'il en est de nos amis. Et mélancolique, c'est peut-être dire bien peu. Je pense à ta peine d'il y a quinze ans. Ici, ces jours sont de brume ouatée et de froid incisif tant au-dehors qu'au-dedans. Tantôt vie de flocon à la dérive et tantôt l'amorphisme d'un caillou. Nous sommes tous les trois tristes et doucement hallucinés. A d'autres moments, cela leur fait mal, cela me fait mal. Mais le plus souvent écrasés. Oh, je pourrais essayer de me réfugier en nous – mais en pure perte : nous sommes concernés. L'amour, cela nous regarde, forcément. Et l'amour malheureux cela nous fait souffrir, forcément. Écrasés. Il y a un temps infini que nous sommes séparés, un temps infini que nous avons renoncé et que nous sommes seuls chacun. On s'étouffe lentement et puis on se débat, un peu moins chaque fois. Oui, oui, nous devenons fous, je crois. Mout vient chez moi, s'assied devant la fenêtre – je lui parle de son travail, de ses frères, de sa chambre, de la peinture de Rousseau, de certains champs de jonquilles chez moi, d'Eluard. Il lit le poème d'Apollinaire « Sous le pont Mirabeau » – il le lit comme il l'écrirait, fiévreux et grave et la voix basse se précipitant. Puis, parfois, il nous arrive de sourire. Et plus souvent de nous taire. Le soir, à huit heures, Josette est venue chez moi – et comme il est là, encore, elle s'enfuit. A une heure du matin, au sortir de la salle de la cinémathèque, je souhaite à Mout une bonne nuit, et je vais embrasser Josette avant de rentrer chez moi. Elle ne pleure pas. [...] Je suis sûre qu'elle l'aime. A peu près sûre qu'il y a chez elle en ce moment répulsion pour le bonheur, le bonheur triomphant, éclatant, à peu près sûre qu'elle le ressent comme une compromission – et qu'elle n'aime pas la vie, partant, refuse de pactiser avec elle. Mout l'a compris lui aussi, et ne sait dire comme moi que : C'est trop bête, c'est bête... Mais il ne lui en veut pas, et il a raison. Pour moi, je pense qu'il n'y a aucune raison pour qu'elle se résolve plus tard à ce qu'elle refuse à présent. (Je pense à *l'Eclipse* d'Antonioni. Te souviens-tu de ce visage de petite bête traquée qu'avait Monica Vitti? C'est tout à fait cela.)

Je n'ai rien dit de Nous encore. J'ai lu longuement ta lettre longue, ta lettre toute nostalgique. J'ai des souvenirs de cet ordre, tu sais – je fus petite à la campagne, une vraie campagne, je sais par cœur tout ce que tu me dis. Je te ressemble autrefois, je te ressemble à présent, nous nous continuons, nous durons... Et j'ai à dire de ce temps de ressemblance, mais aujourd'hui, non, je n'en ai pas le goût. A cause du rhume. Ou à cause de la peine.

Amour oh, mon amour, mon amant – réchauffe-moi, à peine morte, morte en Elle, déjà – Je voudrais que tu me prennes, que tu m'emmènes, ailleurs, loin, seuls – Je veux dormir en toi, latente, tiède, quiète, me reposer en toi. Lasse un peu, ce n'est rien. Rien du tout puisque je t'aime, puisque déjà tu me prends la main – Allons au plus tendre pays, soyons des enfants une fois, le temps de nous reposer. Des enfants sans mémoire et sans mesure. Égarons-nous, je te prie, qu'on perde notre trace et que le malheur nous perde de vue, et perdons-nous en nous inextricables... S'il te plaît, renouvelle-moi : j'ai besoin de naître aujourd'hui, de jaillir, ravivée à grand souffle de vent d'Ouest, besoin de m'ébrouer – Goût de rien du tout sur ma bouche, la tienne me faisant défaut...

Tu sais, je ne suis pas tout à fait folle. Seulement me semble-t-il ivre mornement. Passe ta main sur mon front, je t'en prie, pour que je m'éveille.

Samedi soir

Comment savoir?

Est-ce parce que je pleurais cet après-midi que Josette fut ce soir humaine, simplement?

Je les ai laissés chez elle, je me suis enfuie.

Pourquoi ne pas l'avouer? ce soir je suis exténuée, mais je vais longuement dormir en mon amour pour rejaillir nouvelle. Toi, tu nous berces et nous veilles sûrement.

Lundi

[2 décembre 1963]

[...]

HIER ENCORE nous avons parlé : – Il me semble que je suis morte... – Et moi, il me semble que tu es ma moitié morte et c'est intolérable; tu fais coexister en moi celle qui aime et cette autre que j'ai dû tuer pour aimer, moi vivante telle que je me suis choisie, et mon double de doute, de malheur, de refus...

Hier soir tout de même, elle allait mieux, et Mout aussi. J'aime bien Mout, tu sais. Un peu, peut-être, parce qu'il est très beau, et qu'on a du plaisir à le voir; parce qu'il ressemble à Josette dans l'ordre de la grâce, de la jeunesse; même pureté de lignes; surtout, parce que j'ai découvert une sensibilité intense, toute neuve et nue, et s'exprimant naturellement sans fausse honte. J'aime bien que Mout ne soit pas plus que toi traditionnellement masculin : dépourvu de cet apanage grossier de rudesse, de vanité, d'inconstance qu'on trouve chez presque tous. J'aime qu'il n'ait pas de préjugés, soit religieux, soit politiques, soit sociaux, qu'il vive en tolérance, en universelle amitié – multiple dans ses desseins, ses désirs, par sa curiosité mais rassemblé, unique et détaché de tout hors ce qui n'est cet amour, hors ce qui n'est Josette qui seule justifie l'amour du monde. J'aime surtout qu'il soit revenu (pour Elle et en dépit de difficultés considérables). On peut, je crois, avoir confiance en lui. De noble race dans le dénuement. Tu le verras un jour. Bien sûr.

[...]

Moi, je ne suis pas une femme, tu devrais t'en être aperçu – J'ai l'âme androgyne d'un petit Prince, d'un enfant; toute seule je ne suis rien, je ne vis que sous la forme d'un couple, sous notre forme ensemble. Et les problèmes sont réels, mais résolus – les mains et les bouches doubles mais jointes, les questions posées mais les réponses accordées.

* Grand vent sur les toits, grand vent fêtant décembre, comme une fête de sapins annoncée à la ville... A cause de cette promesse, je travaille heureusement, et pour une promesse plus vaste au bout de l'an. Je travaille avec grand plaisir, je t'assure... A dix heures ce matin, j'ai demandé à mon professeur de français la permission de parler à mes camarades de Louise Labé – Ce sera le 16 décembre... Et le 9, je rendrai un devoir dont le sujet me plaît fort : « Gide écrit : " L'œuvre de l'artiste ne m'intéresse pleinement que si, tout à la fois, je la sens en relation directe et sincère avec le monde extérieur, en relation intime et secrète avec son auteur [1]. " Est-ce là, pour vous, le critère de l'œuvre intéressante? »

[...]

Mardi
[3 décembre 1963]

VENEZ UN PEU ICI vous faire joliment bichonner, peigner et dépeigner, bercer, caresser, pourlécher, mitonner, le Tout-Petit, là, bien au creux.

... Avons-nous été sage aujourd'hui? Mimi, en tout cas oui. Sage comme une image depuis l'éveil sous l'angélus jusqu'à la veille sous la lampe, attentive au travail, studieuse, heureuse, souriante – Je crois que le malaise de dimanche résolvait le déséquilibre des jours précédents; depuis, je vais tout à fait bien... Peut-être aussi est-ce le vent d'hier qui m'a si bellement réjouie – oh la splendeur sauvage à l'assaut de la ville, splendeur limpide de la nuit dernière; – je ris d'être encore debout au milieu de la place, debout entre les feuilles, face au vent, et Nat à côté de moi bride de grands élans heureux; nous sommes deux petites filles assurément; des branches peuvent tomber, ou des tuiles des toits... le vent me prend mon foulard mais je pactise avec lui... – C'est un soir pareil que je voudrais que tu viennes; nous nous promènerions toute la nuit, tous les trois, tous les quatre, et nous serions encore des enfants. Sais-tu? De cela aussi j'ai parfois grande envie : d'être chaste auprès de toi, ton amie seulement, ton amie d'enfance, et tu me dirais tout... Puis nous vieillirions et nous nous découvririons amoureux... Cela m'arrive oui, parfois, de me découvrir amoureuse, amante, l'ayant un instant oublié – Quel étonnement! Quelle incrédulité! Je me soulève à ton côté dans le lit, je te regarde et je t'éveille pour t'annoncer la merveille, et je croule sur ta poitrine de ravissement. Dieu, quel miracle! Je suis amoureuse de toi, cela veut dire qu'il n'est rien en moi que tu ne captives, que tu ne provoques, et qui n'aspire à toi, tant ma bouche que mes pensées. Je t'appelle doucement pour savoir si tu reconnais ton nom, si ma voix t'atteint; je te touche précautionneusement, pieusement, et puis c'est toujours le cri, l'étreinte, la faim famine : – Je t'aime!

Tu vas aller dormir, car j'ai à faire encore avant de me coucher – mais bientôt je te rejoindrai et j'habiterai délicieusement ma bogue duveteuse et chaude, mon berceau.

Mercredi – (à la mitan du jour...)

Il faut qu'un moment je me déprenne de mon travail, que je m'ébroue, pour être toute avec toi. C'est que je suis tout engluée dans d'épaisses tâches, savoureuses. J'étudie cette semaine comme dans une durable ivresse, curieuse et lucide, « disponible » délectablement; je voudrais bien demeurer dans cet état d'équilibre intellectuel; je voudrais que toujours apprendre me plaise ainsi... Oh certes, il m'arrive d'être très mécontente de l'enseignement que me dispensent certains de mes professeurs : inconsistant, désordonné, et en matière littéraire trop souvent superficiel, arbitraire. La poésie vue du dehors [1]... Je contiens une grande colère! Mais d'autres fois, je me réjouis profondément, et il suffit d'un mot vrai, de la lecture d'un poème, d'une allusion à Claudel, à Saint-John Perse, d'une interrogation... Je suis au premier rang, mais je parle très peu – différente en cela de mon éminent voisin M. Urbin-le-Perturbateur qui branle comme girouette et dispense continûment sa sottise sentencieuse que les professeurs désormais prévenus accueillent narquoisement. Il y a dans tous les groupes quelques expansifs de cet ordre qui jouissent bellement du son de leur voix. M. Urbin lorsqu'il est réduit au silence minaude, s'agite, s'esclaffe... Je lui ai lundi dédié avec enthousiasme sur mon agenda le mot de Valéry : « La bêtise n'est pas mon fort [2]... » Mimi, de l'autre côté de la rangée, se tait, résiste même aux provocations du maître – et ce n'est pas timidité, mais souvent mépris d'une question trop facile, ou goût de la réflexion silencieuse. J'écoute les autres errer ou se retrouver. Mais qu'on me laisse le champ, alors je témoignerai. (– Tu fais un exposé? – Oui, sur Louise Labé. – Qui???)

Il suffit, je parle longuement de peu et je tais l'essentiel, il me semble. Mais l'essentiel, faut-il qu'il soit redit? Nous allons bien, et nous tous apparemment aussi. Nat plus rose que jamais, et vive, depuis dimanche ressurgit, pareille à l'ancienne que j'aime, et se défend bien peu d'être amoureuse; Mout sourit après l'alarme et je lui raconte les vacances prochaines, je lui raconte juin déjà – il me croit, il ose me croire et persévère dans la joie. Ce soir, tous les trois nous irons ensemble au Ciné-Club *(Le fleuve sauvage)*. Les premières fois, j'étais gênée de leur imposer ma présence, je pensais qu'il eût mieux valu les laisser seuls – mais je crois avoir compris que lorsque je suis là, Nat oublie d'être sur ses gardes et je conforte Mout. Je crois qu'étant leur conscience commune, je ne les gêne pas, et peut-être au contraire les réconcilie... Je ne me sens pas distincte d'eux, et je sais par Nat qu'ils éprouvent le même sentiment.

Quant à Minou, il est éminemment présent... Je crois que ton existence rassérène Mout... Oui, Minou est à notre origine, Minou est au début de tout amour, comme une grande figure protectrice – et moi je t'aime avec un juste orgueil, comme une mère son enfant prodige. Toi, tu enseignes, tu sais. Et comme tu nous racontes bien à longueur de page, au fil de volubiles paroles... Surcroît d'amour! Je rêve d'Agde toutes ces nuits, de ce qui fut et de l'été prochain. Je rêve de toi en marge de tous livres et cahiers, en marge des heures précisément closes sur les creux discours de piètres maîtres, en marge de la ville, en marge de tous mes gestes insérés dans l'espace que tu m'accordes, je rôde en marge de nous-mêmes, pour le plaisir poignant de nous cerner et de soudain nous reconnaître.

[Jeudi]

Le monde va son train tranquille et nous sommes heureux gravement, parce qu'il est le soir d'un jeudi clair, salubre, bien tempéré, et parce que nous fûmes favorisés d'un soleil sans fièvre nous incitant à l'ordre, à l'harmonie. Il y a, si l'on y songe, tant de raisons de contentement, mais je sens bien que la joie secrète, souterraine, qui fait croître résolument mon effort, qui produit mes gestes, mes paroles, mes sourires, tient de la déraison – délire enclos, goût d'une très haute louange et réserve du printemps promis. J'ai l'air très sage et ce fut un sage jeudi d'écolière appliquée que ce jour; mais qui m'accorde si justement aux heures, qui me donne cette force régulière, massive, que j'applique à l'étude? – Quelqu'un tient fermement ma main. Le Petit Prince? Ou plutôt tel Amour mien très attentif et qu'il ne faut pas décevoir. Je voudrais être ta toute petite fille qui chaque soir très sérieusement te montre ses cahiers, et demande ton appréciation, ta toute petite fille fière d'une approbation obtenue, heureuse d'un encouragement. Veux-tu? Et parfois, doucement, fermement tu me corrigerais... Comme je voudrais être ton élève – je veux dire t'avoir eu et t'avoir pour seul précepteur et pour moi seule, enfant privilégiée... Mon maître! J'en eus si peu hors mon père et ma mère, dignes d'amour... Mais justement, ce que je voulais te dire ce soir, c'est que je me prends de tendresse pour tel professeur de français, qui, le jeudi à cinq heures du soir, nous explique des vers de Valéry. Et ce n'est pas parce qu'il parle de Valéry, mais parce que cet homme est véritablement bon, sans nulle ironie, ni causticité dont ses collègues sont ordinairement trop pourvus, abordant l'œuvre d'art, comme le voulait Rilke, par l'amour; parce qu'il témoigne et parce qu'il nous découvre dans ses paroles son intimité authentique avec l'œuvre. Il s'agissait ce soir de ces vers du *Narcisse* évoquant le désenchantement des amants (ordinaires!)

« L'âme croit respirer l'âme toute prochaine,

Mais tu sais mieux que moi, vénérable fontaine,
Quels fruits forment toujours ces moments enchantés [1]!... »

Et Mimi, parfois, t'invoquait avec ravissement... Parce que Nous...

Hier soir, comme je te l'avais annoncé, j'ai assisté à la projection au Ciné-Club du film d'Elia Kazan, *Le fleuve sauvage.* La marque américaine est trop nette – des outrances regrettables – un amour d'une pureté tout à fait discutable. Mais l'important, c'est qu'ensuite, à onze heures, Mout et Nat sont venus un moment chez Nous; ils allaient tout à fait bien, Nat confiée à l'épaule de Mout, et sa main aux mains de Mout. Nous étions bien, oui (La tribu unie autour de l'âme de l'ancêtre!!!)

Ceci sera, je le sais, la quatrième lettre de la semaine – mais selon notre pacte, c'est celle reçue lundi qui est à renvoyer! Tu n'auras plus à me gronder désormais. Du reste, ces lettres sont si brèves, si rien du tout, vraiment... Bavardage et rabâchage... La vérité, c'est que pour dire comment je t'aime, pour dire l'essentiel, j'ai besoin de me taire d'abord, longuement – non, tu le penses bien, pour réfléchir et composer mes paroles, mais pour écouter le cours secret très profond des sources multiples qui peuplent notre espace intime – et il arrive que je ne sache me désenchanter assez pour raconter ce que j'ai vu dans ce Tendre Pays – pour raconter ce que tu sais mieux que moi, mais qu'il te plairait d'entendre dire ainsi qu'un conte de miracles inouïs. Patience, le temps de Noël est proche, où je réserverai des heures, des jours pour nous écouter, nous épier, nous reconnaître. D'ici là, il faut apparemment demeurer raisonnable. C'est bien ton avis, n'est-ce pas? Sauf passé le couvre-feu. Sauf après dix heures du soir... Et justement, justement, il est l'heure.

[Sur un feuillet bleu ciel] Samedi

[7 décembre 1963]

Je ne sais pas dessiner un oiseau
mais seulement imaginer
celui que tes lèvres délivrent
à chacune de leurs paroles
l'imaginer le perdre le retrouver
sur une page bleue que contient son vol
pur
te le donner avec l'espace de son rêve
– la chance d'un poème écrit demain
– la chance de mon amour
J'ai déjà dessiné tant d'étoiles –
Que celle-ci soit la moins dérisoire
suscitée seulement pour te faire sourire
★
S'il te plaît,
dessine-moi ton sourire.

[Tout en bas d'un autre feuillet bleu ciel]

Donne ta main que j'y mette l'étoile secrète de ma paume ★

Lundi
[9 décembre 1963]

DE TOUTE FAÇON, j'avais décidé de t'écrire très longuement ce matin, une interminable et lente lettre déliée comme ma tendresse, moelleux environnement bleu, de t'emprisonner dans l'univers bien clos et lisse de notre intimité, comme l'ovale d'une amande pure cernée de paumes de fumée où je t'aurais gardé et longtemps regardé, mon plus précieux insecte, et mon plus dense coquillage, et je voulais débroussailler tes pensées qu'un rêve inquiet emmêle, écarter les ombres, les doutes morts à la dérive, et laisser décanter sur tes lèvres la forme pure d'une joie qui te rende telle une aube. Mon amour. De toute façon, un remords m'obscurcissait, me tourmentait, et je me blâmais de t'avoir délaissé ces temps-ci, de nous avoir relégués en marges extrêmes de jours sans loisirs, de n'avoir pas suffisamment pris le temps et l'espace de nous vivre, de nous aimer; d'avoir sursis à notre avènement perpétuel sous le prétexte de tâches pourtant banales, et de ne t'avoir rien donné dont tu puisses t'enrichir, te faire meilleur; d'avoir à force de veiller sur d'autres, oublié qu'il fallait toujours et d'abord veiller sur toi dont je suis responsable, sur Nous. De toute façon, je t'aurais écrit ce matin – où tu n'eus, pour te réjouir, qu'un petit signe bleu de rien du tout. Et je t'aurais parlé de notre enfance ancienne qui s'émeut au nom de Noël, et des Noëls nouveaux plus beaux et lumineux, plus fervents sur nos bouches, et chancelants à force de douceur dans nos regards; je t'aurais rendu la ferveur d'hier, et l'émerveillement pour une étoile nouveau-née – et je t'aurais raconté comment nos mains et nos corps tout entiers font une crèche où dort le monde, le monde en son enfance, neuf à notre désir. Je t'aurais caressé de paroles titubant sous leur poids de rêve, versant sur toi l'ombre d'un grand sapin en mille aiguilles d'or et la lumière incertaine des bougies. Et je me serais moi-même allongée, endormie de tout mon poids, de tout le poids des miracles pressentis, sur ton corps, sur toi-même pour que tu oublies que l'on peut être seul au monde et avoir froid. De toute façon – et il y eut ta lettre encore pour m'y inciter. Mon Tout-Petit. Mon beau trésor. Quand je disais que tu es comme un enfant qui craint que sa mère ne l'égare en chemin – et comment le pourrait-elle sans se perdre elle-même?   Viens tout près, écoute; je fus méchante, et je le fus délibérément – comme tu te tus délibérément après un bref reproche. La vérité, c'est que je ne fus pas surprise : j'ai su tout de suite ton inquiétude – pourquoi? Sans doute que je commence à te connaître, et j'ai su que je la provoquais à chaque fois que j'écrivais le nom de Mout, je le savais parfaitement lorsqu'à ta demande je t'ai parlé de lui. Seulement, par sot orgueil, je refusais d'admettre que tu pouvais douter de moi et je m'obstinais à ne rien écrire qui pût sembler un apaisement, une assurance. Oh, c'est une bien cruelle coquetterie, comme est cruel le détachement avec lequel je parle des dangers de Toulouse devant Manou qui s'en émeut. Comme est cruel qui feint de ne pas entendre une prière – mon amour, mon amour, es-tu donc si miséreux? Ne te sais-tu pas fabuleusement riche de notre alliance, riche de toi-même, riche de mon désir, de ma confiance, et de moi tout entière? Est-ce que tu ne te souviens pas que tu me possèdes, que tu habites mon corps aussi bien que mes pensées, est-ce que tu ne sais plus comment je m'ouvre à toi, terre heureuse? Et pourquoi craindre l'exil? Exile-t-on le soleil? Amour mien, mon doux trésor très vulnérable, ma petite âme fragile, « moïa douchenka [1] », qu'est-ce que tu as? Tu redoutes les garçons? Mais les garçons n'existent pas – je veux dire pas en tant que garçons. Le monde où je vis est asexué, toi seul es désirable. Mout n'existe qu'en tant qu'amour de Josette – et les autres, crois-tu que je pense qu'ils ont une bouche, un corps? « Un être jeune, beau, musical » – Mais tu es cela, et bien davantage! Tu es aussi jeune que moi qui vais avoir vingt ans; passé l'avènement à l'âge adulte, je veux dire dès lors que nous sommes en exil de l'enfance, nous sommes tous aussi vieux les uns que les autres; et dès lors que nous aimons, et réhabitons notre enfance, nous sommes tous aussi jeunes – il me semble. Vraiment, je te trouve aussi jeune que mes camarades, et plus que beaucoup qui sont véritablement déjà morts au monde. Et tu es beau. Je sais, tu m'as défendu de le dire – mais je le jure sur ta bouche, et c'est bien mon droit, c'est d'autant plus mon droit si personne ne l'a dit. Oh, est-ce que tu sais ce qui m'est arrivé? Je suis devenue amoureuse de toi. Cela ne signifie pas exactement : « Je t'aime »; il y eut cela d'abord, mais à présent il m'arrive ce que veut dire je crois : « Je t'ai dans la peau. » Je t'ai dans la gorge, convoitise tremblante! Et la preuve, c'est que ce qui physiquement te ressemble me bouleverse. Tes lèvres, tes mains. Je suis folle de tes lèvres, de tes mains, tout à fait folle d'amour pour toi. Peut-être pour d'autres n'es-tu pas beau – mais tu combles en moi le besoin d'une surnaturelle harmonie – Tu es beau comme si tu étais mon enfant, et personne n'a cette perfection, personne n'est aussi mélodieux, aucune forme ne m'est aussi nécessaire.

Musical, ne l'es-tu pas à longueur de page, à longueur de paroles, au fil de tous tes gestes?

Je te « pardonne » d'autant plus de « n'être que ce que tu es », que ce que tu es me déborde, me suffoque, intolérable parfois, oppressant, à force de vérité, d'authenticité – Amour, mon amour, qu'est-ce que tu crois? Que je suis aveugle à ta vie surnaturelle? Je te connais, tu es unique au monde et tu es neuf comme un enfant, tu es ma royale richesse, mon fief par privilège, mon miracle – et tu ne me feras pas taire, ni par ta bouche sur la mienne, parce que je témoigne aussi bien par ma langue, mes doigts et l'attente de mon ventre – Oh, je te désire, je te désire tellement, maintenant – comment saurais-je te le dire? « humain, trop humain [1] » c'est ainsi que je t'aime, ainsi et non comme une idée, une pensée; j'aime ton poids de chair, comprends-tu, ton pesant de sang et de gestes incisifs, ton poids balancé sur sa tige et rassemblé pour s'écouler en moi, et j'aime que soudain nous nous précipitions et nous nous exaltions jusqu'aux limites de l'immense champ de résonance des mots d'amour.

Amour Mien, est-ce que tu sais que tu es Tout, non pas tout au monde, mais le monde même? *

Tremble, oui, mais de joie et d'épouvante, non de froid et de doute. Tremble puisque tout se descelle et chavire et jaillit – tremble jusqu'au fond de moi, dans mon âme même, jusqu'à l'étoile au centre de la cible. Je ne sais plus du tout où je suis, ni quel jour et l'heure, et je me contiens de pleurer de grâce. Je suis uniquement dans ton amour, et le désir de toi m'écartèle. Tu es mon amant, n'est-ce pas? C'est un peu pour cela que je t'ai blessé l'autre jour, que je te blesserai encore, que je voudrais parfois te déchirer pour rentrer dans ta chair, dans ta chaleur et pour ne plus pouvoir en être séparée – Oh, tu es au centre de moi-même, et je voudrais être au centre de toi comme une grande corolle au centre du soleil qui la dilate et je voudrais te contenir et m'enfermer en toi comme une graine dans la terre et que ma vie explose en toi, Midi en toi, Midi égal jusqu'aux franges de ton espace, irréductiblement Midi, inexorablement Midi, surgi au plus haut du chant!

Amour mien qu'est-ce que tu crois? Que je peux un jour ne plus savoir que je t'aime? A peine avons-nous commencé à vivre ensemble et je tiens à toi par tout mon être, aimantée; je tiens à toi par mes bouches captives, ouvertes, surprises, prises et bien ravies de l'être, par mes bouches insatiables où vont tes forces drainées comme vers une mer – Où crois-tu que je sois ailleurs qu'entre tes bras, entre la terre et le ciel de ton corps, entre le ciel et toi la terre, entre le soleil et la nuit, mon ignorance et ton savoir? Où crois-tu que je puisse vivre ailleurs que dans ton souffle, où crois-tu que je puisse jaillir ailleurs que sous l'impulsion de ton sexe?

Où crois-tu que je puisse aimer, mon fou! hors de Toi?

Mardi sept heures
[10 décembre 1963]

COMMENT ALLEZ-VOUS mon amour? Vous irez bien tout à l'heure lorsque vous entendrez comment je vous aime – vous irez bien tout le jour, et je vous veux tout le jour bénin, heureux... Je t'accompagne – j'ai envie de veiller sur toi, je veux être autour de toi comme le ventre de ta mère, le ventre même originel – et tu ne pourras plus avoir de souvenirs d'un ailleurs que cet amour, tu ne pourras plus te souvenir d'un triste naguère. Tu es tout neuf, tu veux bien? et tu vas éclater en moi, jaillir au monde.

Cette nuit où je dormis peu, tenue éveillée par ma joie, des gestes de mes bras, doucement, j'ai tissé la coque dont je veux préserver ta vulnérabilité. ... Comme ton visage est lisse – et translucide presque où transparaît ton âme – et tes membres déliés pour mieux m'enserrer, comme ta bouche me plaît. Tu me plais tout entier, comprends-tu? Il faut que je sois sage et que je ne me mette pas à divaguer comme hier – Il faut que je dise des choses raisonnables...

[...]

Sais-tu ce que j'ai découvert samedi? Je vais avoir vingt ans. Je voudrais me défaire du sentiment qu'il y a là un jalon – ce jour sera comme les autres; je ne voudrais pas qu'on en fît une fête. Tu sais, nous devrions vraiment oublier notre âge « officiel » et ne plus célébrer que le 6 mars. Veux-tu? Nous ne pouvons être nés qu'ensemble – je ne me souviens pas d'avoir vécu hors de toi...

[Midi

Je voudrais que tu me ravages. Définitivement. J'aime que tu sois lourd de cataclysmes... Qu'est-ce que j'ai donc, Amour mien? Depuis hier tu pèses dans mes membres, tu m'assaisonnes – chair de piment qui craque sur ses poisons et ses rubis. J'ai besoin de Toi, précisément. Ce m'est une grande douceur, tu sais...]

Mercredi. sept heures...

Je te laisse encore dormir à demi, je parle encore à voix basse pour que tu retrouves progressivement la conscience; tu m'entends me laver à grande eau, faire chauffer le café, vêtir avant de travailler le collant confortable; j'ai allumé seulement la lampe de bureau, et il fait agréablement obscur dans la chambre... Tout de même, il faut bien que je t'éveille, et d'abord je te raconte les rêves d'hier soir. Hier soir, vers les onze heures, Mimi te racontait ce que serait Agde prochainement – et Mimi ravie se disait que si nous habitions un bungalow, elle pourrait te cuisiner une bouillabaisse à la mode de sa grand-mère! Oh, ce n'était pas ce que l'on peut appeler un rêve domestique, non! Je convoitais une bouche rehaussée de safran! Et puis, te souviens-tu d'une Mimi, certain soir, titubante après le dîner, si lourde à ton bras... Agde! Bien sûr, il y a Tanagra – mais que septembre serait doux et doré, divers et plus onctueux, palpable, que nous serions plus doucement vivants – Mais juillet est splendide aussi.

J'ai cependant des enthousiasmes plus studieux. Sais-tu qu'hier comme je dois selon le vœu du professeur parler non seulement de Louise, mais aussi, d'une façon rapide, du groupe lyonnais, j'ai découvert Maurice Scève. Et vraiment avec bonheur. Car ce sont certaines fois choses très belles et mélodieuses que ses dizains. Ces gens du XVIe siècle n'ont pas fini de m'étonner et de me ravir. Dans le volume de la Pléiade [1], j'ai trouvé encore un choix de blasons (jamais je n'en avais lu) et les vers surprenants, parfois vraiment « paillards » et d'autres fois excellents de Marc Papillon de Lasphrise – quelle verve! Tu connais tout cela sans doute – Je passerai Noël en cette compagnie, ainsi qu'en celle d'Homère dont la traduction dans la Pléiade est on ne peut plus harmonieuse, fluide et cadencée, si bien qu'on aimerait la lire à voix haute.

Bon. En tout cela, je ne parle pas de Toi, et je ne sais rien d'Isabelle. Tu ne me dis rien d'elle; crois-tu qu'un jour elle consentira à en finir? Crois-tu qu'elle aura tout dit, un soir? – Je pense qu'on écrira à Isabelle lorsqu'on l'entendra – et tu devras comme tu sais si bien faire, conforter ses sœurs réelles. Ma foi, il est heureux que je sois déjà Mimi – J'espère que tout de même elle ne recevra pas seulement de tristes confidences, mais aussi, surtout, des témoignages de ferveur, et que certains comme tu le fis pour moi, lui offriront leur amitié du monde. Je voudrais que l'on se mette à l'aimer, à t'aimer – comme on aime Eluard, comme on aime Philipe. Je voudrais que tu sois tenté de connaître une autre que moi – Dieu sait où mène la correspondance! que tu sois tenté d'aimer une autre que moi – et me savoir indignement préférée. Non pas me savoir jalousée – parce qu'on ne me connaîtra pas –, mais être moi-même jalouse à peine, inquiète à peine, et d'autant plus heureuse d'être toujours choisie. Je voudrais qu'il n'y eût autour de toi que des filles « jeunes, belles, musicales », et de surcroît sensibles, intelligentes. Je voudrais t'abandonner à des Tanagra ayant en outre ferveur et culture – pour savoir comment tu leur résisterais, et si comme l'enfant aveuglément fidèle, tu reviendrais à ton ours en peluche – minable et chéri. Mais j'ai déjà dit que je le ferais. Peut-être ai-je besoin que tu me fasses souffrir.

Jeudi Nuit
[12 décembre 1963]

IMPERCEPTIBLEMENT, OBSTINÉMENT, la nuit s'amasse autour de ma chambre suspendue; nuit de décembre humide, maussade, après un jour qui sans doute fut gris, nuit de la ville, très vieille et très humaine nuit parcourue de bruits séniles, oubliant d'être belle et qu'on devine infiniment lasse, se cédant à elle-même et s'accomplissant monotonement, sans ferveur. Une belle architecture de silence la parfait en moi. Je n'ai pas sommeil, Amour, et je me fais avec délices l'âme attentive des choses, l'âme de cette heure sous la lampe, l'âme de notre couple endormi, là-bas... Endormi? Amour, je veille. Quel miracle, tout le jour, que celui de ta présence charnelle en moi et comme j'aime qu'absent tu gouvernes mon corps, l'empoignant irrésistiblement par le milieu et le renversant, chaviré sur sa tige – et la tête gît dans une prairie d'étoiles – Soudain, j'ai su précisément la force de tes lèvres, le goût de ton haleine, soudain j'ai su la forme précise de ta verge, la douceur de ce ventre que l'on croirait d'un enfant, l'espace de tes cuisses écartées, ou bien cette poitrine plate, si lisse, ou sur ton épaule un tout petit bouton; soudain j'ai reconnu cette saveur de sel ou de sang... Je suffoque et deviens lourde et m'écoule vers la terre. Dans la rue, en cours, immobile, captivée, j'oscille brièvement; dans ma chambre, je voudrais m'allonger sur le parquet et rêver... Mon amour, ta lettre de ce matin était belle, et si bonne à savoir...   Ce soir, tu n'es pas mon Tout Petit, tu es terriblement enveloppant et impérieux – je ne puis mettre entre nous la douce distance de la tendresse; je ne puis bavarder, raconter, m'enquérir des tâches de la journée – je ne puis qu'à grand peine contraindre la véhémence du sang dans sa prison; Amour... – Vertical dans mon paysage...

Vendredi. sept heures

« Las, te pleins tu? ça que ce mal j'apaise [1]. »

Ces jours-ci, Louise habite ma voix, j'habite l'ordre de ces poèmes que je me confie à voix basse partout, comme l'histoire même de mon amour. Dieu que c'est beau! Plus on relit ces pages, plus on s'attache à l'œuvre. Quelle femme!... Je voudrais achever aujourd'hui l'essentiel de ma préparation; j'y passerai tout le matin (me dispensant du cours de français historique) [...]

Sais-tu qu'il est Noël bientôt? Mout et moi, nous avons en secret décidé de préparer un sapin de Noël pour Josette, un sapin tel que ceux de notre enfance... Mais chez moi il y en aura un autre, ou bien simplement des branches mises en signe de fête dans la salle à manger, et mardi, lorsque j'arriverai à la maison, ce sera la même douce fête qu'autrefois. Le soir de Noël nous ne serons pas seuls. Un ami de mon père lui a demandé de passer cette soirée chez nous – c'est parce qu'il a une fille unique de notre âge et qu'il craint qu'elle ne s'ennuie – Marie-France, devenue sauvage, solitaire (tant mieux) a protesté, et c'est Mimi qui a réconforté les parents attristés. Je deviens raisonnable... Non : mais la foule même autour de moi ne saurait atteindre ma joie, forcer mon beau secret; ma fête est en moi-même, perpétuelle, et Noël religieux veille en moi, comme une lampe ancienne ou comme une aube; Noël naît de la lumière de ton nom, du miracle de ton visage, de la chaleur de tes mains... Et je serai en toi cette nuit-là comme un reflet du feu de bois, du même feu qu'ensemble nous contemplerons. Amour, mon amour, je crois que ce Noël-ci tu seras heureux, et fêté mieux que l'enfant Dieu; mon amour est immense et vaut celui de tout un monde ployé près d'une crèche, et c'est notre naissance à chaque instant que je célèbre, humblement, somptueusement. [...]

[14 décembre 1963]

* MON AMANT-MILLE-ÉTOILES, mon amant-mille-feux, mais feux secrets sous le couvert, comme le sang au bout des doigts, mon amour-à-moi, il faut me réchauffer de ta salive – douce à ma bouche, douce à mon ventre – Et à peine t'ai-je invoqué ainsi, qu'un petit soleil opiniâtre bourgeonne en promesse, regimbe et déchire l'ombre.

Il gèle à pierre fendre, à cœur fendre de joie – et si tu savais ce carillon, cette allégresse de cloches sur la ville, sonnant l'annonce de Noël! – Il gèle, beau prétexte pour jouer les pages, tout de noir vêtus. Il gèle, beau prétexte pour rêver d'amour, du feu de tes mains – raconte-moi tes mains, s'il te plaît, – tes mains de paille et de plume, furtives, tes mains mobiles de rivières, dures, précises, tes mains de tison – dessine-moi tes mains s'il te plaît, comme un arbre tremblant au-dessus de moi – et lourdes comme fruits d'automne, ouvre-les à ma ressemblance, s'il te plaît – ne vois-tu pas, le monde rit au fond, tout au fond je t'offre la lune que cherchent les petits enfants, un oiseau bleu couleur de lune, je t'en prie viens le délivrer du réseau de mon sang – Amour mien, mon amour, il gèle mais je navigue aux mers du Sud entre tes jambes – une ancre massive m'attache au ciel, et le ciel dérive avec moi; le ciel, la tête lui tourne, n'est-il pas vrai? Amour, Amour mien, que la nuit est belle, et le jour demain, toi vivant.

Oh, je voudrais que tu sentes comment je t'aime, et cette faim comme une fête *

Lundi
[16 décembre 1963]

[...]

CE MATIN, Mimi levée sur les six heures et demie fit une répétition du... spectacle [1] qui eut lieu de 8 h jusqu'environ 9 h 1/4. Ce fut très satisfaisant. Je t'avoue que j'étais inquiète avant de commencer; puis dès les premiers mots, je n'ai plus eu peur du tout. Tu sais, ce genre d'exercice me ravit; je trouve qu'il y a une jouissance assez grisante à tenir en haleine un auditoire, à essayer sur lui la magie des mots, d'un accent; mais ce matin, au delà de cette sorte de plaisir, j'eus celui de parler d'une œuvre très haute, très chère, et je ne me privai pas d'en lire maints extraits; le professeur louant ensuite mon ton de « passion discrète, contenue ». Ma foi, il n'en finissait plus de me remercier. Mimi était surtout heureuse d'avoir découvert à ses camarades une œuvre qu'ils ignoraient, et qu'ils ont accueillie avec un respect chaleureux. Mais c'était Toi souvent qui parlais au travers de moi...

Il est donc l'après-midi. Je n'aime pas t'écrire à cette heure incertaine, qui n'a plus la nouveauté délectable du matin, et pas encore l'intimité du soir. Je vais donc m'arrêter, me réservant de plus longues et douces confidences cette nuit, avant le sommeil. Au moins auras-tu demain un signe de moi, en attendant une vraie lettre mercredi.

Mien, où que tu sois, je te rejoins. S'il te plaît, préserve-nous du froid. Mon oiseau bleu, garde-moi sous ton aile, couvre-moi de ta chaleur, je t'en prie, comme une couvée précieuse – je m'endors d'aise sous tes doigts de plumes...

Mardi
[17 décembre 1963]

[...]

C'EST BIENTÔT notre anniversaire. Le tien d'abord. Donc, on ne te le souhaite pas chez toi? Il n'y aura que moi? Je voudrais de mes mains te préparer un gâteau de fête. Bah, de mes mains, je sais faire autre chose! Mais le 4 janvier, ce n'est que le début d'un long anniversaire; ce fut le 6, l'an qui s'achève, que je me retrouvai; je me souviens : je ne savais pas si je voulais ou si je redoutais que Michel vînt en Andorre. Lorsque je montai dans le car, il n'y était pas; alors, tout aussitôt, je me suis sentie immensément délivrée, comme si cette pierre à mon cou s'était détachée; je te pris à témoin du soleil, du ciel, de la neige et de mon rire; je m'amusai comme j'avais cru ne plus jamais savoir le faire – et délibérément je me mis à t'aimer. Je te tutoyai, alors que tu t'attardais à ce « vous de velours », comme pour te faire prier... Amour, amour, comme nous fûmes prompts!

– Je suis descendue chercher ta lettre.

Amour!

Comme tu sais bien tour à tour faire surgir par tes paroles l'enfant que tu pris pour amie et la femme que tu délivres! Je ris et je joue avec toi, puis, tout soudain, sur un accent plus grave, voilà que je me mets à rêver, et je m'approche de toi, comme une petite bête fascinée, captivée – Ah, tu disposeras de moi! Je serai tienne, ne m'en pouvant défendre et cédant à moi-même, heureuse...

Et j'aime que tu m'aies dessiné cette main qui me fait imaginer le feu...

« Je suis à toi » Se peut-il, se peut-il vraiment? J'en pleurerais de grâce.

[...]

[17 décembre 1963]

AMOUR MIEN, prends-moi sur tes genoux et berce-moi un peu je t'en prie; ce soir j'ai quelque chagrin et je me sens dans l'âme, comme toi l'autre soir, « étreint, point, recroquevillé ». Mais ce n'est pas à cause du froid, c'est à cause du 16 en français, ou plutôt en dépit de. Hier matin déjà, ayant achevé l'exposé, malgré les chaleureuses félicitations du professeur, malgré la bienveillance de mes camarades, je me sentais un peu mal à l'aise : désormais, si tu veux, j'étais « démasquée », à découvert, à nouveau la bonne élève dont on s'écarte un peu et dont je sais bien qu'on se méfie aussi un peu. En ai-je assez souffert toujours! Oh, certes, il y a une jouissance certaine à être la « première » (non pas tellement dans le résultat, mais dans l'acte par lequel on s'accomplit, dans le travail que l'on achève heureusement) – Mais aussi que de jalousies, que de suspicions, que la plus sincère humilité ne peut désarmer. Comprends-tu cela? Mais ce soir, il s'est passé quelque chose d'apparemment insignifiant et qui me fut presque intolérable. Le professeur nous a remis nos dissertations, et nous a exposé sa méthode de travail : il prendra chaque fois deux ou trois copies et les lira entièrement en en faisant la critique. Après cette première séance, je peux te dire que cette méthode me semble on ne peut plus efficace : les remarques sont faites à partir de fautes ou de bons exemples sensibles à tous; infiniment efficace surtout pour celui dont le devoir est lu; mais si cruelle! Les blessures d'amour-propre sont douloureuses, et si minimes que soient les critiques qui me furent adressées, je les ai ressenties au vif. La leçon sera salutaire. [...]

Que je suis sotte de te faire de la peine par d'importuns soucis – mais j'avais tellement envie d'être dorlotée et de t'entendre dire que tout cela n'a pas d'importance, n'a aucune importance – Là, tout petit, c'est fini.

Bien sûr que j'ai grand envie de « devenir une moderne Louise Labé », puisque tu crois que je le peux, mais je n'ai pas envie qu'on me reconnaisse. Les autres, par leur simple curiosité, sont terriblement voraces...

Je vais travailler longtemps, longtemps ce soir pour les oublier, puis je me glisserai contre mon amour déjà dormant et qui se creusera un peu pour me faire place.

Mercredi

Huit heures. Ayant fait ma toilette, je me suis remise dans mon lit pour y déjeuner et pour t'écrire, avant d'aller, très bientôt, travailler à la B.U. Amour, j'ai mal dormi – Raconte-moi Toi... Cet été, nous nous lèverons très tard, veux-tu? Ou plutôt je te quitterai à l'aube pour la joie d'entrer ensuite chez nous avec le soleil et le goût du sel et de te rejoindre entre les draps... A moins que tu ne préfères te lever tôt et l'après-midi faire la sieste? Je vais aujourd'hui même écrire au Centre. S'il n'était retenu, j'aimerais assez tel bungalow qui fut autrefois une maison de vigne – tu sais bien, nous l'avons remarqué – ou alors un autre très proche du petit bois... Le soir, nous resterons tard sur la plage, veux-tu, jusqu'à l'heure de la douche... Crois-tu, crois-tu vraiment que l'Ange nous protégera jusque là? Oh, cette démesure dans la joie...

Protège-Nous. Je t'aime jusqu'à me rompre.

Et toi? Raconte-moi Toi.

Je mûris le projet d'écrire d'ici samedi, enfin, à mon amant comment je l'aime... Veux-tu?

Mercredi

Soit la nuit. Pour exiler le monde. Et le silence règne au cercle de nos bras. Qu'une étoile nous veille, attentive et discrète, qui nous rassemble en son regard. Et que nous restions seuls, enfin. A cinq heures du soir, je rentrai chez moi pour te retrouver et bien qu'il fît encore assez de jour, je fermai les volets et j'allumai la lampe, pour que ma chambre fût close comme, autour de nous, deux paumes tièdes. J'ai fermé ma porte; car je veux demeurer avec toi seul, longtemps. J'ai longuement à t'écouter, j'ai longuement à te parler... Amour. Amour, je recommence à te languir. Je m'ennuie de ta bouche, de l'oiseau qui dort sur tes lèvres et de ses ailes silencieusement déchirées; je m'ennuie de ta langue, ébauche de sexe, précise, mobile, ou qui feint l'inertie parfois pour le plaisir d'être obstinément provoquée, et pareillement faite pour que je la déracine et l'enracine en moi, nouée par une étroite lutte; je m'ennuie de ton haleine où je pressens le goût de ta chair, de ton épaule à polir et mordre, de ton dos où croiser mes bras en double ceinture; je m'ennuie de l'aire de ton ventre où mon désir me couche; je m'ennuie infiniment de ta soif comme une voile sous le vent; je m'ennuie de l'écorce creusée de tes cuisses cédant sous mon poids; je m'ennuie de mon amant, de mon enfant; je m'ennuie d'une poitrine dure sur la mienne, et de genoux nerveux; je m'ennuie de tes mains, de tes doigts, de ton innocence savante, de ton écoulement heurté en moi, de ta croissance en moi; je m'ennuie de connaître mon corps; je m'ennuie du monde que façonnent tes caresses – Puis encore de ta tendresse, de ton visage endormi sous mon souffle, du cerne de ta chaleur, et de ta sagesse, et de ta folie, et de ton éveil en écho du mien; je m'ennuie de gestes en écho des tiens. Je m'ennuie de TOI. Et j'aime mon ennui, j'aime le goût de notre éternité.

Viens tout près, mon enfançon. Est-ce que tu te doutes du lendemain fabuleux qu'un ange encapuchonné à la mode de Noël nous réserve? Est-ce que tu sais ce qui t'attend? (et le Bonhomme attendri se souvient de t'avoir déjà dit cela... au commencement). Je devine, et la joie promise me fait vaciller, comme un printemps trop brusque semant l'émoi. Oh, regarde, nous sommes invraisemblablement riches, et tout ce que nous aimons devient nôtre, devient nous-mêmes. Lourde, notre mémoire, accablée d'or, nous rive à la terre la plus savoureuse, et rive à nous le ciel drainé vers nos regards où toute lumière converge. Nous sommes au monde et nous le possédons, ceint de notre alliance. Amour mien, je deviens folle... Nous sommes la joie du monde, nous sommes déjà la joie de Noël, et pourquoi Noël ne célébrerait-il pas toute naissance, avec celle de l'Enfant notre naissance à chaque instant? Nous sommes la ferveur des cloches, la vie frêle des bougies, le regard des enfants, la bûche au feu, la trêve proclamée; nous sommes l'emphase des orgues, l'humilité des animaux près de la crèche; Amour, nous sommes la vie même. Et la folie, cela s'entend – et j'aime être folle à cause de toi. Je t'en prie, toujours, toujours, rends-moi telle, ivre, incohérente, multiple, incertaine de mes limites; toujours fais-moi telle, insensée. Je sais par toi le goût de ma jeunesse, mon très jeune amant – Oh mon amour, qui es-tu? Et d'où te viennent tes pouvoirs? Et d'où vient que je t'aime en délire, démesurément? D'où viens-tu, et comment t'ai-je rencontré? Et d'où vient que tu me possèdes? que tu me fais? Je n'étais pas au monde avant toi, j'y viens, je deviens, et tu me formeras, me formuleras, et tu m'élagueras, me dirigeras. Ainsi tu es Dieu, puisque tu me crées vivante – Dieu, je ne te chercherai qu'en toi.

Donne-moi ta bouche. Donne-moi la mienne.

S'il te plaît

★

Samedi
[21 décembre 1963]

IL EST DEUX HEURES de l'après-midi et je suis installée tout au fond de la longue salle de la bibliothèque, lieu plus favorable à la réflexion studieuse qu'aux épanchements amoureux. C'est pourquoi je serai chaste et sage à souhait (bien qu'il y ait encore fort peu de monde et que je sois seule à une table faite pour huit étudiants). En arrivant, j'ai pris dans les casiers à revues *les Cahiers du Sud* pour achever la lecture de l'étude sur Quirinus Kuhlmann [1], et j'ai dans mon sac des cours d'histoire à ordonner. Il se peut que Mout vienne me rejoindre ici. Josette est partie hier soir et sans doute est-il un peu désemparé. D'autant qu'il fait un triste temps de grisaille... Amour, j'aime bien qu'il neige chez toi. S'il neigeait en janvier... Ce serait beau chez nous, sous nos sapins...

[...]

Hier soir, si je t'avais écrit, c'eût été pour te dire : – Amour, je commence à peine à souffrir de ton absence, à souffrir de n'être pas bien quiètement toujours au creux de toi. Tu n'as pas besoin de me persuader de l'excellence du choix que nous avons fait, j'en éprouve la nécessité – mais je commence à souffrir, c'est-à-dire je commence à choisir vraiment, à vouloir cet éloignement, cette distance du désir. Il ne faut pas être triste de ce que je te dis : cela ne signifie pas autre chose que : Je t'aime – ou : Je te désire, et c'est une chose merveilleuse que de connaître à quel point tu me manques, que d'être un peu dolente, en mal de toi, que d'avoir faim de toi aux larmes, comme de l'eau et du pain essentiels. Quelle « présence d'absence »...

Mon trésor. Tu ne savais pas qu'on pouvait t'aimer tant. A la folie, comme on dit en effeuillant... Comment peut-on dire cela négligemment, sur le ton d'une comptine! A la folie. A en mourir après en vivre.

[22 décembre 1963]

QUEL ÉTRANGE et savoureux dimanche, jour sans jalons, comme une trêve au cœur du réel, lente rivière dense accordée au flux régulier, soutenu du sang, jour sans pente, arche de jour entre la lampe au matin et la lampe le soir, une marge de silence, de songe où s'achève l'année, où naissent les vacances. Quel long dimanche que commence une nuit blanche... De dix heures jusques vers minuit, assise dans mon lit je lis le livre d'Anne Philipe [1] – et je l'aime, non tellement pour sa forme – il n'y a rien à dire de ce style, sinon à en louer la discrétion, mais parce que j'éprouve, douloureusement, la sincérité, la vérité de ces paroles. Parce que je pense à toi. Et jusqu'au matin, vers cinq heures où je m'endormirai, je pense à toi. A nous. Et j'étouffe. Tout le monde cette nuit fait l'amour. Je ne peux pas ne pas entendre mes voisins. Par moments, comme si je voulais reconnaître ton visage, j'allume la lampe à notre chevet. Je me lève pour boire – pourquoi ai-je tellement soif? Amour mien, je pense à l'été dernier, je pense à l'été promis. J'ai mal de ne pouvoir te prendre dans mes bras. Personne qui dorme cette nuit. Il fait chaud dans ma chambre plus qu'en août. Où es-tu? A huit heures je me lève pour aller attendre Manou à la gare – le temps est clair, il gèle et je file vite par les rues désertes. Manou reste peu de temps chez moi. Après son départ, je me remets dans mon lit. Jusqu'à quelle heure ai-je lu tes lettres? Je relis les premières, jusqu'à Noël dernier – Je t'ai vraiment aimé tout de suite. Je t'ai toujours aimé. Et c'est à toi que, petite, je dédiais tant d'amour de vivre. Oh, Amour mien, des larmes de gratitude, de grâce me viennent. Il n'est pas possible que tu saches combien, comment je t'aime – et cependant tu m'aimes, pareillement, à la même exacte mesure – je nous sais parfaitement accordés, je nous sais égaux, et que nous nous résolvons l'un l'autre, totalement... Je sais aussi à cette douleur « à nulle autre pareille » et précieuse, que je suis devenue ta femme – de petite fille tu m'as faite telle, majeure, certaine, tu m'as réalisée. Et je voudrais te créer à mon tour, te parfaire. Peut-être notre amour te change-t-il. Tu es plus beau que la première fois que je t'ai vu, et ta voix tellement plus harmonieuse, plus grave. Tu es infiniment plus jeune que lorsque je t'ai connu – je ne te contenais pas encore et je n'habitais pas mon corps : Tu m'as incarnée selon ta forme. Je suis ta femme. Je suis ta femme devant le monde, et Dieu [1]. Devant la Mort. Je suis ta vie, tu es ma vie, nous n'avons plus qu'un cours, nous sommes confondus. Mon amour. Je n'en peux presque pas parler tant ma gorge se serre, où s'amasse un sanglot. Le mot sublime va bien à ce chant d'orgues au delà du silence de nos désirs à l'unisson. Oh, je ne veux pas pleurer, je veux continuer à te parler, je veux continuer à te caresser à mi-voix – je ne sais ce que je te dis mais mes paroles sur ton visage se veulent doucement chaleureuses, mes paroles sur ton visage effacent les reflets de la misère et du froid, mes paroles sur ton visage voudraient répandre une lueur de feu de bois. Nous ne passerons pas Noël ensemble; il est long de t'attendre; mais Noël sera lorsque nous le voudrons, et ton absence a la couleur de ta présence : je te retrouve dans la prière de mes mains, et sur mes lèvres qui se tendent; je me heurte pareillement à toi. Amour mien, je ne connais que toi au monde, mais je te connais véritablement. Il n'est pas vrai que nous soyons l'un à l'autre incommunicables. Peut-être est-ce miracle, unique au monde et dans le temps, mais en ce qui nous concerne, nous ne pouvons plus être deux, deux seulement. Nos âmes perpétuellement s'épousent comme le rêvent nos corps. Je suis bien forcée de croire à notre âme. Oh, tu sais, le soleil est insoutenable, le soleil inévitable qui me tient éveillée la nuit, le soleil où je me noie, le soleil, ou ton surnaturel sourire – Je ne veux pas pleurer, non, et je ne veux pas me noyer, je veux encore contempler ton sourire, en soutenir la lumière; je veux apprivoiser le soleil. Mon amour. Qui étions-nous donc autrefois, nous cherchant? Mon amour, qui sommes-nous, ayant trouvé notre folie? Être folle d'amour, cela n'est pas vaine parole, cela existe, et je le suis. Mais je n'ai pour le dire que des mots ordinaires que pressent les larmes. Cela ne m'étonne pas si les poètes parlent de l'amour avec les mots qui signifient le feu, cela ne m'étonne plus. Je m'étouffe, Amour mien. Oh, j'ai besoin d'images rafraîchissantes, apaisantes. J'ai besoin de t'aimer de tendresse, je cherche cette eau claire – je délire je crois – je ne sais pas ce soir t'aimer heureusement, légèrement, mélodieusement, et l'air me manque dans cette intimité torride. J'ai trouvé le désert que je cherchais, ce grand pays accablé de lumière dont j'avais le regret : tu n'es plus un autre, mais mon double de soleil où se consume le monde.

Je me suis tue un moment, et j'ai recommencé à respirer. Calme. Ne bouge pas, je t'en prie. J'ai failli t'appeler mon chéri parce que je ne sais pas ton nom – mais cela allait bien au delà de ce que d'ordinaire signifient ces mots, si bien que mes larmes ont jailli soudaines et j'ai failli aussi t'appeler François, tant je voudrais te posséder dans toutes tes formes. François chéri : d'habitude ces mots ne me venaient pas, mais ce soir ils ne me paraissent pas surprenants, tant j'ai besoin de recourir à tous tes noms. Le comprends-tu? Oh, dis-moi comment t'appelait ta mère lorsque tu étais tout petit, dis-moi avec quels mots te berçait ta mère, pour que je puisse rejoindre en toi cet enfant que tu fus, dis-moi comment on te grondait, dis-moi comment on t'appréhendait, pour que je détache de toi toute autre voix, pour que je te cerne complètement de la mienne; dis-moi, les filles comment t'appelaient-elles, à vingt-ans, à vingt-cinq ans? Oh, je ne sais ce qui m'arrive, ce soir je ne tolère aucune emprise d'autrui sur toi, je ne peux supporter que d'autres aient cru te posséder – ce n'était pas vrai – ni ta mère, ni aucune femme. Il n'y a que moi. Dis-moi qu'il n'y a que moi. Je vois bien que je dis des choses naïves, abruptes, mais je ne sais ce qui m'arrive, ces paroles sont nécessaires, comme le jaillissement d'une source très ancienne et secrète tout à coup délivrée et qui s'épanche à n'en plus finir, comme un cri dépouillé de sa gangue et qui se répercute infiniment; je ne fais pas exprès d'être folle, simple d'esprit – je ne peux plus me contenir.

Amour, amour mien, je ne veux pas pleurer, j'émerge encore au-dessus de ton visage, mais je crie de plus en plus fort – vois, j'écris comme on se précipite, je t'en prie, apaise-moi. Sois autoritaire, résiste-moi, réveille-moi, désenfièvre-moi – cela me fait mal, ce vertige que rien ne vient rompre.

Oh, je te demande pardon. De tant d'incohérence. De tant de véhémence. De tant d'exigence.

Je ne crois pas que je pourrai dormir. Je voudrais travailler. Calme, calme.

Alors, j'essaie de dire ce que tu chanterais comme une berceuse : – Mon tout-petit, repose-toi, là – Mais ce soir, je ne sais plus redevenir toute-petite.

Je sais pourquoi tout à l'heure je t'ai appelé chéri – c'était un geste érotique. C'était pour me délivrer de ma convoitise. Mais le désir demeure – qui ne se peut combler. Tu n'as pas peur de mon insatiabilité, mon prodigue? Tu ne t'épouvantes pas? Tu me gardes tout de même? Dis-moi, dis-moi une fois encore que tu me gardes.

Lundi

L'Angélus * Où te prendre? Je voudrais que ce fût auprès du feu dans la maison de tes parents. As-tu fait un bon voyage, Amour? Ou bien tu es parmi tes livres, et il faut t'appeler, venir te chercher pour que tu descendes dîner; ta mère a sans doute préparé ce que tu préfères? Tu me diras, tu me diras tout : le soir de Noël, et ce qu'on t'offre, et qui. Je veux bien que d'autres que moi te dorlotent pourvu que je sache comment. Et je pense encore que ce soir tu dormiras sous l'édredon haut. M'y feras-tu une petite place, dis?

Tout de même, me voici infiniment plus raisonnable qu'hier soir! Qu'était-ce donc, Mimi? Mon amour rêveusement, moelleusement éprouvé tout le jour, à la tombée de la nuit se fit impérieux, terrible, d'autant que je m'abandonnais sans méfiance. D'où ces paroles malaisées, à demi étouffées, brèves à cause de l'essoufflement, sans art et sans fard, inharmonieuses comme la souffrance, primitives; presque grossières, je veux dire mal dégrossies, épaisses comme la pesée du sang – et si proches du cri, si proches du silence, de la brisure et du sanglot. J'aime bien t'avoir retrouvé, je veux dire t'avoir séparé de moi pour contempler ma merveille; je ne pourrais pas toujours te porter ainsi, tu es tellement lourd, et tellement immense, tu m'écartèlerais... Ce soir à brève distance de toi, je te regarde vivre, je te regarde croître – fût-il jamais d'adolescence plus harmonieuse que celle que tu poursuis? plus assurée de sa puissance, et plus consciente d'elle-même? – j'observe tes progrès et je m'étonne de te découvrir gracieux. Je voudrais bien savoir pourquoi tu penses que les jeunes femmes (« belles... ») ne peuvent s'éprendre de toi? (Harmonia : personne ne lui parlait, mais crois-tu que maints n'y songeaient pas?) Les jeunes femmes « t'aimeront »; je ne sais pas toujours si je voudrais que tu t'exposes ou te préserves. Puisque je t'aime moi, très exigeante, pourquoi d'autres...? et d'autres précisément « belles,... »? Tu vois bien que tu dis n'importe quoi, comme un enfant têtu! Veux-tu faire une expérience? Mais non, je suis bête – plus tard.

[...]

Il est sept heures; je pense que Mout va passer chez moi avant d'aller au restaurant; j'irai peut-être manger avec lui, puis je préparerai ma valise. Si je m'éveille assez tôt demain, je prendrai le train de huit heures... Je ne devrais pas te raconter ces choses de rien du tout qui n'ont d'importance que dites au fur et à mesure, puisque tu ne liras ma lettre que la semaine prochaine – Je te parlerai donc de notre éternité, mon amour. Et comment en saurais-je parler? Sinon par mes doigts et mes lèvres, bien mieux qu'en paroles. Écoute mes doigts, Amour, effleurant ton front, tes joues, ta bouche, mes doigts se joignant sous ta nuque et glissant sur tes épaules; écoute mes lèvres, les silencieuses, les sages, sur tes paupières, les folles sur ton cou – Et tu ne veux pas croire que tu es beau! Mais sinon, pourquoi mes lèvres, mes yeux, mes mains auraient-ils tant de joie de te posséder? Tu es beau jusqu'au bout, et jusqu'au fond de moi, mon amant, comme la naissance du soleil, comme le défi de vivre, comme une rose sanguine éclatée. Il faut me croire....

Amour *

cette Nuit, j'aurais tant voulu la passer à t'écrire, à te prier secrètement à voix de certitude et d'espérance, claire comme l'Étoile, et sûre, et rayonnante, inextinguible; j'aurais tant voulu te veiller jusqu'à l'aube, et t'invoquant, peu à peu te détacher des lieux où tu es, t'attirer à moi, pour moi seule te capter – ma source jalousement détournée, mon oiseau libéré du monde pour qui mes paumes font un nid tendre, si tendre, te retenir dans la chaleur de mes lèvres, et que tu vives par mon vœu,

toute la Nuit, mon amour

– et jusqu'à l'heure où nous allons renaître tels la salutation du jour, l'honneur de la lumière, la flèche unanime du cri vibrant au cœur du monde.

Mien, j'aurais tant voulu – mais je n'ai que peu de temps pour demeurer seule avec toi. Je ne demeurerai donc pas à notre chevet, pieusement, mais qui m'empêchera de te veiller sous mes paupières, dans ma peau?

[...]

Jeudi, Nuit

Seule dans ma chambre. Maman, Manou, la petite sœur devant la télévision. Je me rends parfaitement compte que je « la » traite comme un enfant jaloux fait du frère nouveau-né... L'intruse! Si je veux être avec eux, la voilà entre nous. Je l'ignorerai. La vérité, c'est que je n'aime pas que l'on me rassasie, et qui plus est de nourritures insipides...

Seule dans ma chambre. Seule avec Toi. Je te raconterai Noël, veux-tu? [...] Jusqu'au soir, nous fûmes contraints de rendre de traditionnelles visites mais enfin, après le dîner, je pus écouter ton message de beauté. Ayant allumé la lampe de chevet, j'installai l'électrophone et m'assis au pied du lit pour me donner une soirée de théâtre – et quelle! oh, vraiment, j'ai beaucoup apprécié cet enregistrement [1] dans ses moindres détails, mais que dirai-je de Philipe? Je ne te surprendrai pas en t'avouant mes larmes. Cette voix qui se veut atone, à peine lamentable, et qui résonne en cri prolongeant chaque mot, cette voix est insoutenable. Elle fait mal comme la vue d'une blessure mal fermée qu'un effort va rouvrir béante. Elle chavire comme une image de gangrène sur un membre jeune... Dès les premiers mots on comprend son secret. Voix surnaturelle, déjà absente du monde – l'angoisse en vrille! Je me suis surprise disant tout haut : – Et cet homme est mort!

[...]

Ce matin, je me levai avant tous, pour lire en paix le *Cantique* [2] – le *Cantique* seul : je ne veux lire que plus tard les commentaires... Oh, cela n'est pas d'abord amour spirituel que celui-là! mais humain, mais le nôtre – et quelle joie de savoir, de comprendre. Écoute :

Mon Bien-aimé est un sachet de myrrhe,
qui repose entre mes seins.
Mon Bien-aimé est une grappe de cypre,
dans les vignes d'En-Gaddi.

et ce refrain : – Je vous en conjure, /filles de Jérusalem,/ n'éveillez pas, ne réveillez pas mon amour,/avant l'heure de son bon plaisir.

et cet autre :

Mon Bien-aimé est à moi, et moi à lui.
Il paît son troupeau parmi les lis.

Elle est un jardin bien clos,
ma sœur, ma fiancée;

un jardin bien clos,
une source scellée.
Tes jets font un verger de grenadiers, [...]

La tranquille certitude de la joie dans ce poème bref. Je le saurai pour te le dire, pour te dire merci, mon amour.

Dix heures sonnent. Notre nuit soit un beau jardin...

Samedi

Parlons de Nous. J'eus une peine, un de ces jours, qu'il faut que je te dise : je pensais que je voulais habiter ta mémoire, être ta mémoire même; c'est alors que je me suis aperçue que je connaissais peu ton passé, tes souvenirs, tout au moins certains. Je sais assez ton enfance, – mais presque rien de ton adolescence... Avant Nous, il y eut dans ta vie des anniversaires, et tu les sais très bien, et tu les salues discrètement au passage. Je voudrais pouvoir reconnaître moi aussi tels jours. Je te connais comme personne au monde, pourtant autrefois je te perds. Me diras-tu? Tout ce qui eut quelque importance? Me diras-tu comment, avant Nous, tu sus être heureux? Pour que je sois ta mémoire... Les bonheurs passés, il ne faut pas les oublier, les renier; mieux, il ne faut savoir qu'eux. J'efface ta peine, puisque sans cette peine, tu ne m'aurais jamais trouvée, jamais aimée, cherchée. Je veux être ta mémoire heureuse, ta mémoire émerveillée.

Dimanche

« Quelqu'un qui admire a toujours raison, disait Claudel. Qu'en pensez-vous [1]? » C'est un sujet de dissertation très beau et sujet à développements multiples – tellement que je m'y perds... Aussi, avant le déjeuner (chez certains cousins qui ont annoncé au menu... une bouillabaisse!), je m'accorde quelques instants avec toi... Et pour que tu puisses désormais mieux Nous imaginer ici, je vais te dessiner le plan de l'appartement...

Lundi

La soirée avec toi, et puis la nuit avec toi, mon aimé, si tu veux bien... Et depuis ce matin je pense : – Je lui écrirai ce soir... – tout le soir avec lui, et puis toute la nuit... J'ai travaillé. Lorsque je pense que notre liberté est au prix d'une réussite, il me prend de grandes fureurs d'apprendre – et je m'attache avec désespoir sur mes livres. Je te montrerai ceux qu'il faut que je sache : des livres d'histoire. Par cœur. C'est bête : mais je t'assure que j'y parviendrai. C'est insipide et je n'y entends rien, mais je le saurai, je t'en fais la promesse!! Et comme il sera bon ensuite de l'oublier, de tout oublier, hors de toi, de ne plus savoir rien apprendre que tes lèvres par mes lèvres, ton corps et tes mains par mes mains et mon corps, et les poèmes que tu sais, de ne plus rien entendre que ta bouche, la clameur rouge de ta bouche bue à sa source, et ton sang qui me harcèle – comme il sera bon de ne plus avoir de mémoire que des mots d'amour, et de n'être pas plus intelligente que le soleil, mais évidente comme lui, rayonnante comme lui, comme Toi

et ici j'ai hésité ne sachant pas si je voulais t'appeler François ou Minou...

Ton nom l'autre jour a jailli de moi, nécessairement, désespérément, ton nom comme un effort plus vaste pour t'appréhender – et voilà qu'à présent je peux t'appeler ainsi, et le soir, dans mon lit, je dis tout doucement ce nom... Quelle étrange chose... Je t'ai d'abord aimé tel que tu es, tel que tu m'es apparu – mais ce n'était plus assez, et j'ai voulu te posséder depuis toujours, depuis ton origine, j'ai voulu t'arracher au monde, et que tu croisses en moi seule, sans autre mère que moi, sans autre femme que moi, et n'ayant connu que mon ventre.

Alors ton nom est sorti de moi – et ce fut comme si je t'avais enlevé.

Ton nom fut comme un rapt; et je suffoquai de ta présence vive entre mes bras. Comprends-tu : – Minou mien, c'était un nom rassurant, un nom pour t'apprivoiser et m'apprivoiser, doux et tiède comme entre mes mains un poussin, ou la fourrure d'un lapin, un nom de rien du tout pour mon ami-mon amour de rien du tout, un nom tout neuf pour un homme tout neuf tel que je l'inventais et le découvrais, un nom pas plus vieux que nous, qui contenait assez bien ma confiance, mais qui ne résumait que ton présent... J'ai dit François – et ce fut comme si je venais de m'éprendre d'un garçon inconnu... Notre amitié a fait qu'au commencement, je ne te considérai pas plus comme un homme qu'on ne fait pour son père ou son frère; ou plutôt tu étais un homme auquel je m'étais habituée, je ne pouvais avoir devant toi aucune des réactions de défense ou de convoitise que l'on peut éprouver plus facilement devant un être encore mystérieux; et je suis tout innocemment devenue ta maîtresse, sans quitter mon enfance. Tu étais mon ami; depuis notre rencontre, depuis qu'il me fut donné d'éprouver ton poids de chair, je ne cesse de devenir plus amoureuse de toi – et ton prénom, c'est le nom de cet amour qui veut te posséder totalement, souffrir par toi, douter par toi, et puis être ravie par toi – Ce nom, oui, c'est ma seule façon de souffrir par toi, c'est ma seule occasion d'être jalouse : elles t'ont appelé ainsi sans doute...; c'est ma seule occasion d'être déçue : peut-être à vingt-deux, vingt-trois ans ne ressemblais-tu pas encore à cet homme que j'aime...; c'est la seule musique qu'il me reste de ton enfance – j'entends ta mère t'appeler à l'heure de la soupe...; c'est le nom qui me trouble, m'effarouche, parce que je n'y suis pas encore accoutumée –

Puis, je m'en rends compte à présent, ce n'est pas seulement un nom pour te posséder dans ta durée, pour me faire ta mémoire, mais encore un nom pour te rejoindre plus précisément dans l'instant : pour être égale à toi; car si nous avions eu le même âge, je t'aurais appelé ainsi d'abord, je n'aurais pas eu besoin d'inventer un « petit nom ». Tu as donc vingt ans, et tu t'appelles François. N'est-ce pas que je dis ton nom mieux que ne font les autres? C'est que je sais ce qu'il signifie et que j'éprouve son pouvoir incantatoire; c'est qu'il me bouleverse.

Mon amour. Tu t'appelles aussi « mon amour » et ce nom te va bien qui rime avec velours. Comme j'aime te caresser! Tu es tout entier comme une joue d'enfant, comme une belle pêche, comme le bleu du ciel, comme la flamme la plus tendrement rose d'un feu de bois – comme une gorgée de vin doux.

Toute la nuit, toute la nuit avec toi, si tu veux... Te souviens-tu? Tu me fis naguère, pour que je dorme en paix, des paupières de pétales de rose. Je double les tiennes de mes lèvres qui te feront croire à l'été. Il n'est pas dix heures mon trésor, mon bien-aimé – il n'est pas dix heures, mais je m'endors d'aise. Garde-nous *.

[1er janvier 1964]

AMOUR, MON BEL AMOUR, il est deux heures de l'après-midi, le jour de l'an.

J'eus hier de tes nouvelles. Je t'écoute formuler des vœux pour Nous... Je t'écoute nous rêver à voix haute pour tout un an encore et pour l'éternité. Ai-je besoin d'ajouter un mot – et puis-je avoir des vœux distincts des tiens? Je ne fais que celui de Toi, le vœu de mon amour au monde, au soleil... – A voix basse, prière, humblement. Et la tête mise sur ton épaule, et les paupières closes sur le vertige d'un bonheur angoissant – A voix basse, désespérément, parce que je connais le visage de ma seule ennemie, la seule irréductible – A voix basse parce que mon amour ressemble à mon silence plus qu'à mes paroles.

[Te souviens-tu? Tu me reprochais de me taire, certaine fois. Je faillis te répondre : – Ton reproche nous sépare plus que mon silence... Mais je comprenais bien quelle apparence d'égoïsme pouvait être mon mutisme. Je comprenais bien quelle exaspération pouvait te venir de cerner un visage fermé, comme un refus. J'essaierai de tout te dire toujours, sans jamais devenir bavarde...]

Amour, mon amour à moi, je nous souhaite seulement vivants, et suis certaine du reste.

Jeudi

Depuis neuf heures du matin, je suis à Toulouse. Le second trimestre, le plus long, et d'ordinaire le plus fécond commence; j'ai oublié de prendre de bonnes résolutions, ce que je ne manquais jamais de faire autrefois le jour de l'an... Mais j'ai du courage, sois sans craintes...

Je vais poster cette lettre dès maintenant, car je voudrais que tu la reçoives demain. Mais peut-être, en raison des fêtes, le courrier est-il retardé ces jours-ci, et tu ne l'auras que samedi...

Aussi mon amour dès maintenant je veux te souhaiter un heureux anniversaire. Mon tout petit! Ce n'est rien qu'une occasion pour qu'on te dorlote un peu plus qu'à l'ordinaire... Que te donnerai-je? un baiser? une caresse? une belle histoire? Ah, c'est ta mère que je salue et remercie, qui te mit au monde tel jour, pour que plus tard je te rencontre – ta mère et ton père – ce sera leur fête, le jour où plus particulièrement je me souviendrai d'eux. Plus tard, il y aura un gâteau particulier à cette fête, et que chaque année je préparerai. Tu l'imagineras selon ton goût (fourré de confit de noisettes?!) et nous enlèverons chaque fois une bougie comme si nous allions à rebours dans le temps, vers notre enfance.

Je te donne ces images pour marquer cette date.

Et je te donnerai bientôt ma bouche, mes mains... Bientôt, veux-tu?

Courage, mon amour – L'année qui commence est belle de certitude et de promesses.

Vendredi matin
[3 janvier 1964]

« DEMAIN, j'aurai trente-cinq ans... » Isabelle, mon Isabelle, pourquoi, de quoi désespères-tu? Te crois-tu donc si vieille? Tu ressembles à la jeune fille de naguère, d'apparence plus vulnérable seulement : cette ride persistante, et les paupières froissées par trop de larmes. Ma moins-aimée, cherche qui tu n'as pas encore rencontré, cherche qui te reconnaîtra, pour s'incarner et durer en toi, – pour s'incarner et durer en lui; mon Isabelle, tu n'es pas froide et tu ne peux être déserte – mais vivante et promise... Je ne veux pas que tu pleures.

Et si tu ne veux pas m'écouter, crois-en au moins Minou.

Demain? Demain, je ne sais quel âge il aura. Je crois qu'il joue à naître, renaître, ayant trouvé le secret d'une perpétuelle enfance. Il a notre âge : nous sommes vieux comme Mathusalem, si vieux que nous avons laissé les autres, inaccomplis, bien loin derrière nous, si vieux qu'en rond nous sommes revenus au seuil où nous recommençons d'être, neufs comme un rire, graves, graves à cause de l'expérience, pourtant légers ayant déchargé le fardeau des contraintes et habitudes; notre chair nous fait grands, et notre joie harmonieux; nous nous développons par plaisir de croître.

Mon amour, tu es premier toujours; comme un baiser que je te donne, comme une étreinte qui n'avait jamais eu lieu,

tu as l'âge de mon désir, de mon sourire, du soleil de demain, long comme mon attente et bref comme une vie – tu n'as pas d'âge et chaque instant nous est naissance, anniversaire et louange.
Puisque Nous Nous aimons. Tant que tu le voudras.

Samedi
[4 janvier 1964]

MON TRÉSOR,
un mot, furtivement, pendant que le Petit Prince n'y est pas, avant de me mettre pour tout de bon au travail – oui, au travail, on ne peut plus sérieusement, en dépit du rêve de Toi et du ciel bleu taquin que l'on croirait de printemps déjà...

Il fait très beau dans notre amour, il fait très beau cette année-ci, demain...

Me voici rassurée, ayant eu hier ta carte de jeudi. Ne donne pas trop de ton temps aux importuns, aux indifférents et prends le loisir de nous imaginer et de nous louanger, le loisir d'aimer le jour, le feu, ma bouche – et même un baiser froid que te donne le vent. Sois indulgent, bénin, heureux, raconte-moi Noël, raconte-moi...

demain,

Amour mien, quand te verrai-je?

J'apporterai une galette de rois et la couronne de mes mains; j'apporterai bien sûr le soleil, tous les soleils... Apporte-moi tes mains, tes lèvres, tes membres, viens tout entier mon amour

demain...

Quand? Dis?

*

Dimanche après-midi
[5 janvier 1964]

DEMAIN SERA UN BEAU JOUR puisque sans doute j'aurai une lettre... Aujourd'hui est déjà un beau jour éclatant et doux dont on écoute avec incrédulité la chanson lumineuse. Le ciel est clair, seulement plus pâle qu'en été et, revenant de chez Josette, je buvais à petits coups le soleil et la promesse du printemps... Je suis rentrée : il est dimanche, mais je veux travailler... Il est dimanche – j'avais envie d'être jolie puisque je dois bientôt te voir : j'ai mis mon chemisier à col hirondelle et la robe bleue, et j'ai acheté un flacon de l'eau de lavande dont je me servais l'an passé – un parfum frais et bleu, disais-tu... Il est dimanche : je me suis levée très tard – couchée très tard, car hier soir j'avais rendez-vous avec un feu de bois... Nous avons mangé la galette des Rois et Josette fut reine, une très sage reine, sage comme Mimi. Deux agneaux. Et la veille aussi, vendredi, nous nous étions couchées très tard parce ce que nous étions heureuses : nous avions retrouvé une Hélène absolument rayonnante, transfigurée, folle d'amour – une fille qui, d'émerveillement, ne dort ni ne mange plus! et qui, lorsqu'on lui demande : – A quand le mariage? fait cette réponse surprenante de sa part : – Mais je ne veux pas me marier! Et Josette et moi de rire de bonheur et de la féliciter... Nous étions toutes les trois sur mon lit roulées en chien de fusil, nos têtes sens dessus dessous – A qui sont ces cheveux? nous racontant à l'oreille des merveilles et riant encore, riant, et puis disant : – Mais sommes-nous bien éveillées, ou en train de rêver? Mout, venu chercher Josette, demeurait tout ébahi, vaguement inquiet de cette folie douce... Ces filles!

[...]

Lundi

Je suis contente de savoir que tu aimes la façon dont je t'investis... Aujourd'hui, je suis très grave et sage et chastement silencieuse, rêveuse, bien au clos, bien au chaud, obéissant au tendre Prince qui me presse de travailler, ce que je voudrais faire mieux, entièrement absolument – mais une certaine instabilité de pensée me gêne – je vais d'un livre à l'autre, butineuse, inattentive : j'ai beaucoup trop souci de toi. Gronde-moi... Oh, comme j'ai besoin de ton épaule, mon amour, et comme longuement j'y dormirais...

Amour Mien, sois en paix – achève les tâches multiples dont le souci te harcèle – repose-toi, *dors plutôt que de m'écrire :* je veux te savoir reposé et doucement heureux de vivre. Là, mon tout petit, du calme : je te devine tout énervé, crispé. Je n'aime pas plus que toi le désordre, le travail mal fait, l'attention dispersée, gaspillée... Cette lettre-ci, brève et diseuse de riens, au moins ne te donnera pas mauvaise conscience. Et mon amour se fera discret, tout doux, secret, pour te laisser le temps de reprendre souffle. Rien que la tendresse tout enveloppante, maternelle, moelleuse, chaude à plaisir, aucune violence, aucune exigence – Oui, je suis là mon trésor je suis là, je t'attends, achève ton travail. Après... * Après, vienne le soleil!

[8 janvier 1964]

BONJOUR MON BEAU TRÉSOR, mon amour...

J'avais résolument entrepris de travailler, mais je ne fais rien qui vaille : cette heure du début de l'après-midi est la plus néfaste du jour; je ne sais pourquoi je me sens cernée, happée, étourdie par mille sollicitations, instable, indécise... Peut-être est-ce que je ne peux me résoudre au déclin du jour, au soir qui vient trop vite. Malaise... Je suis allée à la bibliothèque où je devais rester jusqu'à six heures – mais il y avait foule, et ma voisine lisait sans vergogne par-dessus mon épaule, ce qui me paralysait – comment écrire dans ces conditions? Alors je suis revenue chez moi pour me réfugier en toi, pour cacher mon visage contre ta poitrine, me détendre tout doucement. Je suis sûre que je ne t'invoque pas en vain, et que tu vas me rendre la paix...

Non, je ne suis pas triste aujourd'hui « Puisque nous sommes ». Je ne regrette rien : je ne m'attendais pas assez à Nous, je ne sentais pas assez que nous allions nous revoir, je n'avais pas le sentiment de l'imminence d'un événement. C'est hier soir seulement, lorsque j'ai su que nous ne nous verrions pas aujourd'hui, que j'ai commencé à t'attendre, que j'ai commencé une longue veille émerveillée (et peut-être si le grand jour cru me cause ce malaise, c'est qu'il dérange ma rêverie pieuse et qu'il interpose entre nous sa confusion bruyante) – Je sais, parce qu'il en est ainsi chaque jour, que j'irai mieux lorsque la nuit s'approchera, lorsque je te retrouverai plus distinctement, plus intimement... Non, je ne suis pas triste puisque je t'attends : bientôt sera Noël, le plus beau qui fut jamais... Il importe de s'y préparer gravement, sans nulle précipitation, et je crois qu'aujourd'hui nous n'aurions pas été prêts à la fête. Rêvons-y, veux-tu? [...] Dis-moi bien tout... Il y aura le feu, et le sapin de Noël, et au pied du sapin... Chut! Le Père Noël s'impatiente de ne pouvoir encore se manifester!

Une nuit... Mon amour. Tu dis cela tout simplement, sans craindre de me troubler d'une joie trop poignante. Une nuit avec Toi (et mourir, oui – mais pour vivre mieux, encore). Et je suis bien de ton avis : nous avons été trop sages toujours – mais nous ne le serons pas, ce Noël, veux-tu? Nous ne le serons pas du tout! – « As-tu rêvé – comme j'en rêve...? » Bien sûr. Si souvent. Tu sais, dans mon lit, le soir, je te parle, presque à voix haute. Hier soir, je te disais : – Tu t'appelles François, je commence à peine à t'aimer.

[...]

[9 janvier 1964]

JEUDI APRÈS-MIDI. Entre un cours d'espagnol où je m'exaspère du temps dilapidé en menus et paresseux propos (où personne ne s'intéresse à rien ni personne) et ce cours de français où je vais attentive recevoir l'offrande durable de ce professeur dont j'aime la fermeté bienveillante et la pénétrante douceur. [Entre un visage indolent et celui-ci chaleureux.] Saint-Sernin sonne quatre heures. Au dehors, un jour blanc crissant de givre en suspension. J'ai fermé mes volets méprisant cette médiocre et froide lumière et je me réchauffe à l'éclat du tapis rouge sous la lampe où je me recueille. Je réchauffe mes doigts tenant serré le verre de café du goûter. Je réchauffe mes yeux, ma bouche au rêve de tes paupières, de tes lèvres.

Mon trésor – de tous les noms que je te donne, celui-ci est l'un de ceux qui m'éclairent le mieux, qui te donnent le visage le plus doré qui soit, précieux – entre mes paumes comme une émouvante relique, et comme aussi la promesse de l'été – Mon trésor... Peut-être me vient-il aujourd'hui parce que je me sens un peu démunie. Triste – oh, à peine, mon amour, et je vais recenser mes griefs si tu veux, pour que tu puisses en effacer l'ombre d'une caresse : une seule légère caresse de toi, oui, et se dissipe le malaise.

Froid...

[...]

Vendredi

Deux heures de l'après-midi. Sais-tu que je vais tout à fait bien, Amour? J'avais oublié hier d'inclure, dans mes raisons de mécontentement, le mal que j'avais à rédiger ma dissertation. Cette sorte de travail m'est à chaque fois une épreuve exténuante : parce que d'une part je ne peux me résoudre à le faire à la légère, parce que d'autre part construire un édifice rationnel m'est extrêmement difficile. Je ne peux me servir des pensées des autres, il me faut donc sécréter la mienne, au prix de quels efforts puisque décidément non, « je ne suis pas intelligente ». J'y passe un temps démesuré, des journées, des soirées entières sans progresser d'une page. Et si encore cette longue application produisait quelque chose dont je puisse m'émerveiller : mais dans un devoir achevé, tel que je le remets au professeur, ma limite m'est sensible. Je ne pouvais pas aller plus loin : physiquement je n'avais pas la force de poursuivre. Et je trouve désolant, vois-tu, de ne valoir que cette bonne note, que d'autres croient emportée aisément et qui m'a tant coûté. Lamentable. Si je le dis, on se récrie, on me dit de considérer ce que font mes camarades – cela ne me console pas; je ne vois pas pourquoi la médiocrité des autres me réconforterait... Mais aujourd'hui, la tâche étant faite aux trois quarts, je vais mieux. D'autant plus que je reçus ce matin une très longue lettre de mon amour... J'y répondrai ce soir... Parce que cette lettre-ci est beaucoup trop sage, vilaine, choses de peu. Tu vas me faire le plaisir de l'oublier.

[11 janvier 1964]

BIENTÔT SEPT HEURES ce matin samedi. Éveillée par l'Angélus, bien aise d'être au jour bientôt, bien heureuse de te retrouver, de te reconnaître, de nous ressaisir, j'ai attendu pieusement que les cloches cessent de sonner; je ne me suis levée que pour faire chauffer le café et me suis remise douillettement dans mon lit d'où je t'écris. C'est qu'il fait frais dans cette chambre, au sortir du sommeil doucement doré, moelleux, que me donne mon amour, marchand de sable de caresses – C'est qu'il fait au-dehors très froid. Je me dis qu'il n'y a guère de chances pour que cela s'améliore d'ici mercredi. Un soupir, mais rien qu'un soupir, je t'assure; je demeure paisible puisque « tout notre avenir demeure devant nous »; il est bon de t'attendre. [...]

Je vais tout simplement faire mon travail dès maintenant pour pouvoir toujours être libre dès que tu m'appelleras. Travail : j'en ai hier soir terminé avec la seconde dissertation; si j'en ai le courage, d'ici mardi, je reprendrai la fin hâtive. Mon professeur n'imagine pas, j'en suis sûre, la peine que j'ai prise, pour ce qu'il y a de mathématique dans un tel travail : géométrie interne, construction méthodique, cohérente, progression démonstrative. Une des choses qui me mettent le plus en fureur (sourde) et qui pourtant devrait me flatter, c'est de lire sur ma copie cette appréciation : « pensée très ferme » – car je n'ai pas de pensée du tout, je n'ai que des facultés de m'émouvoir... J'aime que tu ne saches pas faire le plus simple des problèmes d'arithmétique; aussi bien n'est-ce pas cela que je te demande, mais d'inventer des géométries d'étoiles et d'astérisques, de découvrir un espace intime pour nos voix et nos élans, de me faire profonde et mélodieuse courbe; mais d'être illogique et imprévu, nouveau toujours, ancien pourtant; très savant en amour seulement.

Bah, je dis des rien-du-tout. Mais c'est là notre luxe que de célébrer chaque jour avec fantaisie. C'est là notre chance que de pouvoir promouvoir au rang de confidences des choses qui sans cela seraient perdues. Je t'apporte ma journée dernière avec son poids de menus gestes, peut-être qu'il s'y trouvera quelque chose de précieux... Je parlais de travail, et hier je crois, de la médiocrité des études faites en faculté; de mes camarades; et j'ajoute : très peu de garçons, et pour la plupart insignifiants. Bête et méchant ce que je dis là? Non : je veux dire qu'ils ne signifient encore rien, qu'ils ne sont pas encore nés; ils sont à l'état larvaire, ils en sont aux velléités : puérils, démonstratifs, diffus. Il faut les traiter avec indulgence, mais ils ne parviennent pas à m'attendrir. Je me gare prudemment; c'est merveille de voir comme joue mon vieux réflexe de défense que Josette avait remarqué avec amusement : je joue à merveille la camaderie – je me fais limpide, innocente, franche et nette, presque rude parfois et je traite en garçon avec les garçons. Je n'offre aucune prise. Je me dérobe alors même que je semble sans arrière-pensée, simple, accessible. Ce jeu ne m'amuse pas, il m'énerve. L'attention d'un garçon ne me flatte pas, elle me gêne. A vingt-cinq ans, c'est l'âge de Mout et d'Henri, ils commencent à exister – mais comme ils sont jeunes, comme ils devront raturer, réfléchir; je leur pardonne en essayant de penser qu'à vingt-cinq ans, tu n'étais pas encore tel que je t'aime... Henri est un cas particulier. Il me bouleverse; je crois qu'il pourrait être un de mes rares amis, si je n'étais certaine qu'il a besoin d'amour et non seulement d'amitié, et qu'il serait donc non seulement imprudent mais cruel de lui tendre la main pour devoir ensuite la retirer. Il me fait penser à un bouffon précieux qui meurtrit secrètement, j'en suis sûre, chacune des paroles légères et gracieuses qu'il prononce. Je voudrais pouvoir lui dire un jour qu'il ne faut pas désespérer encore... Ce que je voulais te dire, c'est que devant ces autres garçons je me défends comme devant les premiers, par une simplicité à toute épreuve, comme si j'ignorais vraiment qu'il peut y avoir entre un garçon et une fille autre chose que cette « franche » camaraderie.

Et je souris parce que je pense que de toi je ne me suis jamais gardée; au contraire : je m'enhardissais à petits coups, comme un effronté moineau, audacieux et tremblant à la fois; je tournais autour de toi et je me rapprochais, peut-être que je te provoquais. Oh, il est bien tard pour t'en demander pardon! et puis je crois que tu l'as voulu, toi aussi : « Je te regardais venir. » Tu ne m'en as pas empêchée – et maintenant Monsieur, il est trop tard pour le regretter, c'est tant pis pour vous!

Tu sais, il a mieux valu que tu ne demandes pas à venir à Toulouse : tu aurais scandaleusement langui de douceur – dépéri! Et je t'aime vigoureux. Une de mes plus heureuses surprises fut de voir comme tu as de grandes mains, de grands bras, une grande bouche (pour mieux te manger mon enfant), comme tu es fort et dur et lourd, comme tu es grand mon amour – j'aime bien devoir lever la tête vers toi, et comparer nos mains. Mais nos corps sont égaux.

Lundi
[13 janvier 1964]

[...]

LE DIMANCHE à la maison fut moelleux, confortable. Je trouvai à mon arrivée sur ma table une lettre de Monsieur P. dont je fus bouleversée : – « Aujourd'hui je décline, je ne compte plus aller bien loin, et je voudrais vous adresser une prière... » et plus loin « Je n'aurais jamais dû vous causer de peine ». Il me fut insupportable d'entendre cet homme, si sûr de lui dans ses lettres de naguère, et qui pourrait être mon... arrière-grand-père (92 ans, je crois) « s'humilier ». J'ai passé la soirée de samedi à lui répondre longuement, et je crois bien l'avoir fait avec tendresse. (Mais je ne pense pas que tu en sois jaloux.) Je lui ai gravement promis d'aller dans l'acte d'écrire à la limite de mes forces. Mais pour l'instant, je suis encore à l'école... Je voudrais que ma lettre lui parvienne et lui écrire encore pour qu'il se sente moins seul, moins vieux, pour qu'il ait moins peur. Je ne croyais pas l'aimer, je pensais assez peu à lui, mais j'ai de la peine. Cette rudesse dont il s'excuse, comme elle ressemble à celle de mon père... J'aurais dû le comprendre. Tu vois, il m'arrive d'être aveugle.

[...]

Amour, le temps s'est adouci, et peut-être enfin te verrai-je vendredi ou samedi. Cela sera quand tu le voudras. Et maintenant... Maintenant je fais semblant de te quitter, mais tu sais bien qu'en vérité je ne le peux. Je travaille sous ton regard.

Mardi, neuf heures du matin
[14 janvier 1964]

Ah, je ne vais pas t'écrire maintenant, mais comment résister au plaisir de saluer ce matin frais lavé par le dégel, un ciel d'où l'hiver, enfin, est absent, le soleil! Je suis auprès de ma fenêtre ouverte, et je pense que je vais te revoir, et je remercie l'Ange car à n'en pas douter c'est lui qui ouvre très haut ses grandes ailes bleues – vastes comme ton sourire, et pures...

Mardi, huit heures du soir...

Petit-Bonhomme tranquille vient de prendre son dîner et de rentrer lentement, indolemment, rêveusement au logis. La petite lampe est allumée sur la table, le café est prêt, le café d'avant le travail du soir. Mais Petit-Bonhomme souffre ce soir du mal d'espoir, et n'a pas envie de travailler, pas du tout... Alors je viens un moment demander réconfort à tes genoux et tes bras, et je dis à ton oreille ce gros chagrin de rien du tout : – Mon ami, mon ami, je m'ennuie de toi... Tout le jour je cherche vainement l'unité de mes actes, une cohérence; le soir, je comprends que tu me manques; et je m'oblige à sourire et à penser que je vais bientôt te rejoindre... Oh, nous nous garderons plus tard de prendre l'habitude de nous voir, mais que c'est long deux mois... Depuis une semaine, je « tourne à vide », tantôt fébrile et tantôt paresseuse, inattentive et passionnée, au bord des larmes pour un rien; quel vilain petit animal! Vie diffuse, pas assez dense et durement conduite. Trop de rêves, trop de désirs, trop de sollicitations, trop de gens, trop de bruits, trop de mouvements : je ne sais plus me recueillir. Ce qui me guérirait, avant de pouvoir te retrouver, cela serait de t'écrire très bellement mon amour, très justement mon amour comme je le sens; il m'en a manqué le loisir et quand je l'aurais eu, je n'aurais rien su te dire, ce qui me désespère. J'ai à te parler. Et je ne sais comment... J'ai à être intelligente et je suis lente et limitée. J'ai à être belle et je suis médiocre. J'ai à te dire que je t'aime, j'ai à te prouver que je t'aime, et je n'y parviens pas. Tu comprends, Toi? Cela m'exaspère à la fin de n'être que ce que je suis. Je voudrais sentir que je fais des progrès, que je deviens meilleure. Mais comment en aurais-je le temps?

Mercredi matin. Le ciel m'extasie. Pure coupe.
Et vendredi, je te verrai.
Et je ne dis plus rien du tout.

[18 janvier 1964]

JE PLEURE, tout ce matin, mais c'est de grâce, mon amour, et de reconnaissance.

Je m'éveille tout endolorie encore : est-ce l'inconfortable voyage? ou plutôt les assauts du soleil? Je m'éveille femme, exténuée entre mes membres. La mer a roulé sur ma bouche et mon ventre et je l'ai toute bue, je la contiens amère et lourde en forme de toi-même... Je m'éveille et me souviens de tes paroles : – Ma ville ouverte... et puis : – Je suis heureux... Mais pas plus que moi ce matin, mon amour, et si je pleure, c'est de ne pas savoir, de ne pas pouvoir te remercier. Pourquoi dit-on qu'une fille se donne, quand elle ne fait que prendre, que recevoir? Mon amour à moi, mon amant, se donne jusqu'à la faiblesse – et je pleure de grâce, oui, pour tant de patience, tant de persévérance, et tant de violence à la fin, et tant de soleil à la fin et tant de générosité toujours. Blessée profondément et nourrie au vif de la chair. Oh, cela eut-il lieu, et fut-il réel ce visage sur le mien, ton sourire d'alors, ton sourire quand j'ouvre les yeux et que je ne t'ai donné qu'une plainte inintelligible – mais où je fus résumée? J'ai su que tu existais, je l'ai su certainement, je m'en souviens : je suis heureuse.

Et tant d'autres choses à louer. Le miracle du soleil. Au-dessus de nous ce regard bleu très pur entre les cils des genêts... Je te regarde... Lorsque nous sommes revenus vers la voiture, je t'ai laissé un bref moment t'éloigner en avant de moi. Je te regardais...

Je m'éveille et entre mes bras je reconnais Minourson [1], tout chaud de ma chaleur et tendre comme toi. Ce n'est pas un jouet – ce sont les grandes personnes qui parlent de jouets. Minourson est un témoin grave, un compagnon attentif. Je l'ai tenu serré toute la nuit entre mon cou et ma poitrine. Il entend ce que je me raconte de toi. Il me gardera de tout mal, de toute tristesse...

Tout à l'heure, je l'ai couché et caché dans la malle. Je ne pourrais le montrer à personne, pas même à Josette. Il est ta présence vigilante – un peu de l'Ange, un peu du petit Prince. Je serai sage auprès de lui.

Mon amour, je voudrais un long loisir pour me remémorer tant de merveilles. Mais tu sais que...

Je veux que tu te reposes. Tu vas m'écrire : Je me repose, et c'est tout, et tu iras aussitôt après ces mots te coucher.

Je t'embrasse, gravement oui.

[19 janvier 1964]

BONJOUR MON TRÉSOR. Il est dimanche, l'après-midi. Entre mon réveil bouleversé d'hier matin et ce moment-ci, il y eut quelques heures vaines et de longs temps d'étude. Heures vaines, celles hier du début de l'après-midi, où successivement Henri puis Josette et Mout vinrent frapper à ma porte. Je ne leur dirai pas qu'après leur départ j'ai pleuré. De rage. De tristesse à me sentir si loin d'eux. Amour Mien, ils n'ont pas le droit, personne n'a le droit : tout le temps où je ne travaille pas est à toi, à toi seul. Hier, j'étais jalouse du temps qu'ils nous prenaient... Je ne pourrai donc pas même avoir une amie. La porte refermée j'ai pris Minourson dans mes bras et je lui ai raconté ma peine. Il m'a dit que j'étais faible et sotte et je l'ai bien écouté. Je sais ce que je vais faire, je sais que Mout et Josette qui perçoivent mon malaise sans bien le comprendre me sauront gré de cette décision : ma porte sera tout le jour condamnée; on ne pourra me voir que très précisément entre 8 et 9 h du soir. La récréation, comme il est juste, récompensera l'effort de toute la journée. Suis-je bête de n'y avoir pas plus tôt pensé!... J'ai ouvert ce matin le cycle du travail, c'est-à-dire cette période de travail intensif qui s'achève à l'examen; qui l'an passé ne commença qu'au retour des vacances de Pâques. J'ai ouvert aussi la belle saison, un peu plus tôt que d'habitude : c'est-à-dire que je me lève à cinq heures. A huit heures du soir le travail cesse. Et je me couche vers neuf heures.

[...]

Lundi

[...]

Nous allons bien parce que nous avons eu ce matin de tes nouvelles. Amour... J'aime que tu sentes comme moi que cette journée fut parfaite. Ce fut le printemps, oui, la nouveauté. Je te redécouvrais – et le goût de rire... Légers, si légers, à hauteur de cime, et libres. Et frais. Je te rencontrais mon amour, et je te connaissais pour la première fois!

[...]

Je suis curieuse de ce que tu écris d'une fille amoureuse... curieuse de moi-même. Car si je me perçois, lors de cette « profération » du plaisir, ce n'est que très confusément – et non sans étonnement, sans scandale : je me suis à peine entendue, mais tout au début avec le sentiment que ce qui s'exprimait ainsi était ma vie brute, animale, primitive, très profonde et ordinairement insoupçonnée; et j'étais une dans ce cri qui me résumait jusqu'à mon origine. Ravie par ton déchaînement. Et puis cette impression de revenir de très loin, d'ouvrir les yeux pour la première fois. Et ce sourire qui te transformait... Tu avais exactement le sourire de ces divinités amoureuses des temples de l'Inde...

[26 janvier 1964]

MON AMOUR, il est enfin dimanche, après une semaine de travail minutieux, obstiné. Enfin dimanche – la peine emporte récompense : hier après-midi, trois heures durant je me donnai le plaisir non de me délivrer de l'acquis, mais de le formuler. Lorsque j'ai ainsi longtemps étudié et que je n'éprouve pas de difficultés à rassembler les éléments du devoir, je m'accorde le temps d'une rédaction littéraire. Tu ne saurais croire le bien que cela me fait. Bah, je ne suis qu'une faiseuse de phrases! C'est bien cela? une faiseuse de sources. Tu verras, j'inventerai des fontaines – je filerai des paroles. Le joli métier, tout de patience.

Enfin dimanche. Gris; février glacial; les rues avoisinant la faculté désertes. Un ciel de neige fondue, dit Josette. Glacial, mais ton nom fait soleil... Je t'invoque – et soudain les larmes aux yeux. Mon amour... Lorsque je rentre dans ma chambre, cela sent l'orange et la lavande mêlées. J'aime qu'il fasse obscur et tiède. Je reviens pour t'écrire, ayant laissé Josette et Mout ensemble, après avoir déjeuné avec eux – vers deux heures de l'après-midi, d'un couscous (c'est bon!). Je reviens chez nous et j'allume la lampe, pour le plaisir... Où es-tu maintenant? Auprès de ta maman, je pense. Je voudrais qu'elle aille mieux; je l'aime au travers de toi en qui elle se résume... J'y pense : bien sûr tu ne pouvais être que fils unique. Unique, tu comprends... Je trouve qu'on ne devrait pas avoir plus d'un enfant. Moi, je n'en puis avoir d'autre que toi... Unique : depuis le début. Seul. – C'est pour mieux t'aimer, mon enfant... Oui, c'était pour mieux me chercher, me trouver; et moi qui ne me savais pas seule, quand je faillis l'être, je te rencontrai – et je voulus être libre, libérée de tous... Il n'est que de voir comme je décourage les tentatives d'approche, comme je m'isole, comme je relègue mes proches mêmes – Josette, Mout – au bout du temps, au bout du jour, comme je distends démesurément l'espace d'accueil que je te réserve, comme jalousement je le préserve, comme je suis jalouse de Nous. Parfois je voudrais ne connaître personne que toi, ne parler à personne qu'à toi, ne rien donner qu'à toi. C'est assez triste, et j'ai mal de ce dépouillement, mais j'y suis contrainte; cet amour est terrible, qui me requiert toute, exclusivement. Hors de lui, l'interdit.

Lorsque nous rions ensemble, lorsque je cueille un baiser sur le bout du nez de Minourson, on ne me dirait pas si grièvement atteinte, si mortellement. C'est ainsi pourtant, Monsieur...

Je rêve tout haut!

As-tu lu dans le *Figaro littéraire* [1], la critique de Robert Kanters sur *le Fou d'Elsa?* J'y reconnais ce que tu me disais voici longtemps déjà : « Ce qui frappe, à la longue, en lisant cet immense livre d'amour, c'est le silence et presque l'absence de la bien-aimée * – Le Fou d'Elsa, c'est l'homme qui s'accuse d'avoir désespéré du couple... celui qui chante depuis de longues années déjà : « Il n'y a pas d'amour heureux » (même avec la clausule « mais c'est notre amour à tous deux »)... Froide Elsa. Et peut-être suis-je injuste, mais je pense à Josette... Ah, ces deux! qui se prennent, se déprennent, s'aiment tumultueusement, avec inquiétude... Mais plus je les observe, mieux je vois qu'ils sont loin encore d'être accordés – Mout manque encore de cohérence : éprouvé déjà, enfant encore. Josette infiniment plus égale, pondérée. La grande différence entre eux est que Mout ne vit que par et pour son amour, tandis qu'il ne suffit pas à Josette qui semble éprouver le besoin parfois d'en émerger, de respirer ailleurs – à l'air libre. – « Mais qu'est-ce donc qui te révolte? – C'est de devoir choisir, c'est d'être limitée. » Ils

---

* Ceci navrant : « Maintenant, je m'exerce à cette nuit de nous. »

se disputent (oh, sans éclats!), se retrouvent... se retrouveront. Peut-être ne se sont-ils pas encore rencontrés...

Amour Mien, mangeons d'abord l'orange du goûter... qui fut délicieuse. Tout à l'heure je répondrai à Monsieur P. dont la lettre[1] reçue samedi dernier, te mettra, si je ne me trompe, fort en colère. Tête de bois. – « Sapristi! ». Je ne le ménagerai pas et je demeure irréductible. Il n'est pas une phrase, hors la dernière, qui ne me fasse protester! Puis, nous lirons... On passe au cinéma *Le Feu follet* de Louis Malle, mais j'hésite, n'ayant pas envie de sortir. Nous lirons Saint-John Perse.

Mon amour, tâche de vivre doucement, savoureusement, chaudement. Garde-toi du froid, veille bien notre Isabelle. Veille-nous... Le soir, je dis à Minourson : – Tu penses à Minou-le-Grand, là-bas? Peut-être qu'il nous écrit... Et nous nous endormons en rêvant de Toi.

[28 janvier 1964]

« Solitude aux hanches étroites
Marraine des trésors perdus [1] »

... JE L'AI RETROUVÉ hier soir, en lisant au chevet d'Hélène. Et je n'ai rien dit à personne, mais j'ai pris une feuille et l'ai recopié pour toi. Heureuse. Mots magiques.

[...]

J'ai sur ma table tes trois dernières lettres auxquelles je n'ai pas encore répondu – mais je pourrai mieux te choyer cette semaine, je pense, encore qu'il y ait cette dissertation – perspective... essoufflante : « Dans son essai *Du Théâtre* (1773) Louis Sébastien Mercier écrit : " S'il ne restait dans la postérité que les tragédies de Corneille, de Racine, de Voltaire, les comédies même de Molière, connaîtrait-on à fond les mœurs, le caractère, le génie de notre nature et de notre siècle, les détails de notre vie privée? " Expliquez et discutez. » – Autant t'avouer tout de suite que ce genre de sujet ne m'inspire guère. Raison de plus, bien sûr, pour faire ce devoir. Ce Mercier m'est antipathique.

[...]

Tu n'as pas exactement dit : « Je te reproche de manquer de personnalité. » Mais moi, j'ai pensé ainsi, parce que c'est vrai. Comprends-tu, j'ai des raisons de vouloir te détrôner. Par moments, je me rends bien compte qu'à force de m'en remettre à toi, à ton regard, j'abdique tout esprit critique. Et si je ne fais que te prolonger, te refléter, où est pour toi l'enrichissement?

Mais voilà, on ne détrône pas quelqu'un qu'on admirerait quand bien même on ne l'aimerait pas. On ne détrône pas l'idole... Tu peux donc, si tu veux, jouer les despotes. (Mais comment t'y prendras-tu pour me tyranniser, dis?!)

C'est comme souvent une lettre de rien du tout. Je t'écrirai mieux demain, je te répondrai mieux demain – après une très longue nuit.

Mercredi
[29 janvier 1964]

[...]

LE TEMPS S'EST ADOUCI, il a neigé, il pleut, le ciel est triste – mais chez nous tout est calme, et discrètement parfumé de lavande, tout va son train tranquille selon le réveil grave : nous allons bien. Midi et demi. J'ai repris tes deux dernières lettres... J'aime bien te retrouver ainsi vers le milieu du jour, et que tu sois ma récréation, le feu secrètement que j'allume, le soleil à son plus haut point...

– Il y eut Hélène. Et c'est le soir. Il y eut Hélène (les paupières obstinément serrées : Je ne veux pas pleurer... Je ne veux surtout pas changer de vie). Il faut que je te l'avoue : je ne suis pas bonne; cela me serre le cœur. [...] Je pourrais expliquer à Josette et Mout tous mes actes et mon désir de demeurer seule; Hélène ne le comprendrait pas. Je me découvre devant elle foncièrement égoïste, telle que je n'étais pas autrefois, telle véritablement que ma mère m'a reproché d'être. – « Je me moque des autres » : ce n'est pas exactement cela, mais plutôt – « Je me désintéresse des autres ». Je voudrais que ce ne fût qu'un manque apparent de générosité, et que l'œuvre vînt démentir l'apparence – mais l'œuvre n'étant pas, à mes yeux mêmes mon attitude est injustifiée. Si je te dis : – « Je suis mauvaise », tu ne me prends pas au sérieux; mais c'est la désolante vérité. Tu l'es, du reste, mon amour, autant que moi, si tu penses : – « Que m'importe si j'ai une maison remplie de... et Mimi. » Mais qu'y changerons-nous? Toi, du moins, tu sais la raison de ce « cœur sec [1] » en ce qui te concerne. Mais moi, jusqu'ici je n'ai fait que me refuser. Cela me fait de la peine, et je n'y puis rien : on ne se contraint pas à aimer. Peut-être que j'ai reporté sur toi tout mon pouvoir d'aimer et que je ne sais plus accueillir personne. J'ai des élans vers certains qui souffrent – Hélène, Mout, Henri... mais lorsqu'il s'agit de leur consacrer du temps, quelque chose en moi se rebelle. Je crois que me révolte toute « perte de temps ». Toute heure inutilement employée m'est une gêne. Je ne sais pas dépenser les journées. Je vis harcelée et je voudrais qu'il n'y eût rien, hors le temps nécessaire au travail nécessaire, que le temps de t'aimer. Alors, lorsque vers midi et demi Hélène sortant du restaurant vient chez moi – pour rien, parce qu'il faut qu'elle tue le temps – et qu'il faut que je cesse de t'écrire, je lui en veux. Et je vais te dire une chose dont j'ai honte : si on frappe à ma porte avant six heures du soir, je ne répondrai pas.

Ne me dis pas que j'ai raison : je n'ai ni raison ni tort, je me refuse. Et c'est une expérience assez douloureuse que de résolument trancher tous les liens; j'en pleurerais, mais je le veux ainsi. Oh, mon amour, je voudrais faire quelque chose de beau. Mais cela ne justifiera cependant pas mon retrait d'aujourd'hui – car ce n'est pas pour Hélène, à qui Louise Labé ou Eluard sont d'un piètre secours, que j'écrirai. Cette volonté négative (que j'avais bien éprouvée à Pâques, l'an passé : – Si je dois le quitter, je vous quitterai aussi...) restrictive, semble incompatible avec le don de créer. Elle m'effraie et me captive à la fois comme une secrète pente à laquelle je me disposerais à céder. Mais tu me tiendras la main. – Assez. Ces choses sont tristes.

J'ai pourtant passé quatre heures lumineuses à la bibliothèque, à lire Saint-John Perse *(Éloges, Anabase)* – et parfois fermant les yeux pour mieux m'émerveiller...

Mon amour, je vais aller poster cette lettre, puisque demain c'est jeudi. Puis sagement j'étudierai mes leçons pour que Minourson soit content de moi. Et je voudrais que tu le sois aussi, malgré ce que je viens de dire. Il faut m'aimer, à plus forte raison si je suis mauvaise, il faut me sauver... Je sais bien d'ailleurs depuis longtemps que je ne vaux rien que par cet amour démesuré, et qu'hors de lui je ne suis, ne serais, rien.

Je t'embrasse, gravement bien sûr.

Vendredi. Midi et demi
[31 janvier 1964]

ENCLOSE. (J'ai à faire : « Et vous me laissez seul [1]... ») Ma porte est fermée, je n'ouvrirai pas, je suis avec Nous... Cette heure est sacrée : je vous avais bien prévenus – Mon amour m'oblige, et votre amitié vous oblige aussi : laissez-moi. [...] Dure, il faut que je sois dure. [...] Même s'il faut que j'en pleure. Même si je suis injuste. Pour ce qui est de Josette et de Mout, cela me fera bien plus mal, l'amitié étant plus profonde.

Et quand je me serai déracinée – l'étrange arbre nu, sauvage, libre, près de chanceler... Mon Dieu, qu'est-ce que je deviens? Tu es toute mon humanité. Il ne faudra pas que tu aies peur de moi.

Amour mien, je deviendrai grande et plus seule et plus libre – et stridente. Mais comme cela fera mal, comme cela fait mal déjà – Leur échapper, leur échapper, toujours, me détacher : que personne ne me touche, et même quand je désirerai qu'on me donne la main... Ce désert où nous venons.

Mais tu seras là.

« – Oh, des choses charmantes, des femmes charmantes... », dit M. P. – Mais je ne suis pas charmante, n'est-ce pas? et ce que j'écrirai ne le sera pas non plus. Et qui m'a dite gentille, mignonne?

Mon amour, pour toi seul humaine, faible, douce, sourire et rire et paresseuse, et nonchalante, fertile, apprivoisée... Mais autrement il faut, il faudra que je sois dure. Fermée, lisse comme un caillou, poing douloureux jusqu'à l'éclatement.

Amour mien, mon doux trésor, ne t'effraie pas. Demain

seul, pressenti, est angoissant de pureté, de nudité – mais aujourd'hui nous allons bien, nous allons même mieux. Simplement, par moments mon relatif isolement me fait pressentir les exigences de l'œuvre future, ou tout au moins de l'œuvre désirée. Oh, je n'écrirai pas facilement – ni paresseusement, ni délectablement : il faudra je le sais le noir et le silence et que je sois loin de toi. Et peut-être devient-on fou... Et peut-être à la fin ne se résigne-t-on à rien car comment ne pas trahir, comment ne rien amoindrir? Quel paradoxe que de devoir s'enfermer, se retrancher, se nier, pour dire le soleil, l'amour, le goût d'être... Et pas d'autre justification que la nécessité, la contrainte – et chaque révolte plus durement réprimée,

Oh, comprends-tu? Et rien qui vaille.

Mon amour, on dirait bien que je parle en rêve sous l'emprise d'un cauchemar – mais non : tu sais mieux que personne que je dis vrai. Triste passion, dis-tu – mais pas si puissante pourtant qu'elle puisse nous diviser : Isabelle ne nous a pas séparés mais joints, et la joie sera, demain, quand j'aurai eu très peur, très mal, honte de ne rien savoir créer, honte aussi de savoir, d'oser – la joie sera de te retrouver.

Tu vois bien que tu me sauves.

Amour mien, je te souris, le vois-tu? Je suis la même qui berce Minourson, la même gourmande, la même rieuse, la même doucement folle, faible... et puis l'envers de tout cela. Mais une dans mon amour.

– Quand tu auras fini, Mimi, d'être si grave, je pourrai t'embrasser. – Tout de suite, donc... J'aime ta lettre d'hier. Et d'abord parce que j'ai dû l'attendre jusqu'au soir. Puis parce qu'elle est toute douce. Nous irons en Toscane, mon amour (Marie-France en dit du bien)... J'aime encore que tu sois insatiable. Tu peux tout demander à ma mère (et tu peux tout me demander). Et je comprends bien que tu veuilles déchiffrer mon enfance, puisque j'ai pour toi le même désir.

Demain, j'irai à la maison... Et maintenant en cours. Au revoir mon amour, au revoir longuement. De là-bas je t'écrirai. Bon dimanche.

Je n'en finirais pas de me séparer de toi, de faire semblant de nous séparer, de nous retenir toujours.

Dimanche matin. Six heures et demie
[2 février 1964]

La cuisine chaude. Et déjà Manou s'active : – Tu n'as pas de linge à laver? Manou, une belle ecchymose noire au front, pour me faire songer à Sido-ma-mère. C'est contre le robinet du chauffe-eau... Les autres dorment, et Minourson là-bas, et Toi. Manou, selon ma recommandation m'a « appelée en passant » dans le couloir, d'un silencieux signal de sa lampe électrique (car on n'allume pas dans le couloir pour n'éveiller personne). Nous avons déjeuné – moi d'une orange et d'un peu de café ... amer (– Tu as maigri!), Manou de lait et de pain grillé. Puis chacune a fait sa toilette. Il fait bon. Lorsqu'il fera jour je sortirai, malgré l'épaule douloureuse un peu... (Mais je ne crains plus les piqûres... Oh, quand j'étais petite! Quel cauchemar... Une fois – Maman te le racontera sans doute – ma sœur et moi nous donnant la main (j'avais entre quatre et cinq ans) nous avons fui la maison; il a fallu nous chercher dans tout le village, qui n'était pas grand; je ne sais à qui nous avions demandé asile...) [...]

Dimanche. La maison, la famille : mais le cercle est restreint, les heures douces; nulle exigence; chacun vit à son rythme; la télévision? on ne l'allume pas pendant les repas (décision unanime) – et les repas se prolongent longtemps en fausses disputes, récits volubiles et taquineries. Après quoi je peux toujours aller dans ma chambre.

[...]

Tu as raison, mon amour : M.P. ne m'entend qu'à demi, ses réponses me le prouvent. Si intérêt il y a, pour moi, dans cette correspondance, c'est celui de me définir face à ce que je refuse, et qu'il représente. Je n'y manque pas, absolue, belliqueuse à souhait. Pourquoi l'épargnerais-je? C'est un homme rude et franc, je suis avec lui rude et franche. Je parierais bien qu'on ne lui a pas souvent écrit sur ce ton querelleur. Du reste je le fais *brièvement,* je souhaite seulement lui être de quelque compagnie (dernière). Et je vais, pour qu'il soit moins question de moi, lui demander de me parler de lui. Puisqu'il veut me faire écrire des « Lettres à un vieil ami » et que je m'y refuse, je vais inverser la proposition et lui dire de se raconter. Savoir si cela lui plaira!

[...]

Mon père se levant, je cesse de t'écrire. Non de te parler. Car tu n'es pas encore éveillé – et certain goût de paresse me vient – de me glisser à côté de toi pour faire encore la nuit, le jour, l'amour.

Lundi. Midi et demi

* Soit le soleil, soit mon amour ici présent, à voix haute. Et seul présent sourd à tout importun. (Puisque tu me donnes raison. Puisque je sais que nous avons raison – je serai forte, va, et j'essaierai d'être nous-mêmes durement, avec intransigeance.)

J'eus ce matin de toi deux longues lettres où je lis que mon amour est las, exaspéré un peu, harcelé, tiraillé : et pourtant tu réserves ta respiration, tu respires profondément, tu parles également, sûr de te retrouver bientôt, sûr de durer plus que les soucis passagers : « Je voudrais longuement t'écrire et pourtant aller me coucher tôt... » Eh bien dans ce cas-là, mon tout petit, il faut toujours aller dormir (et ce n'est que nous rejoindre). Nous sommes responsables de Toi, nous ordonnons le repos. Il suffit qu'avant le sommeil tu nous accordes le temps d'un baiser. D'un baiser très long; Minourson m'est témoin que j'en ai grand faim. Je lui confie parfois le désir que j'ai de Toi. Mais en fermant mes bras sur lui je m'apaise tout doucement... Avant, je n'avais que mes mains mobiles dans le lit, mes mains trop libres et promptes à me délivrer. Avant, je t'appelais. Maintenant, contre ton absence, j'ai un recours... Tu sais, il est bon de te désirer, il est bon d'être à la renverse doucement folle, folie qui flambe profond. Je t'attends... Et Minourson me garde. As-tu pensé à cela, lorsque tu me l'as donné? Qu'il m'aiderait à contenir mon désir, qu'il m'aiderait à m'endormir le soir? (Mais non, il ne lui manque pas la parole : il me dit bonjour, bonsoir, quand nous nous éveillons ou nous couchons...)

D'hier je n'ai pas tout dit : le matin j'écoutai l'*Adagio,* puis le *Dit de la force de l'amour,* pour m'affermir. Je nous rêvai ensemble, dans quelques mois : le lit, la table, la porte par où tu rentres, les matins et les soirs. La sieste. Il faudra qu'il y ait la sieste. (Je ne vais pas rester séparée de Lui, sans le toucher, toute la journée.) Nous aurons fermé les stores, il fera frais, entre deux et quatre heures... puis, nous reviendrons dans la lumière. Tu te reposeras. Il faudra, oui, que tu te reposes AUSSI.

[...]

Sois bien sage, Toi.

– Sois sage Mimi.

– Je peux t'embrasser tout de même – mon cœur sur l'arbre, mon arbre à fruits doux, mon arbre-à-me-pendre...

Mardi. Midi et demi
[4 février 1964]

Bonjour Toi, bonjour gravement, sereinement, résolument, comme nous sommes – en chemin l'un vers l'autre, déblayant inlassablement le travail, abattant toujours de grands pans de grise épaisseur (et les livres, les cahiers, les devoirs, tout finira par tomber en poussière, en désuétude, et nous serons à nouveau neufs et nus...) Bonjour Toi. Je travaille vers Nous, encore et encore – et nous aurons raison de tout... Je suis en train de m'ordonner et d'ordonner le jour, d'inventer une allure de progression, par grands balancements, comme de longues laisses régulières, de me construire selon mon rythme original : et déjà il m'habite et me porte et me nourrit (manger, dormir, oui – mais vivre aussi de l'air du temps, le long du temps)... Jusqu'ici, j'ai dû vivre selon des rythmes imposés : soumise, à l'école, à la maison, et quand je me suis trouvée libre, ce fut un désarroi. Vivre spontanément, irrégulièrement, donne l'illusion d'une vitalité et d'une liberté exaltantes, mais c'est essoufflant, épuisant; et je veux rassembler, composer mes forces, lier et diriger mes élans – croître selon moi-même, égale et ponctuelle, dense, souveraine. Je sens bien comme de l'extérieur une telle attitude peut sembler sclérose, appauvrissement; comme elle peut étonner, irriter qui me connut apparemment libre, expansive sans mesure, et croit que je m'asservis : mais ce n'est qu'à moi-même, à la règle que je fonde, et c'est une plus grande liberté. Tu m'aimeras ainsi, je le sais, tu me préféreras ainsi, toi qui ne crois pas à ma sagesse, à ma monotonie, toi qui sais que tant de réserve cache plus de folie. Mais ouverte à toi seulement. Et puis plus tard, par l'œuvre, infiniment...

Hier, dans le *Figaro littéraire* [1], j'ai lu d'Henri Troyat un hommage à Flaubert « tué par les mots ». Lis-le, je suis sûre que tu en retiendras les mêmes phrases qui m'ont émue. « Il entre dans son roman comme un croyant fait une retraite. Sa vie personnelle s'arrête pour céder la place à la vie de ses créatures... En une semaine, deux pages! » et plus loin : « Il ne veut pas de Louise Colet chez lui. » Je comprends bien. (Il ne faut pas être marié...) Je m'étonne que tu aies pu écrire auprès de moi. Je ne crois pas que je le saurais. Il faudra que j'apprenne. Peut-être à Gordes... Ou alors il y aura le temps de l'amour et le temps d'écrire.

[...]

Jeudi
[6 février 1964]

Et depuis le réveil j'ai joie d'une lettre promise. Mais longue la matinée, jusqu'au temps de te retrouver. Il faut d'abord, Minourson, que nous nous levions sans seulement froisser ce beau silence; impondérables, secrètement libres, secrètement souverains... Orange, et le café amer (délectation!). A toi le coussin rouge, sur la plus petite table, à moi la chaise, à la table plus grande; à toi le rêve et la veille attentive (mais à quoi rêvent les oursons?), à moi les livres. Nous partageons la lampe. Un regard échangé nous affermit. Notre lit ouvert froidit, mais là-bas notre amour prolonge un sommeil préservé... Sur les six heures et demie, l'Angélus : salutation (et voici quelques jours, je ne sais ce qu'il y eut, mais comme un désordre dans les cloches, une bousculade de mots précipités – et la plus haute tue; le lendemain encore hérésie, mais tout est depuis rentré dans l'ordre). Puis, dans la maison, à droite, en face, en bas, les réveils sonnent – Temps de nous déplier, d'ouvrir la fenêtre, de respirer... Jeudi : à sept heures et demie par les rues jusqu'à l'annexe éloignée; et déjà le matin s'éclaircit. A neuf heures, au sortir du premier cours, il fait jour. Gris frais.

[...]

Longue, douce lettre, câline, caressante. Je ronronne de bonheur comme un... chat qui s'apprivoise... Isabelle. Si tu me donnes le manuscrit pour les vacances, je resterai ici, SEULE!, porte close, le temps qu'il faudra pour le lire... Et je te dirai tout, oui, de cette rencontre – que je n'appréhende pas, non! et qui est encore rencontre de Toi. Autrefois, je m'émouvais déjà de te découvrir en elle... Tu disais songer à telle cousine esseulée... mais je te reconnaissais bien. Et peut-être que déjà je souhaitais que tu me dises : – Mon Petit Prince, mon amie, donne-moi la main, et cherchons l'oiseau bleu perdu... Longtemps j'hésitai dans mes lettres entre la réserve attentive, et la tendresse tremblante; toi, tu venais aussi par rapts furtifs... Je me souviens des lettres où tu as commencé à veiller sur mon sommeil dans tes lettres de janvier, de février. Tu me donnais la main... Mais déjà en novembre : – Le monde sans Mireille!... Et plus tard :

– Est-ce que je peux embrasser	– Oui, mon amour...
cette gorge qui chante si bien?	– Monsieur, qu'est-ce à dire?

Je me souviens : j'écrivais – mon ami, signifiant – mon amour... Et toujours le même vertige, depuis. Toujours.

Huit heures et demie

A huit heures, lorsqu'étourdie un peu, je sors de la faculté, il fait doux et clair, et pour respirer je me promène un moment; j'achète des fruits : j'ai toujours dans une assiette bleue, sur l'étagère même où est notre étoile, des oranges, mandarines, citrons ou pamplemousses... Dans ma chambre m'accueille un confortable désordre de livres et feuilles accumulés tout le jour... Tout à l'heure je rangerai tout cela, mais d'abord moelleusement je me glisse dans ton ombre, dans tes gestes du soir, je prends forme de l'apaisement du soir. Ce jour finit, il fut beau puisque nous nous aimons; je l'abandonne sans regret; la nuit qui vient plus belle encore; et pourtant j'aimerai mieux encore le matin – ainsi toujours...

[...]

• *Images à Crusoé.* En 1961-62 (classe de φ), mon professeur de français proposa un exposé sur Saint-John Perse, dont j'entendais prononcer le nom pour la première fois. Je levai la main; c'est ainsi que je fis, dans les semaines qui suivirent, Sa connaissance. Je lus des fragments d'*Éloges, Vents, Anabase, Exil...* Entre tout, je choisis pour les expliquer à mes camarades, ou plutôt pour les leur présenter *Images à Crusoé.* Il avait dix-sept ans, je crois, lorsqu'il les écrivit... Je voulus être convaincante, fervente comme toujours. Mais que je voudrais que l'occasion me soit donnée de refaire ce travail! Comme – me semble-t-il – je serais plus persuasive... Et j'aime encore beaucoup *Amitié du Prince* (J'aime un tel Prince : « plus maigre qu'il ne sied au tranchant de l'esprit [1] »...)

• Hélène, tout à l'heure, me parlait du Cante jondo (ou hondo : profond). Elle m'apprit que Lorca en avait longuement traité [2]. Comment t'en parler? Pense à cette langue encore incertaine de l'amour, langue venue de loin, du plus profond justement, arrachée... Tu sais, je pense que le Cante jondo est improvisé, spontané, impulsif, sujet donc à d'infinies variantes, difficile à fixer, sauvage pour tout dire. Tu sais qu'il ne faut pas le confondre avec le flamenco beaucoup plus « gracieux », folklorique, agrémenté, orné (castagnettes, guitares...)

Le jondo est presque nu, seulement ponctué, brisé parfois ou modulé – Un chant sensuel, il me semble. Du corps entier, et non seulement de la gorge. Un chant terrible – souvent proche de la plainte, du cri : cri animal, mais désespoir humain. Tout y est dit. Une façon de se consumer. Comme un cyprès au soleil, et comme le vent qui en avive la flamme. Mais... se méfier des imitations! (Se méfier de cette « España de panderete » (tambourin) qu'on exporte.)

Amour, il est temps d'aller au lit. Minourson se languit de moi, moi de lui, nous de Toi; nous t'accueillerons lorsque tu viendras. (Courbes gigognes, tous les trois!) Que ce soit bientôt, s'il te plaît.

Vendredi

* Soleil, bonjour; bonjour tous les soleils! Il fait bleu et je te salue pour authentifier ce jour, je te salue comme je t'aime, à très haute voix – mais brièvement, puisque je veux

dès une heure de l'après-midi aller travailler à la bibliothèque. (Et c'est pour nous, bien sûr.)

Je te souhaite un bon dimanche, de bonnes vacances. Sauras-tu te reposer? Pour moi, bien sûr, je reste ici, tu sais pourquoi. Ah, je t'assure que je ne négligerai rien pour nous désasservir. Fourmi. Jusqu'à l'été. Après quoi, Cigale (et déjà je m'entends chanter! de concert avec celles du petit bois...)

Amour, le mien, garde-toi sauf.

[8 février 1964]

AINSI MON AMOUR était fatigué, harcelé, essoufflé, près d'être malade, et je ne le savais pas; ainsi tu avais besoin plus que jamais de douceur, de tendresse et je l'ignorais... Comme je t'aurais bercé contre moi, comme je t'aurais endormi et veillé longuement, protégé, mon-tout-petit-à-moi-toute-seule; mais tu vas mieux n'est-ce pas? mon « rouge-gorge » – douce gorge. Puis-je s'il vous plaît l'embrasser? Puis-je la goûter? Douce langue, rétive pour rire et soudain déliée, – et plus loin je boirai – comme j'ai soif, comme nous avons soif... Cette gorge guérit, je te l'assure, par la vertu d'un baiser... (Et si tu es malade tout entier, pareillement je saurai bien chasser le mal, à force de mes mains persuasives et mes lèvres!)

Mon amour. MON AMOUR ICI PRÉSENT. Physiquement présent. Je rêve souvent de l'amour que nous ferons, je rêve de nos jeux, de notre liberté, – toute licence, et tout est bien... Je rêve d'une et d'un qui ne sont qu'Un, Un multiple, divers, immense, et je te prends de toutes les façons; mon désir te rejoint sûrement, mon désir te rassemble et presque te consomme – mon désir est fou de toi, et toujours davantage. Je veux que tu le saches, je veux que tu le sentes, et que cette femme qui se développe en moi, qui bientôt usurpe tout mon être, naît de toi seul, « à partir de toi »...

Je ne voulais que te dire bonjour, au seuil de la semaine – mais on ne sait jamais jusqu'où va la tendresse qui change soudain, sauvage, et s'exaspère, on ne sait jamais – on sait très bien – où vont les caresses fussent-elles furtives et légères. Je me déchire sur toi comme la mer sur une roche droite, et je te recouvre, et je t'engloutis au fond du beau temps liquide et lourd. Je te rassasie, je te rassasierai, pour que la faim, ensuite, soit chaque fois plus grande... Tu veux bien?

(Dimanche mort-né)

[9 février 1964]

L'ORDINAIRE DE CE JOUR. Le gris de ce jour. L'illusion du jour si mince que la nuit à toute heure y aura transparu. Vers midi, une louable tentative pour ouvrir mes volets. Dehors acerbe. Dimanche sans rives précises, ni presque de repères. Faute de liberté, le jour le plus triste dans la semaine. Vain, faute d'assez de loisir. La ville, vue selon Baudelaire; morosité. Je m'accuse d'avoir eu faim d'abord, puis froid, d'avoir d'abord trop travaillé, puis pas assez. Et si l'ennui est un vice, la fatigue un plus grand encore.

Total zéro. Sauf si le jour de l'examen je dois parler de la constitution civile du clergé de 1790, ce que je sais parfaitement. Mais de poèmes je n'en ai pas écrit, je n'en ai pas connu, et si le désir m'en est venu, j'ai eu peur de les compromettre dans ce temps mal venu d'où le soleil était absent.

Me résoudrai-je à ce bilan de rien? Il n'est pas six heures du soir : il est encore temps d'allumer une étoile * Je rejoins en elle mon amour. Et tu dis que ce n'était pas un bien grand péché que d'être lasse, affamée de toutes délices, laborieuse. Tu le dis : je te crois, un sourire rachète la veulerie de tantôt, je veux pavoiser le soir... Et j'avoue à ton oreille qu'il y a bien de la faute de mes voisins manifestement trop heureux, manifestement amoureux qui dorment, rient et se donnent du plaisir tout au long de mon travail. Puis, comprends-tu, quelle insipide jouissance que celle d'étudier par le menu, de trier, de noter les institutions de la Révolution française! Bah! J'avance et vois le bout de mes peines. Il ne faudra après cela que songer à la dissertation.

Et puis, seulement à te voir, Toi. Cela vaut bien de creuser longuement, souterrainement, comme qui s'évade, une galerie.

Amour mien, souverain bien! Le remède contre tout mal est si sûr : t'invoquer seulement, s'en remettre à toi. J'ai simplement posé ma tête sur ton épaule. Tout est bien. Allons, je vais encore travailler, j'en ai la force, et tu veilles tout proche. Puis je réciterai toutes choses apprises à Minourson, mon grave et patient répétiteur. Bonsoir Toi...

[11 février 1964]

MA TOURTERELLE, ce jour a bien commencé, sauf qu'il n'y eut pas de lettre de toi... Minourson et moi nous avons paressé dedans le lit moelleusement jusque vers dix heures, et tout à loisir je rêvai de l'été. Bien reposés, l'âme calme et le corps frais, nous nous sommes alors levés pour faire une grande toilette, puis un rangement de la chambre. Et pour achever de nous ragaillardir, un moment le soleil parut. Nous avons déjeuné délectablement chez nous... Nous allons bien.

Cependant Mimi tout à l'heure fut triste – à peine – à cause d'une lettre méchante – à peine – et dernière, écrite à M.P. J'ai pris congé de lui [1], non sans quelque amertume. Une première fois j'avais éprouvé que je ne pouvais concilier cette correspondance et mes secrètes convictions. Je t'avais choisi... A présent la nécessité de rompre s'impose à nouveau, et je viens d'en finir : « Car vous êtes le “ monde ”, et c'est votre grand tort : vous en avez l'autorité, l'ironie, le regard froid, et ce sourire qu'on voit sur les lèvres de Voltaire, corrosif. Vous m'avez rudoyée comme un petit soldat... » Paix à son âme. J'essaie de n'avoir pas de remords. « Nous en resterons là. » Je lui ai demandé de brûler mes lettres lui-même sans attendre.

Je n'en finis pas de te choisir seul, mon amour...

Hier soir j'ai fait le compte du travail que je veux faire et du temps qui m'est accordé, compte fort satisfaisant; si je ne suis pas malade, j'aurai même... de l'avance. Quant à la dissertation, que je décide ou non de la rendre, j'y travaillerai... Mais cette fin de semaine, je vais essayer de me reposer car je... vacille.

Mercredi

Et tout est bien. Le repos d'hier matin m'a permis de reprendre souffle. Aujourd'hui, je retrouve ma vigueur à point pour saluer le soleil. Un soleil qui me parle de campagne. Et voilà que je me retiens de te dire : – Mon amour, voyons-nous ce vendredi ou ce samedi; j'ai faim, grand faim de toi... Je promets de faire tout de même pour mardi soir la dissertation, je promets d'être sage... Mais que penserais-tu de cette inconstance dans ma volonté?... Et puis t'ai-je assez mérité, t'ai-je assez attendu? Il me semble que je ne suis pas aux limites de mes forces, de mon désir... Non, je veux essayer de t'attendre encore... Je n'ai pas assez travaillé pour nous. Mais toi, comment m'attends-tu, comment vas-tu? As-tu besoin de nous?

[...]

Isabelle. Hier soir je l'écoutai longuement, pieusement, non seulement parler du désir (Ah, comme je l'entends mieux à présent... comme je l'entends bien, comme elle me délivre, comme elle parle juste...) mais de la fin de la nuit, des cloches, du déjeuner, du bonheur de dormir ensemble.

Le *Carnaval* de Schumann.

« ... Jette-moi, jetons-nous au cœur de cette fête (...) que le *Carnaval* de Schumann évoque intensément, ... »

Ce que j'avais voulu te dire [1], c'est qu'il y a quelque chose d'insolite entre la prière d'Isabelle, prière de chair aveugle, opprimée, qui s'exprime par référence à des éléments naturels (vague, mer, sables, racine, fleuve, rives, terre labourée, glaise) et l'évocation d'un plaisir donné par une œuvre d'art – quelque chose d'insolite dans la juxtaposition de la supplique haletante (« Jette-moi, jetons-nous ») et de la détente méditée, l'allusion explicite (« qu'évoque intensément le *Carnaval...* ») Je m'exprime très mal, mais comprends-tu ce que je veux dire? Je sais très bien qu'une musique, une image peuvent être liées à un ordre de sensations (je pense à l'*Adagio*), de sentiments, d'émotions... mais si allusion il y a, souvenir, il faut qu'Isabelle l'exprime abruptement, avec autant d'incohérence que son désir – « que... évoque intensément », cela est trop bien dit, trop longuement, le rythme languit. Et de même je crois que « que l'on croit percevoir » est trop long... Cette phrase est d'une Isabelle intelligente, sensible, cultivée – trop –, trop civilisée. Le désir est en son langage plus incohérent, s'exprime avec plus de difficultés. Je crois. Il faut qu'il y ait analyse, oui, mais sans les mots qui indiquent qu'il s'agit d'une analyse. Il me semble que tu dois essayer de conserver l'allusion à la musique de Schumann mais plus brutale (et partant plus *nécessaire*), s'intégrant mieux dans le cri, le cri unique... – « telle un... » Quelque chose d'aussi bref.

Je parle maladroitement. Pardonne-moi. Et décide selon ton sentiment du sort de la phrase. Ce que tu choisiras sera bien.

D'ici, en écoutant très attentivement j'entends les orgues de la cathédrale... L'organiste travaille souvent à cette heure-ci. Comme il fait bleu, quelle douceur! Josette a raison de dire que le printemps vient...

Et l'été tout au bout, et le vertige déjà.

Jeudi
[13 février 1964]

RIEN QU'UN JEUDI apparemment très ordinaire, uniforme sous un ciel gris. Les heures s'ennuient; et Mimi nonchalante ne parvient pas à maîtriser rigoureusement ses gestes, ses paroles, ses pensées... Travaillerons-nous, ou rêverons-nous? Faute de soleil, tout demeure imprécis... Allons, il faut durement se contraindre, vigoureusement émerger, dominer à nouveau le jour et le conduire comme une seule laisse jusqu'à son extinction, harmonieusement. Et le décider seulement, déjà m'affermit.

Il y eut tout à l'heure une lettre de toi délectable, il y eut tes paroles qui toujours te ressemblent, tapisserie vivante à l'envers des heures, vivante et souple comme capillaires de sang, comme coraux à fleur de mer... Mon amour brode sur le jour, mon amour enrichit le jour... et dans ma main une feuille qui est comme la charte sur laquelle tout se fonde. L'effort d'abord, mon effort : je travaillerai... Et voilà que des larmes d'impatience et de résolution me viennent, tant je désire œuvrer pour nous, pour établir et préserver nos droits, pour assurer demain. ... Tu parles de juillet : j'y pense presque constamment et aussi à l'année prochaine. Ah, comme soigneusement je m'en vais choisir « notre » chambre, si tu dois y venir. Celle qu'habite Hélène, cette année, me plaît; je sais bien comment je l'aurais arrangée... Je chercherai en juin, en... attendant les résultats. Tu sais, je crois que je serai reçue. Et si je ne le croyais pas, comment pourrais-je travailler?

Je suis sage. Minourson me donne imperturbablement l'exemple. Je dors bien auprès de lui. Il faudra le prendre en vacances avec nous, il l'aura bien mérité...

Vendredi. Midi 1/4

Je sors tout juste du restaurant, comme chaque jour à cette heure... On y voit « de tout » : des petites filles sages, à nattes, d'autres fardées comme des poupées, d'autres rustaudes, d'autres élégantes, les silencieuses et les bavardes, les calmes, les grossières... Et j'ai remarqué que le plus souvent le jargon, les sottises, la vulgarité étaient le fait de « matheuses » – de « scientifiques » (je ne veux pas généraliser). Mais tout autant que ces vulgaires, te déplairaient les frivoles – légion! – les impudiques, les noceuses, bambocheuses qui fièrement arborent à midi les cernes des veilles fort peu studieuses, font des messes basses puis rient aux éclats... De tout. Mais je connais fort peu tout ce monde-là et on me laisse seule... De garçons, je n'en approche pas; ils sont absents d'ici-bas, à mille et mille lieues de moi. A quoi servent-ils? Le sais-tu, toi? Espèce asexuée. Pas la moindre attraction. Ce n'est pas comme un certain Minou qui bien qu'à distance considérable aimante Mimi et la fait battre, osciller comme une aiguille folle sur sa tige.

[...]

Une lettre de rien du tout, mon amour; de rien du tout vraiment mais dimanche, longuement, je saurai mieux te dire... ce que je résume ici en un petit soleil :

* précis et rayonnant
comme un baiser très
fort.

[En marge :]
Je sais bien qu'aujourd'hui c'est la Saint-Valentin mais nous ne sommes pas des amoureux pour rire et nous avons pour fête chaque jour chaque nuit chaque parole chaque étoile *

[15 février 1964]

[...]

LE PETIT HOMME aux dahlias [1] et moi, nous n'en finissons pas, confrontés, de nous contempler et de nous promettre silencieusement éternelle alliance. J'ai donc moi aussi un Petit Prince, tellement sage, irréprochable, je crois, tout droit planté solidement, résolument, – définitivement déjà... Irréprochable, oui : les chaussettes bien tirées, les cheveux lisses, la cravate nouée, le geste contenu, mesuré. Faut-il y voir un effet de la contrainte ou de sa sagesse naturelle? Les deux, je crois : on l'a planté là devant le décor fleuri, et il n'a garde d'en bouger, mais comme il regarde loin, comme il se délivre dans l'évasement du regard!

Peut-être, réprimée, une sourde irritation provoquée par la pose... Mais je suis sûre de sa sagesse foncière, de son application; il prend la chose au sérieux, il prend toute chose au sérieux. Quelle ferveur inquiète : est-ce à moi que tu veux offrir ces fleurs? A ta maman? Et te voilà tout interdit, presque n'osant... Décidé et timide, tes lèvres contenant un vœu... Tes lèvres, tes lèvres déjà mon amour, tes yeux, mon amour, qui nous voient venir, qui veulent voir venir l'oiseau bleu; comme je t'aime déjà! Je ne te ressemble pas, moins sage et plus rieuse, expansive, étourdie, mais... je te rencontre, tu m'étonnes et patiemment m'attaches...

[...]

Lundi
[17 février 1964]

[...]

QUANT À MONSIEUR P., j'ai reçu hier de lui une lettre qui m'a touchée, navrée. Je l'ai accusé d'être « le monde », je l'ai repoussé, et je l'en devine malheureux, puisque parlant enfin de lui, il confie : « Je ne suis pas un cœur sec, je suis un vieil homme rude parce que j'ai eu une vie dure et sans tendresse. Vous en avez besoin? D'autres aussi peut-être... » et plus loin : « J'ai donc toujours été un isolé, sans une présence affectueuse. Il faudrait comprendre un peu cela. Vous avez besoin d'être aimée? D'autres aussi peut-être... » – Et, à la fin, ceci que j'ai bien mérité d'entendre : « Et puis je fais cette réflexion amère que les jeunes femmes qui ont un amour * ne peuvent plus rien supporter des autres hommes; pour un peu elles ne leur pardonneraient pas d'exister; ce sont donc eux qui ont tort, je le savais déjà. » Pour cette phrase-là, qu'on dirait d'un vieil amoureux déçu, écarté, blessé, je lui ai tout pardonné, et je lui ai répondu. Je ne sais pas abandonner quelqu'un... Tu ne m'aimerais pas méchante, dis?

---

* De nous, je n'ai rien dit. Seulement que je vivais un grand amour secret, seulement que j'étais heureuse.

Dimanche. Midi et demi
[23 février 1964]

[...] J'ALLAIS SI BIEN, vendredi soir, que je ne dormis pas dans le train, que je lus sans fatigue, ou rêvai sans regret jusqu'à l'arrivée. Hier, sans céder au désir de prolonger la récréation, il a fallu travailler de plus belle. Mais j'y prends du plaisir et je le fais avec élan. Baudelaire : découverte. J'avais lu trop vite *les Fleurs du Mal,* je n'avais fait attention à rien... Bouleversée. Mon regard se déchire, je reconnais Quelqu'un. L'œuvre est à considérer dans son ensemble, essentiellement, dans un vaste embrassement; alors seulement chaque poème prend son juste poids, alors seulement on peut le détacher, l'isoler, et plus précisément le comprendre. J'ai emprunté à la B.U. l'édition critique de J. Crépet et G. Blin, précieuse. Mais aussi la *Correspondance* et les *Journaux intimes,* dans la même édition. Une chose atroce et qui me mit au bord des larmes : le *Carnet* [1]! Des pages et des pages de comptes sordides dans leur nudité, leur brutalité, des prévisions de travail, le rapport des heures de travail – la Nécessité! Dettes, soucis qui le harcèlent :

– « à faire 12 pages Delacroix, 60 Poe, 180 Poëmes, 20 Dandies... à recevoir, à payer... Je veux 6 000 fr., soit 3 000 fleurs et 3 000 poèmes à 6 fr... Combien pourra-t-on tirer de Poe illustré? Sujets de drame... Être le plus grand des hommes. Se dire cela à chaque instant »

Et ces lettres! j'avais honte un peu de les lire, comme d'une indélicatesse. Quelle pitié...

Je relirai Stendhal et je... lirai Balzac. (Une honte toute pure : je ne connais ni *Le Cousin Pons,* ni *La Cousine Bette* –

bien peu *Les Illusions perdues.* Et je ne me souviens pas assez du *Lys dans la Vallée* ni du *Père Goriot...*) N'est-ce pas que nous sommes studieux?

[...]

On m'a demandé si j'allais au « bal des Lettres »!!! Mes voisines en sont revenues ce matin à cinq heures, juste comme je me levais. Grand bien leur fasse! (Hélène, lorsque nous étions en classe de philosophie, se couchait ainsi tous les dimanches au petit matin. Un abêtissement progressif... Mimi, la seule fois où elle parut à un bal, s'en enfuit une heure après tout à fait désespérée, écœurée – accablée par la révélation de l'absurde et de l'ennui de tels divertissements – et ce pour toujours.) J'ai de plus purs plaisirs, bien d'autres ambitions...

Mon amour, ces gens ne savent pas vivre, ne savent le prix de rien ni d'eux-mêmes. Je fus autrefois la plus fraternelle, mais à présent le dégoût, – une sorte de crainte de la promiscuité, – me fait désirer d'être seule. Je ne sais pas m'amuser, me « divertir ». Seulement jouer, jouer avec toi, de tout mon cœur, sérieusement. Il est dimanche, et c'est un jour très doux et âpre à la fois, de par le loisir latent et la nécessité de travailler... Je vais tout à l'heure écouter encore Baudelaire. Auparavant, j'écrirai à Maman, puis à Monsieur P. dont j'ai reçu une lettre douce et navrante à la fois. Cet homme si froid et maître de lui, ironique et léger, le voilà qui s'effondre comme s'il avait eu vraiment peur de me perdre la semaine dernière, comme s'il avait souffert de mon mépris, le voilà qui presque balbutie, le voilà qui s'attache, qui s'accroche à moi comme à la vie, la dernière source de tendresse, la seule chance... J'en suis émue et désolée. Heureuse d'avoir crevé cette carapace d'indifférence; triste parce qu'il va mourir plus déchiré. « Ma petite fille, ma chère petite fille... » et à la fin cet homme rude « m'embrasse affectueusement si je le lui permets, encore qu'il ne sache guère le faire ».

... S'il avait ton âge, je cesserais de lui écrire; mais il est très vieux et seul, il va mourir; tu peux bien, sans jalousie, lui permettre de m'aimer. Je parle de jalousie parce que je crois qu'on n'aime pas différemment à vingt, à quarante ou à quatre-vingt-dix ans, parce qu'il y a dans la tendresse inattendue de ce vieillard quelque chose de désespéré, c'est-à-dire quelque chose de passionné. Je ne dis pas : « Je n'y suis pour rien, ce n'est pas ma faute. » Je dis que je l'ai provoqué par ma dernière lettre toute d'apaisement, et que je crois devoir continuer à le faire, précautionneusement, charitablement, que je dois exalter une vie précaire, la soutenir de toutes mes forces jeunes, lui faire oublier s'il se peut l'échéance trop prochaine. Non? Si, et tu es de mon avis parce que nous sommes assez riches pour répandre un peu de notre joie.

[...]

Mardi
[25 février 1964]

MITAN DU JOUR et le jour comme un lit tombeau, comme un étang triste où l'on traîne, où la nuit déjà pleut, où l'ombre liquide à la boue se mêle, où chaque pas s'englue happé; menace d'enlisement, d'étouffement, d'effacement. Mitan du jour et le jour comme un lit souillé, comme une couche de malade où languit un printemps malingre d'oiseaux furtifs et tristes... J'invoque un fraternel Crusoé [1]... Et cependant je suis sans fièvre et sans tristesse – sûre, patiente, heureuse, – et la ville toute et la pluie ne sont qu'une vitre mince à briser, une illusoire prison que déborde ma réalité lumineuse. Qui me désespérerait? Je procède du Soleil. Qui m'atteindrait? si tes mains et ton vœu me préservent. Qui m'ennuierait? si notre avenir me captive... Je fais ce rêve d'une chambre profonde et calme, aux bois sombres, polis, aux murs nus et blancs, aux murs sourds épais, où je puisse nous recueillir quand le jour comme aujourd'hui oublie de se lever, d'une opulente obscurité fleurant la pomme et la cire; une chambre naïve, sans mystère, incorruptible, parfumée, chaleureuse aux carreaux rouges, nette aux rideaux empesés, moelleuse et fraîche au lit vaste, secrète où nul que toi ne pénètre, où je puisse nous éveiller, nous endormir, nous aimer... (Une chambre entre parenthèses.)

Il est sept heures et demie du soir. Sais-tu où je me trouve? En bibliothèque de français. Encore un lieu privilégié que je découvre aujourd'hui seulement... Je préfère travailler hors de chez moi; ma chambre trop étroite m'oppresse. Baudelaire : je suis contente-contente; qui je découvre! L'exposé pour jeudi est à peu près achevé; il faut seulement le rédiger, le dire, l'apprendre; j'ai trouvé bien plus que je n'espérais; matière à profusion (profuse!). C'est un texte vigoureux et lourd, opulent, et je n'aurai jamais tout dit... Par contre, hier matin, en cours de français, quelle déception, quelle colère rentrée! Un exposé minable! Massacrer à ce point les textes que l'on lit, en sorte qu'ils sont méconnaissables, traiter un sujet (qu'on a choisi) de façon aussi superficielle et extérieure, et ce, laborieusement pendant une heure! Et le professeur, indifférent, qui n'intervient pas, qui laisse dire! C'était la poésie au XVIIe s. et nous n'avons eu presque que du Boileau! Si j'étais professeur, je crois qu'en de pareilles occasions, je deviendrais enragée, et je mettrais l'individu à la porte. Il n'est pas permis d'être aussi borné(e)!... Allons, allons Mimi, du calme et de l'humilité... Et puis s'il te plaît, laisse ces choses de rien, et parle-nous de Nous. Tu veux bien? – Je veux bien, je veux toujours... Ce sera pour te taquiner d'abord : ainsi tu rêves la nuit d'une autre que moi! Et comment était-elle faite, s'il vous plaît? Ce rêve est bien pour m'inquiéter ... Dis-moi, y eut-il jamais lutte – tout au début? Puisque tu savais, depuis longtemps, où nous allions, as-tu dû résister, l'as-tu voulu parfois? Dis-moi encore, ce démon de midi, le connais-tu? S'est-il manifesté en toi? Est-ce lui qui te fit me chercher, me rencontrer? Est-il à présent satisfait? Mimi-le-démon-de-Midi-le-démon-de-Minou... Bah, je ne suis pas malfaisante; un ange déchu seulement, taquin à peine, et tendre tellement... Soyons sérieux, ... puisque tout à l'heure nous allons dormir, puisqu'il faut en finir gravement avec le jour, puisqu'il faut dire notre prière du soir. Ma prière a la forme d'un baiser, la longueur d'une caresse; ma prière, je la dis si bas, que pour l'entendre tu la recueilles sur ma bouche... Sois en paix, mon amour; sois en paix mon beau et vigoureux navire qui conduit la mer au port... La mer ce soir est calme, sereine comme la lune. Il fait très doux, le sommeil vient; je regagne ma sûre enfance où tu viendras bientôt te reposer. Bonne Nuit. Bonne Nuit Le Petit.

Mercredi

* Et l'écriture droite [1] signifie plus de mesure et de réserve, de prudence, de sagesse. L'écriture droite s'organise dans le calme, le silence, plus harmonieuse architecture, bien assurée et résolue. C'est que je ne veux renverser aucun obstacle : il ne pleut plus, la ville ne me pèse pas, la tâche habituelle est faite sans effort. Hier croissance, aujourd'hui royauté.

Mais je peux, si tu le permets, je peux en un rien de temps me départir de tant de sagesse et courir vers toi mon amour, courir à ta rencontre, te rejoindre, t'affronter, avec des bras de vent sauvage,

te renverser ... t'emprisonner
te bercer te caresser
t'embrasser

T'
A
I
M
E
R
*

Vendredi. Midi et demi
[28 février 1964]

ET MOI AUSSI je t'aurai peu écrit cette semaine. Hier, je m'en suis abstenue parce que j'ai mis tout mon temps à « fignoler » l'exposé de la soirée... En vain d'ailleurs... Lorsqu'on explique un poème, il faut absolument discuter et non réciter ou lire; improviser, se battre; je n'ai pu une seule fois consulter mes « papiers » et... j'ai oublié certains détails. Le professeur était content, moi pas très... Hier soir, je ne suis sortie de la faculté qu'à huit heures, trop lasse pour t'écrire et j'ai passé la soirée (brève) en menus travaux de rangement, de classement... Mais nous allons bien, d'autant plus qu'il fait un jour de printemps tiède, sucré, ventilé, fluide... Hier, premières giboulées!

« L'été vient [1]. » Bien sûr. Mais avant, il y a la tâche à mener à bien, et de la même façon qu'il y a un mois j'avais pris des résolutions me concernant, je viens d'en prendre pour toi!!! Oui... je vais faire acte d'autorité. Je sais que rien n'est plus décourageant, déprimant, que de devoir toujours dire à l'Autre : – Pardonne-moi, je t'écris mal, je n'ai pas le temps de le faire plus longuement... On en éprouve une sourde irritation, un malaise, si bien qu'on ne sait plus même utiliser le peu de loisir dont on dispose pour écrire l'essentiel. Si je suis pressée, contrainte, pour ma part, je me raidis et ne sais plus m'abandonner, m'élancer vers toi, je n'ose m'y aventurer. Et la crispation se prolonge en ... courbature. Non? Alors, parce que tu as besoin de calme, besoin d'autant de loisir et de liberté que ce que chaque jour peut en donner, durant ce mois de mars tu vas vivre à peu près silencieusement notre amour. Tu veux bien? Je t'en prie. Je suis responsable de toi, responsable d'Isabelle aussi, il faut faire ainsi que je te le dis : tu ne m'écriras que deux fois par semaine, et sur des cartes – ces cartes blanches que tu emploies parfois (et encore faudra-t-il laisser l'espace où mettre une étoile, un oiseau, une fleur, un sourire...)

A quoi nous servirait cette liberté que nous voulons préserver si nous ne savions, lorsque cela devient nécessaire, défaire nos douces habitudes, nous délier – faire semblant de nous éloigner – pour que le jour suffise à la tâche prévue?

J'explique mal, mais tu comprends... A quoi bon tant de confiance si nous ne pouvons l'éprouver, et s'il faut l'assurer chaque jour ou presque?... Je veux que tu m'écrives en passant, furtivement, comme en cachette de toi-même, que tu me fasses de loin en loin un signe de connivence, un signe de promesse... Et que le temps que tu aurais employé à m'écrire, à me dire que tu ne pouvais m'écrire, tu le passes à dormir, à écouter de la musique, à te promener du côté de la maison aux giroflées, à relire mes lettres, à rêver... (Car je réserve mon droit de t'écrire... c'est nécessaire à ma santé!) Comprends-tu? Je veux que tu me quittes pour Isabelle, le temps de lui donner vie. Je veux que tu vives moelleusement, indolemment dans notre amour et non qu'il te soit le soir venu, un souci supplémentaire, une fatigue. M'écrire chaque jour... c'est comme faire chaque jour l'amour : dans l'état de nervosité où tu es, cela devient une servitude, et cela mène à l'épuisement. Or, je te veux libre et fort... En mai, ce sera ton tour de me choyer, de me conforter, de m'encourager, et je me ferai lourde et passive et je ferai semblant d'être sourde, te répondant à peine. Donne-moi l'exemple... Je t'en prie. [...]

[29 février 1964]

Il bruine, on pourrait être triste...
Mais l'amour est au fond du jour,
dans la paresse de ce jour, brume
blottie, brume dorée, où de brefs
instants je repose ma tête qu'ennuient
les leçons...

Samedi, et demain dimanche. Tout
à l'heure la maison tiède, la maison
laborieuse. Tout à l'heure Manou
m'accueille...

Il faut que je parte, laissant ici tous
gages précieux, dans la malle aux trésors;
je pars, je reviens,
mais immobile, au milieu
du soleil, du soleil tempéré de l'attente,
je te quitte, je te retrouve,
je suis toujours auprès de toi.

Moelleuse, profonde, pour ton repos;
et pour l'oubli, pour l'éternité présente
et promise,
grave naturellement, mais naturellement
légère et toute malice – Je ne t'embrasse
pas, ou bien sur le bout du nez.

Mon amour.

[1er mars 1964]

*** TROIS ÉTOILES anciennes maladroitement ébauchées, que je retrouve, sur la dernière feuille blanche, dans mon tiroir, trois étoiles hier reniées, mais qui valent que tu les recueilles, puisqu'inventées pour toi... Dimanche, moelleusement au dedans, vif au dehors mais bleu. Je t'ai langui! La matinée s'est passée en travail (histoire de l'Ancien Régime) et conversations (– Que veux-tu pour ton anniversaire? a dit Maman. Où habiteras-tu l'an prochain?...) Plaisanteries rituelles, Papa se levant à onze heures, et la petite sœur à onze heures et demie... J'ai lu aussi de bien curieuses pages – *La Tentation de saint Antoine,* de Flaubert – qui gagneraient à être condensées... Je pensais que jamais jamais je n'aurais envie d'écrire des choses telles... Seulement ton grand Livre, en soprano (et cela ferait ainsi, à deux voix, un *Cantique des Cantiques...*) Déjeuner – un savoureux clafoutis de Manou... Puis j'ai repris mon livre, mais qu'était-ce donc qui me tourmentait, qu'était-ce donc qui me manquait?... Bref « coup au cœur » : je me suis souvenue de Toi à qui depuis peut-être une heure je n'avais pensé en conscience. Lorsqu'il m'arrive ainsi de te perdre à peine un instant, lorsque je crois t'avoir si peu que ce soit quitté, quelle violence dans mon retour, quel soudain flux de fièvre – mon amour! quelle panique et quelle véhémence! Je suis venue dans le bureau de ma mère (qu'occupe en fait M. le Conseiller Pédagogique) pour ne pas entendre les disques qu'écoute Marie-France, et pour te parler à voix libre, haute, pour te dire que soudain tu m'as manqué et que, ce milieu du jour, je te cherche, j'essaie de t'imaginer, je creuse mon silence, retiens mon souffle pour t'entendre vivre... J'ai de la peine d'avoir été distraite, inattentive, comme si le temps si court de cette éclipse tu avais effectivement ressenti mon abandon, et comme si faute de ma vigilance, le malheur soudain avait pu t'atteindre... L'Ange a besoin qu'on l'aide à Nous veiller, l'Ange a besoin qu'on l'encourage et qu'on le prie...

Amour, tu as donc reçu hier ma lettre sévère; j'espère que tu la prendras au sérieux. Crains-tu que je ne sache t'attendre, crains-tu que je ne sache entendre ton silence? J'aurai peut-être mal un peu, sans doute beaucoup d'impatience, mais cela sera ma façon d'aider à la venue d'Isabelle – il faut bien que je souffre un peu pour cette fille chérie – et que ne puis-je t'épargner toute la peine! Il fait beau, je veux que tu saches le goût de ce printemps, que chaque instant de loisir soit habité du soleil et des premiers oiseaux; je veux que tu goûtes pour moi ce printemps, car je n'en aurai pas le temps; il ne faut pas m'écrire si ce n'est un mot, un mot d'amour. Une naissance est entourée de précautions... Bientôt tu ne seras plus à moi seule, bientôt tu seras au monde, et par un déchirement; je ne veux pas que tu aies mal; il faut, il faut absolument que tu te détendes, que tu reprennes ta respiration, égale et profonde – que tu « te laisses vivre ». Veux-tu? J'aimerais que tu vives autant que possible ce mois comme j'ai vécu quelques après-midi de septembre dans une chaleureuse somnolence; non pas dans l'oubli de moi – mais dans la paresse de la certitude : une fille est au monde, qu'il fera bon retrouver lorsque nous irons mieux, mon âme, mais à présent dormons, dormons et que notre seul effort soit pour cette autre, en peine, qu'il faut accomplir et conduire au jour... Et de quoi as-tu peur, puisque je suis là?

Dimanche soir. Neuf heures vingt

Je suis rentrée raisonnablement par le train de 20 h 30 et je viens m'attarder, avant le sommeil, auprès de Toi. Inquiète. Ah, comment ne le serais-je pas? Il faudrait, pour ce, que j'ignore ce qui se prépare, ce qui s'achève, ce qui commence – et je sens trop bien ce que sont, ce que vont être pour toi ces dernières semaines – l'angoisse latente et qui ne finira pas de sitôt. Mon amour, je veux pourtant être auprès de toi la plus sereine des petites filles, et ta femme, la plus calme, la plus profonde. Tu auras besoin d'eau fraîche, de sable nu, d'oubli, de mains vastes et berceuses. Je te préserverai. Je t'enlèverai. Je te cacherai. Je te reposerai * Bonne nuit, amour.

Lundi

La semaine s'ouvre splendidement, comme un avant-printemps que proclame le soleil. Qu'importe le vent froid, qui ne fait que rendre plus savoureuse la promesse lisible dans le ciel...

[...]

Cette lettre est brève, mais il y faudrait ajouter celle que j'écrivis hier à M. P., car elle te concerne; ce vieil homme, par une avidité douloureuse, veut connaître de moi surtout ma réalité de jeune femme. J'ai voulu une bonne fois le prévenir des limites que je fixais à mes confidences; la charité ne saurait en aucun cas justifier ce que j'éprouverais pour moi comme une infidélité morale. – « Il est des choses, lui ai-je écrit, que je ne puis vous dire, pas plus que je ne pourrais disposer de mon corps en ce qui n'est qu'à Lui; et il est une infinité de choses que je vous dirai parce qu'au delà de vous, c'est à lui qu'en les disant je rends grâces, comme au delà de tout visage que j'embrasse... etc... » Je lui avais demandé de brûler mes lettres [1]. Je vois bien qu'il ne s'y résoudra pas et qu'il parle derechef de me les rendre pour que j'en puisse prendre « ce qui devra être publié ». Bien sûr ces lettres te seront restituées, comme ton bien... légitime. J'ai dit encore : – « Tout ce que j'aime est contenu dans mon amour plus vaste, et je n'agrée que ce qu'il permet » pour qu'il se sache « toléré » – et qu'il éprouve mon amitié comme un don de ta générosité; pour qu'il connaisse l'étendue et les limites de son privilège.

Et certes, ce n'est pas peu que d'être ainsi « reconnu »... N'est-ce pas?

[3 mars 1964]

– QUE DIRONS-NOUS ce soir?...

Nous avons aimé vivre à cause du soleil, du sourire unanime et du souffle plus ample, d'une saveur diffuse de printemps, d'un livre lu longuement, du jet d'eau délivré dans le jardin où l'homme en blouse bleue qui me connaît et me salue plante les premières pensées; nous avons aimé l'orange et la pomme, l'heure du goûter et la fin du jour légère et limpide; nous avons aimé Son silence, l'alliance, le vœu respecté – ce désir précis, contenu..., la vigueur de nos membres, la tentation de la paresse, l'allusion à l'été; nous aimons cette heure où le silence autour exalte une harmonie intime et nous aimerons ensemble dormir.

N'est-ce pas qu'il en fut, qu'il en est ainsi?

Heureuse de ta sagesse et soutenue par ton exemple, j'ai facilement travaillé, proche, très proche de toi, rêvant à peine parfois, à cause d'un imminent anniversaire. Je me souviens. J'avais très peur. Je n'avais rien imaginé. Je m'étais demandé si tu m'embrasserais... Je t'attendais, assise sur le banc près du (faux) kiosque à journaux, toute raide, n'osant bouger, n'osant même lever la tête, tremblant à chaque pas s'approchant, d'une angoisse croissante... Et tu ne venais pas. Griffe secrète, plus acérée. Et cette panique lorsqu'ayant compris mon erreur, je te crus reparti... Il faisait insolemment beau et je contenais mes larmes. Qu'est-ce que je faisais donc là? Mais après... Mais depuis... Anniversaire, le premier, comme nous sommes grands déjà, comme nous sommes haut...

Mercredi

La mer que tu suggères recouvre et noie la ville et toutes rumeurs à midi; un oiseau que tu profiles règne sur ici-bas et je me perds au bleu vacant. Comme je voudrais demeurer ainsi, prise moi-même, comme l'aile ou l'été, au réseau de tes signes. J'ai soif de ce loisir... Ta lettre est belle, infinie; je m'y repose et ton silence, après tes paroles, me berce, m'apaise... Comme tu sembles calme mon amour...

[...]

Ne « t'efforce » pas de m'écrire plus souvent ni davantage. J'aime ton loisir et j'aime ton « travail » préservé. Je t'entends clairement, tu parles haut; les mots nous sont précieux, mais non nécessaires, nous avons des recours plus secrets pour nous rejoindre. La moindre étoile y suffit... Amour Mien. Quel royaume et quel silence habité d'astres, de rires en rayons, de longs passages de comètes rêveuses... Non plus des paroles, mais un hymne limpide. Toutes choses sont ainsi qu'il le faut, et Nous harmonieux.

[5 mars 1964]

RAISONNABLE, j'avais résolu de ne pas t'écrire aujourd'hui, puisqu'il y a pour samedi ce devoir à préparer et puisque de tout l'après-midi, que je dois passer avec Marie-France et Maman, je n'y pourrai travailler. Puisqu'il y a, à peine un peu plus tard, ce concours à la pensée duquel, malencontreusement, je commence à prendre peur – Calme, calme... Mais si j'allais, justement cette fois, ne plus rien savoir...

Raisonnable, mais je pense : – Et s'il allait croire qu'un jour tel tu l'oublies?

Je ne veux rien écrire qui ressemble à un poème, parce qu'il serait forcément médiocre, essoufflé comme nous le sommes tous deux un peu, à force d'abattre tous obstacles – quelle parole assez pure pour dire ce souvenir?

Mais je m'étonne : – Un an, déjà?! Nous avons donc un très long passé, et qui pourtant n'en finit pas avec l'aurore. Quand sera-t-il grand jour? Quand sera-t-il midi? Jamais, demain toujours; la lumière progresse et la nuit même est encore plus claire. Vers quel éblouissement plus douloureux et plus complet ouvrons-nous nos regards?... En mourir, oui, mais jamais, demain toujours...

*

[6 mars 1964]

AUJOURD'HUI*, recevant au matin l'hommage léger d'une neige printanière comme présage d'aubépines – sourire de l'Ange visible... Le vent m'appelle au seuil d'un jour plus limpide, d'un espace plus vaste et c'est encore au seuil de Nous. Tout est premier, si bien que j'ai, comme autrefois au jour de l'an, promis très sérieusement de devenir... parfaite. Vœu d'Yphi.

D'où vient que les enfants turbulents, bonhomme et clown [1], déconcertés se taisent? Un tout petit Prince sage et silencieux règne sur de profonds élans harmonieux; tu l'entends qui honore toutes choses selon leur mérite, et puis se retournant vers Toi qui les lui donnes, te rends grâces.

Mon amour

et par ces deux mots, que je m'applique à formuler irréprochablement, j'entre dans le monde et j'annonce ma souveraineté. Il est vrai que lorsque je parle de Toi, c'est avec hauteur et non sur le ton des confidences; sans complaisance : pour que l'on te sache hors d'atteinte, incomparable – pour te faire invulnérable. J'aime témoigner de mon amour et j'aime qu'il étonne – mais si je l'explique, je n'admets pas qu'on le discute et cela je le défends par le ton de mes paroles. Je révèle une merveille mais je la dérobe au delà d'un cristal – jalouse...

Jalouse avec raisons : je n'aurai pas d'orgueil pour moi, mais il m'en vient, plus je te considère... Mon amour, l'autre soir, a mené à bonne fin la tâche! Et j'en suis délivrée. Si tu savais... Te voilà libre et soudain exultant, jubilant, vivace, m'enserrant de paroles en vrilles et volutes, m'entraînant, m'enlevant... Je suis heureuse : tu es vivant! Et je le suis aussi, puisque tu m'animes. Ma lettre est brève, à dessein : je me tais pour t'écouter, pour entendre encore ta voix désenchaînée, persuasive, dont je suis le cours, m'abandonnant, jusqu'à la mer immense où tu m'emportes.

Dimanche
[8 mars 1964]

UN PETIT MIMI paresseux, que c'est à n'y pas croire! Du joli, Bonhomme! Mis au lit dès neuf heures hier soir, tu devrais depuis longtemps être debout. Il commence à faire jour, les moineaux dans le poirier font du tapage, les forains du marché aux Puces s'installent, et croyez-vous qu'on se remue seulement? Non, non : on se retourne dans le lit, on grogne d'aise, on embrasse Minourson et l'on se rendort sans vergogne...

[...]

Où en sommes-nous? Nous en sommes à notre anniversaire; j'ai le souvenir confus d'une Mimi grave, roide, tout émue, solennelle. C'est très bien, mais je ne t'ai rien dit de la réalité de ces derniers jours, qui pourtant importe. Jeudi donc, j'ai passé l'après-midi avec Marie-France et Maman. [...] Frivolités et gourmandise. Mais nous avons aussi parlé de choses très sérieuses. La chambre d'Hélène ne sera plus à louer l'an prochain, mais c'est sans importance car j'ai trouvé mieux : une de mes camarades laisse à la fin du mois de mai un « F1 » dans un immeuble neuf, à cent mètres de la faculté. C'est, au premier étage [1], dans une rue très calme, un petit appartement complet. S'il n'y a pas de difficultés imprévues, ce sera là « chez nous », très confortablement.

[...]

Cela fait un assez long temps que je te parle et je n'ai rien dit encore de l'essentiel, rien d'Isabelle. C'est que me voilà moi aussi délivrée de cette si lourde fille, lourde d'amertume, de larmes, de nuit, c'est que je la perds, et respire plus au large moi aussi : mais je sais qu'elle va m'être rendue bientôt, qu'elle va m'être présentée, enfin, que je vais la connaître, et j'en suis sûre, l'aimer. Je te dirai Tout! Comme si ce n'était pas Toi. Ce que j'aime, ce que je n'aime pas; je te dirai ta place entre les Grands, et les plus proches de toi et en quoi tu diffères d'eux...

Je ne sais qui disait : – « La vraie maîtresse de Flaubert, c'est Emma Bovary, parce qu'elle est sa création. » Je ne suis pas jalouse : tout autant qu'Isabelle je suis ta créature, et il ne me déplaît pas d'avoir une sœur idéale; mais je suis sa sœur heureuse, sa sœur vivante et j'ai des vertus plus tangibles, n'est-ce pas, Amour mien? Et c'est comme si tu exorcisais le malheur en le résumant dans cette longue incantation, pour que j'en sois préservée; comme si tu mettais en elle toute ma souffrance possible, pour que j'habite toute et toujours sous l'aile pure de l'Ange...

Lundi

Ma Tourterelle, mon Capricorne, il fait encore froid mais beau; je scrute le ciel comme si j'y pouvais lire une réponse : nous verrons-nous bientôt? J'ignorais qu'il y aurait une grève des chemins de fer... Bah, l'Ange veille, et si ce n'est cette semaine, nous saurons nous attendre.

J'aime tes lettres bleues qui, si brèves soient-elles, me comblent; j'aime que tu saches résumer l'essentiel, et puis silencieusement t'astreindre aux tâches résolues. Sois très sage, c'est-à-dire Sois confiant comme veut l'être un certain Bonhomme.

Oui, je ne te donnerai qu'un petit chat et sa maîtresse : quoi d'autre conviendrait mieux à notre anniversaire?

Mercredi

j'ai mis ma joue sur l'aire bleue, et ce fut comme une caresse, comme ta main tellement douce et vaste et miséricordieuse, berçant un petit Prince au front lourd las de veiller une fille incohérente et violente. Mon amour, prends soin d'elle, la Folle, folle pour toi... Tu disais : « ... pour la vie, est-ce que tu comprends? non, tu es bien trop petite... » Mais tu ne sais pas comment et désespérément j'éprouve des liens qui me blessent profond et que je veux pourtant plus étroits toujours. Si je pleure certaines fois, c'est de n'avoir pas assez mal ou de m'être laissé distraire, apaiser par d'autres voix que la tienne, celles du monde autour, celle des livres, celles des autres; c'est de ne pas t'avoir été fidèle dans les petites choses – car si j'avais toujours haut et clairement conscience de mes privilèges et des devoirs qu'ils impliquent, ne devrais-je pas être infaillible, irréprochable? Au lieu de quoi j'ai ces jours-ci paressé, rêvé, pleuré, couru au dehors sans raison comme pour user, épuiser des forces énervantes, mangé sans règle, lu sans mesure, dormi mon saoul, et je suis « comme après une débauche, plus triste »... Oh, ne crois pas que je doute : ni de toi, ni de moi, ni de l'Ange, ni de demain : seulement j'ai mal de devoir toujours refréner cet élan, de ne pouvoir une fois l'épuiser en un cri, de dire si mal les choses... et je me reproche de ne pas t'aimer encore assez, exclusivement! de t'aimer au milieu du monde et de tenir compte encore de ses lois et nécessités. Le petit Prince sait et dit qu'il faut travailler, qu'il faut être prudente, prévoyante, sereine, patiente encore, mais Elle, crois-tu qu'elle entende raison, crois-tu qu'elle se résolve aisément à ces rendez-vous furtifs, écourtés, entre deux cours, deux devoirs?

Mon amour, comme tu es sage et résolu; je m'efforcerai de te ressembler, de silencieusement t'attendre. Tu sais, je ne suis pas triste : mais sauvage un peu, mais amoureuse – oh, comprends-tu comment? Comme un Ange émerveillé, mais aussi comme un démon inassouvi ; comme une louange, comme une révolte, comme tout ensemble. Minourson est trop petit pour que je lui explique tout cela. Il fallait donc bien que je te le dise.

Tu auras ma lettre à peine avant que nous nous voyions et tu sauras quel est mon désir.

Samedi
[14 mars 1964]

MON CORPS HEUREUX, recréé, flatté, n'eut pas besoin d'un long sommeil; le bonheur de vivre en toi, et le désir de te rejoindre m'éveillèrent tôt et je sus gré à l'Angélus de jaillir comme ma ferveur manifestée. Précieuse ma lassitude, ou peut-être est-ce la nostalgie des vagues fatiguant mes rives... Gracieuse et lourde au matin, comme une harmonieuse chevelure, je me déroule avec plaisir, légère en ma respiration, mais présente, pesante et stable, prenant source de la terre où je fus couchée, confondue; nourrie de mes résolutions.

Oh, j'ai raison de t'aimer follement!

Hier a goût d'un sommeil de vacances, lisse, opulent, impondérable et pur – et je hume au réveil ton haleine qui me défait... J'ai vingt ans! Mais je possède mon enfance, non comme un regret, mais comme un royaume où j'entre à partir de tes lèvres et que limitent tes mains mouvantes.

Oh, j'ai raison d'aimer celui qui parle pour mon apaisement, pour mon enchantement.

Hier nuit à mon arrivée je n'ai pu résister au désir d'ouvrir le papier enfermant LE livre : mais je n'ai rien voulu lire encore : j'ai seulement embrassé les pages comme j'aurais fait de tes mains.

Cela sera pour tout à l'heure mon amour. A présent, repose-toi. Demain, mardi, je te dirai, oui.

je te remercierai.

★

Ce fut un pur anniversaire,
le premier.

bleu comme le ciel que me fait aujourd'hui ta lettre.

[15 mars 1964]

IL EST DIX HEURES du soir, ce dimanche...

Soit dix fleurons forgés d'une couronne que chaussent mes dix doigts pour te l'offrir – les dix fleurons vivants, légers qui te couronnent – tournesol, louange délivrée! cependant que mes paumes te versent l'ombre, le suc vert des palmes, l'eau douce, pour apaiser ton inquiétude.

Il n'y aura pas de nuit d'ici demain, pas plus qu'il n'y en eut depuis hier – mais alors c'était ma soif qui criblait de lumière acide mon sommeil, le rongeant, le dissolvant, tandis qu'à présent je contemple, lumière pulvérulente (en moi, dans ma gorge, comme le goût du miel, ou devant moi, comme ta ressemblance?) le jour de la certitude, l'irréductible jour doré que précipite un pur langage, lumière résiduelle de l'écho des mots vivants. Il n'y aura pas de nuit : ou plutôt morte la nuit de la ville, la larve gluante au rigide cocon des rues, et souverains les grillons et les constellations.

[...]

Je te veille à l'ombre de mes paupières que double la nappe des larmes, à l'ombre de mes lèvres que gonfle une louange, à l'ombre de mon front si lourd de gemmes, si douloureux taraudé de lucioles, dans l'espace préservé qu'aspire et creuse ma respiration ténue, à l'ombre de mon visage – ciel que je fais attentif proche et profond – mais ciel vulnérable qui pleut brusquement sur tes paupières, tes lèvres, ton front, confondu, bouleversé. Mon amour! Qui es-tu? Comme tu es grand... immense, fabuleux, sauvage! Et je ne suis plus qu'une petite fille pleurant à cause du jour intransigeant qui la roue toute vive, pleurant de gratitude et d'angoisse, comme tout à l'heure quand Isabelle se tut – et le silence depuis n'est plus que cruelle clameur.

Mon amour – mon arbre pleurant d'amour toutes ses feuilles comme autant d'immatériels sequins dont se nourrit au fond de la nuit l'aurore prochaine, dont se nourrit une aurore humaine, et l'aurore du lendemain de notre mort, mon arbre nu, tellement nu soudain que mes mains jaillies pour le protéger se brûlent aux plaies vives, mon arbre noir, plus noir sur la crasse des gestes humains brouillés, que fend un long cri de chaux vive qui le consume

mais encore ma tourterelle vigilante, assidue, soulignant de sa sollicitude les traits du secret visage du monde, le monde en son enfance, au matin, ma tourterelle j'ose t'aimer encore, j'ose confondre mon amour vivant mortel et le dieu qui l'habite et les honorer ensemble.

Amour mien, je suis doucement folle.

– Se peut-il? oui, se peut-il?

Oh, Amour mien! J'ai la fièvre je crois... Les paupières acides de larmes contenues. Il est dix heures et demie ce lundi matin. Le sanglot aigu et multiple comme un miroir brisé qui blessait ma gorge depuis le réveil s'émousse au grain rêche du jour, se dissout peu à peu dans la rumeur; mais ma gorge garde au plus sensible de la chair un éclat fiché, poignant – et je voudrais pouvoir pleurer, pouvoir dormir. Mon amour! Je n'ai rien pu écouter tout à l'heure du cours auquel j'assistais. Je n'entendais que cette voix sauvage, intolérante, qui m'accaparait toute, tenace, me fouaillait, et je contenais à fleur de mes lèvres un cri prolongeant le sien. J'ai cru qu'il me faudrait sortir – les dents et les ongles crispés comme par le contact d'une craie. J'écrivais sur mon brouillon des phrases que je te donne telles, dans leur incohérence, leur abrupt de langage mal gouverné : – J'ai dans ma tête ce grésillement d'étoiles comme une prairie de mai dont parle Isabelle... ah, comment te dire? Par où commencerai-je? Il le faut pourtant : tu as tellement, tellement soif de cette certitude qui m'oppresse à force d'intensité. Mon trésor. Mon amour. Et moi, besoin, tellement, de me délivrer d'une émotion trop violente, de la formuler limpidement... Peut-être y parviendrai-je mieux si j'essaie de « raconter » ma lecture, si j'essaie posément, prosaïquement, de prendre appui aux meubles et aux murs de ma chambre, de me repérer aux interruptions...

A midi et demi samedi, ayant déjeuné chez moi (déjà retranchée du reste du monde, de la ville), ayant clos mes volets, je me suis mise dans mon lit (notre ourson à mon côté) et j'ai allumé la lampe au chevet d'Isabelle. J'avais lavé mes mains plusieurs fois – et j'étais moi-même en ordre, calme et grave, comme avant une épreuve.

Après... Oh, cela me fait mal! Je ne peux pas encore raconter! Si. J'ai lu jusque vers « deux heures du matin [1] »; m'interrompant pour goûter; puis, – il faisait encore jour, l'orage s'amassait, je m'étouffais, je me suis brusquement habillée, et je suis sortie – il me semble? courant sans rien voir au hasard des rues – qu'est-ce que je fuyais? Toute la nuit l'orage gronda; parfois, lasse, je m'allongeais un moment, mais toujours je retournais auprès d'Elle ne pouvant me résoudre à lui imposer silence, ne pouvant la quitter... La fatigue à la fin l'a emporté, mais je n'ai pu vraiment dormir, secouée de brusques sursauts, tourmentée par un appel plaintif! Isabelle! Il ne faisait pas jour lorsque je l'ai reconnue, à peine les yeux ouverts... Le jour froid, battu de pluies brusques et brèves, a coulé au delà des persiennes, et j'ai vu vers le soir une main d'os bâillonner les lèvres d'Isabelle, gercées, crevées à force de désir leurré... Je lisais tout haut (car des pages, on le sent soudain, ont besoin d'être dites plus haut que les autres) et je pleurais. J'ai pris dans l'armoire le réveil que j'y avais enfermé : il était six heures du soir. Il faisait jour encore, et je me suis étonnée que tout fût comme autrefois, comme AVANT, à sa place. Car le monde venait d'être mis, remis au monde et jamais plus je n'oublierais que je l'avais vu naître... Le front dans mes mains posées sur ma table, je fermais les yeux de ferveur et d'effroi... Je voulus sortir : pour me distraire de ce terrible regard fixe que j'hébergeais. J'eus mal de quitter ma chambre, et pourtant me sentis délivrée. Le vent, le ciel prenaient en charge mon corps comme battu, courbatu, et plus tard je reposai sur les genoux de Josette mon front douloureux. On pensait, on parlait pour moi; j'étais convalescente, je m'abandonnais. Pourtant j'avais hâte de rentrer chez nous, en nous, hâte d'éprouver à nouveau le feu vif que j'avais fui. Je me suis endormie très tard, t'ayant à peine écrit, désespérant de savoir ordonner la profusion des paroles de louange et de gratitude.

[...]

Mercredi
[18 mars 1964]

★ AMOUR MIEN, pardonne à ton bonhomme si la lettre présente est tout hésitante, incertaine, crispée. C'est d'abord que certain petit chat, jusqu'à ce jour paresseux, et tiède et doux à porter, fait sauvagement ses griffes neuves sur mon ventre ce matin, sournoisement, malignement, en un labour fulgurant, si bien que le souffle souvent me manque. C'est encore l'incertitude où je suis de pouvoir me faire entendre promptement de toi – et j'ignore même si tu recevras cette page avant ton départ (si donc je peux l'envoyer...) D'où cette irritation latente, ce sentiment que mes gestes, mes paroles se déroulent à vide, ce découragement qui exténue les mots à leur source. J'avais tant de choses à te dire, mon amour... D'abord bien sûr qu'il fallait te soigner, te reposer (j'ai eu, par goût de l'imitation, une angine vénielle) pour être « là-bas », dans quelques jours, alerte, dispos, réceptif... J'avais encore, surtout, à louer CE livre, auquel je n'ai pu m'empêcher hier soir et ce matin de retourner – et, merveille, tout, à la seconde lecture, paraît encore plus limpide, plus uni, poli, si bien ajusté que le relief en est sans défaut, et que la lecture est pour la gorge jouissance musicale, gourmandise et rafraîchissement... Tentation de m'y complaire tout le jour : et non parce que tu en es la source, mais parce que ce dit très pur, très expressif m'enchante. L'art dans son enfance – démarche visible, lisible, évidente, la forme non dénaturée; l'épaisseur du langage (comme « l'ombre drue ») mais aussi son rayonnement (lumière de Le Lorrain), sa précision musicale dont l'harmonie savourée comble les sens; très haute teneur du langage. (Et tant de fois j'ai soupiré d'aise et d'ébahissement...) Si je nous ai reconnus? Bien sûr, et nos fastes et notre prairie, et j'aime que nos paraphes mêlés soient dans un coin du tableau... Allons, je ne dis plus rien, puisque je m'expliquerai tout à loisir sur de nombreuses pages bleues...

Je me tais à présent, lasse un peu, tout endolorie et rêveuse, et je m'abandonne à tes bras. Je suis ta toute petite, dis? Intimidée à peine, éblouie. Il ne faut pas que je pense trop souvent à qui tu es, j'en chavire... La grâce qui m'est faite m'épouvante et me ravit; et entends-tu ma voix trembler quand je t'appelle selon ton nom tendre, familier, comme si je doutais d'en avoir encore le droit? comme si je doutais d'en être digne...

[19 mars 1964]

TA LONGUE LETTRE bleue, proliférante, inextricable, ce matin, pour changer ce jour gris en un jeudi doré, léger à vivre; ta longue lettre dense comme les heures du milieu du jour en été (et l'on s'y avance avec peine, comme à contre-courant d'un fleuve épais). Une Mimi rassérénée puisque l'irritait l'incertitude d'avoir de tes nouvelles... mais une Mimi mécontente aussi, insatisfaite parce que ces jours-ci, elle t'aura bien mal, bien peu écrit, débordée, suffoquée par la profusion même de ce qu'elle voudrait dire... Et puis j'éprouve comme un malaise à parler d'Isabelle ainsi, par propos menus, brefs, nécessairement malhabiles et écourtés, quand je voudrais ne le faire que gravement, précisément, justement. Je sens bien ainsi qu'il y a dans ma lettre de lundi des jugements approximatifs : je n'ai pas su exprimer exactement ce que je ressentais. Ainsi l'erreur que tu relèves est, aussi étrange que cela semble, une erreur d'expression non de jugement. Quand j'ai écrit : « un art qui décrit et explique sans détours », j'ai bien senti moi-même que ceci était ambigu – le mot suggérer m'est venu... Je crois que *j'ai confondu la démarche artistique et le résultat* (!) Le résultat, c'est qu'on voit parfaitement l'invisible, aussi précisément, aussi intensément que l'on peut voir les apparences décrites par Balzac. Tout est clair : d'où la tentation de dire tout est simple, quand au contraire tout fut difficile à rejoindre. Tout est limpide, neuf : mais il faut dire encore qu'en dépit de sa transparence la profondeur du lac est sensible. Tout est évident mais pourtant mystérieux. Tout est tangible, à portée des lèvres, de la main, mais pourtant immatériel, insaisissable. « Présence d'absence » bien sûr. (Je comprends comment j'ai pu écrire cette phrase fausse : parce que je *voyais* très bien, parce que j'éprouvais d'emblée ce qui m'était *révélé,* parce que cela j'aurais pu le *décrire* et l'*expliquer,* j'ai écrit que tu l'avais décrit, expliqué. C'est une erreur grossière, naïve; j'en eus confusément conscience, et j'aime bien que tu aies protesté.)

« Question importante » : « Ce livre a-t-il un ton personnel? » Oui, oui absolument, sans complaisance. Style-Arbre. Ou Style-rivière, mais divisée, multiple. Style Arbre à l'envers, plutôt : branches nourries de ciel aux confluents successifs le long du tronc... ou rivière avec ses bras vifs et d'autres morts, abandonnés, entre parenthèses. Style à secrets : au détour d'un mot, l'échappée d'un rêve...

Non, non, non : je ne veux pas en parler si piètrement, c'est mal de m'y inciter! Et je ne veux pas dire encore ce que je préfère – (mais pour te rassurer tout de suite : oui, c'est bien une voix de femme, plus femme que moi parfois, me suis-je surprise à penser – par exemple lorsqu'elle parle du bal, de l'enfant – et j'ai même alors ressenti cette irritation latente qui n'est peut-être qu'envie, que j'éprouvais (autrefois, avant que je ne sois heureuse de mon sexe) devant mes camarades plus féminines.)

[...]

Tu pars, samedi. Nous partons samedi : ne sois pas triste, je t'accompagne. Que de choses nous allons découvrir... reconnaître... Je crains seulement que tu ne te fatigues; il faudra ensuite longuement dormir – me le promets-tu?

Je te rends ton baiser : oui, nous savons mieux nous embrasser, chacun offrant non plus ses lèvres visibles, minces, mais les lèvres intérieures, de velours humide, charnues, pulpeuses.

J'ai vingt ans souverainement (et ce que dit Isabelle, Mimi-Heureuse ne l'éprouve pas.) Aujourd'hui n'est pas ligne de partage, aujourd'hui demain prolongent mon-enfance-en-notre-amour *

J'ai offert à la jeune fille de P. Christus un bouquet de soucis; le prunier de l'autre côté de la rue est en fleurs. Hier soir fut un soir d'été...

Vendredi
[20 mars 1964]

MA TOURTERELLE, tu es au bord du nid, au bord de mes lèvres, toute rose d'émoi, et si persuasive que je cède à ton impatience et te délivre; mais tu emportes à ton cou le souvenir de mes bras et la promesse de la place vacante et tiède à ton retour.

D'ailleurs l'envol n'est que feint.

J'ai choisi ce bleu-ci pour Isabelle, ce bleu gris comme son nom, discret, fragile, noyé, ce bleu sage qui ne nous ressemble pas et qui pourrait s'appeler nostalgie.

Hier soir les deux petits m'ont offert trois roses, la troisième de ta part, et je les ai mises dans l'étoile (dont l'anniversaire est proche).

Ma mère m'écrit des choses très douces. Le ciel change.

Tu pars et je me tais, pour le plaisir d'être éloignés, pour le plaisir d'être rejoints, parce que la distance est nulle et le silence notre ami.

Tout de même, sois sage, mon Tout-Petit.

Sois mon amour

Dimanche
[22 mars 1964]

[...]

APRÈS LE DÉJEUNER, Mout est venu me voir – Josette est partie hier chez elle et le voilà... orphelin. Il pleuvait. Nous sommes pourtant sortis. (Et j'aime bien cet immense parapluie noir qui nous faisait complices sous la pluie.) Je lui parlais de toi. Il pensait à Josette. Nous étions complices... Il m'a amenée chez Be kaï Abdel, (son nom signifie le fou et le pleureur), que je connais un peu et dont la simplicité, la franchise me sont sympathiques. Be kaï est élève aux Beaux Arts, et peint. L'une des deux mansardes qu'il loue est son atelier. Dans la pièce minuscule entravée de poutres, partout des toiles, des linos, des dessins – des reproductions de Modigliani, de Gauguin, un Cézanne dont j'ai beaucoup aimé les bleus, des peintures originales, des autoportraits ressemblants et inquiétants, des nus épais... Sur une chaise, la seule, est assis un jeune homme blond, dont je reconnais le portrait – un énigmatique jeune homme méditatif... Le maître de céans est sans affectation, calme et pourtant chaleureux... Il nous offre du thé dans des verres disparates et parle (peu) de Gérard Philipe qu'il aime... Et les objets vieux et sales sont comme neufs ici, uniques... Soudain je me sens très jeune et j'ai envie de rester là un long moment sans parler, sans rien faire, à regarder. Soudain ne me tyrannise plus le souci d'une dissertation à achever, le souci de « faire », de ne pas perdre le temps – le temps est indolent et poussiéreux comme la lumière de ce grenier. Je suis assise sur un vieux sofa mou et inélastique. Le jeune homme silencieux est sorti, une fille lourde et calme est entrée. J'écoute Yves Montand. Mout et Abdel échangent de brèves phrases tantôt en arabe, tantôt en français. Nous sommes faiblement mais paisiblement vivants. Je dis à Abdel que j'aime bien son chez soi – mais il me répond que les couleurs, à la longue, rassasient et ne réjouissent plus... Lorsque Mout me raccompagne, il pleut dans le soleil. Je suis reposée et sereinement je pense à toi...

Mardi

Qu'il y a donc longtemps que je n'ai pu être seule avec toi... Je suis impatiente pourtant de te remercier pour cette lourde enveloppe reçue hier matin en même temps que la carte écrite dimanche à Paris... (et j'étais tout étonnée et ravie d'avoir si vite de tes nouvelles de vacances).

Te remercier d'un poème qu'il n'est pas nécessaire que tu commentes puisque tu m'as depuis longtemps découvert la vérité qu'il exprime, puisqu'elle est la raison d'être du Cantique futur comme du Livre présent – Te remercier surtout de répondre si vite au vœu émis d'avoir des photographies de Minou enfant. Et voici d'abord Mon-tout-petit-dodu, tout rond tout tendre – ah, c'est que je te préférerais à Minourson, sais-tu? On sent comme au bout des doigts la soie des cheveux, la lèvre humide, la chair élastique des joues... Ces joues : je les contemple avec incrédulité, mais je reconnais mieux la lèvre si bien modelée déjà, et la gravité du regard, cette réserve contemplative et méditative, avec peut-être un rien de ressentiment... A douze ans, tu étais absolument tel qu'aujourd'hui. Cette image me captive, et je cherche ce qu'a d'étrange ton visage d'alors : peut-être ce sérieux, cette résolution calme que souligne la sérénité du sourire et qui contraste si fort avec les physionomies brouillonnes, indécises, indéfinies encore, souvent médiocres de tes camarades. Tu es droit et net à ta place, en paix avec toi-même et les puissances; convaincu et mesuré; soigneux; ne donnant prise à aucun reproche, à aucune provocation. Je suis sûre, sûre que tu exaspérais tes camarades et que tu n'avais guère d'amis parmi eux : trop évidemment différent, comme Isabelle enfant. J'étais plus vindicative et remuante, plus étourdie et plus folâtre; garçonnière par défi, insolente envers les maîtres paresseux (mais oui! je te raconterai...), encombrante, fraternelle, populaire et jalousée – craignant mon père à la maison, mais personne au dehors; j'avais un enthousiasme de tribun, et je portais toujours aux professeurs les revendications de la masse; naïve et fervente... naïve : et toi aussi, je le vois bien. Comme Isabelle, oui...

Te remercier encore de creuser dans la tranche du bleu la conque d'une caresse, car ta lettre est douce, profonde et câline... Oui, tu me gardes... Et malgré mon appel spontané, je n'en ai jamais douté, sûre de toi comme tu l'es de moi. Pourtant nous n'avons pas encore échangé de serments! Je me sens tout à fait, ainsi que tu le dis, « la plus femme et la moins femme ». Avant toi je n'étais qu'un brouillon, une ébauche; je n'éprouvais pas mon appartenance à un sexe (ou bien c'était pour me révolter) et c'était pénible comme si j'avais dû vivre sans visage. Tu me réalises, je suis véritablement ta créature, je me sens croître et prendre forme, quel bonheur... Quelle assurance me vient! Parce qu'aucun ne m'avait choisie, j'ignorais les garçons en tant que tels; le monde et moi, asexués, nous étions incomplets, honteux. A présent, les garçons existent puisque tu les résumes, et je découvre avec ravissement que je dois ressembler à une femme puisqu'on me traite comme telle. Je m'épanouis. Je me sens immense, accueillante, experte et savoureuse, et je crois que cette certitude me donne une certaine autorité. Parce que je me sens vivante, j'en impose... – Ça, c'est drôle! Oui, petit Prince...

Mercredi

Si je t'ai assez peu écrit ces deux jours, c'est que... j'ai pris du bon temps, du beau temps ces soirs-ci. Mout et moi nous distrayons ensemble de l'éloignement de notre amoureux(e). (Ne va pas t'aviser d'être jaloux – et d'abord tu es incomparable, et même et surtout au physique : c'est ce que j'ai toujours envie de dire aux garçons, aux plus beaux qui le sont beaucoup trop et rassasient le regard dès la première vue.) Lundi soir, sans l'avoir prémédité, nous avons passé la soirée au théâtre où le Grenier de Toulouse donnait *La Nuit des rois* de Shakespeare – et ce fut délicieux. Aucun auteur ne me procure autant de plaisir (je parle des comédies); c'est burlesque, gaillard et tendre et poétique et dru, et vif tout à la fois; certaines scènes de pure fantaisie semblaient des Breughel. J'ai ri, mais oui, tout le monde riait, et puis s'attendrissait, s'émouvait; nous étions tous des enfants heureux pour qui jouent les marionnettes, et celles-là étaient vivantes et séduisantes à souhait. Hier soir, ce fut au Ciné-Club *Hamlet* en version originale (par Laurence Olivier) – c'est-à-dire tout autre chose, et ce fut grand, simplement. Au retour, je pensais à la mort, à l'amour – je pensais que nous pouvions bien mourir déjà, nous pourrions bien mourir un jour : car nous avons été, car nous aurons été incomparablement vivants, car nous savons pourquoi nous étions faits et que c'eût été dommage qu'on ne nous mît pas au monde... Je t'ai rejoint dans notre chambre étroite et tiède et bien close; tu dormais à Paris; tu dormais entre mes bras, dans mes jambes; je t'ai dit avant de fermer les yeux que tu étais tout au monde.

Jeudi

Il est neuf heures du matin. J'ai longuement, longuement dormi, comme on se désaltère, jusqu'à sept heures... Puis j'ai rangé mes affaires; tout est en ordre : je laisse ensemble dans la malle cadenassée Minourson, l'étoile, tes lettres... Mais bien sûr, j'emporte Isabelle. Je pense à elle qui n'est plus seulement à nous, depuis lundi, et j'ai hâte d'avoir de ses nouvelles. J'ai évité ces derniers jours de rouvrir le livre, angoissée à sa seule idée, éprouvant comme un vertige... Demain et samedi, je tâcherai de bien travailler afin de pouvoir la semaine suivante passer de longues heures à lire et à t'écrire. [...] Ces vacances seront douces; j'ai soif de musique. Sais-tu le disque que je viens de m'offrir, sur les conseils d'Isabelle? – où sur les tiens? Le *Magnificat* [1]! Hier soir, je suis allée l'entendre chez Mout, ou plutôt chez Henri. (Sois tranquille, ces garçons savent écouter la musique pieusement)... Que te dire, sinon bien sûr qu'une fois de plus le miracle... Et que je suis un peu – beaucoup plus riche pour l'avoir découvert. Que tu as bon goût aussi, et que j'ai bien raison de m'en remettre à toi...

Hier matin, j'ai reçu de Marie-France une lettre bouleversante. Tu la liras (et je sais que tu la comprendras; pauvres, pauvres filles...). Je lui avais brièvement écrit pour son anniversaire, en lui disant que je regrettais que l'habitude et la pudeur nous fassent toutes deux aussi silencieuses. Elle s'explique sur ce silence, et le rompt exceptionnellement, pour ma plus grande peine. Comment n'avoir pas les larmes aux yeux devant cette dureté, qui n'est que cicatrice, ce pauvre orgueil douloureux qu'elle érige en défense? Moi qui pensais qu'elle allait mieux! Quelle solitude... Ce mépris? Oui, il me semble bien l'avoir éprouvé – et pourtant je n'avais pas d'orgueil puisque je me diluais dans la masse, me laissais submerger, couler, puisque je m'abîmais, et ne croyais pas valoir d'être sauvée. Elle se révolte, c'est peut-être un signe de vigueur; moi je n'avais que la tentation de dormir que résumait cette petite phrase ressassée : – Sommeil, soleil, désir de mort lente, désir de mort vive... Je ne connais pas son amie qui en est « aux premiers jours de sa peine », mais je souhaite qu'elles s'aident l'une l'autre. Seulement, je sais bien qu'il faudrait *un* ami. Ami... Il lui manque pourtant de connaître ce qu'est la mort; elle n'a pas encore (elle me l'a dit), découvert l'absurde, elle ne l'éprouve pas. Elle ne doute encore que des autres, non d'elle-même. « C'est peut-être mon orgueil qui me sauvera. » Oui. Pauvre petite fille.

Depuis trois jours, je ne t'ai pas écrit et je ne songe pas à t'en demander pardon tant il me semble que j'ai vécu plus près de toi par ce silence, dans notre secret et dans notre évidence, tant ce fut un silence vivant et grave et chaleureux, et liquoreux comme son profond de corde vibrante; tant il fut équilibre, harmonie, bonheur. Je suis heureuse. Je suis en paix. J'ai vingt ans et la jouissance tout à la fois de mon enfance et de la maturité. Ah, que j'aime que l'été vienne... A peine s'il y eut hier matin un malaise et comme une entrave m'empêchant de te rejoindre : il m'a semblé que nous courions un danger... mais peut-être n'était-ce que suffocation physique, le besoin de l'air vif... Dans l'après-midi, nous sommes sortis une heure; j'ai rapporté des cyclamens, des jacinthes bleues et des violettes – et je crois bien que ce fut pour toi que je composai ce bouquet... Je vais bien à cause de ce printemps, certain, encore que les arbres soient nus; je vais bien à cause de notre printemps et des feuillages veloutés et drus que je sens croître en moi et frémir d'aise à chaque inspiration... Hier soir dès neuf heures, je me suis endormie bienheureusement, comme repue; Manou, Marie-France, Maman m'ont à peine éveillée en m'embrassant lorsqu'elles sont allées se coucher, et j'ai joui de mon sommeil, ma toute douce tanière... Mais à cinq heures ce matin, dispose, je lisais dans la cuisine tiède. Ayant bu le café – incomparable, parce que son arôme particulier ne se retrouve qu'ici, parce que c'est « le » café-de-« la »-maison... J'écoutais Isabelle, ou bien j'étais Isabelle, je ne sais. Le beau silence de ce livre! Un langage soluble, sans résidu, qui se dépense tout entier en pouvoir évocateur, qui suscite une forme où il se dissout tout entier... A sept heures, je suis sortie, et j'ai vécu seule la plus belle heure de ce jour qui s'est à présent embué, enfiévré, obscurci. Seule : oui, ce matin de Pâques, il m'a bien semblé que tous (et tout) prolongeaient leur repos. Je n'ai rencontré personne et je suis sûre – à l'absence de résistance de l'espace, à l'absence d'écho à mes gestes et mes pas, que véritablement j'étais seule dehors. Goût de privilège. J'ai foulé l'hiver mort : fougères rousses ou blêmes, froissées, tassées, lichens et les sentiers sans herbe, mais à hauteur de mes lèvres dans la saveur du vent, à hauteur de mes paupières dans le baiser dont les fermait le soleil, j'ai rencontré le printemps. Je me suis attardée sur les collines, considérant avec tendresse ce village maussade ordinairement mais que son environnement de fumées, de coqs, de chiens et plus haut de bois, et plus haut de ciel pâle faisait précieux. J'ai vu des sources nouvelles, et les fleurs de fraisier promettant l'abondance. Je suis revenue en coupant tout droit par les genêts, puis au travers des jardins...

Il était huit heures et demie, Manou seule était levée, mais les dormeurs remuaient, murmuraient... J'ai eu le temps, avant leur irruption, de me laver longuement comme j'aime... C'est aujourd'hui, et non demain, que nous déjeunons chez l'oncle, et j'ai décidé, plutôt que de bouder, d'en avoir autant de plaisir qu'il se peut. En signe de bonne humeur (mais en secret, c'est en ton honneur), je me suis donc soigneusement habillée. – Tu es jolie, a dit la petite sœur, ouvrant un œil et se retournant dans son lit pour se rendormir... Est-ce vrai, Amour mien? Ce qui est sûr, c'est que je me sens bien dans ma peau, et que j'épouse exactement mes gestes et mon visage; c'est que j'émerge enfin d'une ingrate saison; c'est que je commence à croire au pouvoir de mon sourire. (Mais je n'ai pas envie que d'autres que toi m'en assurent.)

Je suis « descendue », c'est-à-dire je suis venue dans cette pièce qui est en arrière de la classe de Maman et qu'utilise le professeur d'enseignement ménager. Elle n'est pas plus grande que la chambre de Manou sous laquelle elle se trouve. Bien chauffée, bien éclairée, pourvue d'un tableau, d'une longue table, elle m'est un lieu de travail commode; du reste assez retirée pour que je puisse étudier tout haut, sans gêner personne. J'y suis venue écouter l'*Adagio* et puis, délivrée de l'émotion presque douloureuse que me donnait un matin si clair et paisible, par cette musique où s'exprimait ma ferveur confuse, j'ai entendu le *Concerto pour deux trompettes* de Vivaldi, par quoi, ouvrant ma fenêtre, j'ai salué les environs et les voisins, glorieusement... La vie qui peut ici être si fade, la vie simple, ordinaire dans un village morne, m'est savoureuse puisque mon amour m'accorde à toutes choses, me fait attentive, accueillante, curieuse, gourmande et même de la plus humble réalité.

Bientôt midi. Midi, ce dimanche de Pâques. Mon amour, où est-il? Je veux que tu aies longuement dormi... Tu es sans doute chez tes parents... [...] Tu me diras, tout ce que nous avons vu et fait ensemble... Tu me diras la mer aussi. Je veux qu'elle se mette en fête pour t'accueillir, ne prenant point ombrage de moi, et je veux que tu l'aimes absolument au travers de moi... Je me souviens : autrefois, comme c'est ancien!, je t'avais demandé si je pourrais en ta présence lui être confrontée... J'avais spontanément fait ce vœu, et puis m'en étais aussitôt excusée, ayant compris que celle que tu conduirais par la main au devant de la mer, ce ne pouvait être que ton amour... et je ne savais pas si tu voudrais que ce soit moi... Toi, avais-tu compris ce brusque émoi, et devinais-tu ma pensée, lorsque tu répondais : – Mais qu'ai-je pu dire ou faire pour que vous vous sentiez exclue?...

Je la verrai. Tu le veux bien. Tu veux bien que ce soit moi, que ce soit Nous.

Lundi

Bruine. Il est déjà neuf heures. Couchée tard après le dîner prolongé chez l'oncle, je me lève à peine... Je suis contente de mes hôtes et contente de moi. Le déjeuner préparé avec amour, composé avec art, fut exquis depuis le pâté de lièvre et la langouste jusqu'au dessert, et jusqu'à l'omelette flambée du dîner. Le plus drôle, c'est que cette Mimi qu'un doigt de vin jusqu'ici suffisait à émouvoir a gaillardement goûté et apprécié sans inconvénient tous les vins choisis par l'oncle : l'apéritif liquoreux et pourtant léger, le Bourgogne qui, un peu plus tard, se retrouvait en écho dans le coq au vin, le rosé du Roussillon qui laissait au palais une saveur de noix, une lueur d'ambre, le Tokay, le Pouilly, le mousseux du dessert – et jusqu'à la liqueur d'amandes amères. Inutile de te dire que je pris fort peu de chacun. Mais il me semble que d'hier est ma rencontre avec le vin, avec l'harmonie des vins accordés ensemble. Et me voici tout étonnée, respectueuse : c'est que c'est très beau! Tout comme il faudra que j'apprenne à faire certaine cuisine (non pas celle de tous les jours, mais celle des grands jours) pour notre plaisir, il faudra que j'apprenne à connaître et à choisir les vins. Mon oncle, hier, humblement, m'a donné une leçon de goût et d'art de vivre. Il en sera de ce plaisir comme de tous : nous le rechercherons rarement pour en mieux connaître le prix, mais il nous faudra y devenir experts. Je m'émerveille de n'avoir pas été le moins du monde enfiévrée et d'avoir pu être attentive à cette exaltation de mon gosier!...

Mercredi soir, avant le sommeil

Amour mien, ma tourterelle... tu ne t'es pas encore étonné de m'entendre t'appeler ainsi, tu n'as pas protesté comme un autre l'eût fait contre ce nom d'oiseau! C'est que tu sais bien ce qu'il évoque : ton visage renversé d'aise sous le mien, ta gorge tendue, offerte à mes lèvres et ce chant plus haut que le silence qu'elles y font naître, et que je recueille sur ta bouche avant qu'il ne soit formulé – ma tourterelle, oui : et je t'entends précisément être heureux dans mes bras. Comment ne pas t'entendre d'ailleurs, quand tes lettres disent si bien la joie, la patience et le désir, la promesse et la certitude... Que la page soit blanche ou bleue, tes paroles suscitent le même ciel dense, et me comblent et m'avivent pareillement... Comme j'ai soif de tout ce que tu dis qui tout à la fois m'apaise et m'exaspère, source, ma source, comme j'ai soif! Soif, ma bouche, mon ventre, mes mains et mes genoux; j'appelle la violence sur moi, j'appelle l'orage, le bel orage que tu recèles, qui s'amasse – mon amour, mon amour... Lettres – comme les éclairs de chaleur qui signalent l'été, lettres, doux froissement de l'espace entre nous s'abolissant, déchirure bleue se prolongeant dans ma chair. Tes lettres : elles sont toutes ici, en sûreté auprès de moi et même si je ne rouvre pas ce livre [1] inachevé, il m'est doux de le peser, d'en mesurer l'épaisseur : persévérance tangible, profusion visible – et ce n'est rien encore! / – Les feuillets de septembre... Je te dois un aveu, Amour-mien : cette lettre terrible que tu m'avais demandé de brûler, je n'ai pu me résoudre à la détruire; elle m'est plus que toute autre précieuse parce que ta violence est à la mesure de ton amour, à la mesure de ta peine et de ma faute; je t'en prie, ne me demande pas de la brûler à présent; je crois que si je ne devais garder qu'une de tes lettres, je la choisirais, pour l'amour vif et véhément qui s'y exprime. Et puis je veux me souvenir que j'ai pu te faire tant de mal. Il y eut septembre, oui, comme un fruit trop beau, vénéneux, septembre et ses aubes au goût d'algues, ses aubes à grand fracas et les après-midi comme prolongements de l'été au delà du réel, comme souvenirs déjà. Le soleil me faisait mûrir, mourir doucement – et je m'émerveillais d'être comme délivrée de moi-même, si peu existante et si peu pensante et simplement heureuse dans ma chair. Il y eut septembre et l'épouvante soudain de t'entendre crier quand, inconsciente, je ne soupçonnais pas même que je t'avais à ce point blessé – et que les mots donnaient une précision fausse et cruelle à ce qui n'avait été que malaise.

Cette horrible lenteur du courrier... Et soudain j'avais peur de tous les mots que j'écrivais comme s'ils t'avaient été incompréhensibles, comme s'ils n'avaient pu te rejoindre, comme si tu ne pouvais plus que mal m'entendre désormais. Puis tu m'as consolée – mais cela aussi m'était honte, châtiment, ces paroles de douceur auxquelles tu t'efforçais, tant pour te calmer toi-même que pour m'apaiser. Il y eut encore longtemps un silencieux sanglot en deçà de mes paroles mal assurées. Ce que je ne t'ai pas dit, c'est que pendant les mois qui suivirent je n'eus pas confiance en moi, craignant toujours plus tard ou dès à présent de te faire souffrir ainsi sans l'avoir mesuré. Est-ce au début de novembre que je fus triste quelques jours, me méprisant, doutant de moi? m'éprouvant indigne. Indigne bien sûr puisque j'avais pu te causer de la peine, et je me détestais. « Je crois savoir ce que j'ai » : c'était cela, ce remords latent. Cela a passé peu à peu et ce que je vois à distance, c'est que tout entre nous fut très pur, que ma naïveté et ta violence nous ont préservés du sordide. Ce désespoir d'alors, c'est Nous; ce souvenir partagé, c'est nous et je ne veux pas m'en défaire tant il fait corps avec l'ensemble de nos souvenirs. Une pierre fut jetée dans le miroir calme qui soudain s'étoila : et l'étoile est belle, comme une autre de cristal. Longtemps aussi j'ai cru que je ne pourrais revenir à Agde – mais cela aussi est passé : nous irons à Agde, où nous serons seuls ensemble.

Juillet – J'y pense continûment...

Jeudi

Juillet... j'ai continué d'y penser dans mon lit. Pas très longtemps, il est vrai, car malgré les voix fortes dans la pièce voisine (mes parents recevant hier soir de jeunes collègues), je me suis endormie sitôt couchée... jusqu'aux approches de l'aube ce matin. (Le temps seulement, avant de me laisser brusquement couler, d'évoquer nos sommeils futurs. J'en ai d'avance la gorge serrée de gratitude.) Ce matin, levée la première, je rejoignis Isabelle dans la cuisine... Le café d'abord... La lampe... et c'est à peine si je m'aperçois, une demi-heure plus tard, de la présence silencieuse de Manou à côté de moi. Manou discrète : elle ne pose jamais aucune question et j'aime ce silence qui est confiance et respect d'autrui...

Vers huit heures, bottée, emmitouflée, je suis sortie; jour déjà mûr et lourd, pesant par ses nuages massifs mais troués de soleil, jour que bouleversait le vent – et le vent sur mes lèvres te ressemblait, pressant, mobile et titubant... Ajoncs en fleurs. Les ronciers ont des bourgeons tendres, éclos depuis l'autre jour... J'avance vite, contre le vent, en riant de plaisir, de désir, la bouche offerte et les yeux mi-clos, j'avance vers toi. (Je sais maintenant que ces fuites brèves de l'aube, depuis toujours, furent des efforts pour échapper aux autres, à moi-même, me rassembler et me donner dans un élan qui trouve enfin en toi son accomplissement)... Au bord de la mer, il y a de cela des années, je me levais aussi très tôt, et je me baignais dans le vif du jeune jour... Un pêcheur que je rencontrais chaque matin m'avait dit que j'avais le sang chaud; je l'avais entendu innocemment. Au retour m'accueillait l'air épais, opaque des chambres, celui-là même que je retrouve ici lorsque je reviens de mes chemins et que j'apporte une tasse de café à Maman avant qu'elle ne se lève... Mon amour, veux-tu, je t'apporterai ainsi ton déjeuner au lit! Je sais que je me lèverai de bonne heure, pour la douce douleur de m'arracher à toi et de te regarder dormir à distance. J'irai prendre des nouvelles du jour et du vent, et je te reviendrai fraîche, salée, avec sur ma peau des reflets de soleil. Comme je t'investirai alors! ou bien, si tu dors encore, je me glisserai précautionneusement dans la coquille tiède de tes membres, ou bien je me ferai coquille moi aussi, enveloppante, et je t'éveillerai, doucement pressante. Oh! Je n'ose y croire encore. Dans trois mois seulement! – Se peut-il, se peut-il? Sûrement, nous en mourrons! de « la douce mort-ensemble ».

Une étoile, un arbre, un oiseau *,
signes familiers
pour apprivoiser l'espace où je m'avance
et tout ce bleu cérémoniel qui
m'effarouche

* Mon amour pardonne-moi d'être si maladroite et solennelle, comme une petite fille qui prononcerait avec difficulté un compliment aux mots trop importants pour sa voix menue, tout engoncée dans cette neuve déférence qui m'entrave et que je ne parviens pas à briser... Je suis mal à l'aise dans ce silence glacé des feuilles vierges que j'ai peur de ternir. Insatisfaite à l'avance de ce que je dirai et de ce que je ne saurai dire; tu attends trop de moi, et j'ai mal de ta déception certaine.. Si seulement je pouvais me persuader que ceci n'est qu'une lettre que je t'écris dans la confiance et l'abandon et la liberté de la parole, comme je parlerais avec élan, vivacité, sans souci de bien dire! Mais j'éprouve presque comme un sacrilège de bavarder à propos de ce livre, et je ne sais t'offrir que des phrases empesées, sans grâce.

Tout à l'heure, un moment, je fus tentée d'implorer un sursis; Minou mien l'eût accordé sans doute, mais aurais-je su m'y résoudre? Je suis tenue de rendre hommage, si piètrement que ce soit.

---

* Ils ont été esquissés en regard, sur la feuille bleu pâle.

Vendredi

CINQ HEURES du soir. Puisse ma mère qui voit tout ne pas s'apercevoir de ma peine et des larmes que je contiens au ras des cils. Comment pourrait-elle comprendre que la cause en soit ce manuscrit que tu m'as confié et que l'on me voit transporter de pièce en pièce et lire presque à toute heure du jour, si précieux et secret que je le referme sitôt qu'entre un importun? Elle me croirait folle, et sans doute je le suis véritablement, hantée – comme une maison où l'esprit errant se fût dilaté aux dimensions de l'espace clos, et pétrifié entre les murs qu'il imprègne. Amour mien, j'ai mal, j'invoque tes mains pour qu'elles pacifient mon visage, tes lèvres pour qu'elles rafraîchissent mes paupières, ta voix pour qu'elle rompe l'inflexible silence où s'abîme Isabelle, et moi avec elle, le silence immense de ce livre, silence comme un ciel blanc d'orage qui se ferait galet pesant, broyeur, me meurtrissant, m'oppressant. Oh, toi, peux-tu comprendre que ce livre m'épouvante, ce livre pur sortilège – l'incantation et le charme qu'elle opère, charme ou hallucination et l'exaltation et le dénuement qui s'ensuivent : les mains, la bouche, le regard, l'ouïe ébranlés, requis, accaparés – ne rencontrant à la fin que le vide tant ce cri consume dans l'instant ce qu'il désigne, éclaire et rappelle au jour. De la nuit à la nuit... La nuit monte de partout... Ah, vais-je parler comme elle à présent? Elle? I-sa-belle... J'écoute, penchée au-dessus du puits que semble être soudain le monde environnant, au-dessus du puits de mes bras vides, de ma gorge comblée de nuit, j'écoute se répercuter l'appel, j'écoute jusqu'au vertige. Rien qui réponde, et ce rien me suffoque comme un excès d'ombre au-dedans comme au-dehors de moi. Rien, il ne reste rien qu'un labour au long de ma gorge, qu'une nausée à fleur de lèvres, et qu'un désespoir incompréhensible. Rien. Quelle mort vient de s'accomplir, et pourquoi cette inertie soudaine des choses comme frappées de stupeur, toutes les choses comme une seule aire calcinée? Isabelle... C'est le nom que je donne à la nuit, et à toute fleur mortelle promise à la nuit; c'est le nom de ce sourire dans la nuit qu'est maintenant le soleil, un soleil magnifique et nostalgique sourire, l'écho de la clameur dissoute d'un chœur de folles exaspérées sous le vent, ou ce qui reste seul de la fabuleuse salamandre que j'écoutais. Que j'écoutais... Car je n'ai pas rêvé cette plainte qui me dresse au sein du monde familier, étrangère soudain par mon angoisse, comme éveillée en sursaut de l'hébétude confortable habituelle... Ah, comment n'ai-je pas compris, tout le temps que je l'entendais, que celle qui me parlait se dévorait elle-même, corps et biens, donnant au feu tous ses trésors, obstinément, inéluctablement; comment n'ai-je pas vu que la flamme la sapait intérieurement, l'évidait, la creusait, jusqu'à ne plus laisser subsister qu'une transparente enveloppe, comme d'une chrysalide, qui serait soufflée d'un coup?... Suicide. Et toute une enfance exaltée, dans une célébration ultime, définitive, toute une enfance passée au fil aigu du regard, une dernière fois, et perdue. Perdue? Perdue? Le livre est refermé sous ma main, le livre que j'ai relu et qui m'a rendu avec plus de faste qu'à la première fois sa loyale richesse. Le livre est refermé comme une eau noire où je sais qu'une ville de légende est gisante et lorsque je le rouvrirai tout ce que j'ai cru voir brûler et s'engloutir me sera redonné en sa fraîcheur et son éclat originels. Davantage : Isabelle silencieuse, Isabelle qui ne répond plus, vit dans l'acuité soudaine de mon regard, dans le battement de fièvre de mes poignets, dans le cri que je réprime... Isabelle est morte, mais je suis plus vivante – et songe à cette vie multiple qu'elle va connaître lorsque pour d'autres que moi, pour des milliers, elle se métamorphosera en un surcroît de vie! Songe à cette perpétuelle naissance, comme d'un phénix surgissant de ses cendres... C'est pour ce prodige que j'ai pleuré. Pleuré de gratitude et pleuré d'humilité. Pleuré d'effroi aussi; on ne fréquente pas impunément les flammes et les miroirs et les créatures qui vivent en eux, démons de l'exigence et de la lucidité; et cependant je n'ai rien fait d'autre depuis le début de ces vacances que de vivre dans la familiarité et l'intimité d'Isabelle, la préférant à toute autre compagne, et cette immatérielle et diverse contrée autour d'elle, à tout autre paysage, lui consacrant un loisir étendu pour elle à tout le jour et dérobé à mon entourage. Je lisais, je relisais, à voix haute souvent, et ces phrases toutes polies, ciselées, je les rendais plus limpides encore par la caresse de l'accueil que je leur faisais. Je ne te disais rien du livre puisque j'avais résolu de le faire longuement sur ces feuilles bleues choisies tout exprès... Hier matin, j'ai voulu commencer à écrire ces quelques pages de commentaire que tu attends. Très vite, j'ai éprouvé mon indignité. Non que je pense me tromper dans ce que je pense et ce que je dirai de ce livre : le plaisir et l'angoisse que j'ai éprouvés authentifient mes paroles. Mais j'ai tant à dire que ma gorge d'avance se serre, et surtout je sens bien qu'il faudrait écrire un pur poème – ou sinon se taire. Tu attends trop de moi, et j'ai mal de ta déception certaine... Amour mien, je te le dis pour l'avenir, il ne faut jamais, jamais me louer pour ce qui n'est pas encore écrit, me juger sur mes promesses, me croire capable de, me le dire : c'est le plus sûr moyen de me paralyser et de me désespérer. Tu sais bien : les enfants chantent délicieusement parfois lorsqu'ils se croient seuls, lorsque cela vient naturellement, et puis lorsqu'on les en prie, tout intimidés ils se renfoncent dans le silence. Non par esprit de contradiction, mais par timidité, pudeur. Fausse honte. Ainsi les mots qui me sont venus pour parler d'Isabelle, parce que je les savais attendus, étaient-ils parcimonieux et sans pouvoir, débiles, mots secs et poreux, comme si tu n'avais, en l'employant pour tes sortilèges, laissé subsister du langage qu'un ossuaire de mots calcinés. J'ai voulu écrire sur les feuilles bleues – et ce fut d'abord telle prière pour obtenir ton indulgence (mais je me détestais en l'implorant). Je n'ai pas osé poursuivre... Après le déjeuner, j'ai persévéré, et j'ai éprouvé alors l'immensité de la tâche, et l'exiguïté du loisir dont je dispose à présent. Ce commentaire, il faudrait le laisser naître du silence, afin qu'au lieu de le ternir il l'approfondisse, le prolonge... Je m'obstinais pourtant, ne pouvant me résoudre plus qu'à la parole au mutisme qui te semblerait peut-être paresse. Je m'obstinais, et le visage d'Isabelle devenait obsession, hallucination; je le contemplais avidement, soumise au resserrement de mes tempes qui faisait comme saillir mon regard à vif, à nu... et je savais tout ce que j'en voulais dire, et que personne mieux que moi ne pouvait la précéder et la saluer de sa louange, personne, pas même toi dont elle n'est pas assez distincte pour que tu puisses l'expliquer, je savais qu'il m'incombait d'écrire un prélude et une réponse, mais pouvais-je en quelques pages résumer l'œuvre de célébration dont je me sentais grosse?... Je me suis rendu compte que les notes que j'essayais d'organiser étaient l'ébauche d'un essai... mais non ce que tu attendais. J'en ai souri. J'en ai pleuré. Et puis j'ai continué à pleurer tant ce prodige m'exténue – tant, à force de contenir, d'héberger ce regard qui dans sa transparence ensevelit des mondes révolus et ceux à venir, je me sens moi-même devenir sa proie. Regard d'effraie, et me reviennent ces mots d'un vieux romance espagnol dits pour la tête d'un ennemi tranchée – « Mon fils, ah couvre la tête, elle me change en pierre avec ses yeux d'effraie! » Ce regard en moi me prend, et le monde qui m'entoure dans son eau si semblable à la pierre... J'ai pleuré : à défaut de poème je t'offre mes larmes qui résument l'indicible.

* Puis j'ai souri encore, pour que tu ne sois pas triste, et, pensant à toi, je me suis rasséréné assez pour pouvoir t'écrire.

Samedi matin

Je te souris, Amour mien. – Petite fille folle, folle! C'est bien là ce que tu dis en me berçant? Pardonne-moi d'avoir jusqu'ici si mal répondu à ton attente. Permets-moi, – n'est-ce pas, tu veux bien? – permets-moi de continuer à te parler d'Isabelle comme je fis hier sans apprêts, sans réflexion; je crois qu'ainsi, vivant ma parole au lieu de harceler une pensée reculée hors de prise et de m'achopper sans cesse aux difficultés du style, je parviendrai à t'écrire l'essentiel. Ce que j'aurais voulu dire d'abord, pour en sauver le souvenir précis et parce que ce fut un événement intime et universel à la fois, c'est ma rencontre avec Isabelle, l'immédiate reconnaissance allant jusqu'à l'identité, et puis la longue et lente exploration du livre que j'ai poursuivie pendant ces vacances, à n'en plus finir, et qui, je le sais, ne se peut achever, miracle multiple que reproduira différemment chaque lecture (chacune comme une recréation distincte).

Ce dimanche après que je t'ai vu, il y eut la confrontation (mémorable) de tes deux créatures, celle de chair ou de sable au soleil que chacun de tes gestes façonne, que ton attente mûrit, et celle d'ombre lentement formée de ton rêve et se développant selon ta parole (l'une en devenir et l'autre donnée, achevée), la Vivante et l'Absente (mais absente vivant d'une vie décantée, limpide, intemporelle), se rencontrant comme en un jeu cruel de miroirs où l'une désespérée se reconnaîtrait sous la forme de son souvenir, où l'autre découvrirait anxieusement son visage inverse, le regard béant, exorbité, buvant le regard d'eau vive charriant des soleils, les lèvres de pulpe épousant celles de nuit que ronge une plainte corrosive. Je contemplais mon négatif aux yeux blancs, aux lèvres évidées. J'étais songe, songe d'Isabelle, songe d'un rêve, enfance d'un mythe, et je voyais en elle la conscience de ma chance, ma souffrance virtuelle et, conjuré, le malheur qui eût pu m'atteindre. Laquelle de nous deux était vraie, et laquelle reflet? Comme nous nous ressemblions! – Mais la lumière qui me bronze la fane, le jour qui m'affermit l'efface...

Le jour qui m'affermit l'efface... Est-ce bien certain? Non, j'allais dire encore : Pourtant le jour qui me corrompt la garde... Je me contredis. C'est qu'il y a deux Isabelle, ou plutôt deux façons de parler d'elle : j'en peux parler comme d'une fille vivante, au destin inachevé, fille à plaindre et à aimer, et c'est ce que je fais lorsque je me compare à elle. Mais j'en peux parler aussi, plus raisonnablement et lucidement, en création de l'esprit, mythe, symbole, image, comme la verront d'abord les autres. Mon expérience est unique en cela que j'ai d'abord connu d'Isabelle son humanité, sa réalité (Souviens-toi, nous parlions si souvent d'elle, tendrement, comme nous aurions fait d'une sœur, d'une amie malade que chaque soir tu aurais dû veiller...) – que, d'emblée j'ai été en proie à l'illusion que la lecture ne procure qu'à la longue, et qui ne naîtra que lentement pour les autres lecteurs. Expérience inverse de l'expérience commune, mais qui pourtant la contient : je ne saurai dire à quel moment cela s'est fait, mais je sais que très vite j'ai oublié ce que je savais d'Isabelle, très vite j'ai quitté l'Isabelle-d'avant-le-livre pour m'avancer à la rencontre d'une inconnue douloureuse et captivante. Certes, si je n'avais été prévenue en ta faveur, je me serais disposée à cette lecture avec moins de piété, je ne l'aurais pas entourée de ce cérémonial religieux, et sans doute eût-elle été interrompue, soit par des intrus, soit par la nécessité de vaquer à diverses tâches. Je crois pourtant que l'effet de la lecture n'eût pas été très différent, et je suis certaine que sa résonance ensuite eût été la même... Oui, tu souris, un peu sceptique, et tu ajoutes : – Tu es juge et partie. Je sais... Mais je sais aussi, après une seconde lecture, dans quelle mesure exacte l'accueil que je fis à Isabelle fut l'effet de notre commune appartenance, de notre même origine. C'est ce partage qu'il me faut faire pour toi, afin que tu puisses me croire (et je veux que tu puisses me croire pour attendre sereinement l'accueil des autres et n'en pas souffrir s'il diffère parfois du mien).

Il est vrai : lorsque tu m'as remis le manuscrit, je ne l'ai pas d'abord reçu comme un livre, avec de naturels sentiments d'intérêt et de curiosité bienveillante, mais comme un talisman dont rien ne pouvait altérer le rayonnement, une longue lettre d'amour précieuse avant même d'être lue; eût-il été un ouvrage grossier, naïf et maladroit, que je l'aurais encore aimé avec indulgence et tendresse, qu'il fût resté pour moi incomparable comme un poème qu'une mère reçoit de son enfant : mais je me serais connue indulgente, au lieu que l'œuvre me violente, me forçant à l'admiration!... Il est vrai : j'allais par cette lecture à ta rencontre, elle ne pouvait qu'affermir mon amour... Mais justement : ce n'est pas Toi que je rencontrai, pas plus que je ne rencontrai l'Isabelle familière qu'il me semblait bien connaître déjà! Mais justement : l'événement débordait le champ bien clos, pourtant si vaste de notre amour! Il y eut, une seconde fois, cette déflagration silencieuse assourdissante par quoi un an plus tôt je t'avais reconnu : à croire que j'étais, une seconde fois, amoureuse...

Aussi, il me semble te l'avoir dit, j'éprouvai les premiers temps une réelle difficulté à joindre Minou-mien-de-toujours, et Celui que je découvrais, Minou en deçà et Celui au delà du livre, et j'allais de l'un à l'autre, sans parvenir à vous unir, à réconcilier mon regard divisé d'amoureuse. (Heureusement qu'il s'agissait de Toi et Toi encore...) Or, que cette éclosion ait pu se produire dans notre intimité quand je n'attendais de ce livre que la sereine communion de nos regards et de nos souffles, que je l'aie ressenti entre nous soudain comme une monstrueuse naissance qui nous divisait, obscurcissait notre limpide univers amoureux, comme une explosion par quoi j'étais « soufflée », abattue comme château de cartes, sur ma rive lointaine, et que j'aie pu un moment te voir de l'autre côté de ce livre avec entre nous tout l'océan évaporé – quand jusque là j'avais cru lire par dessus ton épaule –, que j'aie été arrachée de toi, même si ce n'était que pour t'être livrée toute vive, que je t'aie rencontré une seconde fois, qu'une seconde fois j'aie été mise au monde et le monde avec moi, cela signifie évidemment le pouvoir prodigieux de ce livre : que le livre écrit par l'homme que j'aime et que j'en ai reçu comme un témoignage d'amour ait pu m'arracher à ma réalité d'amante, cela signifie évidemment la puissance de l'illusion qu'il fonde.

Tout le temps que je lus, la ferveur initiale patiente et paisible, la confiance se prolongèrent, mais en sourdine et comme sous-jacentes aux impressions neuves et distinctes qui s'inscrivaient sur ce fond chaleureux, se développaient à fleur de moi où je vivais avide, curieuse, alarmée, passionnée. L'amoureuse veillait latente, mais le livre tirait d'elle une lectrice exigeante et fébrile, drainait vers ma limite avancée, confondue avec mon visage intensément attentif, mon âme même exaltée. Je t'oubliais, j'oubliais notre Isabelle (et j'oubliais qu'il ne se passerait rien, mais je le pressentais...) N'en accuse que toi, mon amour, et tes incantations! Tu ne nieras pas que ce livre est un livre sorcier; car ce qu'il m'est donné de savoir par lui, dont je me doutais et qu'il m'assure, c'est d'abord le pouvoir incantatoire du langage : chaque chose invoquée – le feu, l'alouette, telle étoile, tel coq, chaque plaisir ancien remémoré, chaque trésor perdu surgit, appelé par la formule exacte, précise, clef forgée à ce seul usage dont on sent bien que la moindre altération amoindrirait la puissance, qu'un mot déplacé, remplacé nuirait à son efficacité. Le langage qui, pour presque tous, et le plus souvent, est démarche approximative, incertaine, tâtonnement, progression soumise à fluctuations, expression susceptible de métamorphoses, est ici diversifié, approprié, rigoureux. Le mot, parce qu'il est choisi, qualifié, devient coïncidence entre le vœu et l'objet qu'il nomme exclusivement. Les choses ont leur nom propre. Aussi le mot, ayant atteint son but, se pulvérise-t-il aussitôt, devenu inutile. Un livre où les mots l'un après l'autre s'éclipsent, crèvent comme bulles livrant chacune sa substance éthérée... (C'est sans doute ce que tu appelles « faire mouche »; j'y songe : tu n'aurais pas besoin des leçons de M. G. qui naguère m'enseignait que chaque mot a son usage, sa physionomie individuelle différente, unique... ce livre comblera notre ami.) Si les mots se volatilisent que reste-t-il? Tu le sais bien, mon intercesseur, tu sais bien que tu « donnes à voir », telle nuit comme une prairie de mai, ou l'oriflamme que brandit le chant d'un coq, ou ce couple endormi, proche de son enfance et de sa mort... Tu le sais, et moi je le découvre, et je le conclus à l'instant même... (Écoute ceci qui me réjouit : je parle de ce livre et les choses que je dis toutes, finalement, se peuvent résumer par telle de tes phrases anciennes ou ce que d'autres ont pu dire d'autres œuvres d'art; et c'est à chaque fois une surprise heureuse.) Oui, tu donnes à voir, mais plus encore, tu donnes à prendre, à posséder, à éprouver : la différence entre ce livre et presque tous, c'est que l'invocation composée et dosée scrupuleusement, y est une invocation efficace, c'est-à-dire une incantation, c'est-à-dire que l'objet invoqué n'est pas évoqué absent mais recréé présent. Oui. (Faut-il conclure par ces mots dont je ne me souvenais pas et qui s'imposent maintenant : que ce livre est *présence d'absence*?) Et recréé, le réel est surréel c'est-à-dire légèrement oppressant, étouffant, chargé d'intentions, de maléfices, de charmes, non seulement présent comme il fut autrefois ou ailleurs mais puissant. Oui, bien sûr, on parlera de surréalisme; surréalisme dans sa période classique (« littérature à l'état de fleur heureuse ») rigoureux, délibéré et contrôlé. Livre duquel semblent procéder les œuvres des poètes de ce siècle, qui en donne les clefs. Déjà, lorsque pour la première fois j'avais entendu la voix d'Isabelle, – c'était dans ma petite chambre de l'avenue de Muret, il y a plus de deux ans – j'avais bien constaté que cette voix m'était lumière éclairant les régions poétiques plus ou moins impénétrables contenues et retranchées d'ordinaire en un langage elliptique. Ah que j'aime ce livre qui daigne être introduction au surréalisme, ou surréel et par là l'authentifie, qui daigne se faire éducation du regard, révélation et exploration des ressources du langage. Quelle récompense pour qui s'efforce d'être attentif à chaque mot et non pas seulement abandonné à leur écoulement mélodieux et quelle gratitude envers celui qui procède à cette initiation poétique, qui nous révèle nos richesses, et nous rend neuf, efficace, un langage tout usé!

Oui. Mais tout cela n'est livré qu'à de certaines conditions (et c'est bien que la jouissance des fastes ne s'obtienne que lentement). Éducation du regard, ce livre l'est pourvu qu'on le veuille, que l'on se laisse transformer et posséder par lui : une lecture accélérée comme celle que j'en fis d'abord ne peut être que blessure d'un regard mis à vif, ébloui, ensanglanté, aveuglé, suffocation des sens exaspérés et excédés; une débauche lumineuse et musicale, une orgie exténuante; vouloir épuiser ce livre en une fois c'est risquer de tomber ivre mort... et tu te souviens que je fus immédiatement après et pendant quelques jours douloureusement lasse et nerveuse; tu te souviens qu'une semaine durant j'évitai de rouvrir ce manuscrit pour ne plus entendre cette voix qui m'avait lacérée et décapée, faite si vulnérable, à merci. (Mais c'était peine perdue : la voix avait l'ampleur du silence même...) Ces vacances je me suis soumise au livre, offerte, et me suis laissé prendre, agripper par chaque mot. Sensation d'enlisement, d'enfoncement lent mais vertigineux, de progression à laquelle le livre, de par sa densité, opposait une légère résistance – suffocation parfois et l'angoisse de me sentir presque immobilisée au sein des éléments : la petite ville benoîte, ou notre prairie, ou la nuit « prenant » autour de moi, se coagulant (oui, prenant corps). Forêt vierge, inextricable sous-bois. (Tu voudras bien que j'écrive cela avec plus d'exactitude lorsque mon loisir ne sera pas borné, menacé? Si je le tentais à nouveau maintenant, je sais que très vite ma maladresse me désolerait. Je ne peux qu'établir quelques points de vue, jalonner une réflexion. Je t'en prie, ne sois pas mécontent : il faut d'abord que je limite grossièrement mon champ d'investigations, avant de minutieusement l'explorer) – Ce dont je suis sûre à présent c'est que les lectures prochaines que je voudrai toujours plus voluptueuses seront toujours plus lentes... Te rends-tu compte de ce que cela signifie? Qui craignait en rouvrant un livre séduisant au premier abord de ne plus lui trouver de charme [1]? Oui, certains livres évaporent instantanément tout leur suc et l'on ne retrouve plus qu'un langage insipide, éventé. Mais tout au contraire tes mots, pour libérer d'emblée le trésor qu'ils exhument, n'en possèdent pas moins le pouvoir de le ressusciter indéfiniment. Le miracle est multiple et perpétuel – j'en peux témoigner! J'ai lu, relu, dit à haute voix certaines pages comme pour les éprouver, pour vérifier que le lac pur qui y était massé ne s'allait pas tarir soudain – mais non, il demeurait immuable recélant dans ses étages limpides et sur son fond les choses en leurs neuves couleurs et leurs parfums et les êtres animés qui s'y mouvaient comme en leur élément de prédilection; mais moi, allant au-devant d'eux, je suffoquais un peu dans cette atmosphère dense et liquide. Pourtant je ne pouvais pas ne pas m'avancer, et si je ne cessais pas de lire ce n'était pas parce que tu attendais un prompt avis, mais parce qu'insatisfaite je poursuivais au travers du livre la résolution d'un déséquilibre que les premiers mots mêmes avaient provoqué en moi. « Demain j'aurai trente-cinq ans » : nous voici assenés, précipités et de cet ébranlement naît l'exténuante oscillation qui se prolonge tout le temps de la lecture, de laquelle on s'exaspère – on se désespère, et que l'on veut voir cesser mais qu'achève seulement le silence d'Isabelle – la mort vive d'Isabelle : perpétuelle oscillation verticale au sein du temps, entre le temps précis, étriqué et formidable, que rythment les sonneries de cloches sonnant à intervalles réguliers le glas du jour, de la nuit, de la ville, comme une promesse du glas des vivants, et le temps immense à la mesure des bras fervents des enfants et des amoureux – perpétuelle oscillation dans l'espace, entre ce lieu étroit comme une tombe où se tient Isabelle et que limite la rigidité du cadre de la fenêtre (et toute la ville vient s'y résumer, la ville qui n'est guère plus vaste, étroite elle-même comme un carcan) et l'ailleurs – « là-bas »

– qui peut être la Provence, la mer, Paris, « notre » prairie, la maison d'enfance, ou l'enfance elle-même; perpétuelle contradiction entre l'inertie d'Isabelle, la vanité des gestes devinés au-delà des portes et persiennes voisines et la prolifération, l'opulence des gestes d'autrefois habités « à pleins bords », souples et vivants, insérés dans l'harmonie universelle; perpétuelle confrontation entre le visage ébloui d'Isabelle et celui-ci qui s'éprouve voué à la mort, voué au silence; perpétuel parallèle entre le paradis perdu et la damnation terrestre qu'est la solitude... Ah, que cela cesse enfin! Mais Isabelle ne s'épargne en rien, ne nous épargne rien – et l'on regarde le massacre jusqu'au bout, l'espoir à chaque heure bafoué un peu plus inéluctablement et foudroyé par la nuit revenue, par le silence d'Isabelle... « Demain j'aurai trente-cinq ans... » Demain est passé. Et c'est encore demain (et l'identité des deux mots qui commencent et achèvent le livre nie tout ce qui fut subi et rêvé en un jour. Rien, il ne s'est rien passé – ai-je été hallucinée? l'effroi me saisit...) La longue tension douloureuse que je ressentais cesse brusquement avec le silence qui tranche l'interminable dilemme : mais au lieu de m'éprouver délivrée, soulagée, me voici dépossédée, frustrée, comme si l'on avait en moi déraciné le chant – et peut-être suis-je morte moi aussi, puisque soudain le monde est absent de moi? Et cette angoisse et ce silence sont l'achèvement du livre et l'enveloppent dans leur désespérante unité... Mais lorsqu'un peu plus tard je reprends lentement possession de mes contours heureux par lesquels je m'unis au monde et à toi, des larmes de gratitude me viennent, comme un apaisement; elles sont en moi la présence d'Isabelle, et la tienne encore. Elles sont Isabelle vivante, bercée, préservée – elles seront après ta mort, vivant, bercé, rasséréné – ta présence diffuse, multipliée – ton éternité.

Lundi

J'aurais beaucoup à dire encore. Mais vraiment, je dois travailler. Tu vois n'est-ce pas que je ne pouvais pas écrire tout ceci sur ces pages bleues où ne doit s'inscrire que pur poème.

Je te demande pardon, triste de te décevoir, mais assurée que tu comprendras que je ne puisse encore m'attarder auprès d'Isabelle. Le temps est bref qui nous sépare de juin, et je me raidis toute à la pensée des semaines qui viennent. Il faudra, mon amour, que je t'écrive brièvement, cela aussi je sais que tu me le pardonnes... Jours éprouvants mais qui passeront vite. J'ai peur à peine – mais deux mois pour triompher de l'anxiété; cela suffit; tout ce temps-là tu veilleras sur Nous. *

★

Je ne veux rien ajouter à ces pages.

Demain et les jours qui suivront et dorénavant, il faudra sérieusement travailler. Au surplus je crains d'avoir trop longuement écrit, et que ces nouvelles retardées ne t'ennuient. Mais la nouvelle ancienne et présente – et qui est encore promesse et prédiction – de mon amour y est inscrite évidemment à chaque page, tangible dans l'épaisseur des strates jour après jour déposées.

J'aime être à nouveau à haute voix auprès de toi. Lisible, visible, présente. Et que tu sois veillé, bercé, caressé, protégé. « Bien au creux, bien au chaud [1] »,

mon petit loir, mon trésor.

★

Toulouse Jeudi

Bonjour Amour mien! Ah, que j'ai hâte de t'entendre, de te retrouver... Dis vite

mon amour.

●

Vendredi
[10 avril 1964]

BONJOUR AMOUR MIEN, Bonjour Toi, qui fus présent ce matin par cette carte que Maman m'a fait suivre. (Ayant des cours hier jeudi, je suis rentrée mercredi par ce beau temps revenu qui m'exalte à l'ouvrage.) As-tu compté, Amour mien? sept semaines encore, seulement sept! J'ai un peu peur... Allons Bonhomme! Si tu le permets, c'est moi qui t'écrirai tout ce temps de brèves et denses lettres bleues. [...]

Mon ami, il faut être maintenant mon amour tout doux qui m'apaise et me conforte, qui berce l'enfant inquiète tourmentée. Je m'efforce de respirer calmement, de progresser sûrement... mais j'ai besoin, tellement! du secours de ta main, de ta voix... Ma gorge est trop serrée déjà pour que je parle de juillet... Alors raconte, toi, je t'en prie... Entre moi et moi, il y a désormais... l'échéance. Je ne crains pas le résultat; je sais seulement que cela sera difficile et que jusque-là je ne saurais être en paix... Mais comme je me retrouverai, comme je nous retrouverai ensuite!

Je voudrais te voir une fois encore, bientôt, vers la fin du mois... Dis? pour le prendre de très haut ensuite...

Et courir vers Nous!

Au mois de mai, je ferai un exposé sur...
... le Prince [1]!

Dimanche après-midi
[12 avril 1964]

AMOUR MIEN, Amour mien, je t'invoque, j'ai si grand besoin de Toi... Alors qu'il faudrait justement ces jours-ci que je veille chaleureuse auprès de toi. Pourquoi cet exténuement soudain après quinze jours de vacances confortables, pourquoi cette angoisse constante, cette faiblesse dans les membres, ce sommeil tourmenté – et je ne te dirai pas quels atroces cauchemars m'ont dressée sur mon lit cette nuit –, pourquoi ces larmes faciles lorsque je pense à toi mon amour? Quel mal nous menace? Et pourquoi ne puis-je plus même m'éblouir au seul nom de juillet?... Qu'est-ce qui soudain me fait si vulnérable?... Mais je ne veux pas être malade! Il ne le faut pas maintenant! Maintenant je dois travailler, je dois réussir! Je te promets, oui je te promets d'y parvenir... Mets seulement ta main sur mon front – ou seulement pense à moi très fort, comme tu m'aimes. Besoin de Toi, oui, de ta tendresse. Et ce n'est pas le besoin de te voir (je suis trop fatiguée ces jours-ci pour éprouver le désir précis de ton corps) mais seulement celui d'être protégée, prise en charge. Josette et Mout sont venus me chercher à l'heure du déjeuner et nous avons mangé ensemble dans un restaurant très calme; je me suis laissé cajoler. Dehors, lorsque nous sommes sortis, il faisait tiède et clair... Il va falloir travailler; mais j'ai voulu auparavant venir auprès de toi qui sais si bien me guérir de tout mal. Mon amour, ma vie. Raconte-moi des histoires pour rire. Dessine-moi le soleil. S'il te plaît... Je voudrais pourtant être forte et vaillante et droite à ton côté, je voudrais te donner du courage, je voudrais te persuader de toutes nos raisons de vivre, d'écrire, d'aimer...

Allons Bonhomme, demain tu iras mieux, demain tu iras bien. Demain Nous irons bien... Je t'en prie, berce-moi, berce-nous ensemble...

Lundi midi

Comme j'ai eu raison de t'appeler au secours! Il me semble qu'aussitôt après j'ai commencé à reprendre souffle... Couchée très tôt je chantonnais dans mon lit en berçant Minourson – et parfois j'allumais pour le plaisir de voir surgir la lumière, et lorsque j'éteignais j'éprouvais l'ombre confortable et non plus menaçante; j'ai dormi jusqu'à satiété, jusqu'à six heures ce matin et j'ai su en m'éveillant que j'étais sauve, car je t'ai souri, toute proche de tes lèvres. Je recouvre ma souveraineté sur toutes choses. Une fois de plus la maladie a dû lâcher prise; je crois que plus jamais je ne la laisserai me soumettre, m'envahir; tu fais ma force, et un tout petit prince investi de ta confiance me garde fermement. (Nous nageons côte à côte, et lorsque je m'essouffle, il m'apaise, me soutient; notre longue navigation dangereuse est tout près de finir – et comme j'aimerai m'en reposer entre tes bras, échouée sur la grève, enfin!) Amour mien! Tu es là immuablement. Ta lettre de ce matin le dit. [...]

Je t'envoie la lettre de Marie-France. Son amie Françoise est venue la voir pendant les vacances; elle m'a paru très attachante : expansive et passionnée, telle Hélène il y a cinq ans, mais sans doute moins futile. Quant à ma petite sœur, je l'aime de mieux en mieux et elle me le rend bien; nous nous ressemblons davantage depuis que je suis devenue fille et femme « entière à la folie », en même temps qu'elle se faisait plus grave, plus attentive, « sérieuse »... Ce qui lui reste de désinvolture n'est plus que manifeste de son indépendance. Elle saura être libre, je crois... Si nous sommes toutes deux à Cadaquès au mois d'août, et si tu es libre, viendras-tu... la voir?

Amour mien, je vais travailler : il me semble que je

pourrais ne plus m'interrompre jusqu'en juin, que je saurais même renoncer à te voir avant d'être enfin libre... Cependant il y aura vers la fin de ce mois ou les premiers jours de mai une adorable récréation. J'ai à prendre soin de toi, mon tout petit. Sois très sage et confiant... Demain je te raconterai mes insolences d'autrefois... Je te laisse la tâche privilégiée de nous célébrer, car je le ferais mal à présent (mais à moins que tu ne préfères le bleu-Isabelle, je reviens aux feuilles blanches car il n'y a pas lieu me semble-t-il de décréter un régime d'exception?) Je ne veux pas avoir peur, ni me hâter. Tu veilles.

Mardi
[14 avril 1964]

QUELQUES LIGNES à peine, soit, mais quelques lignes tout de même pour que le rite de notre salutation continue d'être chaque jour accompli, pour que l'angoisse soit quotidiennement conjurée. Et j'ai d'abord pris le temps de t'écouter, de te regarder parler et me persuader de ton amour... Évoquer aussi la petite fille que tu imagines. Mais bien sûr mon amour que je fus truculente! Gourmande, enthousiaste, prolixe, la vigueur même, l'évidence du bonheur d'être. Familière avec tout et tous, curieuse, avide, affectueuse... Mais aussi sincère, franche, exigeante, frondeuse... Ce devait être l'année du brevet... Oui, j'avais donc quatorze ans... Notre professeur de français, fraîche émoulue de l'E.N., ne parvenait pas à discipliner cette vingtaine de garçons et de filles dont je dois dire que la plupart étaient fort remuants et paresseux... Cette incompétence pédagogique m'irritait au plus haut point et je m'en plaignais avec véhémence à mes parents qui, bien entendu, n'y pouvaient rien. Les heures se passaient en criailleries et nous n'apprenions rien. Or, l'examen de juin approchait et j'avais résolu, plutôt que de perdre mon temps, d'étudier toute seule sur mon livre pendant les interminables interrogations orales et réquisitoires qui suivaient... L'ordre me fut un jour donné de cesser. Je m'insurgeai et me levant je dis au professeur tout ce que je pensais... en termes vigoureux. La pauvre fille qui m'aimait bien et qui n'avait pas pour deux sous de dignité, se mit à pâlir, à trembler, fit envoyer chercher le directeur... Mes camarades voulant me faire taire, je les accusai de murmurer tout bas et de ne pas avoir le courage de dire leur pensée. Après quoi je pris mes affaires et m'en allai à la maison. (J'ignorais que c'était une faute grave), me mettant moi-même à la porte! Grand émoi... Mes parents ont été parfaits en cette situation épineuse : sans indulgence mais sans rancœur. Ils ne m'ont pas encouragée, mais ne m'ont pas humiliée. Mon père a vu le directeur – bien ennuyé! J'étais sa meilleure élève, mais si je refusais de faire des excuses, il serait contraint de me renvoyer. On n'a pas fait de pression sur moi. Mais je suis allée de mon gré m'excuser de mes écarts de langage, tant pour tirer mes parents de l'embarras que pour consoler mon professeur qui n'avait pas plus de rancune que moi!... Je souris parce qu'en te racontant cela d'autres épisodes de ce temps me reviennent en mémoire, savoureux... Il faudra que je te les dise, tous témoignent d'une santé débordante, d'une force bien nourrie... Les garçons, je me souviens de nos rivalités! Et ce Georges en secret préféré (parce que joli garçon) mais accablé à haute voix... Quand nous nous disputions, nous en venions aux mains. Fallait-il que je sois petite fille!... A présent cette même intransigeance, cette même avidité je les emploie pour mieux t'aimer. Au fond je n'ai pas changé. Je ne changerai pas!

[...]

Jeudi
[16 avril 1964]

JOUR TEL QUE TU LE SOUHAITES, légèrement doré, lumière amplement balancée par un grand vent moelleux, fastueux–lumière-champagne et qui me griserait bien vite si j'y pouvais goûter selon ma soif. Mais c'est furtivement que je l'éprouve, furtivement que je salue les marronniers jumeaux dans la cour de la maison des Étudiantes, mais c'est distraitement que j'écoute la rumeur d'abeilles et de vagues qui est comme le soubassement de ce jour de printemps. Tout cela ne m'est pas donné encore, tout cela n'est que tentation : certains, je le vois bien, y cèdent, qui s'assoient au soleil, à la terrasse des cafés ou dans les squares; moi je ne sais que le côtoyer, occupée toujours par quelque projet studieux – Mais tu sais, tu sais! que ce n'est pas là ma nature et comme je laisserai bientôt, bientôt! me submerger la belle saison tenue un moment en respect. Possession différée. Mais je ne suis pas triste ni lasse comme en pareille occasion d'autres années j'ai pu l'être : c'est que je dors royalement, huit ou neuf heures chaque nuit, je dors comme en vacances déjà, m'étonnant moi-même d'oser m'accorder ce loisir. J'ai travaillé tout cet hiver pour me conduire à présent avec ménagement, pour ne rien hasarder par une hâte fébrile... Et puis tu es là : comment s'étonner dès lors que je sois calme et sereine, à ta ressemblance? Je vais bien, mon amour (Chat a beau jouer à griffe que veux-tu depuis ce matin), je me sens calme, solennelle, princière, quand au contraire le désarroi se met dans les rangs. J'ose lire encore, sous le prétexte que c'est la meilleure part de mon travail. Ainsi ces jours derniers ai-je découvert *La Nouvelle Héloïse*; je n'en ai pas tout lu (encore que j'en aie été tentée) parce qu'il faut tout de même que je modère mon penchant, mais je l'ai aimé; Rousseau devait être un peu naïf et ridicule lorsqu'il se mêlait de raisonner, mais pour ce qui est du sentiment, j'en aurais bien fait mon ami. Ces lettres qui composent l'ouvrage recèlent de bien belles et justes choses à propos de la passion... « Si l'amour est un désir qui s'irrite par les obstacles, il n'est pas bon qu'il soit content; il vaut mieux qu'il dure et soit malheureux que de s'éteindre au sein des plaisirs [1]... » J'étudie l'histoire ancienne; un devoir est prévu pour ce samedi, mais je ne le ferai pas; on m'attend à la maison; Mlle A. veut fêter notre anniversaire, et Maman me parle des vacances.

Vendredi

Vacances : Cadaquès... Justement Maman m'annonce qu'elle n'est pas satisfaite de la réponse que lui donne le syndicat d'initiative... J'attends pour t'en parler qu'elle m'ait plus amplement renseignée. Vacances : le désir m'en revient, avec l'équilibre, désir qui éclaire mes heures de travail. Ah, mes camarades ignorent ce qui fait ma force! Ces deux 18 [2] furent bien indiscrets et me voici à découvert; on vient me demander : – Comment fais-tu? Comment travailles-tu? Je ne peux pas décemment répondre. C'est la faute de Minou mien, la grâce d'être son amour... Mais comme je suis heureuse, je ris. (Une chose qui m'a fait grand plaisir : le professeur d'histoire louant plus que les connaissances, l'efficience du style... et ajoutant en souriant, après maints compliments : – J'espère ne pas vous faire tourner la tête.) On n'a pas été méchant avec moi, côté camarades : car presque personne ne me connaît, et les plus proches me savent bonne fille. Amour mien, je voudrais te faire honneur; et je voudrais que l'on se doute que j'ai d'autres maîtres que ceux que j'avoue, un Autre pour lequel on m'envierait...

Figaro littéraire : lettres de Victor Hugo à Juliette Drouet [3]. Je ne peux m'empêcher de trouver les tiennes plus belles. A moi seule ce trésor! Maman te les rendrait, bien sûr, si tu me perdais. Mais si c'était le contraire, qu'en devrais-je faire, et qui garderait les miennes? Tu ne m'as jamais dit cela. J'espère que nous y songeons en vain. Il faut pourtant que je sache ton désir sur ce point. Je sens bien que tes lettres sont ma propriété exclusive, que nul ne peut m'en déposséder; ma propriété exclusive et pourtant je ne saurais les détruire – sauf si c'était ton vœu absolu. Dis-moi donc ce que tu souhaites...

Mon amour, je n'ai fait que parler de moi et je n'ai pas même dit que je voulais te savoir reposé, mieux dormant et longuement... Dis-moi, que fais-tu à l'heure d'Isabelle? Il faut que je sache, pour être auprès de toi... Et vas-tu du côté des giroflées?

Non point hâtivement, Je t'aime, mais solennellement.

Samedi, avant le dîner
[18 avril 1964]

MON TENDRE AMOUR, mon amour joli, je te rejoins à la dérobée un moment, laissant Manou prendre soin du repas cependant que Maman est sortie pour quelques courses. Mon père est dehors, mais va rentrer en même temps qu'arrivera la petite sœur. Il pleut languissamment, obstinément, et c'est la nuit même pleuvant comme boue épandue, mais je suis à la maison, dans le cercle bénéfique de la lampe, dans le feu très doux des regards, et c'est dire que l'engloutissement inéluctable qui se poursuit ne me concerne pas... mais je suis dans le cercle magique de ta sollicitude, et c'est dire que je vis au cœur d'une saison bénigne, privilégiée... Bien, je suis bien, en accord avec les puissances. Mon père ne dissimule même pas la satisfaction que lui causent mes bonnes notes (et cette lettre de mon professeur d'histoire, me demandant de lui « prêter » mon devoir, l'a comblé de plaisir). Maman me fête, me cajole, souriante, heureuse. Manou veille, me nourrit et me conforte. Et bien à mon aise j'ai loisir de penser à toi, mais aussi loisir de travailler ou de lire sereinement. Sous le prétexte qu'il me faut en savoir plus long sur les mœurs et l'esprit du XVIIIe siècle, après *la Nouvelle Héloïse,* je lis *les Liaisons dangereuses,* dont j'avais il y a deux ans commencé la lecture (sans trouver ensuite le temps de l'achever). Ce style rigoureux, sec et limpide me plaît. En a-t-on perdu le secret? Il me semble qu'on n'écrit plus ainsi aujourd'hui. Ai-je raison d'y voir une parenté avec le ton de Stendhal? le même tranchant et le même esprit. Oui, il me semble que l'on écrit ordinairement aujourd'hui avec plus de mollesse, ou plus de grâce, plus voluptueusement et moins intellectuellement. Que l'on a davantage recours aux images, et moins aux idées, que l'on sait mieux donner à voir, mais moins bien raisonner. Ce livre me donne un plaisir mathématique; il n'enchante pas les sens, mais il charme l'esprit... Maman a interrompu ma lecture, la classe étant achevée, pour me parler des vacances. Elle a reçu du syndicat d'initiative de Cadaquès des propositions qui ne peuvent la satisfaire, la dépense à envisager étant trop considérable. Réflexion faite, je réserve l'emploi du mois d'août. Marie-France ira à Cadaquès (séjour organisé), et la famille me croira avec elle tandis que je demeurerai libre de te voir où et quand tu le désireras, et que je pourrai lire et écrire en paix dans l'appartement de Toulouse. (Maman étant bien entendu d'accord.) Certes, la perspective de vivre à la ville le mois d'août n'est pas pour me charmer; mais j'y vivrai confortablement, et ménagerai des évasions. Et puis où irais-je sinon? Il est trop tard je crois pour chercher à louer, et d'ailleurs où louer? Un séjour organisé comme celui que fera Marie-France à Cadaquès ne me tente pas. (Vivre à l'hôtel, non, cela suffit de toute l'année.) Rester à la maison? Maman ne le désire pas et moi guère. Je t'avoue qu'un moment j'ai pensé à Agde comme à un havre de liberté. Mais c'était oublier que je n'y peux vivre seule, tu es sans rancune, mais tu es vulnérable, et j'aurais mal d'une inquiétude dont peut-être tu ne pourrais te défendre. Que dis-tu de tout cela, Amour mien? Choisir Toulouse, c'est choisir la solution la moins onéreuse et sans doute la plus sage. Je prendrai mes dispositions pour n'y pas étouffer. Peut-être d'ici là concevrai-je un projet plus exaltant. (Me voici à peine triste pour avoir pensé un moment que parce que je suis fille, je suis contrainte à la prudence, et qu'il est pour moi des lieux défendus. Velieux, Agde, mais aussi presque tous les lieux de loisir (et les plages où l'on « chasse »!) Et pourtant je ne veux pas, je ne voudrai pas être toujours auprès de toi, mes pas dans les tiens et nos mains ensemble, et la protection si douce dont tu m'entoures me révolte dès lors que je l'éprouve nécessaire. Est-ce qu'il y a un lieu au monde où je puisse dormir seule au soleil? sans crainte, sans malaise? non. Si je n'accepte pas les autres de gré, je risque de leur être de force soumise. En cela, tu as bien de la chance d'être un homme! C'est ce que petite fille j'ai toujours pensé!

Mais je sais par ailleurs la chance d'être fille! va...

Lundi

★ Je sais la chance d'être fille et femme, la tienne, et je l'éprouve chaque jour qui m'est donné. Je l'éprouve visiblement, et je prends moi-même l'apparence de la chance, l'apparence du bonheur; je suis le bonheur visible : tel camarade que je n'avais pas rencontré depuis plusieurs mois m'a dit tout à l'heure que vraiment j'avais maigri, et que j'étais bien mieux ainsi. J'ai seulement répondu que ce n'était pas la faute du travail... A qui donc la faute? Le sais-tu ou bien es-tu forcé de donner ta langue?... Bien forcé tu seras de me la donner vendredi ou un jour prochain, et si tu ne veux t'y résoudre de plein gré, je crois que j'aurai quelque plaisir à la prendre de force... Ah, tu as raison de bien augurer de ma vigueur, en ce qui concerne les plaisirs futurs... Je sens mieux moi-même chaque jour que je ne suis au monde que pour cette œuvre d'où naîtront par surcroît les autres. Mon père l'autre jour, comme je vantais les vertus du vin, me... promit : Je crois que tu finiras même par aimer « les » hommes. Il voulait dire le plaisir. Je n'ai pas protesté. Je « les » aimerai pour y renoncer ou pour les posséder tous en toi. Et je crois mon amour que le goût qui me vient de ce que tu m'apprends doit t'être, s'il en était besoin! l'assurance de ma fidélité. Don Juan n'était pas assez avide, assez insatiable, puisqu'il se contentait d'un certain nombre de femmes; et bien malheureux puisqu'il ne pouvait l'accroître que médiocrement, dans les limites de son temps et de ses forces. Don Juan était un glouton, et moi je meurs de faim, et pour me combler il faut au moins non seulement tous les hommes possibles, toutes leurs vertus que je trouve en toi réunies, mais encore le monde tel que tu me le donnes dans la corbeille de tes bras, mais encore l'éternité révolue et promise toute présente en un regard de toi.

Mon amour, un jour je nous confondrai, je nous consommerai et il ne restera plus que Nous, Un seul *

Mardi
[21 avril 1964]

ALLEZ, MONSIEUR, venez ici que je vous gronde ou que je vous donne le prix de votre fausse humilité! Où prenez-vous que vous m'écrivez mal? Me suis-je plainte? Sûrement pas, car les lettres de Minou mien, de ce temps, sont toutes douces et caressantes, tout à fait ce qu'il faut pour dissiper l'inquiétude, l'irritation, pour calmer, pour rasséréner... Mais si tu éprouves ce mécontentement, c'est que tu es las; j'espère que tu en auras bientôt fini, j'espère aussi que nous prendrons « bientôt » une récréation... mais le soleil n'a pas notre constance, et nous en sommes encore aux giboulées. Splendeur et disgrâce du ciel, alternativement. ... J'attendrai que tu m'invites à venir te voir. Venir te voir mon amour. Ah, j'en ai grand besoin, assurément, grand faim, et l'attente mûrit mes lèvres, toutes... Hugo ne sait que répéter « je t'aime » et moi je ne le dis pas même car c'est bien insuffisant, et bref. Il vaudrait mieux le silence... et je me suis tue en effet un moment pour écouter palpiter comme une source imminente le sang à fleur de mon ventre, qui me parle de toi, si précisément, si prochainement. Amour. Tu te souviens de mon émoi et de mes craintes inavouées, la première nuit? Pourtant, je le sais à présent tu étais fait à ma mesure, pour me combler exactement, et je ne te voudrais pas autrement. Que vous êtes grand, Amour mien... – C'est pour mieux t'emporter, te garder, mon enfant... Parfois, le remarque-t-on autour de moi?, je lève un peu la tête, tournée vers ma gauche, vers un sourire que je suis seule à voir... et si l'on me demandait alors : – Que vas-tu faire pendant ces vacances? je crois bien que je répondrais : – L'amour...

C'est peut-être demain, demain vendredi que je le vois... Ah...

Mercredi

L'orage, si je ne me trompe est proche; la chaleur trop lourde dès midi, le promet et m'accable... Je dois t'avouer que je suis un peu lasse : depuis deux nuits je m'éveille au matin exténuée par de longs et mouvementés cauchemars; je ne sais ce qui peut les provoquer. Sans doute irai-je mieux lorsque je t'aurai vu; j'évite de penser que je ne suis pas assez jolie pour mériter ton regard, pensée qui naît de la fatigue et que j'oublierai près de toi; j'ai un peu honte et mal de t'offrir un corps, un visage si mal accordés encore au printemps, qui n'ont pas eu le temps de s'assortir au soleil, au ciel, et que je néglige pour d'autres soucis... Me pardonneras-tu? Une autre fois, bientôt, je serai ta pêche, ton brugnon, dorée et savoureuse; j'ai encore de l'hiver l'absence de couleur et de goût, j'implore ta patience... Je viens pour que tu me confortes, pour lire dans ton regard l'assurance de la réussite, pour t'entendre me promettre l'été; je viens pour mieux savoir que tu m'aimes, et pour t'assurer de moi...

Est-ce demain? Veux-tu? Et le soleil veut-il? Il faut n'avoir l'air de rien, et s'avancer en tapinois vers ce jour pour ne pas l'effaroucher, pour surprendre le printemps dans sa jeune grâce... le joli bois qui nous attend! Les châtaigniers auront-ils des feuilles neuves? Amour mien, comprends-tu la raison de mon silence, pourquoi soudain je cesse d'évoquer la fête promise? C'est qu'il ne faut pas encore que la saveur de ce jour s'empare de moi, c'est qu'il ne faut pas encore que se lève le désir prêt à se déclarer. Alors sagement, brièvement j'embrasse mon ami. Et puis j'attends mon amour.

Jeudi
[23 avril 1964]

* BLEU COMME DEMAIN
Bleu comme hier
bleu silence parce que je n'ose ou parce que je me souviens, Amour mien, vais-je vraiment te voir? Je suis ce soir exténuée pour t'avoir tant attendu, et si mal assurée, craignant de te déplaire, que je ne sais pas être jolie.

M'aimera-t-il? Oh j'ai grand besoin vraiment de t'entendre me le promettre, de tes lèvres mais aussi de tes mains et de ton corps – et de ton sexe véhément...

Jusqu'à huit heures du soir il faut que je travaille, et je m'y efforcerai pour me distraire de cette pensée unique terrible qui m'occupe, me mobilise toute : Je vais te voir – Se peut-il?

Oui, et je sais déjà que tout *fut* limpide et neuf, les sources drues et tes lèvres, feuille vivante, que je déchirai doucement, selon sa nervure, pour chanter au travers, pour boire le jour au-delà... Le plus bel arbre c'est ta main, et l'arbre jumeau de mon sang qu'elle rassemble en gerbe, et le plus beau navire c'est toi comme une étrave qui m'ouvre avec vaillance, et le plus beau voyage c'est ton sillage de velours et mon vertige, la plus belle terre du monde celle où nous échouons ensemble, où je te reconnais vivant, où tu me reconnais, où nous nous découvrons, où nous venons de naître.

* Demain c'est dimanche. Demain le perpétuel dimanche * bonjour.

[24 avril 1964]

Vendredi Nuit

DORS MON AMOUR, dors à l'ombre de ma bouche – fleur coupée, fleur fraîche naguère pour voiler l'éclat du rayonnant cœur du jour, source douce mise au chevet de ta soif pour adoucir l'incorruptible saveur de sel du désir, – mais fleur couleur des cendres du plaisir, que la nuit évapore et fane et qui repose impondérable sur tes lèvres, dors... Il est onze heures un quart, me voici de retour dans ma chambre où tu m'as précédée et m'accueilles – mais t'avais-je seulement quitté? Tu sais bien que non, et que tout au contraire j'ai repris possession de toi : je suis venue, tu es mort en moi pour renaître neuf, et je m'en suis retournée « très solitaire, très habitée », tout occupée de Nous... Et bien que savoureusement dolente peut-être ne pourrai-je m'endormir d'ici longtemps tant me captive ce visage de toi que je veille, ce miraculeux visage que te fait le désir, le visage surréel de mon amant, baigné de moelleuse lumière... Mais ce que je contemple encore à cette heure, c'est mon tout petit enfant repu, recru, endormi contre mon sein... Je regarde les cernes fragiles, et la trace des larmes, je regarde les lèvres gourmandes, et je me dis à moi-même mon amour dont je m'émerveille autant que du tien... Amour mien, je voudrais que tu puisses habiter une fois mon regard d'amante, mon regard incrédule et comblé, tu saurais combien... mais tu sais! Oh, oui, tu sais bien ce que tu es pour moi, au-delà de toutes limites... Il y eut ce jour, ce jour pris tout entier dans une de tes larmes, ce jour rond comme une perle d'eau limpide, discrètement sonore, et mat, comme la pluie s'égouttant sous les sapins au-dessus de nous. Mon amour tu me rends heureuse. Le sais-tu bien? Moi, je veux être digne de tant de chance, digne de toi – et t'ayant embrassé j'ai plus de forces comme tel touchant la terre, toutes les forces de la terre, pour te mériter et pour te garder.

Je vais dormir au long de toi *

Vendredi
[1er mai 1964]

HUIT HEURES; l'heure ronde et trop mûre déjà, sure; comme il arrive souvent, le jour vif à l'aube se décolore au soleil; ou plutôt c'est la nuit limpide, humide et vivante corolle, qui se fane et retombe en poussière... Tu dis qu'il ne faut pas que je t'écrive longuement; mais aujourd'hui est jour de fête : le silence insolite de ma rue le signifie. La ville se laisse oublier : je n'en connais que les toits de tuiles rondes – si roses et vertes et dorées uniment à sept heures – sur lesquels s'ouvre ma fenêtre, les cloches ponctuelles à ma droite... seules vivantes les hirondelles. 1er mai : je ne célèbre pas le travail, mais le loisir auquel me fait rêver ce nom, un nom rond et fleuri comme lilas blanc. Quand nous habitions à M., des processions en mai passaient devant notre porte; les petites filles jetaient des pétales de fleurs – je les reniais, je les enviais! Il y a deux ans, à Pechdavid, qui est un coteau près de Toulouse, nous nous émerveillions, Josette, moi, et quelques autres, de découvrir des haies de lilas sauvage... Cette année je t'attends, j'attends le temps de notre liberté, je sais pourquoi le nom de ce mois ressemble à une promesse. Mien, dors-tu encore? ou rêves-tu? J'aime le matin t'imaginer – mon amour alors se fait vigilant et calme, maternel; je te salue comme l'aube de toutes choses; il est sûr que le jour naît de toi... Je t'imagine, et j'imagine les matins de juillet, ou d'autres dans ma chambre, ou dans la maison de Gordes. Ma vie entière comme un seul matin frais et pur, ma vie sereine, ma vie pacifiée. Il y a, il y aura bien sûr l'insoutenable passion, la soif douloureuse, le vertige – des midis et des minuits fiévreux, mais toujours ensuite l'éveil étonné, paisible, l'éveil heureux, comme d'un enfant. Amour mien. Je ne suis pas sûre que tu existes, mais rêve, que j'aime ce rêve ébloui que je fais, ce rêve qui répond « à tous les noms du monde [1] », rêve qui dure sans effort, rêve qui naît de lui-même, droit comme un arbre qui veut s'approcher du soleil... J'aime les projets que tu fais pour moi, si semblables à ceux que peut nourrir mon père; je serai studieuse pour ton honneur comme pour le sien; je ne cesserai d'être la petite fille résolument appliquée, cherchant ton approbation. Humble et souveraine. Humbles : nous le sommes tous deux... Hier Josette et Mout, une fois de plus, se chamaillaient. Comme toujours pour rien. Josette expliquait quelque chose (au sujet de l'agrégation), Mout lui demande de répéter. – Tu n'as qu'à écouter! Alors Mout se lève et va bouder plus loin. Reproches et caresses alternent. Je leur fais honte à tous deux : – Vous manquez l'un et l'autre d'humilité... Nous, nous sommes humbles pour double raison : par nature – mais aussi je le crois à cause de nos âges différents : tu es humble parce que je suis toute petite, je le suis parce que tu me protèges et parce que je t'admire. Je n'admirerais pas ainsi un garçon de mon âge car je le saurais aussi peu expérimenté que moi, guère plus puissant, tout aussi faible : tandis que je te sais fort et sûr et de là prends ma force. Il faut que je te gronde d'avoir quelquefois souffert de cette différence d'âge; ne vois-tu pas que c'est notre chance, ce qui fonde ma confiance? Je n'aurais pas tout à fait cru un garçon de vingt ans, qui ne sait pas encore ce qu'il est et ce qu'il veut; je viens vers toi comme vers le maître nageur lorsqu'on se lance à l'eau pour la première fois, je viens vers toi toujours, et je n'ai pas souci de l'eau profonde, j'ai besoin que l'on me guide, que l'on m'appelle, que l'on m'attende, que l'on me prenne par la main. Même si tu l'avais voulu, Toi-même, ayant vingt ans, tu ne l'aurais pas pu, tu n'aurais pas eu la force de me haler vers Toi et plus loin avec Toi. J'ai eu un père autoritaire : j'avais besoin d'un amant qui me gouverne avec autant et plus de force – faute de quoi le désarroi. L'autre jour, tu m'as dit : – Je t'interdis de... (parler à ta mère). J'en ai souri en moi-même de plaisir : Comme Il est sûr de moi, de son emprise sur moi, comme j'aime cette assurance... Et crois-tu que j'aimerais recevoir des fessées d'un garçon de mon âge? Non, non, cela ne me plairait pas du tout, et tu ne peux douter que je me réjouisse de celles que tu me promets! Allez, vous êtes à la mesure de ma soif et votre âge vous sied! Il n'empêche que vous êtes mon tout petit et que j'aurai bien du bonheur à vous bercer de longues nuits contre moi.

[...]

• Mon ami est incomparable; aussi je n'aime pas que ma mère m'en parle : elle ne peut le connaître, l'imaginer que par référence aux autres hommes, donc faussement. Moi seule, qui ne connais pas les autres hommes, et qui ne peux voir de ressemblances entre eux et mon amour, qui ne peux le voir avec des yeux habitués, blasés, je le connais tel qu'en lui-même. Moi seule je te connais. Et lorsqu'on me parle de toi, je sais bien que ce n'est pas de Toi!

• 1er mai. Les gens ont tous à la main trois brins de muguet. Je n'avais jamais vu cela. Ce n'est pas tellement par goût des fleurs, mais pour être tous semblables. Lorsqu'ils se seront promenés tout l'après-midi le muguet sera fané... Je préfère rêver au parfum des iris des sables...

Je vais aller poster cette lettre : peut-être l'auras-tu demain. Je veux que tu me saches heureuse, au cœur des saveurs, au cœur de la fête, au cœur de la lumière. Je veux que tu sois heureux de ton œuvre. Je veux que tu m'attendes paisiblement.

Samedi
[2 mai 1964]

CINQ HEURES ET DEMIE, le soir d'un jour qui fut trop beau, trop bleu, dont l'opulence même me laisse interdite, nostalgique. Les filles ont mis leurs bras nus : elles sont toutes belles, étourdiment, et cela me rend toujours un peu triste (comme tu pleures aux fastes évoqués par les valses viennoises). Et je déteste les terrasses de café qui vous dévisagent. Me cacher, disparaître. Je reviens dans ma chambre, mais je rêve d'une herbe haute où dormir – et je sais tel pré... Un mois encore à travailler, à fuir le soleil, à être laide... Amour mien, comment m'aimeras-tu, comment m'attendras-tu tout ce temps? Après le concours, je ne viendrai pas tout de suite te voir, je prendrai le temps de m'accorder à la saison. Ces jours-ci je me sens stupide, et ne suis pas sûre d'être reçue.

Sept heures et demie : il était encore trop tôt pour t'écrire tout à l'heure, l'espace trop dense, massé autour de moi, m'immobilisait, la lumière m'offusquait... J'ai lu, et ce fut *Le bateau ivre,* véritablement révélé – que je n'avais pas lu attentivement jusqu'ici, que je n'avais pas bien entendu...

« Plus douce qu'aux enfants la chair des pommes sures
L'eau verte pénétra ma coque de sapin... »

Un enfant de dix-sept ans! Et l'on se dit : Moi, qu'ai-je fait jusqu'ici? Cependant je lis assez mal parce que sans abandon, parce qu'en fonction du concours et pour retenir... Mout m'a prêté un volume du Théâtre de Claudel; j'y veux lire – non pas tout entier car je n'en ai plus le temps – *Le Soulier de satin,* dont je ne connais que quelques scènes. Mon ignorance et mon peu de mémoire me navrent – et que les autres ne vaillent pas davantage n'est pas fait pour me consoler! Tu comprends ça?

Mais tu es là, qui m'empêches de reculer ou de faiblir. C'est vers Toi que je vais si tenacement; qu'on ne s'y trompe pas, je ne travaille pas pour la gloire, et je sais bien quels lauriers j'attends, qui sont tes lèvres sur mon front, et tes mains où reposer ma tête... Mais tu es là, « il y a les lettres de Minou », rassurantes, apaisantes, et je ne peux pas tout à fait avoir peur. Ta lettre de ce matin parle encore d'un orage qui s'éloigne – mais c'est fini, bien fini les petits... Non, je ne me forçais pas à la confiance en t'écrivant mardi. – « Oui, Évidemment. » Je m'efforçais de reprendre ma respiration. Si mercredi matin j'ai pu craindre que tu n'aies différé ta réponse, c'est parce que j'imaginais ton angoisse. Mais la lumière, le souffle, le bonheur me furent instantanément rendus avec ta lettre : délivrance – si tu savais! Est-ce que tu sais, est-ce que tu imagines? Mais là, il n'y paraît plus. Regarde-moi : crois-tu que je pourrais supporter d'avoir *moins* confiance – je ne dis pas en toi – mais en l'avenir? Je suis sûre de Nous comme de la terre sous mes pas, comme du jour sur mon visage. Comme s'il était besoin de l'écrire!... Mais folle non, jamais je ne cesserai de l'être, à cause de mon amour qui me monte à la tête (et des fessées qu'il faut bien mériter pour que tu oses les donner!)

Je viens de relire ta lettre, et je rêve sur cette parenthèse au sujet de ma crainte de te blesser : « et je sais de quel temps, de quel lieu elle vient ». Oui, mon ami, mon amour : ce temps de septembre est en ma mémoire comme une belle écorchure, une chère écorchure dont je ne veux pas guérir, grave et glorieuse comme autrefois deux genoux couronnés; je vois mieux avec l'éloignement que je fus surtout coupable d'audaces de l'imagination, surtout naïve et prise au dépourvu non pas tellement par mon corps, mais surtout par le désir de savoir : « savoir jusqu'où on peut aller trop loin ». Je réfléchissais... Je voulais justifier l'évidente nécessité de la fidélité, je cherchais à comprendre l'évidence. C'est que je ne peux penser et savoir que par moi-même. Je repensais ma fidélité spontanée. Certes, il y eut un prétexte à cette réflexion, une provocation. Et de cela, de cela surtout j'eus honte, et non d'avoir voulu comprendre... Honte et peine de ta peine, et la mienne doucement dure dont je ne veux pas guérir : j'oublie déjà l'angoisse de ces jours-ci mais non celle que j'ai causée, et que je veux toute garder pour que tu ne t'en souviennes.

Profil pur du toit, sur le ciel irréel comme une toile peinte par Rousseau. Des gens lentement se promènent... Le désordre dans ma chambre me ravit, désordre de livres et de vêtements, qui signifie les vacances. Minourson tout aujourd'hui assis sur ma table... Tout à l'heure nous dormirons. Quand tu le voudras, mien. Je suis, selon ta recommandation, sage (au-dehors), folle (au-dedans).

Mardi. Nuit
[5 mai 1964]

★ BONSOIR MON CŒUR. Je te fais en commencement le sourire coquin que tu réclames, et je viens avec empressement toute au creux de ta main. Là. Suis-je bien!... Ce soir un de mes camarades à la sortie du cours de français, comme je m'en retournais chez moi en décrétant avec gaieté : – Bon, au travail! s'est étonné : – Mais enfin comment fais-tu pour être toujours « en forme »? – Ah, j'ai un secret, répond Mimi, riant de bon cœur, et refusant de rien ajouter. Josette le sait bien et Hélène aussi, qui toutes deux aujourd'hui même m'ont fait compliment de ma bonne mine... [...] « Bonne semaine, mon amour », disais-tu... Assurément. Ah, je m'en donne à cœur joie, ces derniers jours avant le tirage au sort qui doit décider si l'examen se fera sur l'histoire ancienne ou l'histoire moderne; je m'en donne à cœur joie de lire, « d'étudier » littérature... Hier, notre professeur nous a parlé de Stendhal. Quel homme! qui se moquait bien d'être compris en son temps et ne voulait qu'être lu en 1935... qui écrivit *Le Rouge et le Noir* en réaction contre « les phrases lianes prétentieuses et nombreuses de MM. Chateaubriand et Cie »! Je n'ai pas lu *La Chartreuse de Parme,* mais il me suffit de connaître Julien... Stendhal est fils du meilleur XVIIIe siècle, je crois. Ce soir, après m'être remémoré ce que je sais du drame romantique (et je veux écouter encore un de ces jours *Lorenzaccio*), j'ai lu la *Préface de Cromwell.* Cela m'a un peu réconciliée avec Hugo; certes beaucoup d'arbitraire comme lorsqu'il décide des trois âges de la poésie, mais une vigueur, une exaltation heureuses; et j'aime bien quand il repousse les modèles, les règles, les théories, et revendique la liberté de création... Ah, ton sourire malicieux (cette petite photographie carrée que j'aime tant) m'arrête; tu sembles me dire : – Ma toute douce, te voilà bien sérieuse et pédante ce soir! C'est vrai, mais je m'en vais te le faire oublier maintenant par les plus douces caresses que je sache. Bonne nuit, mon amour.

Jeudi
[7 mai 1964]

(PREMIER FESTIN.) Tu t'éveilles ayant goût d'une orange qui parfume mes lèvres et mes doigts, et tu entends les cloches, puis au-dessus les hirondelles, et tu vois ce grand beau temps limpide, par la fenêtre grand ouverte; plus près, il y a mon visage que tu distingues encore mal; mes bras te lient; ce jour qui vient, et dorénavant, tu es mon gracieux prisonnier. Ou bien c'est moi que tu retiens... Nous sommes chacun l'un pour l'autre l'Ange gardien qui enroule autour de son poignet le fil, nous ne nous échapperons pas. *

J'ai reçu ta lettre hier soir, je l'attendais, bonheur différé; et tu parles lumineusement; pour mon plaisir, comme tu parles bien de nous, de notre accord, de notre identité! (avec à peine quelque différence pour que nous nous sachions doubles). Amour mien, Bonjour moi plus sage et plus fou et plus beau que je ne suis, moi; je me rejoins en toi, tu te retrouves en moi, et nous nous connaissons l'un en l'autre...

Les enfants sont venus hier soir, amoureux, tendres, et qui ne se sont pas querellés; nous avons parlé des orangers en fleurs ou portant leurs fruits, de l'océan, des petits ânes que Mout promet à Josette; du trousseau que nous ne broderions pas; des enfants qu'ils auraient... plus tard; de la résurrection des morts et de la fin du monde... Eux partis, je fus toute tienne, dans ma chemise de nuit d'été et mes membres frais lavés... J'ai peu dormi, et ce matin je lis, je relis *Le Cid*. Jusqu'à ce mercredi, fastes. Mais toujours! Le temps est bien proche, de notre liberté; je l'éprouve déjà; j'ai peur, je n'ai pas peur, hâte et patience, fièvre et calme. Allons, tout ira bien.

Sais-tu ce qu'il faut que tu fasses pour m'aider? M'ouvrir des perspectives en littérature; car je ne sais pas assez où en est le monde, où en est l'écriture par le monde; qu'est-ce que la querelle du nouveau roman? Y a-t-il une nouvelle poésie? Que penses-tu du théâtre de Claudel – et de celui de Montherlant? Ah, j'aurais grand plaisir à te citer! sans que personne ne le sache, malicieusement!

Travaillons à présent – non sans t'avoir pris un baiser...

Vendredi

* La pluie longuement lustre notre étoile... Matinée grise, bâtarde, au sang vicié; on respire mal. Vers les dix heures, la révolte. Car je suis lasse d'être sage, car ma sagesse à la fin m'écœure, car je ne suis rien d'autre qu'une bonne écolière, car je refuse mes limites, ma médiocrité! Il est temps qu'enfin cet examen se passe. Je me promets ensuite d'être folle, absolument... Mais je reçois ta lettre, et s'apaise cette colère désespérée, cette rage contre soi soudain à se voir si rien du tout; s'apaise le mépris pour soi, puisqu'au moins pour cet Autre, on est digne du monde. Amour mien, il ne faut pas m'admirer, ou bien il faut me dire que tu m'admirerais encore si je devenais soudain paresseuse, désordonnée, désinvolte, égoïste, triste... Bien sûr que je suis ton égale. Tous les vivants sont égaux, et les non-vivants nuls, tous ceux qui aiment sont vivants, tous ceux qui aiment sont égaux. Et bien sûr encore que je suis plus petite, si petite, rien du tout... Allons, enfant, tu divagues. Et Minou mien me berce, et m'embrasse, et je veux bien encore être très sage, afin d'être encore embrassée. Verlaine est responsable du vertige. Verlaine et Rimbaud. Ou plutôt ce qu'en dit excellemment Nadal [1]. Crois-tu que Verlaine, crois-tu que Rimbaud seraient aussi sages, aussi respectueux de l'ordre établi que moi? J'ai souffert soudain de n'avoir pas leur génie. Crois-tu que je sois folle?!

[...]

Mais non je ne suis pas jolie; mais si je n'y prends

garde, tel garçon va me préférer, dont le regard tenace, encore que respectueux, me fait rougir. Amour mien, on n'a pas le droit! Pas seulement le droit de me remarquer, indiscrètement! Cache-moi bien dans tes mains et qu'on le sache bien, je suis prise, toute, hors d'atteinte. Bon, à présent je puis travailler – j'ai reçu qui m'affermit un doux regard impérieux. Oui, mon amour, oui, oui, oui.

S'il te plaît, dis-moi comment tu t'y prendrais pour écrire une pièce de théâtre.

Samedi * Nuit
[9 mai 1964]

LA LAMPE. La chambre bleue que tu évoques plus précisément à présent. La maison autour; là-bas les voix, les chaises que l'on approche du poste de télévision, les volets que mon père ferme... et plus vaste que tout cela le silence, le silence fondamental ici... Que suis-je venue chercher avec tant d'avidité? Car à peine avais-je achevé d'écrire ces quelques mots que tu recevras lundi, j'ai soudainement cédé au désir que je venais de formuler... J'ai pris tes lettres, le Verlaine, l'œuvre symphonique de Debussy, j'ai fermé ma porte et suis partie très vite. Besoin de musique et besoin de silence. Besoin des voix familières. Des bras de ma mère. De l'indulgence toujours plus manifeste de mon père. De Manou la Câline, et de ma sœur douce amère. Besoin des murs de la maison, de l'espace et des fenêtres de la maison, et puis des arbres et des herbes... Je sais que je dormirai bien, et que demain matin, pourvu qu'il fasse clair je sortirai... Ce soir longuement j'ai écouté *La mer*. Profonde joie d'une découverte qui ne cessera de s'approfondir – car ce n'est pas musique dont on connaît d'emblée tout le pouvoir. Sais-tu que cela ressemble à ce que tu dis de la mer? et que je le comprenais mieux pour t'avoir lu...

... Te souviens-tu de m'avoir, il y a très très longtemps..., parlé d'une confrontation entre la mer et la femme? – Peut-être se dissiperait un peu ce mystère irritant que vous êtes pour nous, ô femmes... disais-tu à peu près. Suis-je encore un mystère à tes yeux, mon amour? Je ne le crois pas, sinon celui de la vie même. A force d'être claire... Oui, je te laisserai revenir à la mer, « ta maîtresse », je te rendrai, le temps que tu voudras, à l'inhumaine – puis tu retourneras auprès de moi, moins belle et moins diverse – mais ouverte, accessible, offerte, mais attentive à ton désir, moi qui t'aime... Toulouse alors sera, comme aux dimanches de soleil, déserte. Nous y serons seuls. Tu me conduiras en tous lieux dignes d'être vus; tu entreras chez les bouquinistes de la rue du Taur, tu verras le dimanche matin autour des grilles de la cathédrale un dérisoire marché aux puces... Mais surtout, mais surtout nous serons seuls et nous serons chez nous. L'imagines-tu, dis? Bien sûr, mon amour, nous irons à Albi. Bien sûr tout...

Dimanche

Heureuse, heureuse, vivante, vivante, amoureuse! Soit loué qui me donne ce dimanche! M'étant levée à six heures en même temps que Manou, j'ai passé la première heure du jour à lire ou relire dans *Galerie des Arts* les pages « Naissances de la peinture moderne [1] ». Lire, mais aussi contempler, admirer... Vers sept heures, je suis sortie. Ah, que j'avais grand soif de tout ce qui me fut offert sans mesure, à profusion, le vent au goût de glace et de menthe, et d'autres fois plus lourd et blond comme miel, le soleil, le silence, le chant de tel oiseau inconnu et familier, l'accueil des herbes déjà hautes, des futaies qui s'entrechoquaient légèrement, et cette pente rousse et verte du sous-bois, et ces violettes, les dernières, plus grasses et plus pâles, et la lumière des genêts en fleur, tant de choses si douces, si savoureuses au matin! J'ai aimé les fougères déroulant leurs crosses, les rares et solennelles campanules, la floraison des véroniques, et, violettes, ces fleurs vénéneuses en grappe... ou encore, sur le vieux mur qui borde un moment la route, et soutient la colline qui le crèvera sans doute un jour de grandes pluies, ces gueules-de-loup naines et la promesse des fraisiers formant déjà leurs fruits... Et pouvais-je au retour ne pas écouter le *Magnificat*? Je pense que tu connais la voix d'Hertha Töpper – voix plus qu'humaine sombre et liquoreuse (voix pour la nuit de Gordes!)... Contre la peur, contre la faiblesse, contre le découragement entendre Bach. L'âme est debout. Je l'écouterai avant l'examen, le matin du 3 juin... Advienne que pourra, je veux jusqu'à ce jour fréquenter soleil, musique, images, poèmes : j'ai bien remarqué que lorsque je me borne à apprendre sagement mes leçons, comme une bachelière studieuse et sotte, j'oublie de réfléchir, de penser, et je ne sais me souvenir que de ce qui fut appris par cœur; penser je ne le sais plus. Or je voudrais au moins réussir l'épreuve de français, je voudrais au moins qu'on y lise l'enthousiasme, le bonheur d'écrire. Pour cela rester en état de ferveur. Je veux faire de cet examen une épreuve ordinaire que l'on subit sans appréhension. Cesser enfin, puisque nous sommes une grande fille, cette étude forcenée et stérile, le « bachotage ». Il faut que ce jour-là je puisse être persuasive, et comment le pourrais-je, si je n'étais vivante, exultante, si je n'étais heureuse? Raconte-moi encore tout ce que tu sais de beau par le monde, s'il te plaît... Ah que je voudrais vaincre, mais non pas difficilement, péniblement, je voudrais vaincre avec grâce! Est-ce présomptueux? Et certes, jusqu'au dernier instant je travaillerai, mais je ferai en sorte que mon travail me plaise!...

Mercredi
[13 mai 1964]

* BONJOUR, MON AMOUR... Josette avec qui j'ai déjeuné, et qui m'a raccompagnée chez moi (Josette calme, gaie, détendue) vient de me quitter. Je lui ai annoncé l'événement de la matinée : c'est l'histoire ancienne qui est « sortie » au tirage au sort; annonce saluée de clameurs diverses; pour moi j'en éprouve un très réel soulagement, et je suis sans inquiétude. (Est-ce l'Ange une fois de plus qui veillait?) Je vais donc pouvoir continuer à t'écrire normalement, à lire et me promener... Dès vendredi soir sans doute serai-je à la maison, et ce jusqu'à lundi, dans la fréquentation du soleil et des arbres... Bonjour, bonjour Amour mien. Un rien de temps nous sépare, je vais te retrouver... Cependant il me faut savoir par toi bien des choses encore. Pour ce qui est du roman moderne, je suis très intéressée par ce que je découvre. Quant à la théorie, je ne puis savoir ce qu'elle vaut. Quant aux œuvres, j'en suis curieuse; certes j'eus du mal à lire les cinquante premières pages de *Dans le labyrinthe* [1], mais ensuite j'y pris grand plaisir, et n'eus de cesse avant d'avoir achevé ma lecture. Sans doute ai-je bien joué le jeu, me laissant introduire sans résistance peu à peu dans le « labyrinthe » des images. Mais pour savoir si ce plaisir étrange mais certain, et tel que celui que j'avais éprouvé lors de la projection de *L'année dernière à Marienbad,* est un effet de ce livre en particulier ou d'un nouveau genre, il me faudra lire d'autres œuvres de cette nouvelle école. Plaisir tout intellectuel d'ailleurs, l'esprit seul se laisse engluer, mais fête froide où le cœur n'est pas impliqué... Une chose m'inquiète à laquelle je voudrais réfléchir avec toi : il s'agit de la liberté des person-

nages. C'est un problème que je découvre... Quels droits a le créateur sur ses créatures? Qu'en penses-tu? En fonction de quoi décide-t-il de leur comportement dans telle ou telle situation? tant au théâtre que dans un roman?

Je n'ai pas l'intention précise d'écrire prochainement une pièce de théâtre; je le ferai sans doute par curiosité pour découvrir les lois et les difficultés du genre; j'essaie seulement d'entrer dans toutes les attitudes des créateurs, ceci afin de voir les œuvres de l'intérieur; faute de quoi je ne les comprends pas bien. Voilà pourquoi je te demandais comment tu t'y prendrais, toi, pour... Tu y as songé, et tu ne me donnes pas le sujet?!! « Un traité de l'art dramatique »? Cela serait inutile, inutilisable : il faut tout redécouvrir par soi-même, et rien ne vaut que cela... Ceci encore : parle-moi des « peintres de la réalité poétique » (s'il te plaît...) et encore : – As-tu lu, de Julien Gracq, *La littérature à l'estomac*?

Là, je cesse de t'assaillir de questions importunes, je cesse d'être sérieuse, ennuyeuse, discoureuse, et je ne dis plus rien du tout; accueille-moi comme tu me prendras contre toi bientôt pour tout de bon, et pour, me semble-t-il, toujours... Raconte une histoire à ton sage et chaste petit bonhomme, une histoire à bercer les chats... du bout des doigts... Et puis, veux-tu m'embrasser comme (toi seul!) sais... Tu verras que je le mériterai. Et quelle récompense!

★

Avant de répondre complaisamment à tant de questions, parle-moi de toi (– mon beau Doryphore [1]...).

Jeudi soir, après le goûter
[14 mai 1964]

* JE T'ÉCRIS à cette heure incertaine, irritante, lourde, dans l'attente du vent de nuit, de la gorgée d'air respirable, je t'écris mon amour pour apaiser cette légère fièvre qui point vers la fin de l'après-midi, comme je confierais mon front à tes mains ou mes lèvres à la source, et comme demain j'irai vers les arbres et le silence qui tant me font défaut ici... J'aurais voulu partir ce soir, mais j'ai craint que tu m'envoies demain un télégramme ici... car c'est peut-être demain. Aussi je ne prendrai le train qu'au début de l'après-midi... Je ne sais si tu l'entends dans ce que je te dis, mais je ressens ici une impression d'étouffement, l'air me manque, et la liberté. Pourtant je n'ai pas peur; je sais exactement ce que j'ai à faire, et que j'en ai le temps, et que cela sera résolument accompli *(De la force de l'amour)*. Mes cours en ordre à apprendre; à savoir impeccablement (je parle de l'histoire); mais bien mieux les tragiques grecs à relire, les livres d'art à revoir, les documents à chercher (Maman me donnera de belles images!)... L'an dernier, les candidats ont eu à traiter ce beau sujet : « L'Acropole ». Je voudrais bien devoir parler de Delphes, ou des fêtes d'Athènes, ou du théâtre en Grèce... Non non, Amour mien, il ne faut pas me promettre une victoire aisée : j'aurai trop de confusion ensuite à t'annoncer un résultat moins glorieux que tu ne le souhaitais. Je ferai de mon mieux, simplement...

« Amour, amour, qui tiens si haut le cri de ma naissance... » Tu connais « Étroits sont les vaisseaux... » (Chant IX dans *Amers*). Tout à l'heure, voulant commencer cette lettre par quelque chose de beau, et ayant aimé ces pages, j'y cherchais ce que je voulais te redire. Mais comment choisir, quand tout est si bien dit? Le désir, le plaisir et le repos... L'Été, l'Été de mer [1]... Poème pour demain, poème de grand souffle; le vivre à présent m'épuiserait. Mais dans deux mois! Il faut me parler tout doucement de ce temps-là, de ce temps auquel je ne crois pas encore – car si j'y croyais, comment pourrais-je vivre à petit souffle prudemment, ainsi qu'il convient de faire pour trois semaines encore? (pas même). Gordes! Gordes, mon amour... Je dis cela tout naturellement : suffit-il pas que tu trouves beau ce pays pour que je l'aime? Il faut te résoudre à vivre désormais prisonnier en mon regard. Avais-je des yeux, avant que tu ne m'apprennes à voir? Tu m'as faite, et je suis confondue en toi. Je te suis intérieure, secrète, je t'habite, et réciproquement te contiens. Et je dis cela lentement, simplement, heureuse. Nous nous sommes rencontrés, tout est en ordre et pour toujours. (Une colombe règne, ou bien un Ange nous protège.)

Comme je suis bien avec toi, en toi, mon ami, mon amour; il suffit que je t'invoque pour m'affermir. Calme, calme [2]... Et bien sûr à présent je vais travailler plus facilement – l'histoire romaine, c'est souvent très ennuyeux et très compliqué... Qu'importe? Ce n'est rien, je saurai s'il le faut parler de Marius, Pompée ou César. Puis je viendrai te raconter une histoire de soleil, une luxueuse histoire... Bonsoir, Amour mien. Ce soir je t'aime très paisiblement, très continûment et j'attends l'été sans hâte, grave et sereine. Cela c'est la force que tu me donnes, par un regard, une caresse, une pensée.

Vendredi matin. Six heures

« Un enfant voit cela, si beau qu'il ne peut plus fermer ses doigts [3]... »

Ce matin! privilège des hirondelles...

Bonjour mien.

[16 mai 1964]

BONSOIR MON AMOUR. Nous avons dîné très tôt, il n'est encore que sept heures et demie... Me voici dans la chambre bleue, qui ne ressemble en rien sans doute que par son nom à celle chère aux Précieuses, surtout ce soir où le désordre mis par la petite sœur s'ajoute au mien... livres, livres partout, et robes d'été tirées des armoires. Et ta Précieuse est en pantalon (vieux), blouse et sandales... Bonsoir, bonjour mon amour. J'attendais de tes nouvelles ce matin... Mais puisqu'il n'y eut rien je tâche de n'être pas inquiète; peut-être m'as-tu écrit à Toulouse; une seule chose me chagrine : tu n'auras pas cette lettre avant mercredi... Allons, je la ferai bien douce et longue... [...]

Je travaille pour oublier qu'il ne me reste plus que deux semaines. Deux semaines comprends-tu? Rien du tout. Alors ce matin soudainement j'ai eu un peu peur du jour éblouissant d'au-delà, peur de mon trop grand bonheur, peur un peu de Toi. Sûrement non, je ne viendrai pas te voir tout de suite, à moins que tu n'aies besoin de moi trop fort; sûrement oui, je résisterai un moment, j'attendrai un moment au seuil de la saison, l'irréelle, l'incroyable saison. Quinze jours, deux semaines, voilà tout ce qui m'en sépare, je ne peux même pas penser au concours... Soleil. Il m'appelait. Je suis sortie cet après-midi, j'ai gagné le pré le plus proche (celui où furent prises certaines photographies) et deux heures durant j'ai travaillé dans la lumière. Mais l'herbe haute, le ciel proche me cernaient, m'envahissaient, et j'avais quelque difficulté à penser au travers d'eux... Lorsque je suis revenue – légère, si légère, heureuse, j'ai aimé la fraîcheur de la maison. La fraîcheur de l'orange du goûter. Marie-France était là. Maison de femmes : mon père est à Cannes pour quelques jours auprès de sa mère. Il me manque. Lorsqu'il est ici, on ne le voit qu'à peine, mais la maison sans lui est moins sonore, et moins défendue. Mon père; je suis sûre qu'il pense à toi souvent. Que me dira-t-il lorsque je m'en irai ce juillet? J'en ai le cœur serré un peu... Pourtant les choses sont bien ainsi : je ne peux l'imaginer un jour de noces, je ne peux l'imaginer accueillant un gendre; il n'en peut avoir; ce n'est pas un homme jaloux, exclusif, et cependant j'aurais eu le sentiment de le frustrer, de le dépouiller. J'aurais pu souffrir aussi de cette rancune à grand peine contenue qu'il vouait à Michel... Non, non, il fallait qu'un ravisseur vînt insolemment, que quelqu'un me prenne (me prît!), m'enlève sans nulle permission, sans nulle cérémonie, irrémédiablement, terriblement. Et qu'il fût interdit d'en parler. J'aime cette pudeur de mon père. Je suis sûre qu'il ne t'en veut pas si fort que cela, et qu'il est heureux de me savoir entre les mains d'un homme tel que toi... Oui, les choses sont bien ainsi... Maman est paisible. Ce matin elle évoquait, sur un ton mi-badin mi-troublé une éventuelle maternité; mais pourquoi croit-elle que cela puisse arriver puisque tel n'est pas notre désir? Je suis certaine que cette pensée la tourmente. Comment la rassurer? Je ne peux même pas lui répondre sérieusement tant cela me paraît incroyable. – Je suppose, m'a-t-elle dit, que tu prendrais cela très bien? C'est une idée saugrenue...

Mien, je vais avant d'aller me coucher repasser mes leçons studieusement. Demain c'est dimanche : je travaillerai bien.

Bonne, douce nuit, Toi *

Dimanche

Je ne veux pas aller me coucher sans avoir écrit ici mon bonsoir, un bonsoir de rien du tout pour clore dignement un jour de sagesse, de travail, d'espoir – jour où je n'ai cessé de m'avancer vers toi sensiblement, de grandir à ta rencontre.

Lundi. Quatre heures, l'après-midi

Où est mon Amour mien? Et que fait-il à cette heure? Heure chaude encore et morne, mais le vent plus frais déjà gonfle le rideau... Je reviens de la cour, où j'étais au soleil, jambes et bras nus, récitant à Marie-France mes leçons (Tu ferais semblant de m'écouter, tu veux bien?) et je lui raconte des histoires barbares de proscriptions, de procès ou de conquêtes – parfois je m'arrête à demi asphyxiée de lumière... D'autres fois – c'est lorsque je suis seule – je pense à Toi – pensée en plein cœur, suffocante. Besoin de Toi. Peur de Toi. Cela fait mal, Amour mien, d'affronter le soleil. Te regarder enfin, te découvrir enfin! J'y brûlerai mon regard sans doute. Mais l'examen je n'y pense pas; je ne sais comment cela se fait : je compte les jours, oui, mais je ne pense pas à l'examen! Je pense au lendemain... Déjà il y a la liberté des membres, le bonheur que me donnent le jour plus tôt levé, et ces roses dites « du Concours général », rouges sur le mur, dont les premières ont éclos ce matin. Toutes portes et fenêtres ouvertes! L'été... Je dors bien, je mange bien, je travaille bien : je suis bien! Mais toi, toi mon amour? Que je voudrais avoir tout à l'heure de tes nouvelles, de bonnes nouvelles...

• Une marguerite que j'effeuillais par jeu m'a dit que tu ne m'aimais « pas du tout ». Je ne l'ai pas crue : je ne te croirais pas toi-même si tu me le disais...

Jeudi Nuit
[21 mai 1964]

* BEAU JEUDI, nuit où j'allume une étoile, des millions d'étoiles; ou bien est-ce dans mes yeux les larmes de gratitude, le scintillement de l'été. Bonsoir Toi, bonsoir mon trésor, mon trésor à moi-toute seule. Me voici toute, sans nulle pensée retenue par un autre souci que le tien, libre des préoccupations qui depuis quelques jours m'empêchaient de te rejoindre tout à fait. Libre : et qu'il ne soit plus question de nouveau roman, ni de technique théâtrale, ni d'histoire ancienne, mais seulement de Nous, mon amour... Libre : c'est que je suis à la maison, bien au creux, protégée; et je n'ai pas du tout peur, je respire largement. Je m'endormirai tout à l'heure en disant ton nom, et non comme les soirs derniers au milieu d'une leçon remémorée... Amour mien... Il faut que je m'arrache à la contemplation des photographies reçues ce matin, que j'aime tant toutes trois pour les raisons diverses que j'ai de t'aimer. Celle aux Livres, pour ta ferveur constante, le geste pieux, la main ouverte où repose l'objet aimé, le regard attentif, respectueux – pour la passion avouée et partagée et pour l'intimité ouverte de cette chambre où tu travailles. J'aime des deux autres l'image de ta beauté singulière. (Et voilà que je me suis exclamée : – C'est un miracle qu'on me L'ait laissé...) A seize ans, quelle énergique séduction! Tu ne t'en rendais sans doute pas compte... Mais cette image est presque trop parfaite, trop brillante et je crois que je lui préfère la petite, plus tardive et où tu sembles pourtant aussi jeune. Je scrute ce visage pour savoir ce qui a changé. Presque rien; les cheveux un peu, mais ni les yeux, ni les lèvres; tu as simplement des traits plus accusés... Amoureuse

de Vous Tous, de Toi Seul, et tout autant ou davantage de Toi demain que de Toi d'hier...

Toi demain. C'est en pensant à Toi que nous avons Maman et moi choisi les meubles achetés ce matin. Non que je sois sûre qu'ils te plaisent – nos ressources étaient trop limitées pour que nous puissions songer à des meubles de style – mais simplement parce que nous souhaitions te faire un nid bien douillet... Je pensais que notre maison à Nous deux et Minourson devrait ressembler à celle des trois ours que rencontre Boucles d'Or, tu sais bien? Une petite chaise, une moyenne, une grande, une petite table, une moyenne..., un petit lit... mais puis un très grand lit, où nous dormirons ensemble...

Bonne Nuit mon amour.

Vendredi. 11 heures bientôt

Les petites filles dans la cour sont en récréation. Mimi aussi. Près d'une rose rose cueillie tôt ce matin... Bonjour, mien... Je voudrais bien savoir si le facteur m'a apporté à Toulouse quelque chose de toi...

Hier nuit, je n'ai pas fini de te parler de la maison des trois amis; c'est qu'on m'invitait à dormir au plus vite. Mais écoute – nous avons après mûre réflexion choisi d'abord le lit : Maman voulait une banquette pouvant se déplier le soir; tu penses bien que j'ai refusé cela; je veux un lit pour toute heure du jour et de la nuit. Ensuite je n'ai pas voulu de dosserets (un lit sans limites), ni du bord rigide du sommier. Et je ne le voulais pas très haut non plus... Tu me diras comment tu veux que soient les draps : de toile rêche, écrue, blonde, ou fins et blancs. Quant au couvre-lit, je crois qu'un vert très sombre serait agréable (les nuances de bleu que j'ai vues étaient trop fades ou trop tendres). A l'étage supérieur, nous avons choisi une vraie cuisine de poupée. [...] Les rideaux sont un simple voile blanc sans aucun motif. Je veux des surfaces et des couleurs nettes, franches et saines, des objets simples, sans mystère, auxquels on puisse se fier. Au mois de juin on transportera à Toulouse le petit bureau où je travaille depuis des années et le meuble vitré où sont mes livres. L'électrophone aussi, pour lequel il faudra une petite table solide.

Crois-tu que tu seras bien? Oui, je prendrai tant de soin de Toi... Mais jusqu'au 14 juillet, puisque tu dois travailler, je veux être moi aussi active; je préparerai l'écrit de littérature française, et je t'attendrai.

Ah, je n'y veux pas penser encore, il ne le faut pas, cela m'éblouit trop durement. Si j'y pensais pour tout de bon, crois-tu que je pourrais si calmement t'écrire... et si monotonement m'assujettir à ce travail insipide souvent?...

Mais je te rejoindrai bientôt... quelques jours après... dans quelques jours à peine. Veux-tu m'attendre? Voilà que ma voix tremble, oh Amour mien, puis-je vraiment croire à l'été qui vient? l'été qui va m'être donné en un instant soudain, les vacances, les vraies grandes vacances, celles d'autrefois, fabuleuses, celles qu'on n'osait plus rêver... celles pour lesquelles on pleure de joie. Allons, mon tout petit, un peu de patience encore : je veux dire un peu de patience et d'indulgence pour cette Mimi tout empêtrée de soucis tenaces et dérisoires, pour cette Mimi trop chaste et presque tout intellectuelle. Je vais naître, d'un seul jaillissement, naître vers Toi. Demain.

A partir de lundi, tu m'écriras au 13, rue Urbain-Vitry. appartement n° 6; car dès lundi j'habiterai chez nous.

Dimanche
[24 mai 1964]

IL EST ONZE HEURES du matin, mais le jour, ce dimanche, oublie de se lever. Il pleut; ma lampe est allumée tant il fait sombre. Pourtant rien de triste; il semble que l'humidité, l'obscurité au-dehors ne soient que pour souligner la douceur de la maison, creuser profond un havre de paresse. Paresse, oui, en dépit de la studieuse matinée, longue depuis cinq heures et demie. Paresse du silence moelleux, paresse des chambres fades, paresse dans les éveils successifs; et pour moi mon travail fut un luxe car j'en savais long déjà sur ce que j'apprenais. Jouant à inscrire en marge des cours d'histoire tel vers de Baudelaire honorant Lesbos « mère des jeux latins et des voluptés grecques [1]... » ou ces mots du Prince : « Sur la chaussée de cornaline, une fille vêtue comme un roi de Lydie [2]... » Dis-moi pourquoi j'apprends si facilement l'histoire grecque, et péniblement la romaine... On m'a prêté hier la collection de « Chefs-d'œuvre de l'Art » portant sur les civilisations de l'Antiquité méditerranéenne; j'y ai vu de fort curieuses statuettes étrusques que l'on croirait de Giacometti [3]... Mais paix à présent. Puisque je suis avec toi. Que fais-tu, Amour mien? Peut-être penses-tu à Mimi, et qu'il est temps que s'achève enfin l'année scolaire... Mercredi! J'ai conscience de répondre très mal à tes lettres, ou plutôt de n'y pas répondre vraiment; ainsi de Mauriac accusé [4], ou des coffrets renfermant mes lettres, ou de l'album composé par Maman, et de bien d'autres choses encore. Paresse, je crois. Me pardonnes-tu? Je suis comme n'osant t'aimer, comme n'osant vivre vraiment, tant j'ai l'habitude avant un examen d'être toute vouée au travail. Je n'ose rêver, lire, me promener longtemps. Pourtant je me corrige peu à peu de cette angoisse, de cette pusillanimité; je suis plus détendue que les années précédentes... En tout cas, autour de moi on ne se fait pas de soucis : je crois qu'on oublie tout à fait que la semaine prochaine... J'ai promis à Maman de ne pas travailler dimanche. Mais lundi et mardi si, normalement... Allons, je t'ennuie. Ne puis-je vraiment parler d'autre chose... autre chose? Je retiens ma faim, tu sais. Lorsque dans mes détours je rencontre ton visage, les larmes me viennent. Un visage fabuleux, et bien trop beau pour moi. Alors, bien vite, je détourne les yeux, car il n'est pas temps encore de te regarder... car je crains la foudre. Mais BIENTÔT je la provoquerai.

... Doux dimanche, mon Amour mien. La petite sœur tard levée, s'étant fait une mise en plis, sèche ses cheveux... Les miens ont des reflets noisette : Maman les trouvant ternes a voulu que j'emploie un certain « rinçage » pour leur rendre quelque éclat. J'ai choisi « Noisette » en pensant à toi. Ah, que je puisse enfin m'occuper de cette Mimi avant de te la ramener. Mon amour, je vais te revoir. (Mimi l'Amoureuse m'interrompt.) Maman range dans les chambres. Manou dans la cuisine apprête un lapin aux olives. La petite sœur revenue me taquine... Un coq chante par erreur. Dimanche. Et je suis tout contre toi, silencieuse, immobile et quiète; je t'attends, tout simplement. J'attends le moment d'avoir à nouveau des lèvres sous les tiennes, des mains et des paupières pour te répondre, un corps vivant et double. J'attends le moment de me rejoindre *

Jeudi matin * Dix heures et demie
[28 mai 1964]

NON, CE N'EST PAS encore l'heure de la récréation, mais j'ai eu soudain très fort envie de t'écrire, comme d'aller à la fontaine me désaltérer. Dieu, que j'avais donc soif! Soif de mon amour, désir de t'atteindre au-delà de cet invisible réseau où je m'englue, de préoccupations sérieuses dérisoires. Respirer, tout est là, respirer à l'air libre. Être déjà au-delà du rendez-vous qui me fascine, vivre comme dans huit jours déjà, vivre désaliénée, ne plus songer qu'à cet autre rendez-vous qui seul doit importer, nos retrouvailles. Infidèle à moi-même, à mon amour, distraite je le fus trop longtemps, n'est-ce pas? Amour mien, ouvre tes bras, que je m'y précipite, enfant, et ton amoureuse, heureuse... Je sais que je sais bien assez de choses; je sais que j'ai lu bien assez de livres; je sais que je sais écrire, et je sais que je peux triompher, pourvu que je dispose de moi-même, pourvu que j'aie la force de penser, la liberté de me souvenir ou d'inventer, la patience de parler. Je sais enfin qu'il faut que je réussisse et que je le veux absolument. Respirer, respirer – et je sais un sauvetage que ta bouche peut opérer, ta bouche m'insufflant l'air pur, la puissance du cri. Car il me faudra crier, et que l'on m'entende, que l'on ne puisse m'ignorer, m'écarter... C'est une bonne thérapeutique que de t'écrire, et c'est une sûre sauvegarde que tes lettres fréquentes. Mais je finirais bien par me perdre si je n'y prenais garde. Ce matin, les mots m'échappent; je ne sais si tu l'entends, mais je ne peux contenir mes paroles, je t'écris comme on se précipite ou bien comme crèverait enfin l'abcès trop longtemps mûri, la coque d'un abcès dans ma tête. Ah, ne plus rien savoir, ne plus rien savoir du tout que l'usage naturel de la parole, et parler comme je veux de ce que j'aime! Parler de Toi, tiens. Je les jugerai à leurs questions. Elles sont le plus souvent sottes... nous verrons bien. Notre professeur de français ce mardi avouait qu'il est quasiment impossible de traiter vraiment les sujets que l'on donne à Propédeutique, la plupart supposant une expérience directe de la création littéraire. C'est bien ce qu'il me semblait... Bien, le délire se calme. J'ouvre les yeux et je te reconnais. Bonjour, mon bel amour de qui je fus si loin longtemps. Je ne veux plus te quitter, et je refuse d'en apprendre davantage. J'en sais assez, vous dis-je, et vous m'exaspérez à la fin; je ne vous laisserai pas plus longtemps chevaucher et brider mon esprit qui par votre faute est réduit figé comme un caillot. Je veux reprendre mes dimensions naturelles, les dimensions de mon amour; je veux occuper de long en large mon espace de vivante... et la révolte déjà me délivre. Amour mien, je prends ton parti contre mes livres; la table mon boulet n'existe plus; le professeur est minuscule, minuscule à l'horizon, la copie d'examen est blanche pour l'écriture d'un poème, et l'épreuve ne dure que trois fois quatre heures ce qui vraiment n'est rien du tout, le temps d'un rêve et le temps du réveil par trois retournements successifs dans le lit... C'est toi à mon côté que je retrouve. Quelle rencontre! qui me ferait pleurer de grâce, ah! et je me souviens des noms que je te donnai, naguère – ma tourterelle, ma tourterelle, suis-je sauvée, es-tu bien là vraiment, est-ce fini enfin ce long temps loin de toi, ce long temps sans plaisir, et sans désir même, tant la distance entre nous l'exténuait? Ai-je rêvé d'une prison où je languis? Il n'y a plus de murs. « Tous les chemins du monde nous mangent dans la main [1]. » Et chaque pas vers toi est le premier, chaque geste vers toi, signe sur le vierge papier. Fiévreuse, incrédule, je me vois naître, réelle, imaginée, surréelle – Ah, donne-moi tout de suite, donne-moi ce baiser que tu me promets, je ne parlerai plus que par ta bouche, je ne regarderai plus qu'au-dedans de tes yeux, et tu me feras forte de toute ta force d'homme communiquée par l'élan du sexe, tu m'exalteras jusqu'à ma cime

mien mien mien mon amour.

Jeudi Nuit * Neuf heures du soir
[28 mai 1964]

A PRÉSENT LA NUIT est tout à fait tombée. J'ai allumé mes deux bougies et mis enclos mes volets. Mais la porte-fenêtre reste ouverte tant il fait bon. Les gens sur les balcons se reposent. Je m'en vais dormir auprès de Minourson qui m'attend, mais auparavant je veux, plus calme que ce matin, écrire ici mon bonsoir; je veux te dire combien je vais bien déjà. Il est vrai que tout ce jour, rebelle, je fus nonchalante à plaisir. Après le déjeuner pris avec Nat qui ne passait aucune épreuve aujourd'hui, et le dessert offert par elle de fraises, nous avons toutes deux travaillé chez moi, et ce fut pour moi la lecture de *Ruy Blas,* puis celle de *Phèdre* (là toujours le même saisissement, toujours le souffle coupé, l'admiration éperdue).

[...]

Vendredi * onze heures

Ta lettre, et les précieuses « babioles »; j'aime ce visage, et l'acide gravure du soleil, et j'aime tout ce que tu dis. Oui, je sais que tu es là, tout près, à portée de regard, et bientôt de ma bouche et mes doigts. Je sais, et parfois cela me saisit et me fait secrètement défaillir. J'essaie de t'imaginer ici : je ne le peux; tu vas, je crois, pulvériser le décor, et je ne reconnaîtrai plus rien, et je découvrirai tout. Donner à voir : c'est ce que Toi seul sais, Toi seul parce que mon (seul) amour,

Toi l'Enchanteur, l'Intercesseur... Je ne sais pas, non, ce qui va nous arriver. Je ne peux penser qu'à des détails d'ordre matériel. Et cette pensée que tu devrais avoir chez moi un pyjama et d'autres affaires, je l'ai eue depuis très longtemps. (Ce sera un très joli pyjama, que tu pourras mettre le jour. Parce que la nuit,... mes mains seules... puisqu'il fera bon.) Tu pourras aussi si tu le veux apporter ici ton matériel photographique; tu m'apprendras à l'utiliser, et si tu es content de moi tu me confieras des travaux... Quant à savoir accepter une collaboration, je suis bien comme toi; je n'ai jamais pu, qu'il s'agisse d'un devoir, d'un exposé, ou d'une tâche matérielle me résoudre à ce qu'on m'aide. C'est peut-être un manque d'humilité; mais aussi... jalousie de créateur, goût de la fabrication personnelle. Nous sommes en tout des artisans sinon des artistes. On ne cesse à la faculté de nous recommander de travailler en groupe. Pour moi, je ne le pourrais... qu'à la condition de diriger le groupe!

[...]

Dimanche matin.
[31 mai 1964]

BIENTÔT ONZE HEURES. Cloches de la grand-messe, bonheur carillonnant. La chambre fraîche au gré du vent qui balance le rideau. Jeu des ombres sur la page. Et le parfum de trois œillets blancs mis dans un carafon près de moi. J'écris avec un porte-plume de fortune, et l'encre des élèves de Maman, n'ayant point apporté mon stylo pas plus que mes livres. Suis-je déjà en vacances? Presque : ce matin j'oubliais l'épreuve dans trois jours... J'ai pris hier à Toulouse le train de 14 heures. [...] Aujourd'hui, c'est la fête des mères. Maman recevra tout à l'heure le sac d'été qu'elle a choisi (mais elle feindra la surprise, bien sûr); je lui ai donné déjà un bouquet. Car l'on m'a envoyée ce matin à la ferme lointaine de Coufins, chercher un poulet pour le dîner de ce soir. J'ai revu le pré aux violettes, le jardin potager, la mare aux canards, le parc où nous avons autrefois joué à cache-cache, ces arbres auxquels je grimpai, les buissons de seringa... la cuisine ouverte aux bêtes et aux vents, où de grands sourires et presque des larmes d'émotion m'accueillent – j'ai tellement grandi... Françoise, la fille de la maison, a vingt-deux ans maintenant. La grand-mère est comme un bel arbre lourd d'écorces, de mousses, de blessures, de résine. On m'offre un grand bol de lait. Puis nous allons cueillir les roses. Sur le chemin du retour, premières fraises des bois. Et le vent, toujours le vent, titubant sur les foins, le vent à ma rencontre, et moi à la rencontre de l'été. Trop facile presque, l'été. L'été où j'entre de plain-pied. Trop beau. Bien sûr, nous pleurerons de grâce. Je connais que je vais mieux au désir qui me rejoint, aux larmes imminentes à nouveau, après le temps de la fatigue, de la sécheresse. Donnez-moi, donnez-moi mercredi l'occasion d'être fervente, l'occasion de parler haut et juste! ... Y a-t-il parmi tous les candidats une ou un qui soit aussi calme à cette heure? Je ne sais si je travaillerai bien, mais je le crois, et que je ne cesserai de penser à toi.

Lundi matin

Je ne partirai que tout à l'heure, avant le déjeuner. Je n'ai pas eu l'imprudent courage de me lever à cinq heures... Il faut bien l'avouer, je suis un peu oppressée et le souffle par moments me manque... Je reviendrai vendredi matin ici, pour préparer mes caisses de livres que l'on transportera à Toulouse la semaine prochaine.

Amour mien, peut-être aurai-je une lettre de toi, de tes nouvelles, peut-être de celles d'Isabelle, bientôt... Je m'appuie très fort contre toi et je prends mon essor de toi. Le cœur ne me fera pas défaut. Je ne suis pas seule.

Mercredi matin : 8 h-12 h français.

Mercredi soir : 2 h 1/2-6 h 1/2 espagnol.

Jeudi matin : 8 h-12 h histoire.

L'appel est 20 minutes avant le début des épreuves : le temps de t'invoquer.

Mardi soir – demain soir! – j'écouterai l'*Adagio* – le *Magnificat* – le *Dit de la force de l'amour*...

Bien sûr je t'écrirai un petit mot chaque jour, mon trésor. Sois confiant.

*

Mardi
[2 juin 1964]

• CE JOUR EST BLEU comme ta lettre, et j'ai traversé le matin comme un bref printemps, à la rencontre de l'été. Ce que je souhaitais se réalise : je vis dès aujourd'hui au delà de ce que Josette, m'écrivant, nomme « l'incident du 3 et du 4 juin ». Hier, j'éprouvais une sorte d'angoisse physique – mais peut-être était-ce à cause de l'orage amassé sur la ville. Aujourd'hui je hume le vent, je ris au soleil et je tends vers toi mes mains, ma bouche, mon corps. Nous avons bien dormi, Minourson et moi, bien déjeuné – de café, de miel et d'orange. Puis j'ai relu tout haut *Éloges...* – Palmes!... Et tout n'était que règnes et confins de lueurs... Mots pour me galvaniser. Je sais très peu de choses, mais je les sais bien, les aimant. Et je ne parle que de ce que j'aime... Sais-tu ce que j'ai pris à la maison, et emporté pour me servir de talisman? ta première lettre, que je m'émerveille de relire tant elle est promesse, immense, et présence immédiate. Tu faisais irruption dans ma vie de petite fille, et tu t'établissais souverainement dans ce monde plein, ouvert... Un jour, le monde s'effaça, ne me fut plus rien, mais tu étais là, pour le recomposer, le recréer et me le rendre... Talisman aussi ces quelques mots impérieusement tracés accompagnant tes deux dernières lettres – me diras-tu de quoi tu t'es servi pour les écrire? J'en aime l'opulence, épaisseur et couleur de terre, le ton et le tracé irréfutables; pas de nuances, ni de déliés dans cet amour : mais l'élan brut, entier, irrésistible...

Veux-tu savoir quels vont être les ultimes préparatifs? Ce matin tout d'abord je m'en suis remise au coiffeur – car comment porter d'harmonieuses idées sous une tête hirsute, lasse? Jusqu'à ce soir je veux lire à mon gré. Flaubert, Stendhal, certes, mais aussi telles pages du *Rivage des Syrtes*... J'ai tes lettres, la première et la dernière, la dernière tellement éloquente, tellement exaltante. Demain matin, Bach.

« Je te donne rendez-vous comme on a rendez-vous avec le jour, avec l'été prochains. Je te donne rendez-vous afin que s'établisse sans fin le règne de la soif. »

*

Mercredi
[3 juin 1964]

* AVANT LE DÉJEUNER, bien sûr, je suis venue ici chercher la lettre que j'attendais, et qui est bien, comme je le savais d'avance toute mangée de ciel, d'espace libre, les lettres déjà à demi effacées par le soleil, l'azur... Amour mien! Je ris toute seule, et je souffre un peu de la tête. Je ne peux te promettre d'être reçue; peut-être ce qui m'a valu certain prix (« l'audacieux éclat de votre entrée en matière », disait... je ne sais qui) sera-t-il payé cette fois d'une autre monnaie... Voici le sujet : On donne le nom de roman à la fois aux œuvres de Chrestien de Troyes, de (...) Y a-t-il là, à votre avis, un abus de langage ou bien peut-on donner au mot roman une acception assez large pour couvrir un ensemble d'œuvres apparemment aussi différentes?

Le début a jailli ainsi. J'en ris encore! Mais qu'en penseront les grincheux?

« Demain... " l'étoile lourde du beau temps s'ouvre les veines [1] ". Demain, je pars. Mais l'esprit qu'un loisir trop soudain surprend ne se peut défaire encore de ce qui l'a durant de longs mois captivé. Comment se déprendre des livres? Je sais bien que tout au contraire je vais m'adonner sans frein à la lecture, tout autant qu'à la reconnaissance des éléments. Mais qu'emporterai-je? Sans doute, en guise de talisman, tels poèmes que j'ai aimés, mais peut-être aussi, parce que je veux tâcher de résoudre l'irritant problème qu'il me propose, le nouveau roman de M. Robbe-Grillet, *Le Labyrinthe,* lequel m'a si fort déconcertée lors d'une récente lecture, car n'y ayant point goûté ce contact humain et presque cette illusion de présence charnelle qu'avaient pu me procurer jusque-là les ouvrages romanesques, je fus contrainte de me demander : – Mais enfin qu'est-ce qu'un roman? »

Le tout est sur ce ton, avec des malices : « J'ai pour très loyaux amis Julien Sorel et Vanessa Aldobrandi [1], ainsi qu'Isabelle » (on cherchera!) et puis pour finir : « Et n'est-ce pas assez connaître une chose que la définir par le plaisir ou la joie qu'elle nous donne? » Quant aux idées, je te les dirai de vive voix.

Il faut que je m'allonge un peu avant de repartir.

Je n'ai pas peur puisque tu es là, bien sûr, la tête sur mes genoux.

Jeudi
[4 juin 1964]

Au plus tendre pays, oui; ah, je sombre.
Et j'avais avec moi toutes tes photographies *.

MON AMOUR, MON AMOUR... deux mots libres enfin, mon amour libre! Amour mien, je t'appelle à voix très basse exténuée soudain, et vois-tu ces larmes d'angoisse déjà sourdre, parce que je t'attends, parce que je n'attends plus que Toi, et parce que l'effroi me saisit, comme devant l'éclair trop blanc...

Je voudrais que ma lettre d'aujourd'hui ait l'accent du triomphe, et des inflexions émerveillées. Demain, Minou... Ce soir, je suis morte de fatigue et je délire mornement ayant à peine pu dormir une heure cette nuit, trop surexcitée, trop aiguillonnée, riant et pleurant seule dans le lit, me tenant tout bas d'étranges propos décousus faits de bribes de poèmes et de fragments d'histoire.

A six heures je suis sortie, et le petit jour m'a revigorée. Ce matin, j'ai très bien travaillé. Allons, c'est fini, et si je ne craignais d'irriter les correcteurs de l'épreuve de français par ce ton trop personnel, je n'aurais pas plus d'inquiétude que toi... Tu sais, j'ai senti très distinctement ta tête sur mes genoux, durant ces longues heures d'effort, et parfois de la main j'effleurais tes cheveux... Tu sais, avant le début de chaque épreuve, longuement, passionnément je t'invoquai... Tu sais, je suis sûre,

* Ces deux lignes en ajout, en haut de la lettre.

absolument, que tu m'as aidée par la force de ta pensée... Oh, je peux à peine former mes mots et je suis incapable de la moindre cohérence. Dans la rue tout à l'heure j'ai cru que j'allais tomber, et je n'ai pu déjeuner tant j'ai la taille opprimée. Qu'est-ce que je raconte là, au lieu de dire combien je fus contente tout à l'heure de ces disques à point venus, de cet accueil que tu me faisais. Et tout de suite tu étais là. Tu étais venu m'attendre. Mien, je te vois sourire de mes divagations. J'ai honte de cette lettre, mais je sais que tu me pardonnes de n'avoir pas la force de clamer mon bonheur. Je t'en prie, couche-moi dans tes bras. Au réveil, ce sont les vacances. Et le soleil neuf.

*

Vendredi. Dix heures ce matin

[5 juin 1964]

JOUR FRAIS, gris très doux, bien accordé à ma paresse et à l'endolorissement qui subsiste. Amour mien, il faut me pardonner pour cette pitoyable lettre d'hier soir; c'est que j'étais vraiment malade, et je le suis encore un peu, malgré le repos prolongé; prisonnière de mes tempes que soudain j'éprouve trop étroites; et tout le corps comme désarticulé, aux mouvements incohérents. Mais sois sans crainte, mon amour, puisque tout à l'heure je vais être à la maison, bien soignée, et sois sans peine aussi, car je sais que ce sont les vacances, car je sais que je viens vers toi, vers Nous, car je n'aurai plus souci que de Nous! Ce ne sont pas des larmes de fatigue que je sens s'amasser, mais de ferveur, de reconnaissance et d'angoisse, car presque rien ne me sépare de Toi, car je vais te voir bientôt. Se peut-il?

Ton petit poulain plie des genoux et tremble un peu de fièvre. Mais il est sauf et je crois bien qu'il a gagné la course. Je suis heureuse que tu aies aimé le début de mon devoir, car vraiment cette dissertation me donne bien du souci. Chez moi, j'aurais fait un très bon devoir; mais en quatre heures... Je te dirai ce que j'ai écrit; peut-être pourras-tu me rassurer... Oh, pour être signé Mimi *, ça oui, je ne crois pas qu'il y ait deux devoirs de ce genre; mais est-il bon? Je ne suis pas certaine d'avoir traité le sujet... Bah! Tu sais chaque fois qu'il me vient une pensée touchant à mes soucis d'hier,

* Bien sûr les copies du concours sont anonymes.

très vite je l'écarte, je l'efface – Je peux oublier! tout oublier, ne plus savoir que Toi, ne plus apprendre que le goût de tes lèvres, la forme de tes mains, ne plus étudier minutieusement que ce corps que je vais recevoir comme une gerbe est donnée au vainqueur, et c'est la plus belle qui soit! Je vais t'attendre en écoutant cette musique faite dis-tu pour célébrer la victoire [1], et cette autre précisément pour t'attendre [2].

Amour mien, je suis tienne, sans réserve. Voilà qui est trop soudain pour que je l'éprouve vraiment. Mais une fois le corps rasséréné... nulle fille jamais ne fut plus exultante et triomphante, et pourtant silencieuse, très grave et solennelle, que je ne vais l'être; nulle plus heureuse. Puisque nulle n'eut la chance de t'aimer ainsi, d'être aimée ainsi *

Samedi
[6 juin 1964]

* « JE M'ÉVEILLE, songeant au fruit noir de l'Anibe dans sa cupule verruqueuse [1]... » Amour mien, ce sont les vacances! Il ne fallait que dormir ici pour l'éprouver au réveil. Je me suis échappée de mes tempes, et je coule à pleins bords, souplement dans mes membres. Bien, je suis bien, et vivante sans ombre. Si je fus si fatiguée hier, au point de devoir me coucher dès mon arrivée, c'est aussi à cause du (petit) chat malade de la belle façon – mais cette pensée : Alors, s'il le veut, je le verrai à la fin de la semaine! Qu'il y a donc longtemps, mon amour... Je tremble comme au premier jour, de désir angoissé – le corps brimé, amputé du tien, prépare sa revanche, et quelles larmes s'amassent, que je sens sourdre, incessantes. Toi! et déjà ma bouche promise aux plus beaux fruits s'avance. Mais t'ai-je jamais embrassé? Tout à commencer, tout à inventer, vais-je savoir, vais-je oser?... Hier encore le souvenir du travail me harcelait, mais la nuit a dissipé ces fantômes, et toute neuve, sans passé, je me dispose en ton honneur harmonieusement. Je suis sortie et j'ai aimé le goût d'une fumée, la fraîcheur des fraises, la hauteur des herbes où j'ai baigné mes pieds; surtout, m'en revenant, face au soleil, c'est toi qu'en lui je saluais, c'est vers toi qu'éblouie doucement je m'avançais... On m'a grondée de m'être si tôt levée, mais le moyen de dormir, lorsqu'on entend l'invite des hirondelles? Nous avons ensemble (car j'y rencontrais tes lèvres) déjeuné d'une orange – et je pense aux matins proches que nous partagerons – comment y penser sans que déjà la gorge se serre?...

Hier soir avant le dîner, j'ai écouté « l'Apothéose de la danse [1] », et le Concerto « pour t'attendre » (enregistrement d'une remarquable netteté, pureté). La musique : cela aussi m'est donné, et je peux m'abandonner totalement au charme – libre enfin d'admirer, comme d'aimer! Et sais-tu ce qu'à présent je vais faire? ranger tes lettres et relire les dernières, car je n'en ai pas épuisé les sucs, car je n'ai pu encore m'en pénétrer lentement...

11 heures

Je ne t'ai pas quitté, puisque j'ai passé ces deux heures à ranger tes lettres, puisque je viens de lire celle d'aujourd'hui. Iphy! c'est vrai, je suis Iphy! et seulement Iphy! Mon amour, je me reproche de ne pas avoir assez pris de souci de toi ces derniers jours, d'avoir été quelque peu distraite, préoccupée, mais à présent je ne suis plus occupée que de ta pensée et du désir très violent que j'ai d'être au plus près de Toi, de t'accueillir en moi, au plus secret, au plus profond, de t'engloutir en moi, et de te garder toujours. Ma faim, très haute déjà, va croître irrésistiblement jusqu'à l'heure où enfin, tu me pénétreras. Oh, mon amour, que cela soit bientôt, au plus tôt, car mon ventre et mes lèvres se tendent vers toi, pour être pris, consommés, accomplis... « Proche future petite... mariée » : mais je ne suis pas chaste comme il sied aux fiancées, ni craintive et patiente – Te quiero : je te veux, je t'aime... Amour, Amour, il faut me prendre puisque le désir de toi me défait. Tu verras, nous nous perdrons l'un en l'autre, mêlés, confondus, bercés d'un même sang aux véhémentes pulsations, et peut-être mourrons-nous de plaisir. Cela sera beau. Comme l'éclatement du soleil, et sa folie par le monde... Tu m'attends, n'est-ce pas?

[...]

T'attendre. « Douceur d'être et de n'être pas [2]. »

Je suis Iphy,
oui,
mais aussi Popoff,
Bonhomme,
Le Prince,
Mimi,
tous à la fois,
et que c'est bon d'être à nouveau
soi-même entière! et d'être tant
et si diversement, et si parfaitement
aimée!

Dimanche soir, avant le dîner
[7 juin 1964]

MON AMOUR, MON AMOUR, mon amour : je dis ces mots comme si je les découvrais, comme s'il m'était pour la première fois permis de les prononcer, comme si j'allais pour la première fois te voir... comme je les disais au printemps de l'an passé, avant même de savoir si tu voudrais de moi... si tu voudrais de moi! Tout est nouveau. Et nous recommençons ensemble à vivre, à chaque fois que nous sommes libres de le faire... depuis qu'un jour tu m'as « délibérément » choisie, depuis que tu m'as « délibérément » écrit pour que je te reconnaisse. (Que j'aime cet aveu enfin! mais tu ne m'as jamais dit ce que tu pensais vraiment en m'écrivant, ce que tu rêvais...)

Amour mien, sais-tu que j'ai plusieurs fois essayé de t'écrire depuis ce matin, sans jamais pouvoir me résoudre à résumer en des mots forcément trop brefs, trop mesurés et parcimonieux cette joie déchirante que j'éprouve à te retrouver enfin! te retrouver, oui, car je vois bien que toute une part de moi était distraite, cessait de prendre un soin jaloux de Nous. Je me reposais sur toi, je prenais force en toi, mais je cessais de veiller sur Toi, de te dorloter, de te conforter. M'as-tu pardonné? Je sais bien que oui, et comme à présent je vais être attentive à ta vie, aux inflexions de ta voix, aux nuances de ton désir et de ton bonheur, et toute puissante contre les soucis! [...]

Patience puisque l'été vient. Ces deux jours, instinctivement, je me suis occupée à des tâches manuelles, ayant besoin de reprendre avec les livres une certaine distance, surtout ayant besoin de toucher terre et de reprendre contact avec la réalité autour, de vérifier que toutes choses et toutes gens sont bien à leur place, rassurantes. Rangement, courses, visites (rares), promenade... Au début de l'après-midi, avec la petite sœur qui est à présent engagée dans la course finale mais qui sait se ménager des moments de loisir, j'ai pris un bain de soleil dans la cour – pour obéir à tes conseils et parce qu'il est doux d'être allongée au soleil après qu'un si long temps on l'a désiré... C'était l'occasion de rêver plus précisément de jours marins qui ne sont plus très éloignés...

[...]

Et maintenant je vais te quitter quelques minutes à peine, le temps d'aller chez « tatie Margot » chercher Manou qui m'y attend. Puis il faudra sagement, chastement dormir, mon bel ami... car demain Mimi se lève tôt pour regagner le logis toulousain. C'est en effet demain que j'en deviens la locataire attitrée!

Demain, sais-tu, Minourson et moi dormirons dans « notre » lit, le tien, le mien!

Demain aux fenêtres il y aura les rideaux blancs, frais, que j'emporte.

Demain nous commencerons vraiment à vivre chez nous!

Te rends-tu compte?

Amour, c'est une lettre très ordinaire que je t'écris là. Mais la liberté redonnée, c'est aussi le libre usage du langage bientôt retrouvé pour mieux te saluer. Je vais réapprendre à t'écrire.

Ici je voudrais dessiner la figure de notre sommeil heureux. Comment est-ce, dis?

Ah, je te verrai dormir, et puis t'éveiller!

[Sur feuille distincte, au crayon feutre :]

Nous *
dormirons
ensemble

Mardi. Huit heures un quart
[9 juin 1964]

BONJOUR MA VIE, bonjour ma chance, Toi! Oh, ne crois pas que nous ayons paressé jusqu'à cette heure-ci, Minourson et moi, bien que le lit soit doux, où je te coucherai bientôt. Le lit! Le lit, la table où je déjeune d'une orange, où je t'écris, l'unique chaise naïve avec sa paille neuve et ses clous à grosse tête polie, le fauteuil pour que tu me berces au moment du dessert (j'implorerai comme autrefois un « câlinou »)... tout me ravit. Ces objets ordinaires me paraissent chargés de vertus exceptionnelles, je les traite avec déférence, et comme je ne peux encore croire à la réalité de mon bonheur, je crois que je joue à la dînette, à la petite ménagère; je sens s'éveiller en moi des soucis de grillon du foyer! C'est hier vers trois heures, l'après-midi, que les livreurs sont venus et j'ai passé la soirée à disposer notre maison selon mon goût. Nous avons un balai brun, une pelle bleue, une cuvette verte, une poubelle grise, une éponge jaune, un cintre rose, un cintre bleu, un buffet rouge et blanc et des tabourets et une table assortis; les rideaux sont blancs et fins, tout unis et bordés d'un volant froncé. La jeune fille de Petrus Christus veille au fond, au-dessus du lit que j'ai fait mettre parallèlement aux fenêtres. Mon amour, tu seras bien. Nous serons bien, et ne nous lèverons pas dès six heures comme je fis aujourd'hui. Ah, je me défends d'imaginer ta venue ici! Comment le pourrais-je d'ailleurs? Je tremble de ma chance continue. Que l'Ange nous protège, et que le mal sous l'une quelconque de ses formes ne se saisisse pas de nous.

7 heures et demie

Tout le jour je fus occupée et ce n'est qu'à présent, après m'être pour dîner gorgée de lait comme un très digne petit chat, que je poursuis ma lettre. Mout et Josette vont sans doute venir m'interrompre car c'est leur habitude de venir après le repas du soir me souhaiter une bonne nuit,

et lorsqu'ils me quitteront

l'obscurité sera venue, et le temps de dormir pour être à l'aube demain, fraîche et dispose.

Car demain!

[...]

« Lorsque tu liras cette page nous aurons vécu demain » et nous n'aurons rien épuisé, nous nous serons seulement donné rendez-vous un peu plus avant dans l'été, un peu plus avant dans l'amour. Nous nous serons promis l'un à l'autre une nouvelle fois... Me voici déjà toute faible, sapée au centre secrètement et je vais m'ouvrir sur une blessure insoupçonnée, belle blessure dont je ne veux guérir, et que rouvre ton sexe, béante, à ta mesure, sans mesure – et je t'attends au fond.

Je t'attends. Bonjour mon amant.

[11 juin 1964]

« J'ai fait ce songe : il nous a consumés sans reliques [1]. »

Un oiseau planant * – l'aile impondérable du bonheur intangible et certain, bleu comme hier le ciel sous les feuilles, ma main faite oiseau et bonheur et ciel effleure ton sommeil lisse d'enfant toujours. Tu dors encore mon amour... et je t'éveille, précautionneusement, si lentement qu'il semble que je te ranime, que j'invoque en toi la vie et la supplie de poindre, si doucement qu'enfin charmée elle répond par un soupir. Il est sept heures ce jeudi matin. Plus tard je prolongerai près de toi un demi-sommeil lumineux, plus tard, bientôt!, nous partagerons le jour commençant, mais il est bon qu'aujourd'hui encore je doive pour t'atteindre sûrement quitter le lit très doux où je voudrais rêver de toi; il est bon que, si faiblement que ce soit, je doive exprimer ce que je sens; j'aime devoir secouer la paresse, et que je ne puisse immédiatement te rejoindre; j'aime la durée de nos gestes, et l'espace où s'amplifient nos paroles. Nous savons le bonheur de la vie immédiate; mais sa densité même fait que nous ne pourrions sans suffoquer bientôt continuer à vivre ensemble; nous savons donc aussi le bonheur d'une vie réfléchie, vie au miroir, vie pur reflet – et je ne sais jamais si je rêve ou me souviens. Hier est-il passé, futur? Je te prends à témoin, nous avons fait ce rêve ensemble, aucune cendre au réveil n'en demeure. Mais de pures images qu'efface une onctueuse lumière. Mais le goût de ton sexe qui se fond dans ma bouche, devient ma saveur propre. Mais une flamme qui fut nourrie de gestes, de regards,

* Il est figuré en haut, à gauche.

de rayons, et d'une floraison d'étoiles vertes entre l'immobile navigation du ciel et celle des herbes qui charrient nos corps, mais une flamme silencieuse, où se sont résolus nos rires et mes gémissements d'aise, belle flamme tranquille – car nous avons insensiblement totalement brûlé avec le jour... Et la fumée prend forme d'un bel ange qui ressemble à ton sourire et très haut soutient l'azur.

Vendredi. Six heures et demie
[12 juin 1964]

BONJOUR MON AMOUR encore endormi, que je ne veux éveiller si tôt... Un rêve de main effleure un rêve de tes cuisses à peine entrouvertes, Sexe! « fleurs en paquet à l'aisselle des feuilles [1] » – Belles feuilles de tes cuisses, lisses et minces, pour un pays de soif... Une impondérable attentive caresse berce ton sommeil, l'accompagne d'une mélodie, ou peut-être sens-tu sur ta peau comme un jeu du soleil et du vent. Dors mon petit enfant, car tu es mon enfant, bien sûr... Cependant je me lève car j'ai fort à faire pour que cette « maison » soit digne un jour de Nous. Ce matin, après avoir brossé le plancher, je cirerai avec de la bonne cire « à l'ancienne »; j'ai encore à nettoyer les persiennes poussiéreuses, à les occulter afin que ton sommeil du matin soit préservé, à ranger le grand placard, et ce n'est certes pas une petite affaire... Ma petite Maman hier était inquiète, craignant que je ne prenne assez de soin de notre logis, mais je l'ai rassurée. Cela ne sera jamais assez beau pour toi. Hier ensemble nous avons longuement rêvé; elle m'a indiqué de menus achats à faire. [...] Nous avons aussi choisi une petite robe pour Mimi, une petite robe de rien du tout – bleue, de forme droite et que je porterai sans ceinture, dont le col marin ouvert profond me sied. Nous avons aussi décidé que je resterais ici jusqu'à l'annonce des résultats, puis que j'irais quelques jours à la maison et ne reviendrais que peu de temps avant ton arrivée. Mais il se peut que je quitte Toulouse avant...

[...]

Je sais que je t'ai très peu parlé de l'examen – et que

tu n'as pas reçu les brouillons demandés. C'est simplement qu'il n'y en eut pas (j'y avais seulement écrit l'introduction, telle immédiatement que je te l'ai dite; le reste fut écrit... au fil de la plume. « Le plus grincheux mettra bas les armes »... Mon Dieu, que je le voudrais... Sinon?! Que deviendrions-nous?

Samedi
[13 juin 1964]

* J'AIME QU'AUJOURD'HUI soit gris tendre, gris pluie, après des journées accablantes, presque irrespirables, même dans l'ombre des persiennes tirées, où je vivais nue. Sans doute le soleil fut-il le bienvenu mercredi. Mais pour me souvenir et rêver, je préfère ce temps-ci. La fraîcheur de l'air flatte l'esprit que la chaleur stupéfiait, suscite le désir de lire, d'écrire... Jour tendre, oui, jour pour être bercée, dorlotée, confortée; et je me cède, – ainsi buvant au dessert le café tout autant pour le plaisir de sentir couler en moi sa lumière noire, que pour me servir de ces grossières tasses blanches cerclées de bleu au fond et d'un feston doré, que le marchand d'huile donne en prime à Manou qui les garde pour moi... J'ai aussi dans le buffet quatre assiettes fleuries de roses et des couverts pris à la maison, quatre verres droits achetés hier, un grand bol de faïence blanche, pour ton petit déjeuner, et d'autres choses encore, toutes dépareillées et cependant précieuses... Les murs de la cuisine lavés ce matin sont nets, ainsi que les carreaux du sol, et le plancher luit... Je te parle de ces choses de rien, non par goût puéril et mesquin, mais parce que nos gestes demain feront alliance avec ces objets et qu'ils sont pour moi chargés de promesses. Je vis en complicité avec eux et j'en prends soin parce que m'occuper de ta maison, c'est travailler pour toi. Et parce que ce ne peut être notre maison que si j'enlève la poussière que d'autres y ont laissée... Je dis à dessein le mot « maison » pour tout ce qu'il évoque, et parce qu'un enfant n'en emploierait pas d'autre. Je sais que tu y seras bien, que tu y dormiras bien. Hier soir, à la fin du jour, assise

sur le balcon où je lisais en attendant Josette et Mout, je relevais souvent la tête pour penser à ce que serait notre vie ici. Les choses les plus simples que nous ferons ensemble me semblaient extraordinaires. La vie nous sera si douce que nous serons chastes souvent pour mieux soudainement nous prendre l'un l'autre. Je pensais aussi que je te laisserais pour notre plaisir, toutes initiatives, et que mes caresses seraient toujours... innocentes, simples, sans autre fin qu'elles-mêmes. Je veux être surprise par ton désir, et non le provoquer. Que les réveils seront longs et beaux... Le soir nous dînerons tard, à la tombée de la nuit, devant la fenêtre ouverte, sans allumer la lampe. Nous ne sortirons pas, nous serons bien chez nous, et nous n'ouvrirons à personne. A d'autres que toi ces rêves sembleraient dérisoires. Mais c'est tout le bonheur du monde que j'imagine, et tu es de mon avis.

[...]

Puis-je croire à tout cela? Dans deux semaines, je connaîtrai mon sort. Je ne compte pas les jours, je ne tremble pas, me contentant de l'heure présente, mais je ne suis sûre de rien. Si j'ai échoué, je ne pleurerai pas, mais je devrai travailler, et peut-être t'attendre encore. Je n'y veux pas penser maintenant... Dans les jours prochains, je m'inscrirai pour l'écrit du certificat de littérature française (sujet de juin : Le tragique dans *Andromaque*). Parle-moi de « ma » thèse future. Je dirai ces projets à mon père qui en sera ravi...

Amour mien, cet après-midi je vais ranger mes cours de l'année. (mais non, je n'ai rien jeté...).

Tiens, j'oubliais de te parler du Prince charmant... Je m'exécute tout de suite. Le Prince charmant a toujours eu un visage précis, réel. Oui! (Personne n'en a rien su, pour rien au monde je ne l'aurais avoué) changeant d'année en année, selon les circonstances; visage de tel petit voisin, ou de tel camarade, ou de tel professeur... Visage seulement. Peu importaient les vertus réelles du garçon considéré. S'il était turbulent, je l'imaginais devenu doux et sage pour l'amour de moi; s'il était faible, devenu fort et courageux, car moi seule le comprenais. En fait, il n'y avait pas de Prince charmant ravisseur; c'était moi qui aimais, transformais, agissais, relevais, exhortais; l'autre n'était qu'un prétexte, et c'est pour cela que j'en pouvais changer. D'ailleurs je me souviens qu'à quinze ou seize ans, je pensais très sincèrement que tous les garçons se valaient, que je pouvais aimer l'un quelconque d'entre eux, fût-ce le plus fou, le plus apparemment dévoyé; je ne demandais pas à recevoir mais à donner. J'aimais en saint-bernard – mais au fond, j'aimais seule, ne considérant pas l'autre comme un égal doué de vie propre. Jean-Pierre, puis Michel furent aimés ainsi, prétextes à l'amour. Je m'étais d'assez bon gré résignée à l'indifférence supposée de Jean-Pierre qui n'osa me parler qu'au dernier jour des vacances, et je n'aurais pas aimé Michel plus que l'un des autres visages prétextes s'il n'avait lui aussi parlé. Si l'un et l'autre s'étaient tus, je n'aurais jamais rien avoué de rêves que je ne croyais pas appelés à se réaliser, je n'aurais pas souffert, j'aurais oublié... Mais pouvais-je taire mon amour pour toi? Tu te souviens que je m'excusais de mes involontaires violences. Tu n'avouais rien, tu me laissais espérer et mon sentiment s'exaspérait. Je ne pouvais pas t'aimer par charité, puisque j'implorais la tienne. J'avais besoin de toi, parce que je t'admirais, alors que j'avais jusque là imaginé l'amour comme un mouvement inverse, un don gratuit de ma part. Je ne te choisissais pas, tu t'imposais à moi. Et tu es mon amour, le seul, le Prince venu me chercher, auquel je ne croyais pas. Car je ne croyais pas que l'on puisse m'aimer. Je me souviens de l'avoir dit à Michel. Je n'avais pas cette présomption. Il m'avait répondu – (je ne te le rapporte que pour te faire plaisir) – qu'il n'avait jamais vu de fille comme ça, et plus tard – dans quelle mesure le pensait-il? – qu'il n'osait pas lier son avenir au mien, me demander d'attendre qu'il ne soit plus un enfant, qu'il serait pour moi une entrave, qu'il me gênerait dans mes études... Je crois que mon père le lui faisait bien sentir. Que sont devenus Michel et Jean-Pierre? Je pense à eux parfois avec un peu de tristesse, car je crois qu'ils auront l'un et l'autre une existence médiocre. Je les aurai connus dans le moment de leur grâce tôt éteinte. Michel a une fille, et Jean-Pierre, s'il vit, plusieurs enfants.

Et moi aussi. Moi aussi j'ai un enfant. Mais ma vie n'est pas médiocre, je fais ce que je veux, puisque je ne veux que t'aimer, être aimée... Mon amour à moi n'est pas médiocre, quelconque! Je suis vivante, heureuse par toi, consciente... à moins que je ne rêve un conte de fées? Dis?

Si oui, ne m'éveille pas, jusqu'à la mort lointaine, qui ne sera pas même un adieu, puisque nous refuserons de croire à notre séparation.

*

Une nuit d'été prochaine nous effeuillerons toutes les étoiles pour nous assurer de notre mutuel amour, de notre semblable folie.

Lundi
[15 juin 1964]

* UN GROS VILAIN ORAGE noir plane presque immobile depuis samedi. Je dessine le soleil invisible pour te le donner à voir... Si je ne t'ai pas écrit hier, c'est qu'étrangement lasse sans raison apparente, j'ai somnolé tout l'après-midi sur mon lit, ne me levant que vers six heures pour lire un moment dans mon fauteuil, me recouchant avant la tombée de la nuit, si bien que les « petits » venant me voir après le dîner m'ont trouvée déjà presque endormie. Cela ne sera rien.[...]

Parce que j'étais plus vulnérable, je pleurais hier, ne pouvant croire à la réalité de mon bonheur. Dans deux semaines nous saurons quel sera notre sort cet été. Je te demande pardon par avance s'il faut à cause d'un échec renoncer au merveilleux été. S'il faut renoncer à ce « chez nous », s'il faut m'attendre encore... N'imaginons pas le pire, improbable. Je veux au contraire amoureusement préparer le nid des deux pigeons, le nid pour notre amour tendre... Tu sais, je ne serai pas « pot-au-feu ». Mais je ne me sentirai chez moi ici que lorsque le moindre recoin aura été inspecté. Après quoi un quart d'heure d'entretien chaque matin suffira. Mais que j'aime ce plancher qui luit!

[...]

Ta lettre, que je viens de lire, est toute petite, mais contient cependant bien des questions auxquelles je réponds dès maintenant, ne voulant plus encourir le reproche – bien fondé – de négliger de te renseigner.

Une question précise : – Pourrais-je entendre « Kalinka », à présent [1]? Oui. Ce n'est pas d'ailleurs ce chant qui m'avait le plus émue, mais des chœurs ukrainiens d'une déchirante douceur, que je n'entendrai sans doute jamais plus car Michel avait acheté ces disques à Moscou où il avait passé ses vacances de Pâques, et je ne crois pas qu'ils soient vendus en France. (Ces disques sont-ils pour moi ce que te sont les valses de Strauss, évocatrices des fastes d'antan? Mais pour moi fastes brefs et précis, d'autant plus mémorables peut-être, vécus au soir d'un seul jour, que je t'ai dit.)

Livres : j'ai donc lu *La Modification* [1]. A mon avis, que je pourrai tenter de justifier, c'est bien meilleur que *Le Labyrinthe,* et cela ressemble davantage à un roman; le personnage existe – on ne peut guère parler d'une rencontre, mais enfin le personnage est là, avec une certaine épaisseur, ses zones d'ombre et de clarté, sa complexité, sa « modification » psychologique qui fait toute l'histoire. Je remarque ici aussi qu'après un temps d'adaptation, d'attention scrupuleuse et nécessaire, je suis saisie dans l'engrenage de ce texte à répétitions, je suis « accrochée », et dès lors vais jusqu'à la fin. Mais je crains bien d'épuiser tout le plaisir que peuvent donner ces ouvrages en une seule fois, je ne crois pas que je les relirai, du moins pour mon agrément...

Je vais maintenant me rendre à la poste pour que te parvienne au plus tôt certain paquet précieux. Il sera ensuite l'heure d'aller déjeuner... Pour ce soir, je choisis Nathalie Sarraute : *Portrait d'un inconnu.* Je suis trop fatiguée pour écrire sur mon beau cahier, mais à la première page je dessinerai un tournesol.

Bien sûr que je dors nue. Rêvant de toi.

Mardi matin. Dix heures et demie
[16 juin 1964]

* J'AI D'ABORD FAIT tout le travail du jour : la toilette de la maison, puis la mienne. Ensuite je me suis rendue au secrétariat de la faculté afin de prendre une inscription pour le certificat de littérature française (et je vais sans tarder me mettre au travail, réservant l'étude du latin pour la rentrée car des cours d'initiation sont organisés, qui m'aideront). Reste un jour de vacances, jour orageux et lourd au dehors, mais sans fièvre et frais chez nous. Reste un jour disponible pour l'étude libre, la lecture, mais aussi le rêve, l'amour, un jour qu'ouvre ta lettre, si tendrement, si doucement, si persuasivement...

Samedi, tu me parles de ton sommeil écourté, tu évoques le mien... oui, tu me diras comment c'est une fille heureuse endormie près de son amant, s'éveillant près de son amant. Sans doute, j'ai vu dormir Marie-France, mais d'un sommeil de petite fille et non d'amoureuse; elle était bien jolie déjà... mais une amoureuse nue nonchalamment... tu me diras, oui. Je dors beaucoup ces nuits-ci, trop même, et cela signifie de façon certaine que je suis un peu fatiguée, ce que je vérifie à mon impatience devant les repas... Mais tout ira bien, puisque je t'attends, visiblement émerveillée. Oui mon amour, nous irons à Albi, à Bordeaux [1] aussi si tu le veux... « Quel effet cela fait d'appartenir à la race célébrée »? Je ne sais pas moi, je ne sais pas du tout puisque manifestement je ne suis pas une femme – tu le vois bien? – Adolescente, j'ai souffert de n'être pas semblable à ces filles légères, belles, séduisantes qui vivaient autour de moi; je me suis sentie exclue pour toujours de leur communauté. D'où mon si grand étonnement à Agde l'an passé à voir que je leur ressemblais assez pour que certains s'y méprennent. D'où mon si grand plaisir lorsque tu me dis jolie. Mais toujours au fond de moi le même étonnement, la même incrédulité. Non, nous n'y pouvons rien, je ne suis pas une femme, mais seulement Mimi. Les hommages dédiés à La Femme ne me touchent donc pas en tant que telle. C'est je crois préférable, car ainsi je n'appartiens qu'à toi : rien de moi n'est concerné par ce qu'on dit des autres, rien de moi n'est saisi par les désirs, les paroles, les gestes des autres hommes. Je ne suis pas une femme, mais la tienne, la seule, et puisque seule tu m'aimes, il est bien naturel que je me sente unique et différente.

Dimanche, tu me parles des siestes futures... Non je ne lis pas dans mon lit, à la différence de Marie-France qui passe ainsi de longues heures, matin ou soir, et de mes parents... Tu sais bien que jusqu'ici je n'ai habité mon lit que le temps nécessaire! Lorsque tu seras là, sans effort aucun, j'y demeurerai beaucoup plus longtemps, mais... lirons-nous? ! – Oui, j'ai acheté une toute simple robe bleue, oui j'avais l'intention de l'étrenner le jour de ta venue, oui j'ai pensé : C'est ma robe de mariée... Il y faut, avec, des chaussures blanches, non pas des souliers de bal, mais des souliers-soleil que je choisirai un jour prochain. – Ainsi, a dit Maman, tu Lui feras honneur lorsqu'il t'amènera au restaurant... Oui, j'aurai l'air, l'air seulement, d'une ingénue – mais je sais, depuis que tu me l'as dit, que je suis une libertine. De la race de Colette que j'aime tant. L'ingénue libertine : c'est tout à fait ça. Quant à la virginité perpétuelle... Ne te fâche pas mon amour, c'est ta faute aussi : tu aurais dû penser que jamais plus tu ne pourrais t'étendre entre les cuisses d'une pucelle [1], jamais plus. Mais nous ferons semblant.

Je suis folle de toi, je crois.

... Je t'attendrai chez nous, mais du balcon je surveillerai la rue par laquelle tu dois arriver... J'aurai ma robe bleue. Je tremblerai.

Demain je te parlerai de ce qu'écrit Nathalie Sarraute. (Bien.) Je pourrais attendre pour t'envoyer cette lettre de rien, mais j'ai hâte d'être avec toi – toute dans ta main – légère et sûre, et bien et je veux aujourd'hui aussi t'accompagner. Mais toi, ne m'écris pas tous les jours, il faut que je t'attende, que j'éprouve mon impatience, mon désir.

Noces   quelle promesse!

Mercredi. Midi et demi
[17 juin 1964]

CE SERAIT L'HEURE de la sieste si je ne voulais d'abord t'écrire, me réservant de dormir ensuite. Ce jour est décidément sous le signe de la paresse : pense donc, je ne me suis levée qu'à neuf heures! Oh certes n'ayant pas dormi jusqu'à ce point avancé du jour, mais rêvant, m'étirant, me retournant à mon aise dans notre lit (A quoi peut donc rêver Mimi?) C'est que je fais des progrès, afin d'être tout à fait disposée au loisir, à l'amour, au soleil; une sybarite, voilà ce que tu retrouveras, n'en croyant pas tes yeux, ... tes doigts. Minourson s'étonne, mais en prend son parti et se prélasse suivant mon exemple. La honte à la fin me tire du lit, mais comme je suis tout à fait reposée, tout me donne plus de plaisir, l'orange, le soleil sur le balcon, le plancher sous mes pieds nus, l'eau de la toilette que je prolonge... Bien, nous allons bien. Et j'ai quelque remords, tout de même, car tu travailles encore. Il faut me dire par le menu le programme de tes journées afin que je t'accompagne. [...] Je voudrais te voir en société, et savoir comment les dames se comportent avec toi, si elles sont coquettes... Je voudrais habiter les regards et les pensées des femmes qui te connaissent. Faute de quoi, je me renseignerai auprès de Marie-France, ou de Josette, lorsqu'elles auront eu l'honneur de te rencontrer. Je t'abandonnerai à leurs séductions pour faire semblant de craindre que tu n'y succombes... Allons, je m'amuse. C'est la fumée d'un futur champagne qui me rend gaie... Tu sais, j'ai une cave, il faudra la garnir; nous rapporterons de Provence quelques (rares) bouteilles de ce rosé que tu aimes. Les soirs, comme les soirs seront doux, sur le fauteuil ou le lit proche, après le dessert, pour le dessert... Je crois bien que nous ne pourrons rien faire d'autre que nous aimer.

• J'ai écrit ce matin à Papa une lettre pour sa fête puisque je ne serai pas à la maison dimanche. Je lui promets de ne plus lui donner aucun souci à aucun point de vue et lui demande, si je suis reçue, la permission d'aller en Provence, puis à Agde. C'est une lettre sans « phrases », sans apprêt, claire et simple; je voudrais qu'elle l'apaise. Sans doute souffre-t-il secrètement de ma métamorphose de petite fille en jeune femme, qu'il devine ou pressent, qu'il ne peut plus éluder. Je suis le fruit venu à point qui se détache, qu'il a nourri, qu'un autre cueille. Et qu'il soit délesté, délivré, ne peut le consoler. Toi qui comprends tout... peux-tu comprendre cela?

• Nathalie Sarraute. D'abord la plus lisible, et le plus visible langage. Le monde le plus étrange aussi – Des êtres ordinaires, communs, éclairés sous un jour surnaturel; des rapports normaux étudiés comme inquiétants; il doit y avoir des liens avec l'œuvre de Kafka; à lire. Tous ces nouveaux romans m'inquiètent, me surprennent et sans doute à la réflexion en apprendrai-je quelque chose. Pensé à Lautréamont. Œuvre plus négative que positive, je crois. Anti quelque chose. Anti-roman?

Une fois encore je t'ai écrit brièvement et mal, parce que je suis une paresseuse. Mes prochaines lettres seront plus rares, mais plus nourries. Celles-ci ne sont encore que furtives caresses. Furtives, pour t'éveiller lentement au grand jour de l'été,

au grand jour de demain.

Jeudi. Midi et demi (heure consacrée) *
[18 juin 1964]

NON, VRAIMENT, tu ne devrais pas m'envoyer des lettres aussi douces, aussi caressantes, aussi bonnes à lire, je ne les mérite pas, mais bien plutôt la fessée, la volée de bois vert, la seule chose due à cette fille qui a l'impudence de se prélasser dans son lit jusque vers dix heures du matin, n'en sortant que pour descendre chercher le courrier, le lisant longuement aux côtés d'un ourson tout ahuri, puis se complaisant à sa toilette, en sorte que bientôt, sans que l'on n'ait rien fait, il est l'heure du déjeuner... Où allons-nous, si Mimi elle-même...! Pour moi, je ne la reconnais pas. Ce doit être une farce du nommé Popoff. Ou bien stage de préparation à la volupté?! La paresse en tout cas me va bien tant au moral qu'au physique. Je suis gaie et joue toute seule, pour le plaisir de rire de rien; tout m'est plaisir... Mais cet après-midi, je me rendrai comme hier à la bibliothèque afin d'y lire et travailler. Hier, dans un récent numéro des *Cahiers du Sud* [1], j'ai eu l'heureuse surprise de trouver quelques poèmes (traduits) de Pedro Salinas (« La voz a ti debida » mot à mot : La voix qui t'est due) oui, j'ai bien eu une impression d'authenticité, d'une poésie évidente, irréfutable. (Est-ce là ce que tu as lu?) Puis, de Jean Lebeau, « De *La Modification* de Michel Butor à *La Princesse de Clèves* », lecture très opportune, puisque, comme j'ai eu l'honneur de le dire à MM. les Professeurs, le nouveau roman – et bien sûr le roman – me préoccupent. (Et sais-tu ce que je leur ai dit

* Tout en haut de la page, au crayon feutre : Ton tournesol, oui.

encore, et qui me revient, pour me faire penser que décidément, oui, j'ai été folle, oubliant tout à fait à qui je m'adressais? A peu près : « Autrefois, je m'en souviens bien, je lisais des contes de fées; c'est que souveraine incontestée du royaume quotidien, familier, je pouvais à loisir le quitter pour instaurer mon règne au Pays des Merveilles. Mais un jour le monde s'est dépris de moi, ou moi de lui, je ne sais, et je ne veux plus que le reconquérir..., etc. : c'est à quoi m'aide parfois un roman. » – Et c'est de cette *nécessité* de « faire croire » au monde, aux autres, de la même foi naïve qu'en notre enfance, que j'ai déduit toutes les règles, qui selon moi limitent le genre! Règles concernant la composition, l'étude des personnages, des situations, le ton (à ce propos j'ai parlé de *Léone, et les siens* [1], roman bâtard, et poème bâtard). Et je t'assure que je ne suis pas fière de moi. La vérité, c'est que j'ai écrit pendant quatre heures sans réfléchir; mais si j'avais réfléchi je n'aurais pas écrit; car lorsque je pense à la façon dont il aurait fallu traiter le sujet (et je sais très bien comment), les bras me tombent devant l'étendue de la tâche. [...] Je l'ai écrit hier à Papa – j'essaie d'envisager avec sérénité un éventuel échec. Il ne fait pas de doute qu'il faudrait dire adieu aux vacances princières... Allons, pas de sombres pensées! Je te parlais de mes lectures; hier après-midi, j'ai commencé le *Baudelaire* de Sartre. Certes, l'homme Baudelaire y est lucidement exposé, découvert, mais l'étude psychologique intéresse aussi personnellement le lecteur qui se sent concerné, maintes fois percé à jour, expliqué et jugé. Examen de conscience de Baudelaire, oui, mais aussi de chacun de nous dans la mesure où « chacun porte en lui la forme entière de l'humaine condition [2] ».

[...]

Je souriais l'autre jour en pensant ceci : Lui qui dénonce si bien l'oppression familiale, les dangers qu'elle fait courir au couple, voudrait bien, j'en jurerais, connaître et rencontrer mon père. Moi, je ne souhaite pas te voir entrer dans le cercle, dont tu es justement l'au-delà. Que ma mère soit ton amie, non ma mère à tes yeux. Quant à vous réunir, je ne le ferai pas... Lorsque je parle d'une rencontre entre toi et Marie-France ou Josette, c'est, je te l'ai dit, pour te voir aux prises avec de jeunes femmes, ce n'est pas pour t'introduire dans le monde familier. Je veux que tu demeures le fabuleux pays, l'inexploré, l'irréductible, l'inconnu, l'infini, en marge de tout. Je refuse obstinément de te voir assis à la table familiale. C'est une chose intolérable. Moi l'impudique, je ne peux l'être au point d'accepter cette confrontation. Notre intimité et celle de la maison sont deux climats distincts dont je suis la frontière, zone troublée, zone d'orages. J'ai l'air simple, je ne le suis pas : tu iras les voir, mais seul. C'est une chose que je veux te dire voici déjà quelque temps. Je sais bien qu'elle est cruelle, surtout pour Maman, mais tu ne peux être à la fois avec eux et leur au-delà. Et je préfère que tu sois l'au-delà. Je n'ai que trop parlé de toi, j'ai déjà fait trop de concessions, trop de confidences; comme si tu étais « racontable »! Tu comprends cela? Tu es mon enclos sacré, le domaine du dieu, les autres sont un séjour profane – je peux sans désarroi profond assister à l'effacement des limites. Cela, il ne faut pas le dire à Maman, il sera toujours temps... Je veux, toujours, tu veux aussi – t'aimer, m'aimer, passionnément. C'est douloureusement et non paisiblement. Or, comment ne pas voir que ma mère est dispensatrice de quiétude, de paix, grande intendante des choses matérielles veillant au bien-être, au bonheur... L'amour comparaissant devant elle devient sagesse, repos souriant, savoureux. Et certes très doux à vivre, ah bien trop doux! bien trop facile! Loué soit le silence de mon père, et louée sa colère, puisque me heurtant à lui je m'exaspère et m'éprouve vivante durement, portant haut, plus haut mon désir. Tu comprends cela? Tu es le conte, non la réalité... Tu es le conte, parce que tu es mon amour, et que je ne te vois pas tel que te voient les autres, tel que je vois les autres : j'ai un regard magique pour mieux te voir, un regard faible pour saisir les autres. Deux façons de voir inconciliables. Toi aussi, n'est-ce pas. Si tu ne m'avais choisie d'abord – aveuglément! – si tu ne m'avais fait surgir par enchantement, par cette façon de regarder qui fait naître l'objet, l'être que l'on désire, m'aurais-tu distinguée parmi les autres? Et si tu t'habitues à me voir telle qu'eux, parmi eux, et telle que je suis sans doute, es-tu sûr de toujours m'en distinguer? ... Je n'ai pas très bien compris ce que tu me dis du changement que j'ai produit en toi. « Interdiction d'être futile, mesquin. »... Mais je sais bien que tu ne le fus jamais! Oui, pour moi aussi il y eut « émondage ». Cela ne s'est pas fait instantanément. Dans les premiers temps, j'avais à prendre délibérément ton parti pour décider entre mes goûts, mes désirs encore indistincts – je m'orientais vers toi, héliotrope... Je pensais : Il faut que je sois la justification de ses désirs, la vérification de ses pensées, même si (comment en juger?) ce sont des erreurs, son prolongement, son accomplissement, sa vérité... Je n'ai plus, depuis longtemps, à vouloir cela, parce que je suis – oui? – devenue telle que je le souhaitais. Ton tournesol, et c'est toi qui me dispenses chaleur et lumière, toi, mon seul élément.

*

Vendredi
[19 juin 1964]

BONJOUR, AMOUR! Voici une vigoureuse et nette entrée en matière, l'invocation la plus directe, la plus impérieuse. C'est qu'aujourd'hui, m'ébrouant, je m'efforce d'honorer mes vertus anciennes. Nous nous sommes levés plus tôt que ces jours derniers et n'avons rien négligé des soins du ménage, et d'une minutieuse toilette. Après quoi, dans le fauteuil qu'occupe en permanence Ourson Roi, nous avons lu jusqu'à l'heure du déjeuner *La Princesse de Clèves.* Je ne me souvenais pas, n'ayant pas lors d'une première lecture de raisons de les remarquer, des réflexions de Mme de Clèves touchant le mariage. A M. P. qui me conseille de me marier « au moins une fois »(!) (pour être plus libre!) j'ai cité ce passage à l'appui de mes dires (Mme de Clèves parle au duc de Nemours qui la supplie de se remarier avec lui) : « Je sais que vous êtes libre, que je le suis, et que les choses sont d'une sorte que le public n'auroit peut-être pas sujet de vous blâmer, ni moi non plus, quand nous nous engagerions ensemble pour jamais; mais les hommes conservent-ils de la passion dans les engagemens éternels? dois-je espérer un miracle en ma faveur, et puis-je me mettre en état de voir certainement finir cette passion dont je ferois toute ma félicité? M. de Clèves étoit peut-être l'unique homme du monde capable de conserver de l'amour dans le mariage. Ma destinée n'a pas voulu que j'aie pu profiter de ce bonheur; peut-être aussi que sa passion n'avoit subsisté que parce qu'il n'en avoit point trouvé en moi; mais je n'aurois pas le même moyen de conserver la vôtre : je crois même que les obstacles ont fait votre constance [1]... »

C'est justement raisonner. Cela me ramène à ce que je t'écrivais hier; peut-être ai-je tort de vouloir jalousement, précieusement te garder secret; peut-être devrais-je au contraire vouloir te soumettre à la lumière médiocre qui éclaire les autres visages, afin d'éprouver le miracle de ta surnaturelle présence. Je ne sais pas. Peut-être devrais-je essayer de compromettre notre intimité pour mieux encore la savoir indissoluble? Mais je n'en ai pas envie. Sans doute lorsque tu viendras au début des vacances Mout sera-t-il encore là; il l'a remarqué; sans doute aussi trouverait-il naturel que je vous présente l'un à l'autre, et sera-t-il blessé si je ne le fais pas. Pourtant je crois que je ne le veux pas. Tu es mon oiseau rare. Aucune envie de te montrer. Je l'ai bien remarqué, Mout n'a pas le sens de l'intimité; il est la générosité même, l'exubérance même, et je crois que naguère je lui ressemblais. Mais à présent j'ai besoin de ma solitude délicieusement hantée...

Amour, mon bel amour, je me tais à présent, car j'aime aussi éprouver nos liens en silence, t'entendre chanter en moi toujours futur, toujours promis, j'aime te poursuivre en moi
jusqu'à demain.

Mais que ce jour aussi ait été, comme chacun, marqué, d'un signet, si léger soit-il,

⋆

et d'une étoile

et d'un soleil

*

Dimanche, trois heures, l'après-midi
[21 juin 1964]

QU'IL Y A DONC LONGTEMPS que je ne t'ai écrit, mon amour... Qu'il y a donc longtemps que je n'ai pu être seule avec Toi! Un jour, je crois. C'est mal répondre à la longue et lourde lettre que je reçus hier matin. Mais à présent je suis seule avec Toi, seule dans la « maison » silencieuse, d'ombre luisante, que cernent la rumeur vague et l'orage, pour tout te dire des menus et graves événements de ce temps.

[...]

Maman se soucie tendrement de ce « Chez Nous » où peut-être elle espère te rencontrer. Je sens bien qu'il y aura quelque cruauté de ma part à la priver de ta vue, et qu'elle pourra juger que j'agis en ingrate; je crains bien d'ailleurs que tu n'aies encouragé ses projets; tu n'avais pas l'air du tout ennuyé par la perspective d'un Noël à L., de nuits sages dans la chambre bleue... Mais, Monsieur, si pour faire plaisir à ma mère je vous accompagne chez Elle, soyez sûr que je n'y dormirai pas avec vous, que votre amie libertine soudainement se muera en la plus chaste, la plus retenue, la plus convenable des jeunes filles, et que vous y perdrez quelques baisers; soyez sûr aussi que je vous y voussoierai et ne vous permettrai pas la moindre privauté. Vous serez un ami de ma mère, hôte de choix, et je serai courtoise, mais rien de plus. A cause du regard de mon père, mais aussi de la complaisance maternelle. Oui, le mieux sera que tu ailles là-bas sans moi. Du reste, je n'ai pas l'intention de te « déclarer » aux parents, « amis » et observateurs. Tu es, tu resteras un mythe, et je ne leur dirai jamais un mot à ton sujet, les laissant se morfondre dans leur curiosité inassouvie.

Et j'entends, Monsieur, que tu sois de mon avis (pour une fois que je manifeste quelques velléités d'indépendance!) Du reste, si tu protestes, je sais bien le moyen de te fermer la bouche!!

Oui, je disais que j'avais été bien longtemps sans t'écrire. C'est qu'hier après-midi, attendant les « petits » et ne sachant quand ils viendraient, ne voulant pas qu'on nous interrompe, j'ai préféré lire (*La Route des Flandres* [1] – Je te donnerai des impressions d'ensemble et de détail sur ces nouveaux romans avant de te les renvoyer cette semaine-ci). Ils sont arrivés tard portant les provisions faites au marché le matin, et nous avons alors avec un soin naïf préparé le dîner qui fut en tous points tel que nous le pouvions souhaiter, et que nous avons savouré vers dix heures du soir à la lueur de deux bougies et d'un Mascara pourpre – rutilant. Puis nous avons fort simplement, sur proposition de l'hôtesse, dormi là, Mout dans le duvet, Josette et moi dans le lit, moi tenant serré Minourson qui cette nuit avait deux (belles) maîtresses. Les oiseaux et l'aube nous ont éveillés, mais comme trois enfants gourmands nous avons prolongé notre sommeil jusque vers dix heures. J'ai déjeuné de pêches, ayant un souvenir trop récent et précis de l'omelette à l'oseille, à point dorée et savoureuse certes, mais luxe lourd. – Ils sont tous deux partis assister au grand « Fenestra » – fête folklorique, moi restant ici, ne voulant que te retrouver au plus tôt... J'aime beaucoup Josette et Mout, mais ils ne sont pas l'essentiel. Je voudrais ne connaître au monde que toi...

[...]

J'ai, quant à leur avenir, des inquiétudes... Quant au nôtre, n'est-ce pas... pas la moindre. Tu devrais bien être vilain de temps en temps pour que j'aie le plaisir de te pardonner. Quant à moi, tout ce à quoi je peux me résoudre, c'est à des malices; mais risquer d'encourir un reproche, de cette voix bleu d'ardoise, rarement entendue – mais indélébile – c'est ce que je ne ferai pas...

Ce n'est pas cette voix-là que j'aurais entendue vendredi soir, si tu m'avais pu voir, mais tout aussi intolérable, ta voix triste. Car je pleurais, ne pouvant supporter l'évidence de ma médiocrité à laquelle je devrais me résoudre avec plus d'humilité. C'est – il faut que je te l'explique, ne me gronde pas encore – que je suis hors de poésie. Ne pouvant me résoudre à salir ce beau cahier vierge, où je voudrais écrire pour toi de durables poèmes. Mais j'ai trop longtemps vécu avec d'autres soucis, et la grâce m'est retirée de savoir posséder les choses en les nommant. Ce vendredi soir, je répudiais désespérément cette fille nourrie de sucre, de lait, de choses fades et douces, de prix d'honneur et de résolutions, qui m'encombre, me masque à moi-même et m'isole du monde. Je pleurais mais je savais que je me sauverais cette fois encore en t'invoquant, comme je sais que d'autres fois encore et jusqu'à la vieillesse, je refuserai mes limites mais tu me les rendras supportables...

Mardi *
[23 juin 1964]

BONJOUR MON ANGE – ne souris pas, ne me dis pas que tu n'as rien d'un ange, je sais très bien que tu es le nôtre dont j'ai vu se déplier les ailes de belle envergure à chaque fois que tu as ouvert les bras pour m'accueillir, – couleur de ciel perdu, de ciel comme on n'en fait plus – dont j'ai reconnu le duvet m'effleurant dans chacune de tes caresses, mon ange ou encore un bel oiseau lourd qui me couve dans sa chaleur noire, à moins que ce ne soit moi qui te couvre, comme un nuage d'orage, une grêle, une foudre... dessus, dessous, l'un portant l'autre, emportant l'autre, et voyageant à la rame dans le beau temps...

Bonjour Amour mien. Je n'ai pu résister au plaisir de venir – ce matin demain – me suspendre à ton cou, mettre le jour en sautoir à ton cou, – mais je ne t'écrirai vraiment que ce soir, car à présent j'ai à faire une sérieuse chose : aller choisir ma chemise de Noces! ta chemise, notre chemise...

« Demain », pour ton jeudi, tu auras une longue lettre. Sois bien sage en m'attendant – moi aussi.

(Je te laisse en gage ma bouche

– ici vacante)

* En haut de la lettre, au crayon feutre : * des choses couleur d'abricot.

Mercredi. Six heures du matin.
[24 juin 1964]

JE ME LÈVE pour t'écrire, pour le plaisir de t'écrire – beau prétexte. J'espère que tu dors encore mon amour, bien que tu doives te lever tôt. Le jour sera beau... Les hirondelles déjà s'égaillent très haut dans le ciel pâle, infiniment reculé, blanc à l'horizon de toits où le soleil va surgir; un pigeon roucoule sur le bord du toit, qui hier m'éveilla... Le jour sera beau oui, mais lourd; toute chaleur sur la ville devient fièvre, et j'espère qu'en août, quelquefois il pleuvra, pour notre délassement. Août, je parle d'août! Mais juillet, tu me le dis, est imminent! Je connais l'affolement des maîtresses de maison qui craignent de n'avoir pas tout préparé avant l'arrivée de leurs hôtes – et il ne s'agit pas seulement d'apprêter la maison, mais encore d'être soi-même digne hôtesse.

[...]

Je n'ai pas achevé la lecture du *Baudelaire,* ni lu *Les Gommes* de Robbe-Grillet. Quant à *L'Amour et l'Occident* [1], je l'ai chez moi, l'ayant acheté l'an passé, et ce que j'en ai lu m'a paru fort bien « vu ». Sur le nouveau roman, je dirai comme toi que le genre est tout aussi conventionnel que l'ancien et davantage; l'effort pour brouiller la piste est infructueux, le lecteur rétablissant naturellement les choses de façon cohérente et logique; démêlant fort bien, après un « conditionnement » de la durée d'une centaine de pages, ce qui est le passé, le présent, l'avenir, ordonnant ses visions. Et dès lors, il y a, en dépit de la volonté du romancier, une histoire racontée, dont on suit le déroulement minutieux, imperceptible, contrarié, rétabli. L'originalité est surtout dans le style : structures classiques remplacées par la structure incohérente du monologue – plus naturelle, ou faussement naturelle? *La Modification* est un livre qui reste, dans son objet (un débat psychologique) classique. Nathalie Sarraute a de tous le meilleur style, je veux dire le plus souple, le plus réellement naturel. Mais j'ai beaucoup aimé *La Route des Flandres* pour le jeu d'images qu'est ce roman...

[...]

Je te renvoie l'Hommage à Mme B. Comment peux-tu croire que des pages si sincères, et qui parlent de ton univers familier, sont pour moi des broutilles! « Homme de livres, j'ai eu grâce à vous des nouvelles de chaque printemps... » Et tu ne me disais pas cela? Tu sens bien que ce que je cherche dans ces mots, c'est encore Toi, bien plus que la figure de Mme B.; mais elle-même m'est chère dans la mesure où elle t'est proche.

Hier soir, j'ai pensé à toi à l'heure où tu lui parlais, et j'étais avec elle qui eut à la fin les larmes aux yeux, l'auditrice la plus attentive. Comme elle, tu quittes M., où j'ai connu mon amour, à moins que ce ne soit à L., à Paris ou Agde... Pour toi ce ne sont pas d'éternelles grandes vacances qui commencent, et pourtant ne te semble-t-il pas que cet été prochain ne doit avoir de fin? « Tu vas venir... » Je sais que l'automne aussi viendra, puis l'hiver, mais les saisons futures auront toutes le même cœur lumineux, chaleureux, comme une amande préservée, au long perpétuel mûrissement. Une petite phrase de rien du tout dans ta lettre le promet : « puisque, n'est-ce pas, je prends pension chez toi dans les fins de semaine... » Et la merveille est annoncée...

[...]

9 h 1/2 Reçue! On vient de sonner à ma porte; c'est une des secrétaires de l'IPES qui, sans me connaître beaucoup, s'est prise d'amitié pour moi et qui souhaitait très fort que je sois reçue. Or, les totaux sont faits, même si la délibération n'a pas encore eu lieu. Timidement, elle a demandé si Mireille...
– Oh oui! lui a-t-on répondu, et elle a couru me le dire. Mais c'est un secret, il ne faut pas que j'aie l'air de le savoir, elle pourrait être blâmée. Tu entends, il ne faut pas avoir l'air de le savoir! Allez, sois heureux, et écris-moi à la maison.

[25 juin 1964]

Jeudi. MATIN! La lumière, comme hier à l'heure où je t'écrivais, s'élabore, et les oiseaux s'égaillent. J'ai ma vigueur des plus beaux jours. Car tout devient terriblement proche, précis, certain (et jusqu'au champagne promis!) Comment mon père résisterait-il au plaisir de savoir que sa fille eut les meilleures notes! Je sais quelle satisfaction (cachée) sera la sienne. (Et Josette jubile qui va pouvoir dire à sa mère : – Tu vois Maman, Mireille, ce modèle d'inconduite...) Je croyais qu'il fallait garder le secret jusqu'à ce matin, mais les résultats ont été affichés à la faculté dans l'après-midi hier, et vers quatre heures, sortant de chez la coiffeuse (car il fallait bien se faire une tête digne de!), j'ai eu la surprise de m'entendre féliciter par ce professeur d'histoire pour qui je suis sortie de l'anonymat où est la foule des élèves, depuis ce fameux 18. Il m'a dit mes notes que sinon je n'aurais pu savoir : 29/40 en français, 16/20 en espagnol, 18/20 en histoire • et, à toi je peux le dire sans être taxée de complaisance, c'est « de loin le meilleur total ». Voilà qui est bien! Voilà qui fait l'affaire de deux larrons, et d'un troisième tout petit, Ourson-Roi, devenu possesseur légitime de son fauteuil, affermi sur son trône... Comme j'allais voir Josette, je l'ai rencontrée qui venait chez moi tout heureuse (sachant les résultats), et nous avons passé ensemble la soirée, comme deux jeunes filles frivoles, allant admirer les robes aux Nelles Galeries, et puis... il faut que je l'avoue, pour réparer nos forces, nous remettre de notre émotion, allant goûter au salon de thé du dernier étage...

Et maintenant, maintenant! Le merveilleux juillet! Et

comme ensuite je travaillerai de grand cœur... Rien, tu entends, rien ne sera alors accordé à la paresse – et, pour ton désespoir, je crois que je me lèverai de grand matin. (Pour te laisser dormir, je travaillerai sur le balcon, et plus tard je reviendrai un moment dans le lit pour t'éveiller, te cajoler, me faire cajoler.) Promets-moi d'être très très sévère, très exigeant. Ah, dans cette faculté-ci, que nous ferons de belles choses puisqu'on nous le permet! Mais c'est trop parler du travail, et tu as bien raison de t'impatienter, tu as bien raison mon ami, mon amour,

car demain ce sont les grandes vacances, et nous ne pouvons pas plus soutenir les images de ce temps prochain que la vue du soleil au cœur de ses rayons. Tu vas venir! Je n'ai certes pas trop du temps qui me reste pour y penser, pour m'y préparer, pour creuser en moi profond le silence de l'attente, pour tenter d'être digne de l'événement, digne de mon couronnement. Car je vais être enfin, véritablement, Prince régnant de Gordes, Gordes mon royaume nommé, c'est-à-dire promis, dans ta première lettre – et tout ce qui fut annoncé, je veux le croire, se réalisera. Il suffit de croire très fort à l'Ange, croire aveuglément à l'Ange souverain – mais il suffit pour ce de croire lucidement en nous-mêmes. Tout ce que nous voudrons ensemble, nous le ferons, mon amour, car notre force, force de l'amour, est sans pareille; tout ce que je réussirai, je te le devrai (Mon père comprendra-t-il cela?) N'es-tu pas toujours là, ici, toujours au plus près, me donnant la main, me portant lorsque je suis lasse, me soutenant et franchissant avec moi les obstacles?

Mais vouons, Amour mien, vouons une pensée de gratitude à Minourson qui fut un répétiteur si patient!

Je vais attendre ta lettre pour poursuivre celle-ci; je pars demain, sans doute au matin, et je dois tout ranger, tout préparer. A tout de suite, Toi.

• Une heure, l'après-midi

Après un rien de sieste. Bien sûr, il y eut ta lettre, longue à plaisir. Je suis navrée de te savoir requis par d'ennuyeuses tâches ne pouvant tout à loisir t'occuper d'Isabelle. Prends courage mon tout-petit, mon ami, bientôt, très bientôt tu pourras te reposer, et quel repos!

Menues réponses – Tu sais, de notre balcon on voit un assez grand espace de ciel, et les soirs ici sont beaux, longs et dorés... Mais que j'ai hâte de contempler, à l'heure dont je parle, le panorama de Gordes... Je n'aurais pas plus que toi aimé que tu vives à Toulouse. Je ne voudrais pas te voir dans la cohue des jours de semaine en ces lieux-ci; je ne voudrais pas te voir alors que je serais lasse, maussade, préoccupée, et où serait le plaisir du dimanche, si je ne devais l'attendre, t'attendre? Bien sûr que je t'écrirai; et je crois même que je t'écrirai mieux que cette année, parce que moins souvent...

« Je vais m'apprêter à revêtir l'apparence d'un mythe » : tu ne crois pas si bien dire; après avoir établi que tu verrais aussi peu que possible mes parents (ou du moins hors de ma présence), j'ai pensé qu'il n'était pas plus opportun de te présenter aux amis. Je l'ai expliqué à Josette qui le comprend parfaitement. – Il est pour vous un mythe, et vous êtes aussi pour lui des figures idéales. Lorsque je vous parle de lui, lorsque je lui parle de vous, moi-même je vous idéalise, je vous auréole du prestige d'êtres uniques au monde. Si je vous confrontais, sans doute vous vous plairiez, mais peut-être sans prédilection et je serais alors tenue de concéder à chacun de vous que l'Autre – ou les autres – n'ont rien de fabuleux. Vous réunir, c'est, à la longue, vous dépoétiser... Peut-être que je me trompe, et que j'invente de belles raisons pour expliquer ce qui au fond est une jalousie étendue à tous, un égoïsme foncier; car je remarque qu'il me serait possible de te présenter Mout et Josette, comme mon père et ma mère, mais ce à quoi je ne peux consentir, c'est à te présenter à eux, comprends-tu? Ce geste que je ferais entre vous, comme le signe =, je ne peux m'y résoudre. Leur donner accès à toi, leur conférer en quelque sorte un droit de regard sur Toi, jamais! Je n'y songe que dans mes élans de générosité, mais l'enthousiasme éteint je regrette d'avoir cru possible une rencontre.

[...]

Écrire, peut-être le pourrai-je mieux à la maison, en t'attendant. Il le faudrait, puisque passé juillet je devrai obstinément travailler, et qu'un travail intense ne s'accommode pas de l'état de grâce poétique. Il le faudrait d'autant plus que j'ai besoin d'éprouver en moi à nouveau cette vérité. Si j'ai le bonheur d'être reçue en octobre, l'année qui vient je tâcherai très régulièrement chaque jour de me mettre à l'écoute. Peut-être un « cinq à huit » heures (du matin bien sûr), sauf le dimanche!

Lundi
[29 juin 1964]

[...]

TU ES TRISTE, mon amour, et tu es las, c'est ce que je sais ayant lu tes deux lettres qui viennent de me parvenir. J'y répondrai mal aujourd'hui étant moi-même soucieuse – tu sais pour qui – et fatiguée car ces dernières nuits j'ai très peu dormi (craintes, bruits de la fête du village). Mais tu sais bien, tu devrais savoir qu'il m'est intolérable de te causer de la peine; je ne peux attendre pour te consoler de celle-ci, même si je n'ai que de faibles forces maladroites.

Amour mien, comme tu es vulnérable, comme tu souffres docilement... Il me semblait que tu aurais plus de discernement que moi pour démêler le vrai de mes raisons, et ce qui m'abuse moi-même; je croyais que tu saurais mieux que moi ce qui motive mon attitude, et que tu ne te contenterais pas de ces beaux raisonnements sur la justesse desquels j'ai émis des doutes, auxquels je ne me fiais qu'à demi. Sans doute y a-t-il dans ces essais de justification assez de cohérence puisque tu y as cru, puisque tu en souffres. Tes déductions sont logiques, et je les avais un instant entrevues : « Tu te conduis ou tu veux te conduire comme si, au fond, tu n'étais pas tellement assurée de la puissance, de la réalité du mythe. » Si, justement : jamais le moindre doute ne m'effleure. Alors? Alors je ne sais pas. Mais il faut bien que j'essaie de comprendre pour t'expliquer... Mon refus tient de l'instinct, du mouvement de défense d'une bête énervée. J'obéis à un principe de violence, un principe destructif, presque meurtrier puisque ne pas faire entrer les autres dans notre cercle, c'est en somme les supprimer. « Au fond, ai-je dit à Mout, c'est peut-être de la jalousie au plus haut degré, étendue à tous... » Mais comment expliquer que je n'éprouve que tendresse pour ceux qui t'entourent? J'agis comme si je voulais me défendre des « miens » seuls. Tu as cru, parce que je l'ai écrit, que je voulais sauver mon amour, et sauver mes amitiés, d'autre part : le vrai, je le vois maintenant, c'est que je n'ai pas à sauver mon amour, et que je ne peux pas (plus) sauver autre chose. Voilà ce que tu me contrains à voir, et qu'il valait peut-être mieux que tu ne saches pas : je ne peux plus aimer QUE toi, tous mes élans vers les autres sont fugitifs, faibles et pleins de repentirs. Refuser de te présenter à mon père, à ma mère, à Josette, à Mout, c'est – oh, pourquoi ne l'as-tu pas compris, me préservant de le savoir, j'en pleure – c'est rompre avec eux tous, les renier, les oublier. Sans doute je les verrais encore, mais ils n'auraient pas d'importance réelle puisqu'ils seraient en dehors de Nous. Je tire sur ma longe, je brise tous mes liens, voulant m'abîmer en Toi. Je sais, ce que je dis est monstrueux. Mais mon amour est monstrueux, ne le savais-tu pas, hors des normes, dévorant, absolu. Et tu crains que je t'aime moins! Je t'aime SEUL, et parfois je voudrais que le monde autour de Nous n'existe pas, afin que cet amour vive de lui seul, nourri de sa seule force.

Je te supplie de n'avoir pas peur de moi. Si tu le veux, tu verras ceux qui m'aiment. Je sais bien que mon amour pour Toi ne peut être déçu; mais je crains, eux, de les détester. Es-tu très triste de ce que je t'écris là? Du moins est-ce la vérité, à la douleur qu'elle me cause je sais que cette fois je l'ai extirpée de moi durement. Je voudrais ne pas te paraître laide. Je ne crois pas l'être vraiment puisque je ressemble à mon amour et qu'il peut être fou, mais non pas laid. Amour mien, tu me voudrais libre, ton égale? Je sais cela, et certes ton égale, selon ton désir je me sens l'être. Mais libre je ne peux l'être. Ce n'est pas ta faute, et si tyrannie il y a ce n'est pas la tienne, mais celle de la passion qui fait que je ne peux plus vouloir que ce que je devine que tu veux. Je me suis mal exprimée, disant que tu ne supportais pas que... A vrai dire, lorsque j'ai parlé de Toi, je n'avais pas relu la phrase précédente; je pensais seulement que ton désir s'imposait à moi; mais ce n'est pas toi qui me l'imposes, comprends-tu? Et ce n'est pas toi qui me persuades, mais tout en moi qui est persuasion, et m'incline à faire ce que parfois tu n'as pas seulement demandé. « De l'art de gouverner »... Tu dis quelque chose, et dans ta pensée *ni dans la mienne* ce n'est un ordre : pourtant je suis tenue de le faire. J'ai eu tort de te laisser entendre qu'il s'agissait de soumission d'obéissance : il s'agit d'une disposition (sur)naturelle. C'est l'amour, c'est-à-dire ma nature même, qui me gouverne durement. Tu dis des choses douces-amères? Douces encore. Je dis des choses terribles; la plus terrible : Je t'aime.

Après le déjeuner

Je ne peux m'empêcher de reprendre cette lettre, encore que je ne puisse rien changer à ce que j'ai dit. C'est comme si je ne pouvais me résoudre à te l'envoyer. Et je suis si désolée que je n'ai pas la force de te sourire, de te bercer, de te promettre mille merveilles.

Ma mère l'an passé m'a dit que j'étais un monstre; cela me serait égal si je ne devais paraître telle à tes yeux. Toi, comment me vois-tu maintenant? Je ne sais, mais j'ai aggravé ta tristesse; tu voulais que je ne renie rien, or je renie tout; je ne peux aimer que ce que tu me rends aimable... Les baobabs [1], tu te souviens? Mon amour est un baobab, il prend toute la place et les autres graines meurent faute de nourriture. Les autres graines vont mourir et je suis moi-même cet arbre vorace né de mon cœur. Je crains que tant d'inhumanité ne t'effraie, et cependant je suis toujours la petite fille que tu apprivoises, je suis toujours Mimi. Toujours Mimi, mais si je me sépare de mes parents, de mes compagnes de jeux, d'étude, pourquoi pas des arbres aussi, des herbes et des sources, et que restera-t-il alors de mon enfance que tu voulais tant préserver? Peut-être que je veux être seulement la certitude présente de mon amour, présente ou intemporelle et hors de toutes contingences? Ah, tu devrais savoir tout cela, comprendre tout cela mieux que moi... Mais ton amour est alliance avec le monde et l'humain; harmonieux, mélodieux, juste, stable, sans secrets, sans mystères, indulgent, lumineux; pourquoi ne puis-je équilibrer cet édifice de lumière? Ton tournesol! Je suis aussi la nuit sauvage... Veux-tu que je guérisse d'un amour exclusif? J'aimerai chaque chose, chaque être que tu me donneras, que tu me présenteras. Dis : – Je veux voir Josette – et j'aurai du plaisir à vous réunir; dis : – J'aimerai ton père – et je te conduirai à lui. Apprends-moi à aimer d'autres que toi, à être généreuse et multiple... Apprends-moi si tu le peux à t'aimer sereinement. Je le veux bien pourvu que tu me rendes ton sourire, la caresse sur la joue qu'on fait aux enfants sages, la ceinture de tes bras, ta confiance et le droit de veiller sur ton sommeil la nuit sur ton bonheur le jour.

*

Mercredi. 1er jour de juillet [1964]

MON MINOU MIEN me voici toute contrite (cela se voit à mon écriture : ce sont des M naïfs, de petite fille appliquée – à ses devoirs de vacances – que je dessine). Prends-moi d'abord sur tes genoux, là, et je mets mes bras autour de ton cou, persuasivement, et ma tête sur ton épaule, contre ton cou. Tu es Dieu-le-Père-le-Tendre et je n'ai pas vraiment peur, mais un peu de confusion tout de même : car je fus déplorablement triste ces jours derniers, et pour des riens tout autant que pour des choses graves, infiniment vulnérable, trouvant même dans tes lettres si douces (même lorsque tu grondes) maintes raisons de pleurer. Et sais-tu pourquoi? A cause du petit chat qui ce matin (seul) se lamente (encore). J'avais déjà remarqué que les derniers jours du cycle je suis souvent découragée, énervée comme une bête avant l'orage. Je ne suis pas très fière de cette variabilité d'humeur, de cette emprise de mon être physiologique sur un bonheur qui devrait être inaltérable; du moins, le sachant, je m'efforcerai de ne plus prendre au sérieux mes désespoirs de ces jours-là; et toi non plus. Me pardonnes-tu? Je le pensais hier avec chagrin, je le dis ce matin avec l'humilité heureuse d'un chien aimant : je suis très constamment faible, très indigne de Toi, de Nous, ayant besoin toujours d'indulgence (c'est continûment que je quémande le pardon de mes erreurs, et c'est continûment que je les renouvelle). Que j'aime que tu sois mon aîné, mon administrateur de fessées, de caresses, de conseils, de récompenses. Je t'assure que je n'en mérite pas tant (des récompenses). Que m'eût donné ce garçon de dix-huit ans [1], au regard étonné, nostalgique, captif d'une lumière intérieure? Je ne suis pas du tout sûre qu'il « m'eût mieux convenu » : à quinze ans comme à vingt, c'est du Minou d'aujourd'hui que j'aurais été, que je suis le plus amoureuse; aux grandes mains donatrices, aux grandes mains expertes, et tout entier plus incisif qu'alors, j'en suis sûre, et plus moelleux aussi, et plus généreux, plus abondant, fruit mûr à point et l'âme stable harmonieuse comme un édifice de colonnes et de jour... Même si je n'avais eu que quinze ans, si seulement nous nous étions rencontrés, je sais bien que je t'aurais attendu, en dépit des puissances contraires.

[...]

Tu sais, j'ai honte de moi : il ne se passe pas de jour que je ne fasse de promesses, d'actes de contrition, que je ne prenne de résolutions; comment peux-tu croire que je les tiendrai? Souris-tu en les entendant? Ne souris pas mon amour, j'ai mes bras autour de tes jambes, ma tête sur tes genoux, je voudrais être digne de Nous. Dans dix jours d'ici, je m'assiérai ainsi à tes pieds, je te regarderai le visage levé vers toi, tu mettras ta main sur ma tête, et je pleurerai de bonheur. Dans dix nuits d'ici, je te tiendrai contre mon sein, je te prendrai dans mes bras comme un enfant, et je te regarderai naître, commencer à vivre enfin, car c'est un commencement, n'est-ce pas? Nous serons graves et non fous, extraordinairement lucides, c'est-à-dire éblouis. De la nuit je ne voudrai dormir, te veillant, mais le sommeil me prendra penchée sur toi, mon bel arbre-navire coulant couché, forêt et lune liquide sous ma paume, lisse écorce pour ma joue, et le balancement de ta respiration me roulant immobile... Comment être triste en y songeant – à moins que tant de douceur ne désespère?... Mais chaque matin renouvelle l'espoir, le désir de vivre, le goût d'aimer mieux.

Je t'attends.

[...]

J'ajoute ici, à propos de la dernière lettre de moi que tu reçus, que j'ai exagéré les choses, comme toujours dans les moments d'exaltation; mais il est vrai qu'*en comparaison* de mon amour pour toi je n'aime personne.

Jeudi

Et maintenant le monde est comme un arbre pétrifié dans la lumière de midi, ses feuilles d'une eau dense pesant toutes vers la terre, la terre ma complice qui persuasive propose ses lits d'herbe profonde, sa chaleur et ses ombres onctueuses. Nous t'appelons. Ton approche ressemble à l'haleine ployant les tiges et le silence par lequel je te réponds, je crie, tremble comme l'air en été. Nous t'appelons sur nous, et je voudrais que mon corps se souvenant des saisons perdues te donne le goût des foins mûrs écrasés par la sieste, des ruisseaux que j'ai bus, des ciels coulant sur moi... Je voudrais comme un jardin choisi évaporer les essences que tu préfères, mon amour,

Chaque jour vers Toi est plus pur, l'instant où nous nous toucherons enfin nous livrera la pulpe de l'été, qui a la couleur de ta bouche semblable à mon ventre ouvert,

et déjà la lumière m'enveloppe, mais elle ne me pénètre pas encore, toi seul peux rendre intime le soleil, le drainant de chacun de tes pores jusqu'à mes lèvres qui se refermeront sur lui, qui se refermeront sur nous, mes lèvres et mes membres, comme un filet où je nous aurai pris ensemble pour toujours.

Jeudi, et puis seulement dix jours. Viendras-tu un dimanche? Bien sûr cela sera dimanche, un long perpétuel dimanche désormais.

Je ne te dis pas que je t'aime : j'écoute en moi ces mots retenus, cigale captive que tu délivres et enchaînes, cigale qui ressasse ce qui seul importe.

Vendredi
[3 juillet 1964]

DEPUIS COMBIEN DE TEMPS suis-je ainsi, le front reposant sur ma main, retenant les mots qui t'invoquent, te décrivent, cherchant ceux qui me permettront le plus sûrement de t'atteindre?... Viendrai-je doucement, par successifs et lents effleurements de syllabes choisies pour leur particulière douceur, ou bien t'investirai-je d'un cri? Je ne sais, je voudrais tout ensemble t'envelopper insensiblement, délicatement, et te saisir avec l'impétuosité du vent sauvage. Je contiens mêlés l'infinie tendresse des mères, des pays d'herbes et des soirs d'été, et l'élan des très jeunes amoureuses gaspillant leurs forces, ou de la mer dont tu me parles... tout cela pour mieux te prendre, ou pour ne plus savoir du tout. Et si je pense aux jours prochains, c'est l'angoisse, et plus haut le sourire irrépressible, un sourire qui ressemble au ciel horizontal sur la plage à midi, figé dans le ravissement, et puis encore le silence, immense, non pas le silence des neiges, de l'air glacé comme vidé de sa substance, mais le silence des siestes, la pulpe du silence que mûrit une cigale.

Il est justement l'heure de la sieste, et les métiers à tisser sont les cigales de ces lieux. La chambre est fraîche, et plus fraîche, fontaine, de glace, plus brûlante, l'étoile au creux de mon corps assis – une étoile au plus tendre pays, non point mourante mais à peine née et dont ta paume avivera l'éclat. Le jour entre mes jambes ne cessera de croître à présent, le jour visible pour moi seule et pour celui vers lequel il me guide, vers ma lumière jumelle. Le jour se mariant au jour, mon amour, cela fera la plus belle nuit du monde.

Noces prochaines. Noces certaines incroyables. Le mot seul me suffoque, opulent dans sa brièveté. Comment s'y préparer, comment les attendre? Je voudrais être belle, et tout ce qui m'accompagne beau. Ne toucher avant ta peau que les plus douces étoffes, et les écorces les plus lisses, et le velours des feuilles les plus moelleuses, ne boire que l'eau la plus fraîche et la plus savoureuse avant de boire à ta bouche, ne goûter que les fruits mûrs à point, une pêche ambrée, des fraises sauvages, un abricot sucré, avant que mes lèvres et ma langue ne connaissent le goût de tes lèvres et de ton sexe; et que l'air qui me caresse soit sans rigueur et déjà te ressemble; je voudrais jusque là n'apprendre que des choses que je n'oublierai pas, laissant en moi un or impondérable, je voudrais être riche secrètement de mots et de musique et de couleurs et de saveurs... ne m'occuper ces derniers jours qu'à des tâches belles... Ainsi hier je lus, j'aimai, de Giraudoux, *Judith*. – « Par amour, elle a tué Holopherne [1]. » Mais parce qu'elle doutait que l'amour dure audelà de la première aube. Tu en doutais aussi autrefois mon amour, et pourtant le miracle pour nous s'éternise... Ainsi hier soir avant de m'endormir j'écoutai le 23ᵉ Concerto (« pour t'attendre ») – Mozart parle pudiquement d'une mort gracieuse, comme celle des roses, devant laquelle on retient des larmes qui ne sont pas de désespoir et de crainte, mais de ferveur pour ce qui demeure et de pitié pour ce qui finit... Et ce matin j'ai repris les chemins familiers où je déjeunai de fraises, aimant à m'y trouver seule, seule avec le jeune soleil et mon amour qui lui ressemble... Puis sais-tu ce que j'ai fait? (Là, je souris, devine.) J'ai très sagement écouté un cours de cuisine, avec travaux pratiques : blancs de seiche et moules à la tomate et aux aromates... Tu jugeras!

Petit Amour mien (et mon ami, et Tout), je continuerai cette lettre demain. (Il faut tout de même que je travaille un brin.) Peut-être t'accueillera-t-elle à ton retour de Paris... Alors repose-toi mon amour... Et rêve que je vais t'apprendre à aimer... T'apprendre! Ne sais-tu pas que tu m'inspires la façon dont je t'aime, ne sais-tu pas que tu es mon maître? Mais je jouerai à être moi ta maîtresse, l'initiatrice, oh comme nous jouerons bien ensemble! Les enfants, les plus heureux, n'ont pas tant de raisons de l'être que nous.

Je te laisse à tes rêves semblables aux miens (non à tes soucis).

Samedi
[4 juillet 1964]

VA POUR LA FESSÉE, Amour mien! pour la fessée exclamative et doublement soulignée : quel enthousiasme, contagieux puisqu'il gagne la victime elle-même... Ah que j'aime le châtiment qui vient, la savoureuse meurtrissure, le piège doucement et fermement refermé de tes bras, cependant que je suis moi-même piège, te prenant au collet – deux proies heureuses jouant l'une l'autre à se prendre, à se délivrer. Tu ne t'arraches de moi que pour mieux consentir à ma faim creuse, et tu ne défais un peu tes bras que pour resserrer la ceinture qu'ils me font... C'est cela n'est-ce pas la punition que tu me réserves pour mes errements? Que j'ai raison de la souhaiter! Sans doute voudrais-tu montrer plus de rigueur, mais lorsque nous serons ensemble que pourrons-nous faire d'autre que nous aimer? Cela sera dans une semaine, mon amour... Te rends-tu compte? Je vis dans le ravissement. Le bonheur ce matin m'éveilla dès quatre heures... Où étais-tu? Je crois que tu voyages aujourd'hui; je tâche d'être très sage afin que l'Ange puisse veiller exclusivement sur Toi. Sage, c'est-à-dire heureuse. Heureuse d'être à huit heures ce matin sur la petite route, au soleil ou dans l'ombre dense des châtaigniers. Je n'avais pu sortir avant, attendant pour ce le départ de mes parents, qui, avec des amis instituteurs, sont partis pour deux jours de promenade dans les Cévennes – mes parents : ils ont l'air heureux et amoureux... Maman est délicieuse; c'est un beau sauvetage que tu as fait là, en une année; sans quoi il ne lui restait plus qu'à vieillir. Rien ne lui cause plus de plaisir que lorsque je consens à parler de Toi; non qu'elle réclame ni que je sois disposée à faire des confidences; mais une simple réflexion à ton sujet, une malice, et la voilà qui s'éprouve complice, et se réjouit; et ce à propos de tout : que je passe auprès d'elle nue, comme hier matin, et la voilà qui juge de ton bonheur! que je m'exclame, en l'écoutant m'expliquer une recette de cuisine : – Il n'aime pas le gruyère! et la voilà qui se récrie à propos de ma complaisance : – Comment dit ta sœur? voyons... « Tu es polarisée! » Que l'on loue, à la télévision, ces époux qui s'accordent parfaitement au point de boire tous deux pour leur déjeuner du matin de la chicorée, et nous rions de connivence.

[...]

Il faut me dire maintenant le temps où tu viendras, afin que je sache quand t'attendre, et que je prévienne mes parents de mon départ. Si cela se peut, je voudrais être à Toulouse un jour avant ton arrivée. Tu es terriblement proche. J'attends ta chute de météorite; mais non, ce ne peut être une intrusion, puisque tout, autour de moi, en moi, sera disposé en figure d'accueil, puisque tu as ta place autour de moi, en moi.

J'ai écrit à Agde. Pour dire « Nous arrivons... »

Ma mère m'a donné des draps pour notre lit.

Je prierai la coiffeuse de me faire jolie.

Ce soir je vais repasser la nuisette rose.

Mon amour va m'écrire : Je viendrai ce jour...

Tout est en ordre et calme – Tout est dans un terrible émoi, bouleversé.

Et sous quelle forme vas-tu surgir mon fabuleux ami?
Que cela soit sous ton visage quotidien tel que je t'aime.

[6 juillet 1964]

(LUNDI, À L'HEURE de la sieste) Tout près de l'été commençant.

Une petite lettre reçue ce matin, parmi des mots d'apaisement, des mots d'amour, des promesses, me dit que tu es las. Cela s'entend à la patience de ta voix parlant des soucis de l'année finissante, à ce soupir qui gonfle ta poitrine lorsque tu évoques les dernières tâches. Aux préoccupations matérielles s'ajoute le (subtil ou précis?) regret des départs définitifs, la tristesse naturelle devant les liens que l'on dénoue, même lorsque de belles alliances nouvelles sont promises... Que tout cela passe vite pour toi mon amour et qu'enfin tu sois rendu entre mes mains qui réprimeront leur élan avide pour t'accueillir dans leur douceur, le temps que tu reprennes force... Une petite lettre reçue ce matin me dit que tu es las, mais heureux bientôt, voulant l'être par moi et me faisant confiance. Je sais mon amour, je sais et je dis orgueilleusement que s'il s'agit de toi je suis riche de dons, et nulle comme moi, et je sais qu'auprès de moi tu seras vivant véritablement, auprès de moi seulement... Je sais encore que disant cela je ne suis pas présomptueuse, mais amoureuse, comme chacune devrait l'être...

[...]

Triste, non je ne le suis pas. Si je le fus, c'était de me croire trop pauvre pour te combler, mais je vois maintenant que je suis riche surtout de ma soif, de mon dénuement, de ce que je te demande plus que de ce que j'apporte, et sachant mon désir je sais ma splendeur, et les fastes que je t'offre : un corps qui est le tien en creux, en soif, une âme moins la tienne, et des mains, des mots pour te rejoindre...

Depuis combien de temps, mon amour suis-je en train de déraisonner doucement? Je nous parle ainsi tout le jour... pour m'attendre à Nous plus calmement... Je serai à Toulouse dès le 10, vendredi, se peut-il que le lendemain tu y dormes! Là-bas...

[...]

Ma lettre s'achève ici déjà car la chambre est dans un beau désordre auquel il faut remédier : c'est que je prépare mes valises! Et je ne t'ai même pas dit ma promenade de ce matin dans l'herbe mouillée par l'orage de la nuit. Et je ne t'ai même pas dit pourquoi hier je n'ai pu t'écrire (mais ce sont des choses sans réelle importance qui m'ont retenue.) T'ai-je au moins dit que...

(Devine!)

[8 juillet 1964]

MERCREDI, COMME RIRE, comme bonheur des hirondelles, comme : Bientôt, et comme mon amour...

[...]

« Dimanche, écris-tu, et qu'est-ce qu'une semaine? » – Mercredi! Dans deux jours, je serai Chez Nous. Et le courrier de ce matin contenait une brève lettre venue d'Agde, promesse d'accueil. Se peut-il? Il se peut si bien que mes affaires sont prêtes : linge repassé reposant dans la valise, livres soigneusement empaquetés, que le transporteur viendra prendre dès demain; je dois encore effectuer quelques achats auxquels présidera Maman... puis... La maison est calme. Je crois que mes parents sans en rien dire pensent très fort à notre séparation prochaine, qui, si apparemment elle ressemble au traditionnel départ en vacances, n'en est pas moins, à leurs yeux comme aux nôtres, un événement. De là sans doute la nostalgie que Maman tente de réprimer; elle marie sa fille; c'est un tout petit peu déchirant, angoissant. Moi cependant je suis comme toujours et je n'ai l'air de rien; mais le cœur me bat plus vite à chaque fois que je pense à Samedi. Il est probable que je partirai sans que mon père et moi nous nous soyons rien dit, car hier après-midi Maman est venue avec nous. Nous avons passé un temps très doux dans l'herbe, au soleil, sous le vent, moi dormant car je suis un peu fatiguée ces jours-ci. Il faudra que je prolonge mon repos ces nuits prochaines avant de te retrouver. J'aurais aussi voulu travailler; mais je ne ferai qu'achever la lecture des *Lettres persanes,* qui me passionne médiocrement... Je n'emporterai aucun livre à Agde. Le seul que j'y aurais relu, ce pouvait être le manuscrit d'Isabelle... Mais vouloir lire là-bas! N'aurai-je pas du reste plus que le plus beau des livres à déchiffrer, ce corps familier et inconnu dont je veux savoir par cœur, et connaître en aveugle du bout de mes doigts chaque courbe, chaque relief... Es-tu beau, Amour mien? Bien sûr, puisque je formule spontanément ce jugement. La première fois que je te rencontrai, je ne vis que ton regard; c'était l'essentiel, non? A L., étonnée je dus me familiariser avec ces formes nouvelles : ces lèvres, ce nez, ces mains, ces membres débordant les miens, et je les perdis de vue, m'en approchant le plus que je pouvais. Depuis, je vis tout éblouie, et plus éblouie à chaque effort que je fais pour te voir lucidement. Le relief de ton visage crève mes yeux – miroir blessé noyant l'objet, le reflet, qui se confondent. Tu es beau parce que je le dis, parce que je te vois, parce que je t'éclaire. Et je sais qu'ainsi je suis belle aussi, bien secrètement; cela n'est pas incompatible avec les défauts que je dénombre... Que longuement nous allons nous apprendre l'un l'autre, et nous embellir... Heureux? Suffoquant de bonheur, plutôt. Le corps peut bien assouvir sa faim, celle de l'âme ne cesse; nous serons, nous sommes insatiables...

Demain jeudi, je t'écrirai une dernière fois avant de te recevoir contre moi... Après-demain, vendredi, dans la soirée je gagnerai Toulouse. Puis le silence, comme un tapis royal sur lequel tu viens. *

Jeudi
[9 juillet 1964]

Bonjour le plus beau des Minou... Et qui s'étonne que je l'aime tant! Faut-il que je te force à regarder ton image dans mes prunelles pour que tu la trouves belle? pour qu'enfin tu te connaisses tel qu'en moi-même, et t'aimes? Je pense parfois que l'amour que nous inspirons nous ressemble; ne t'étonne donc plus du mien, ne sois surpris, admiratif, flatté que de toi-même. Que Maman me considère comme une fille exceptionnelle, voilà par contre qui me surprend et m'inquiète; elle était jusqu'ici la seule demeurée lucide à mon égard, celle qui connaissait le mieux mes défauts ordinaires, mes faiblesses, les dénonçait, me corrigeait, et voilà qu'elle trahit! Non, non, rappelle-lui ses devoirs, prie-la de se montrer sévère, de te mettre en garde, il faut qu'elle te prévienne (...avant qu'il ne soit trop tard?!) Trop tard! Irrémédiable! Tu es pris, Amour mien! Comme je te tiens bien, et jamais mieux que lorsque je feins d'ouvrir les mains... Jamais mieux que lorsque je ne te touche pas, le désir alors nous liant...

Ici... Ici, Marie-France doit passer l'oral de contrôle, ce qui rend mon père furieux. Et certes, elle n'est pas irréprochable. Un tout petit effort supplémentaire, et les lauriers pleuvraient. Mais elle aime vivre, se laisser vivre. Elle, la meilleure élève du lycée en philosophie, a bâclé son devoir en une heure; elle a écrit ce qui lui passait dans l'esprit, n'importe quoi...

[...]

Je ne veux pas la gronder (et Papa m'accuse d'indulgence coupable); il me faut cependant reconnaître qu'elle agit parfois avec désinvolture... Papa va se montrer à présent très sévère; elle n'ira pas en Espagne au mois d'août; j'en ai bien de la peine pour elle, mais je me garderai d'intercéder en sa faveur : je déclencherais à coup sûr un drame. Et qu'elle soit reçue (je pense qu'elle le sera, ayant un excellent carnet scolaire) ne changera rien aux réactions paternelles. Il y a eu humiliation, gare!

... Pour compenser, j'essaie d'être sage, de me faire toute douce. Mon père assiste sereinement aux préparatifs que je fais, entend sans sourciller les conseils ménagers que l'on me prodigue...

Demain soir, je quitterai la maison. Je suis un peu lasse, et toi beaucoup. Nous nous reposerons ensemble mon amour.

Après-demain soir!

Sonne deux fois deux coups brefs : ..,..

(Bonjour Mimi)

Et maintenant je fais silence.

Jeudi

Ça [1], c'est Toi,
c'est l'oiseau chéri aux yeux splendides qui figure l'été,
ou bien c'est un bouquet de sexes, puisque tu es la soif d'une impossible étoile,
la preuve de ma folie et notre double cœur rayonnant,
l'aile vaste du beau temps,
l'amande-foyer de mon ventre
et ton regard multiplié sous lequel je veux vivre nue.

L'éventail de mes bras
L'image d'un baiser
Le jour-paon
La nuit-soleil

Notes

p. 14 1. « à proximité du bois de peupliers... » : il se trouve évoqué dans le poème « Première Nuit » (*Lettres à l'Amant,* tome I, p. 346).

p. 15 1. « Je t'envoie aujourd'hui ces feuillets... » : il s'agit d'une partie du poème « Première Nuit ».

p. 17 1. « Proust parle de la saveur délectable de ces journées... » : nous n'avons pu identifier le passage évoqué.

2. « le livre des plaisirs » : Hugo Von Dern, *Traité de l'Amour physique,* traduit de l'allemand par Élisabeth Sordes, Paris, Au Cercle du Livre précieux, 1963.

p. 31 1. « Ah! mille flammes, un feu, la lumière, / Une ombre! / Le soleil me suit. » Ces trois vers de Paul Eluard forment le neuvième des 11 haïkaïs de *Pour vivre ici.* Ils ont été repris dans la dédicace [à Jacqueline Trutat] de *Corps mémorable.*

p. 32 1. « des étoiles de mer » : la lettre s'accompagnait d'étoiles de mer collées sur des feuillets. Sur l'un : « Belles, pour te consoler. Peut-être aussi qu'elles ont le goût de mes larmes. » Sur l'autre : « Je choisis pour te la donner celle-ci qui ressemble au souvenir du ciel écartelé au-dessus de nos têtes. »

p. 43 1. La citation exacte est : « Le langage est source de malentendus », Antoine de Saint-Exupéry, *Le Petit Prince,* XXI.

2. « Ce n'est pas le soleil qui masque la mort. » Allusion aux vers de « Ébauche d'un Serpent » dans *Charmes* de Paul Valéry : « Soleil, soleil!... Faute éclatante!/Toi qui masques la mort, Soleil »

p. 45 1. Il s'agit du célèbre *Adagio* en sol mineur d'Albinoni (entendu lors de la « première nuit »). On sait que l'œuvre est un « pastiche réalisé par le musicologue italien Remo Giazotto (né en 1910), spécialiste d'Albinoni, à partir d'une basse chiffrée et de quelques mesures de violon de ce compositeur » *(Larousse de la musique).*

p. 52 1. « Les regards graves de jeunes filles anciennes » : la « Jeune Fille » de Petrus Christus et le « Portrait de Ginevra d'Este » de Pisanello dont il a été question dans le tome I des *Lettres à l'Amant.*

2. « une musique lente à croître et se déchirer » : celle de l'*Adagio*.

p. 54 1. L'article d'Odette Valéri, « Un jaloux dans votre vie? » a paru dans le n° d'*Elle* du 27 septembre 1963.

p. 55 1. Prouhèze est la figure centrale du *Soulier de satin,* de Paul Claudel.

p. 65 1. « Je lus alors des pages de Pascal... » : on peut penser que l'ont particulièrement retenue les fragments 699, 701, 721 de l'édition Jacques Chevalier qu'elle possédait (Pascal, *Œuvres complètes,* Bibliothèque de la Pléiade, 1954).

2. « Me mettre à genoux, prier » : allusion au fragment de Pascal sur l'utilité des preuves par la machine : l'automate, et la volonté : « Il faut que l'extérieur soit joint à l'intérieur pour obtenir de Dieu; c'est-à-dire que l'on se mette à genoux, prie des lèvres, etc., afin que l'homme orgueilleux, qui n'a voulu se soumettre à Dieu, soit maintenant soumis à la créature. Attendre de cet extérieur le secours est être superstitieux, ne vouloir pas le joindre à l'intérieur est être superbe. » (Fragment 469 de l'édition Jacques Chevalier.)

p. 68 1. Dans les dénominations familières correspondant à divers aspects de la personnalité de Mireille Sorgue, Popoff renchérit sur Bonhomme : il représente l'être qui, par simplicité native, authenticité foncière, peut à l'occasion se conduire sans grand souci des convenances.

p. 71 1. « Les quelques pages... » : il s'agit encore du poème « Première Nuit ».

p. 75 1. « Mon amant de Saint-Jean » est le titre d'une valse populaire (de L. Agel et E. Carrara).

p. 77 1. « Portrait du doge Loredan », par Carpaccio (Bergame, coll. privée). L'évocation du vieillard Danielo est tirée du dernier chapitre du *Rivage des Syrtes* de Julien Gracq.

p. 78 1. Charles Du Bos, *Journal* 1924-1925, Paris, Corrêa, 1948. La relation de la visite de Rilke occupe les pages 281-288.

p. 83 1. Mireille Sorgue occupait la chambre 6 du second et dernier étage de l'hôtel.

p. 89 1. Nous donnons ci-après le texte de cette lettre.

[début septembre 1963]

Mardi soir. Neuf heures et demie. Après avoir fait ma toilette tout à mon aise dans la salle d'eau toujours libre à cette heure, je me suis retirée dans ma petite chambre calme, où seule la lampe à gaz m'assourdit; lorsque j'aurai éteint, j'entendrai la mer, malgré l'étendue de dunes qui m'en sépare. J'aurais aimé aller me promener – il fait clair de lune – Mais la nuit je ne peux m'aventurer seule dans les dunes; ici cela passerait pour une... provocation. J'ai pu apprécier en juillet l'extrême simplicité de la stratégie masculine d'approche et je crois avoir parfaitement assimilé les avertissements reçus, bien que très rares. J'en tiendrai compte non seulement ici, mais surtout partout ailleurs, où je pense qu'il y a non plus de correction, mais au contraire plus d'hypocrisie; il y a un certain ton bon enfant, une pente de familiarité dont il faut se garder. J'espère que ces propos ne vous alarment pas : on n'a jamais forcé personne ici! mais comprenez-vous, je crois qu'on n'a jamais eu à forcer personne. Pour ma part, j'ai dès mon arrivée décisivement signifié mes habitudes et la... limite de mes désirs. A l'épicerie, derrière mon bastion de victuailles je puis me permettre de sourire et d'être aimable. Hors de là, je n'offre aucune prise, n'ayant pas l'allure nonchalante. Sur ce point, je pense que mon amour qui vous bouleverse vous est une assurance de mon calme. S'il fallait encore vous rassurer en ce qui concerne ma sécurité, je vous dirais que la fraîcheur ambiante en est une garantie... Mais plus sûrement ici, ailleurs, aujourd'hui et pour l'avenir, ma solitude, où il n'est pas facile de s'avancer, pour ainsi dire à découvert. J'écris tout cela pour Papa qui m'avait dit en juillet avant mon départ – « Il y aura sûrement des hommes là-bas qui cherchent à faire l'amour. » Sûrement oui, mais je pense ni plus ni moins qu'ailleurs. Si leur comportement m'est une découverte, c'est seulement parce que je n'avais jamais été jeune fille seule parmi les hommes en liberté!

Il y a eu en juillet cette brève angoisse, cette brusque révolte de se sentir objet de convoitise – et de découvrir une sorte de tare inévitable. A présent j'ai accepté cela comme on accepte sa propre physiologie. Et peut-être cette conscience n'est-elle pas négligeable pour qui retourne vivre dans la jungle d'une ville. Peut-être est-elle nécessaire...

Je vous écris à tous deux, non pas seulement parce que la lettre de Maman témoigne d'une peine que je soupçonnais bien, mais parce qu'écrire a toujours été, est devenu plus encore pour moi le mode le plus direct de communication et de connaissance, – et par lequel peut-être nous nous rejoindrons si nous nous sommes jamais quittés. Sans doute est-ce toi Maman qui l'ouvriras et la liras la première. Peut-être seras-tu tentée de la garder pour toi seule. Je te supplie de ne pas le faire. Je n'ai pas tant de moyens de vous montrer que non il n'existe pas de mur entre nous, que non je ne m'enferme pas dans ma tour d'ivoire. Est-il possible que tu me penses, que vous me pensiez indifférente à votre peine, à votre joie? Faut-il que je pleure devant vous, avec vous, pour que vous soyez persuadés que vous savoir tourmentés me tourmente? Tu le sais pourtant Maman que si je pleure parfois c'est seulement, toujours, de la souffrance que je vous cause. Tu sais que cela m'arrive. Angoisse de vous faire mal. Bien malgré moi, oh bien malgré moi oui. Ne sentez-vous pas que j'ai été prise par quelque chose de plus vaste que moi, et qu'il y a dans cet amour une terrible nécessité interne dont je ne puis dévier, ne sentez-vous pas à quel dépouillement il me mène, comme il m'arrache tout, me dénude, – comme le ferait une foi soudaine? Par intermittences j'éprouve votre peine, et il me semble alors que je la subis plus que je ne la cause... Mais que nous dirions-nous alors? Est-il nécessaire que nous pleurions ensemble – vous de ce qui est situation – moi de mes larmes?...

Je ne suis pas à la maison avec vous. Je vous ai si peu vus cet été... Croyez-vous que je n'en ai jamais eu mal? L'autre jour lorsque je vous ai téléphoné à Ax, savais-je ce que j'allais faire, et ce que je désirais exactement? Papa a acquiescé si vite, si totalement, que soudain j'ai presque désiré la formulation d'une réticence, qui me retiendrait en septembre près de vous. Mais cette séparation est-elle vraiment plus éprouvante que notre confrontation, Maman? Et mon éloignement signifie-t-il entre nous une faille et l'amertume? « Vacances de séparation, de solitude, amères vacances. » Songe Maman que j'ai choisi pour mode de vie avec l'homme que j'aime précisément la séparation – qui ne peut donc être indifférence mais conscience accrue des liens. Peut-être ne sais-je jamais mieux ce que vous m'êtes que lorsque je suis à distance – quand votre existence, comme hors d'atteinte, me déchire. – Papa dira ou pensera que tout ce que je dis là n'est que verbiage. C'est vrai, oui. J'admire qu'il se passe de mots, son silence est plus digne que mon explication. Et je n'ai jamais pensé que ce silence était tour d'ivoire, non.

Je vous ai un jour demandé pardon pour le mal que je pressentais que je vous ferais – et je le fais encore, bien que je sache l'inefficacité de cette parole... Quelle parole annulerait les contingences qui vous blessent? ... Mais je n'ai pas d'autres moyens présentement, je ne sais si j'en aurai d'autres un jour, pour vous faire savoir qu'en dépit de tout je suis, je demeure votre petite fille, non pas indifférente, mais blessée, mais vulnérable, éprouvée à la mesure égale de mon amour, de mon émerveillement.

Je vous embrasse comme je vous aime.

2. *Vie et Langage* avait organisé, dans son numéro de juin 1954, un concours référendum aux fins de déterminer les dix plus beaux noms de village parmi les trois cent cinquante-cinq mentionnés.

p. 92 1. « puisque je te croyais reparti... » par suite d'un quiproquo quant au lieu fixé (cf. lettre du 3 mars 1964).

p. 94 1. « j'ai recommencé à recopier les pages... » : il s'agit toujours du poème « Première Nuit ».

p. 107 1. « Cueille la fleur que je dessine » sont les premiers mots d'un poème de la fin d'octobre 1962.

p. 111 1. « Péan » est un poème daté du 14 août 1962.

p. 112 1. « cette page que je n'ai pas jointe aux autres... » : il s'agit de la page liminaire de « Première Nuit » (« Quand j'aurai dit ta gourmandise... »)

p. 113 1. « quel travail je fais » : cf. lettre du 14 octobre 1963.

p. 114 1. *Mon Faust (Ébauches)* de Paul Valéry.

p. 119 1. « Où voulez-vous aller? » : barcarolle de Gounod sur un poème de Théophile Gautier.

p. 124 1. « Faire sans croire » : un mot de Paul Valéry.

p. 131 1. « Mais c'est notre amour à tous deux » : derniers vers de « Il n'y a pas d'amour heureux », d'Aragon *(Le Musée Grévin).*

p. 138 1. La cathédrale d'Albi, reproduite sur affichette.

p. 148 1. « L'œuvre de l'artiste ne m'intéresse... » André Gide, « Feuillets », recueillis dans *Incidences* (Paris, Gallimard, 1924) après avoir paru sous le titre « Propositions » dans la *N.R.F.* de décembre 1911.

p. 150 1. La veille, Mireille Sorgue avait noté sur son agenda : « Les dissertations sont toujours faites par approche extérieure du problème, par le biais de l'histoire littéraire, par classification de genres, combinaison de termes plus ou moins arbitraires... Extrêmement décevant. Je ne conçois de valable que *l'expérience,* l'approche par l'intérieur, en matière d'art. »

2. « le mot de Valéry : " La bêtise n'est pas mon fort... " » : il s'agit du début de *La Soirée avec M. Teste.*

p. 153 1. Vers tirés de « Fragments du Narcisse », II, dans *Charmes.*

p. 156 1. « moïa douchenka » (en russe : ma petite âme) : leitmotiv d'un poème de l'été 1962, « Berceuse ». Se fiant à la prononciation, Mireille Sorgue avait écrit : maïa.

p. 157 1. « humain, trop humain » : titre d'une œuvre de Nietzsche.

p. 160 1. « Dans le volume de la Pléiade... » : *Poètes du XVIe siècle* (1953).

p. 163 1. « Las, te pleins tu? ça que ce mal j'apaise » : Louise Labé, *Sonnets,* XVIII.

p. 165 1. « une répétition du spectacle » : dans une lettre non envoyée, de 1966, Mireille Sorgue relate ainsi son exposé sur Louise Labé :

Peu après la rentrée, je souhaitai faire un exposé sur l'œuvre de Louise Labé dont je pensais, non sans raison, qu'elle était mal connue de mes condisciples. Je passai longtemps, un très long temps à cette préparation. Louise Labé dont tu m'avais révélé l'œuvre au printemps de cette année-là, dont tu m'avais offert l'étude parue chez Seghers le premier soir où tu vins dans ma chambre à Paris – ce livre était sacré – était pour moi un exemple, un modèle. Je la révérais... Le ton de « passion contenue » – ainsi dit le professeur – surprit. Il était rare que celui qui pour une heure disposait du bureau et du pouvoir de la parole se montrât pénétré de ses privilèges et soucieux d'instruire, de convaincre.

Je lus plusieurs poèmes aussi justement que je le pus, et

jusqu'à cette prière qu'il m'en coûtait un peu de dire devant des garçons et des filles mal dégagés de leur adolescence et prompts à sourire quand on parlait d'amour :

« Baise m'encor, et baise moi, rebaise
Donne m'en un de tes plus amoureux,
Donne m'en un de tes plus savoureux,
Je t'en rendrai quatre plus chauds que braise. »

On me demanda combien de temps il avait fallu pour préparer mon travail. Je n'osai être franche et convint d'y avoir passé une trentaine d'heures. Mais sans doute le double. Assez vainement du reste, et par orgueil extrême étrangement indissociable d'une humilité, d'un scrupule également extrêmes. Je voulais que ce fût bien. Le voulais-je pour la gloire de Louise, ou pour mon propre honneur? Je le voulais aussi pour susciter l'émulation. Rien qui m'ait plus irritée que l'apathie des groupes compacts d'étudiants de première année. Au reste je n'appréciais pas beaucoup plus quelques parleurs intempestifs qui n'avaient de cesse avant d'avoir dit leur mot de la semaine, dont on attendait l'intervention. La naïveté de quelques-uns ou leur présomption étaient perçues de tous – Je crois pourtant que je les préférais aux autres, mornes, imperturbables, indolents ou rétractés. Ceux-là du moins étaient présents et j'aime qu'on soit à ce qu'on fait, à ce dont on est entouré. Rien n'obligeait ces passifs, ces démis à venir à la faculté, à remplir les salles souvent trop étroites...

p. 172 1. L'étude de Jean-Claude Schneider sur « Quirinus Kuhlmann ou l'ivresse du langage » parut dans le n° 372 (1963) des *Cahiers du Sud.* (Ce poète du Baroque allemand, né à Breslau en 1651, brûlé vif en place Rouge à Moscou en 1689, est l'auteur des « Baisers d'Amour Céleste » et de 150 « Psaumes de Rafraîchissement ».)

p. 174 1. « Je lis le livre d'Anne Philipe » : *Le Temps d'un soupir,* Paris, Julliard, 1963.

p. 175 1. Mireille Sorgue avait d'abord écrit : « devant le monde et ton Dieu », avant de barrer le possessif.

p. 180 1. Celui de *Lorenzaccio,* de Musset, dans l'interprétation du TNP-Jean Vilar (Hachette, l'Encyclopédie Sonore, 320 E 808-809 et 270 E 810).

2. *Le Cantique des Cantiques* dans la traduction de l'École biblique de Jérusalem (Paris, Les Éditions du Cerf, 1958).

p. 181 1. Mireille Sorgue avait coutume de détruire ses devoirs aussitôt après qu'ils lui étaient rendus. Seule, cette dissertation (« Quelqu'un qui admire a toujours raison », disait Claudel. Qu'en pensez-vous?) nous est parvenue. Notée 16 1/2 /20, elle donne lieu à une élogieuse appréciation du professeur, lequel après avoir formulé de menues réserves s'interroge : « Mais ai-je raison de ne pas admirer totalement? »

Nous en donnons ci-après l'essentiel.

[...]

L'admiration n'est donc pas toujours absolument fondée, mais peut-être a-t-elle une valeur intrinsèque?

Tout d'abord que vaut-elle en tant qu'attitude de connaissance, moyen d'appréhender le réel ou le surréel dans le monde ou dans une œuvre d'art? Que faut-il préférer d'une approche circonspecte, d'une étude objective, ou d'un accueil enthousiaste? Remarquons ici que parfois l'admiration préexiste à une connaissance analytique, d'autres fois, acquise progressivement par dépassement de réticences, elle en résulte. Quel est le pouvoir de ce sentiment spontané et de ce sentiment acquis? Le premier illumine une découverte; sans doute celui qui est ainsi ébloui peut-il ne plus distinguer les nuances et confondre sans discernement dans son idolâtrie défauts et valeurs : il y aurait donc de l'imprudence à s'en remettre au seul enthousiasme, encore qu'il produise une stimulation dans la recherche, lorsqu'il importe d'acquérir une connaissance exacte; ainsi une revue scientifique doit-elle se garder de toute exagération lyrique, de toute anticipation hasardeuse, de toute vulgarisation démagogique – Mais la connaissance esthétique n'est pas analogue à la connaissance scientifique : alors que celle-ci semble s'effectuer par un mouvement d'accaparement, par une acquisition du monde réduit à des propositions intelligibles, celle-là se fait au contraire par expansion et projection de l'être hors de ses limites rationnelles, par embrassement de ce qu'il veut connaître; il n'y a plus examen ni dissection, mais alliance et communion; il s'agit d'égaler le monde ou l'œuvre, de les comprendre, non plus intellectuellement, mais intimement, il s'agit non plus de réduire l'objet à soi, mais de se faire conscience même de cet objet. Comment la raison pourrait-elle m'égaler à la mer, « la Mer elle-même toute écume, comme Sibylle en fleurs sur sa chaise de fer », comment la raison pourrait-elle me donner la mer, « Mer au parfum d'entraille femelle et de phosphore dans les grands fouets claquants du rapt »? Mais je la possède par mon exaltation. Ce n'est donc pas la raison, mais l'admiration qui donne à connaître ce dont on veut jouir, ce que l'on veut aimer; c'est cela sans doute que pensait Rilke en écrivant : « Seul l'amour peut saisir les œuvres d'art, les garder, être juste envers elles. » L'amour oui, l'admiration : ceux qui en sont incapables ne comprendront pas mieux une œuvre ou le monde qu'un profane les choses sacrées, et comment en pourraient-ils parler? Il me semble qu'il ne peut y avoir de connaissance esthétique complète sans admiration. – « On ne voit bien qu'avec le cœur », dit justement le Renard au Petit Prince, ou plutôt Saint-Exupéry.

Ce regard, celui du croyant, celui de l'amoureux ravi « comme un enfant devant le feu, souriant vaguement et les larmes aux yeux » est celui même de l'artiste. – « Oh, j'ai lieu de louer! s'écrie Saint-John Perse qui eût voulu donner à tout ce qu'il écrivit le titre d'Éloges, et l'on croit entendre le dit unanime des créateurs : – Oh, j'ai lieu de louer la chair lumineuse, le fruit mûr, la fleur fragile, le rire et l'été, dit Renoir; oh, j'ai lieu de louer la grâce d'un geste, un pur élan, une arabesque, dit Degas – le goût des sources, l'aube sur les prés, une secrète sapinière, dit Colette; j'ai lieu de te louer, « corps féminin qui tant est tendre », disent Villon et Maillol aussi, et Toi, ma femme, au Corps mémorable, « O mon agile et la plus lente et la plus vive », dit Eluard; oh, j'ai lieu de louer le soleil qui me torture, dit Van Gogh, le cruel soleil tournoyant et la flamme noire d'un cyprès; oh, dit Rembrandt, je loue la vie somptueuse et précaire, un peu d'or dans la poussière; oh, dit Valéry, je loue mon acte même – et les colonnes du temple grec, « hymnes candides », et « la flèche irréprochable » des cathédrales, et telle cantate de Bach sont autant de célébrations –; oh, nous avons lieu de louer la vie pour son opulence et pour oublier qu'elle est brève, de nous exalter jusqu'à l'épuisement, jusqu'à connaître nos limites, jusqu'à souffrir de nos limites, et le cri de révolte qui jaillit alors est encore louange, le comprenez-vous, de cette intolérable, suffocante grâce d'être au monde, au monde qu'on abîme et dont nous ne savons être dignes, disent Goya, Baudelaire, Lautréamont... Et comme l'enfant imite le héros qu'il admire, ils miment le monde, la vie, ils se font pieuse « mémoire du monde » qu'ils enchâssent comme reliques dans leurs gestes, leur danse, leur chant, la couleur ou l'architecture.

Mais n'avons-nous pas, plus qu'eux tous, lieu de louer nous aussi? Car nous n'admirons pas seulement le monde, mais encore ces louanges qui lui furent dédiées, et notre admiration devient ouverture non plus seulement sur les choses, mais sur l'acte même de la création : enthousiasme fécond puisque de lui naissent, outre l'éloge de l'artiste, un désir d'imitation, un sentiment d'émulation.

Il en est de l'éloge de l'artiste comme de celui des choses que l'on peut surestimer; sans parler de cette surenchère de compliments qui sévit dans les journaux littéraires et à ne vouloir considérer que les louanges sincères non entachées de flatterie, on voit bien par exemple par le cas de Diderot commentant les esquisses de Greuze ce que l'éloge peut avoir d'excessif; on n'en retiendra dans ce cas que son pouvoir d'éveiller la curiosité, et l'on se souviendra que l'on doit à l'admiration maintes études pénétrantes, comme la remarquable méditation de Claudel sur l'œuvre picturale de Vermeer de Delft. Et parfois l'hommage prend lui-même la forme d'une œuvre d'art comme on le voit par cette toile de Dufy, *Hommage à Mozart*.

Quant à l'imitation, on en devine les dangers, on en constate les bienfaits : maladroite, elle produit un déplorable pastiche; systématique, érigée en dogme, elle peut conduire à la routine, provoquer une sclérose de l'art, mais dès lors qu'on la considère seulement comme une étape, bonne maîtresse d'école elle permet l'acquisition d'un métier, d'une technique et par la tentation de dépassement qu'elle suscite bientôt favorise la manifestation de qualités originales. Mallarmé se voulut élève de Hugo, Gautier, Baudelaire, mais les quitta étant devenu maître.

L'incitation la plus bénéfique que produise l'admiration est sans doute cette imitation de l'essentiel, c'est-à-dire de la démarche artistique, l'émulation. Toute œuvre est une affirmation de présence : en même temps réponse et accord donné aux appels qui l'ont précédée, et à son tour cri d'éveil, témoignage; la parole du poète fait se lever d'autres poètes qui la prolongent, la soutiennent, la propagent; le geste du peintre, du graveur, du sculpteur est multiplié; la musique répond à la musique. Et peut-être l'artiste ose-t-il être unique parce qu'il n'est pas le seul, peut-être ose-t-il donner pour répondre à l'offrande de ses aînés, et pour en être digne... Et nous, serons-nous dignes de saluer cette naissance? Nous nous devrons de répondre à cette grâce par la générosité : nous nous devrons, gravement, d'admirer.

Celui qui admire aide l'art à s'accomplir. Il a raison par sa joie triomphante, comme le printemps d'Eluard « est un printemps qui a raison », et ce d'autant plus que sa louange est elle-même exaltante, digne d'admiration.

p. 202 1. Minourson désigne un ours en peluche.

p. 207 1. La critique de Robert Kanters sur « Le Fou d'Elsa ou Grenade et Aragon » a paru dans *le Figaro littéraire* du 9 janvier 1964.

p. 208 1. Dans la lettre incriminée, M.P. traitait l'amour pour Michel de « première amourette »; il souhaitait que Mireille Sorgue en tirât un livre sous forme de « Lettres au Vieil Ami »; il déplorait l'intransigeance de sa correspondante à l'égard des clubs et banquets littéraires, ajoutant : « Nous avons ici de bonnes amies poétesses. Il arrive qu'elles fassent un beau vers. L'une d'elles, au cours de sa vie, en a fait *4;* c'est quelque chose. »

p. 209 1. « Solitude aux hanches étroites... » Paul Eluard, « Mourir », in *Le Livre ouvert,* I.

p. 212 1. Allusion au mot de Camus : « Le cœur sec du créateur. » *Carnets* I, mai 1935-février 1942, Gallimard. A rapprocher de cet autre mot, du même auteur : « Le terrible et dévorant égoïsme des artistes. » *Carnets,* janvier 1942-mars 1951, Gallimard.

p. 214 1. « J'ai à faire : " Et vous me laissez seul "... » est une probable référence au début du poème XVIII d'*Éloges* de Saint-John Perse : « A présent laissez-moi, je vais seul./ Je sortirai, car j'ai affaire (...) »

p. 220 1. L'article d'Henri Troyat « Flaubert tué par les mots » a paru dans *le Figaro littéraire* du 23 janvier 1964. Il a été repris dans *Gloires de la France,* Paris, Librairie académique Perrin.

p. 223 1. « Et toi, plus maigre qu'il ne sied au tranchant de l'esprit... » : Saint-John Perse, *Amitié du Prince,* I.

2. On trouvera dans le tome I des *Œuvres complètes* de Lorca (Bibliothèque de la Pléiade) le texte de ses conférences sur le « Cante jondo ».

p. 229 1. « J'ai pris congé de lui... » : la correspondance reprend dès le 15 février après que le Vieil Ami a répondu par une lettre toute repentante. Elle se poursuivra jusqu'à sa mort, en décembre 1965.

p. 230 1. Cf. *Lettres à l'Amant,* tome 1, p. 20.

p. 234 1. « Le petit homme aux dahlias... » : l'Amant, enfant, photographié tenant un bouquet.

p. 236 1. Le *Carnet* de Baudelaire figure dans *Journaux intimes,* édition Jacques Crépet et Georges Blin (Paris, José Corti, 1949). Les extraits cités appartiennent aux sections VI, XVIII, XIX, LXI.

p. 239 1. « J'invoque un fraternel Crusoé... » Celui des *Images à Crusoé* de Saint-John Perse.

p. 241 1. « Et l'écriture droite signifie plus de mesure... » : le paragraphe, tranchant sur le reste de la lettre, est écrit en cursive droite.

p. 242 1. Rainer-Maria Rilke, *Lettres à un jeune poète,* III, Grasset, 1937 (déjà cité dans le tome I des *Lettres à l'Amant,* p. 69).

p. 247 1. « Je lui avais demandé de brûler mes lettres. » Il n'en fit rien; en revanche, étant rentrée en possession de celles-ci après la mort du destinataire, Mireille Sorgue détruisit la moitié de sa correspondance.

p. 252 1. « les enfants turbulents, bonhomme et clown... » Cf. note de la page 68.

p. 254 1. L'appartement qu'occupera Mireille Sorgue de 1964 à 1967 était au second étage et non au premier.

p. 262 1. Indication relative au temps de la fiction, non au temps réel.

p. 272 1. Le *Magnificat* en ré majeur, de Jean-Sébastien Bach, par les Chœurs de Souabe et l'Orchestre Bach de Stuttgart, direction Hans Grischkat (avec Hertha Töpper, alto – dont il sera question plus loin) (Disque Orphée, LDO-B 21.035).

p. 276 1. Les lettres reçues étaient rangées dans un boîtier-livre.

p. 290 1. « Qui craignait en rouvrant un livre séduisant... » Mireille Sorgue se souvient sans doute ici d'une lettre de Gide à Colette, qui fait l'éloge de *Chéri* et s'achève sur : « Déjà je voudrais le relire – et j'ai peur : Si j'allais le trouver moins bien! Vite, envoyons cette lettre avant de la jeter au tiroir. » Datée du 11 décembre 1920, elle a été publiée dans le *Colette* de Claude Chauvière

(1931), dans *le Figaro littéraire* du 24 janvier 1953, dans *Carrefour* du 11 août 1954, et dans le n° *André Gide* de la *Revue d'Histoire Littéraire de la France,* mars-avril 1970.

p. 293 1. « Bien au creux, bien au chaud » : premier vers de la « Berceuse du petit loir » de Simone Ratel (citée dans S. Debrat et F. Scapula : *Voici des Roses,* Paris, Armand Colin).

p. 294 1. « Le Prince » désigne Saint-John Perse.

p. 301 1. La citation est tirée de la Troisième Partie, Lettre VII, de *La Nouvelle Héloïse* (Réponse de Madame d'Orbe à l'Amant de Julie). On ne peut douter que Mireille Sorgue ait lu avec une particulière attention la première moitié de cette lettre qui traite du bon usage de l'obstacle, de la séparation dans l'amour.

2. « Ces deux 18 furent bien indiscrets » : l'un pour une dissertation sur « les personnages de roman », l'autre pour un devoir d'histoire.

3. Les lettres de Victor Hugo à Juliette Drouet évoquées ici parurent dans *le Figaro littéraire* des 16 et 23 avril 1964.

p. 314 1. « Ce rêve qui répond " à tous les noms du monde " » : la citation se réfère à Paul Eluard : « Il fallait bien qu'un visage/ Réponde à tous les noms du monde » (*L'Amour la Poésie,* « Premièrement », XXIX).

p. 322 1. « Ce qu'en dit excellemment Nadal » : il s'agit des Introductions d'Octave Nadal aux *Œuvres complètes* de Paul Verlaine, Paris, Le Club du meilleur livre, 1959. (Introductions reprises en un volume : *Verlaine,* Paris, Mercure de France.)

p. 325 1. « Naissances de la peinture moderne » par Yvon Taillandier a paru dans *Galerie des Arts* du n° 1 (nov. 1962) au n° 10 (oct. 1963).

p. 327 1. *Dans le labyrinthe,* roman d'Alain Robbe-Grillet (Paris, Les Éditions de Minuit, 1959).

p. 328 1. « mon beau Doryphore » : ici, au sens grec de « porte-lance ».

p. 330 1. « L'Été, l'Été de mer... » est repris de « Étroits sont les vaisseaux », II, 1, dans *Amers* de Saint-John Perse.

2. « – Calme, calme, reste calme! » : « Palme », dans *Charmes* de Paul Valéry.

3. « Un enfant voit cela,/ si beau/ qu'il ne peut plus fermer ses doigts » : Saint-John Perse, *Éloges,* XIII.

p. 337 1. « Mère des jeux latins et des voluptés grecques » : « Lesbos », dans les « Pièces condamnées » des *Fleurs du Mal* de Baudelaire.

2. « Sur la chaussée de cornaline, une fille vêtue comme un roi de Lydie » : Saint-John Perse, *Éloges,* XIII.

3. « de fort curieuses statuettes étrusques que l'on croirait de Giacometti » : elles sont reproduites dans *Chefs-d'œuvre de l'Art,* tome II, De la Grèce à Byzance, Paris, Librairie Hachette, 1963.

4. « ainsi de Mauriac accusé » : Roger Peyrefitte avait écrit une

injurieuse « Lettre ouverte à Mauriac » parue dans *Arts* du 6 mai 1964.

p. 340 1. « Tous les chemins du monde nous mangent dans la main » : nous n'avons pu identifier la citation.

p. 347 1. « L'étoile lourde du beau temps s'ouvre les veines » : « Salvador Dali », poème du recueil *La Vie immédiate* de Paul Eluard.

p. 348 1. Vanessa Aldobrandi est l'héroïne du *Rivage des Syrtes* de Julien Gracq.

p. 352 1. « cette musique faite, dis-tu, pour célébrer la victoire » : le *Concerto pour deux trompettes,* de Vivaldi.

2. « et cette autre précisément pour t'attendre » : le *23e concerto* pour piano et orchestre, K. 488, de Mozart (cf. la lettre du 3 juillet).

p. 353 1. « Je m'éveille, songeant au fruit noir de l'Anibe... » : Saint-John Perse, *Éloges,* IV.

p. 354 1. « L'Apothéose de la danse » : nom donné par Wagner à la *7e symphonie* de Beethoven.

2. « Douceur d'être et de n'être pas » : « Les Pas », dans *Charmes* de Paul Valéry.

p. 360 1. « J'ai fait ce songe, il nous a consumés sans reliques » : « Pour fêter une enfance », dans *Éloges* I de Saint-John Perse.

p. 362 1. « à des fleurs en paquets à l'aisselle des feuilles » : Saint-John Perse, *Éloges,* IV.

p. 368 1. « Pourrais-je entendre " Kalinka "? » : Mireille Sorgue fait ici écho à une question de l'Amant se souvenant de ce qu'elle en disait dans sa lettre du 18 novembre 1962 : « " Kalinka. " Ah! taisons-nous ami, taisons-nous! Je l'entendis si souvent cet été. »

p. 369 1. *La Modification,* roman de Michel Butor, Paris, Les Éditions de Minuit, 1957.

p. 370 1. Le Musée des Beaux-Arts de Bordeaux avait organisé une exposition sur « La peinture française dans les Musées de l'Ermitage et de Moscou ».

p. 371 1. « jamais plus tu ne pourrais t'étendre entre les cuisses d'une pucelle » : allusion à la réplique d'Hamlet (à Ophélie) : – « S'étendre entre les cuisses d'une pucelle, c'est un rêve charmant. » (*Hamlet,* Acte III, scène 2, dans la traduction d'André Gide.)

p. 375 1. La traduction par Bernard Sesé des poèmes de Pedro Salinas *Variations* a paru dans le n° 376 (1964) des *Cahiers du Sud.*

p. 376 1. *Léone, et les siens,* roman de Claude Roy, Paris, Gallimard, 1963.

2. « Je propose une vie basse et sans lustre, c'est tout un. On attache aussi bien toute la philosophie morale à une vie populaire et privée qu'à une vie de plus riche étoffe : chaque homme porte la forme entière de l'humaine condition. » Montaigne, *Essais,* Livre III, chap. II : *Du repentir.*

p. 379 1. La citation de *La Princesse de Clèves* est tirée du « tome quatrième ».

p. 382 1. *La Route des Flandres,* roman de Claude Simon, Paris, Les Éditions de Minuit, 1960.

p. 385 1. *L'Amour et l'Occident,* essai de Denis de Rougemont, Paris, Plon, 1939. (Édition remaniée et augmentée en 1954.)

p. 393 1. « Les baobabs, tu te souviens? » Allusion aux baobabs du Petit Prince : « Or un baobab, si l'on s'y prend trop tard, on ne peut jamais plus s'en débarrasser. Il encombre toute la planète. » Saint-Exupéry, *Le Petit Prince,* V.

p. 395 1. « Que m'eût donné ce garçon de dix-huit ans...? » Question formulée en se référant à une photographie.

p. 399 1. « Par amour, elle a tué Holopherne » : réplique du garde, à la scène 4 de l'acte III de *Judith,* de Jean Giraudoux.

p. 409 1. Une partie de la page est occupée par une composition d'un graphisme très lyrique où se retrouvent les éléments évoqués dans le texte.

Cet ouvrage
a été composé
et achevé d'imprimer
en octobre 1985
par l'Imprimerie Floch à Mayenne
pour les Éditions Albin Michel

N° d'édition : 9025. N° d'impression 23339
Dépôt légal : octobre 1985

IMPRIMÉ EN FRANCE